Croachen

No

나르

정령왕 엘퀴네스

이환 판타지 장편소설

20

dream books 드림북스

정령왕 엘퀴네스 20 (완결)

초판 1쇄 인쇄 / 2022년 6월 1일
초판 1쇄 발행 / 2022년 6월 27일

지은이 / 이환

발행인 / 오영배
책임편집 / 편집부
본문 디자인 / 오정인
제작 / 조하늬

펴낸 곳 / (주)삼양출판사 · 드림북스
주소 / 서울시 강북구 도봉로 173
대표 전화 / 02-980-2112 팩스 / 02-983-0660
편집부 전화 / 02-987-9393 팩스 / 02-980-2115
블로그 / blog.naver.com/dreambookss

등록번호 / 제9-00046호
등록일자 / 1999년 3월 11일

ISBN 979-11-283-7103-5 (04810) / 978-89-542-4481-7 (세트)

* 지은이와 협의하에 인지는 생략합니다.
* 잘못된 책은 구입한 곳에서 바꾸어 드립니다.

이 도서의 국립중앙도서관 출판시도서목록(CIP)은 서지정보유통지원시스템홈페이지
(http://seoji.nl.go.kr)와 국가자료종합목록 구축시스템(http://kolis-net.nl.go.kr)에서
이용하실 수 있습니다.

정령왕
엘퀴네스
개정판
이환 판타지 장편소설
20
dream books
드림북스

정령왕 엘퀴네스 20

Contents

제1화

1.

"그럼 난 이만 가볼게."

작별 시간은 순식간에 다가왔다. 그리 오래 대화한 것도 아닌 것 같은데 벌써 헤어질 시간이라니, 아쉬운 마음을 멈출 수가 없었다. 이대로 가면 언제 또 보게 될지 알 수 없다는 점에서 더욱 그랬다. 다음 기약이라도 받아놔야겠다는 생각에 그가 사라지기 전에 다급히 말을 걸었다.

"저기, 트로웰. 우리 종종 볼 수 있는 거지?"

"종종이면 얼마쯤을 말하는 거야. 일 년 주기?"

"아니! 그건 종종이 아니지! 일주일에 한 번? 적어도 한 달에 한두 번 정도는 되어야……."

"네 까칠한 정령이 별로 좋아하지 않을 텐데."

중얼거리는 그의 시선은 내가 아닌 다른 방향을 향해 있었다. 어딘가를 의식하는 느낌이라 무심코 따라 보았다가 눈을 크게 떴다. 언제 왔는지 엘뤼엔이 팔짱을 낀 상태로 나무에 기대어 있었다.

"음, 아버지는 별로 신경 쓰지 않을 거야. 우리 이제 화해했잖아."

별다른 반응을 보이지 않던 엘뤼엔이 근거를 드는 순간엔 세상에서 가장 황당한 얘기를 들은 사람처럼 얼굴을 찌푸렸다. "이걸 화해라고 하는 건 아니지 않아?" 트로웰도 떨떠름하게 중얼거렸다.

"……누가 영역의 토대까지 완전히 날려버려서. 시간을 많이 내긴 어려워."

그래도 안 오겠다는 말은 아니었다.

"짧게 보는 것도 괜찮아."

"그래, 그럼."

고개를 끄덕인 그가 잠시 머뭇거리다 입을 열었다.

"……다음에 보자."

"응! 다음에 봐, 트로웰!"

기쁜 마음에 활짝 웃으며 답하니 트로웰 역시 미소지었다. 이윽고 그의 모습이 투명해지면서 빛이 되어 흩어졌다. 사라지고 남은 자리에 꽃잎들이 흩날리는 걸 잠시간 지켜보다 몸을 돌려 엘뤼엔을 향해 달려갔다.
"아버지! 데리러 와준 거야?"
"그래. 아직 이곳에 용건이 남았나?"
"아니, 그렇진 않은데. 아, 근데 라미아스가……."
"그건 알아서 올 거다."
라미아스에겐 꾸준히 냉담한 그다운 답변이었다.
"근데 아버지, 나랑 다시 계약 안 할 거야?"
그 말에 이동 마법을 시작하려던 엘뤼엔이 멈칫했다. 조금 당황한 듯한 얼굴이었다. 설마 아예 고려하지도 않았던 건가 싶어서 조금 서운해졌다.
"화해하면 다시 계약하자고 할 줄 알았는데……."
"……이것도 네겐 화해로군."
"헐, 우리 화해한 거 아니야?"
잘못했다고도 했고 포옹도 했잖아! 분위기 좋았잖아! 그럼 화해한 거지! 설마 나만 기분 풀린 거야? 그런 거야? 당황해서 돌아본 엘뤼엔은 헛웃음을 짓고 있었다. 역시 아무리 봐도 화난 것 같지는 않았다.
"내가 여전히 못 미더워서 그래? 이제 진짜 무모한 짓 안 한다니까?"
"아니, 그래서가 아니다."
미간을 찌푸린 그가 입가를 가볍게 매만졌다. 평소답지 않게 조금 곤혹스러운 표정이었다.

“네가 원하지 않을 거라 생각했다.”

“엥? 내가 왜?”

“……그렇군. 내가 또 잘못 판단했던 것 같다.”

그간 엘뤼엔도 여러 가지로 생각이 많았던 듯했다. 그는 잠시간 묘한 시선으로 나를 바라보았다. 어딘지 애처로운 것을 보는 듯한, 그러면서도 안도감이 스민 시선이었다. 트로웰이 후련해하던 것처럼, 그 역시 무언가 결론을 내린 듯 보였다.

“하지만, 그래. 아버지라면 원하지 않았어도 권해야 했던 거겠지. 그게 네게 이로운 일이라면 더더욱.”

부드러운 손길이 머리에 닿았다.

“네겐 배우기만 하는군. 항상 먼저 다가오게 해서 미안하다.”

눈물이 날 것 같아 얼른 고개를 저었다. 아냐, 아버지. 이건 아버지가 나한테 먼저 가르쳐준 거야. 아버지가 먼저 날 아들로 삼아줬기 때문에. 내가 온전히 마음을 열 때까지 꾸준히 배려해주고 묵묵히 기다려줬기 때문에. 그래서 나도 그럴 수 있었던 거야.

“계약하자, 엘. 다시는 깨지지 않을 계약을. 아버지와 아들의 계약이다.”

기꺼이 고개를 끄덕였다. 눈을 휘어 접은 엘뤼엔의 얼굴에 찬란한 미소가 그려졌다. 그 어느 날, 내가 그의 아들이 되겠다고 했을 때처럼.

2.

내가 다시 물의 정령사가 된 걸 가장 기뻐한 건 이프리트였다. 그가 정말 잘됐다며 감격한 얼굴로 눈물을 글썽이는 동안, 뒤늦게 달려와 모든 사실을 알게 된 라미아스는 반대로 분통을 터트렸다. 이유인즉, 엘퀴엔이 계약을 파기한 후 다시 계약한 사례가 지금까지 그밖에 없었기 때문이었다. 그래서 내심 그 사실에 자부심(대체 왜 그게 자부심으로 이어진 건지는 모르겠지만)을 갖고 있었는데, 이번에 내가 그 유일한 기록(?)을 깨트려버린 거다.

"넌 최초의 인간 계약자 업적을 가져갔으면 됐지! 꼭 이것까지 넘봐야 했냐!"

억울하다고 방방 뜬 라미아스는 이렇게 되면 승부라면서 엘퀴엔에게 매달렸다.

"엘퀴네스! 나한테도 나만 지닐 수 있는 유일한 지위를 줘! 지금까지 어떤 계약자도 해내지 못했던 일 뭐 없어?"

"……내 손에 죽은 계약자는 아직 없긴 하지."

"……헉, 그거 좀 끌린다."

"……."

이 광기에 찬 현장은 표정이 차게 식은 엘퀴네스가 그를 쫓아내는 걸로 끝났다.

"저거 변태력이 점점 더 강해지는 것 같지 않아?"

창문 밖에서 들여보내 달라며 엉엉 우는 라미아스를 보고 이프리트가 질린 얼굴로 혀를 내두를 때였다. 쾅! 식탁에 소리가 나도록 쟁반을 내려둔 시벨리우스가 엘뤼엔을 노려보았다.

"엘은 용서했을지 몰라도 난 안 했어."

그러거나 말거나 엘뤼엔은 무시했다. 아무런 반응도 보이지 않는 것에 시벨리우스의 표정이 더 험악해지자 이프리트가 히죽거리며 그의 목에 팔을 둘렀다.

"거참, 이 형님, 너무 심각하시네. 우리 다 같이 사이좋게 좀 삽시다. 좋은 게 좋은 거잖아. 안 그래?"

"이거 놔. 넌 뭔데 갑자기 나타나서는 자꾸 친한 척이야?"

"너무하네. 우리 이번 일 전에도 가끔 얼굴 본 적 있잖아?"

"몰라. 관심 없어."

"냉정하긴."

그 앞에선 쭉 릴의 모습으로만 있었기 때문에 아직 시벨리우스는 그의 정체가 이프리트라는 건 몰랐다. 그냥 사정을 다 알고 있는 지인 중 하나라고 여기는 것 같았다. 사실을 알았어도 딱히 태도가 달라지진 않겠지만. 어쨌든 서운해하는 이프리트를 억지로 떨쳐낸 시벨리우스가 다시금 엘뤼엔을 노려보았다.

"난 이번 일 절대 못 잊어. 너도 트로웰도, 앞으로 엘한테 어떻게 하는지 내가 다 지켜볼 거야."

"……."

엘뤼엔은 눈을 가늘게 뜨기만 했을 뿐 아무 말도 하지 않았다. 그래도 엘퀴네스가 생각보다는 인내심이 좋은 편이라며, 이프리트가 비밀 이야기를 하듯 옆에서 속닥거렸다. 트로웰이었으면 네가 지켜보면 뭘 어쩔 거냐고 빈정거리기라도 했을 거라고. 정말 그랬을 것 같아서 어색한 기분으로 웃었다.

"근데 저래놓고 지도 나중에 너한테 진상 떨지 않았냐? 와, 나 같으면 그냥 혀 깨물었다."

라피스가 굳이 들추지 않아도 좋을 이야기를 들먹거리는 바람에 더욱 그랬다. 뭐, 확실히 그땐 힘들긴 했지만. 지금 이 시기를 겪고 나니 전부 무슨 의미인가 싶다. 여러모로 참 심란했다.

그래도 이후로 이어진 일상은 평화로웠다. 힘든 일이 많았으니 당분간 푹 쉬자는 시벨리우스의 권유를 받아들여 휴양하는 시간을 보내기로 했다. 라미아스가 자신의 별장을 흔쾌히 빌려주기로 한 덕분에 장소도 쉽게 정해졌다.

청록빛 바다가 아름다운 해안 마을이었다. 워낙 휴양지로 유명한 곳인 데다가 관광객이 많아 타지인이라고 주목받을 일도 없었다. 덕분에 온종일 먹고 자고 놀기만 하는, 신선놀음 같은 나날이 이어졌다. 란타샤를 찾아가 신물에 관계된 화답을 전해주고 오기도 했지만 잠시 들른 식이라 용무랄 것도 없이 금방 끝났다.

라미아스가 다시 찾아온 건 마을 지리를 거의 다 익혀 갔을 무렵이었다. 전할 말이 있어 방문했다는 그는 정작 자리에 앉은 이후로 황제와 귀족들 욕만 주야장천 퍼붓다가 한참 만에야 진정해서 본래의 용건을 꺼내 들었다.

"마신의 교단에서 연락을 받았어. 에디스 사제 기억하지? 그 사제가 너와 연락이 닿냐고 물어보더라."

"에디스 사제가요?"

"마신의 성물에 관한 거였어."

그 순간 알았다. 내가 아는 또 하나의 미래가 다가오고 있다는 걸. 반사적으로 시벨리우스를 바라보자 시선을 느낀 그가 아무것도 모르는 말간 얼굴로 나를 돌아보았다. 그냥 별생각 없는 행동이었던 것처럼 웃어주고 얼른 눈을 돌렸다. 손바닥 안에 식은땀이 맺혔다.

"너한테 마신의 성물을 전해주고 세이렌 신상의 정화를 부탁했다며? 카노스의 신벌이 내리기 전에 인어의 숲을 정화했다는 신비로운 사제가 설마 너였을 줄이야. 나 진짜 섭섭하다. 왜 나한테 말을 안 했어?"

"아, 일부러 숨긴 건 아니에요. 너무 정신없어서 잊고 있었어요."

"어떻게 그런 엄청난 일을 잊어? 너도 참 너다."

검성이 된 줄도 몰랐던 전적이 있어서 그런지 라미아스는 황당해하면서도 이제 그러려니 하는 얼굴이었다.

"그런데 그 성물이 왜요?"

"아아, 정화한 후에 회수했는지 궁금해하더라고. 혹시 네가 다시 챙겼어?"

"어…… 아뇨. 딱히 회수하라고 하진 않아서요. 여유롭게 회수할 수 있는 상황도 아니라서 신상에 올려두고 그냥 나왔어요."
"그래? 그럼 그렇게 전해둘게."
"혹시 심각한 분위기였나요?"
"그냥 절차라서 물어보는 것 같았어. 내부 사정이야 어떨지 모르겠다만, 네가 굳이 신경 쓰지 않아도 될 거야."
하지만 그런 말을 들어도 마음이 가벼워지진 않았다. 회수에 관해 물어본다는 건 마신전 쪽에선 그 성물을 찾지 못했다는 의미일 테니까. 사라진 서클렛이 지금 어디에 있는지, 왠지 알 것 같았다.

라미아스의 방문이 예보였는지 며칠 후 창문 안으로 작은 새 한 마리가 날아들었다. 시벨리우스가 손을 뻗자 새는 그의 손바닥 위에 얌전히 안착했다. 그리고 다음 순간 불씨가 되어 빠르게 사그라졌다.
"방금 그거 뭐야?"
당황해서 물으니 손바닥 위에 남은 불씨를 가만히 바라보던 시벨리우스가 씁쓸한 표정으로 돌아보았다.
"일족 전체에 보내는 전언 같은 거야. 위치를 몰라도 보낼 수 있는 대신 수신 여부도 확인할 수 없어서 추적 걱정은 없으니 괜찮아."
"뭐라고 해?"
"……루세프 님이 강림하셨던 거 같아."

약간의 머뭇거림이 끝나고 이어진 대답에 심장이 덜컹 내려앉았다.

"마을에서 논의하던 일이 드디어 결론 난 모양이야."

"그거 혹시……."

이 시점에 유니콘이 논의하는 일이라면 하나밖에 없었다. 시벨리우스가 맞다는 의미로 고개를 끄덕였다.

"유니콘의 신계 복귀가 완전히 확정됐어."

설마가 역시였다. 놀란 기분을 차분히 다스렸다. 처음부터 그럴 줄 알고 있던 건데. 심지어 바로 얼마 전에 예감도 했으면서, 막상 이날이 현실로 닥치니 왜 이렇게 급작스러운지 모르겠다. 시벨리우스 역시 생각이 많아 보였다.

"외부에 나가 있는 모든 일족의 소집 명령을 내렸어. 한 달 안으로 전부 귀환하라고 하네. 아마 날 겨냥한 거겠지만."

"넌 어떻게 하고 싶어?"

"나는…… 솔직히 말하면 별로 가고 싶지 않아."

시선을 내리뜬 그는 음울한 얼굴이었다.

"전부터 쭉 반대해 왔었어. 유니콘은 지상에서 지낸 기간이 오래됐기 때문에 신계로 돌아가면 한동안 신성에 적응하는 기간을 거쳐야 해. 그게 몇 년이 될지 몇천 년이 될지도 알 수 없고, 얼마나 고단할지도 알 수 없어. 장로는 돌아가기만 하면 당장 루세프님의 궁처에서 지낼 수 있을 거라 생각하는 것 같지만, 내가 보기엔 꿈같은 소리야. 아마 지금 세대는 대부분 정해진 구역을 이탈

하지도 못한 채로 살다가 죽게 될 거야. 그렇다고 후대를 위한 거라기엔 신계의 삶이 그리 행복하기만 하지도 않을 거고. 이에 관해선 루세프님도 꾸준히 경고했다고 들었어. 굳이 그 모든 걸 감수하고 돌아갈 이유를 모르겠어."

그 생각엔 나도 공감했다. 신계의 삶이 나았다면 애초에 루세프가 그들을 중간계로 내려보내지도 않았을 거다. 엘뤼엔만 봐도 하루 종일 일만 하잖아. 그 서류 산을 직접 봤다면 유니콘들도 차마 돌아가고 싶다는 말은 하지 못했을 거다. 실제로 보여줄 수 없다는 게 유감이었다. 시벨리우스는 잠시 망설이다가 중얼거렸다.

"그리고…… 전부 무사히 돌아갈 수 있는 게 아니잖아. 누군가는 남겨질 테니까."

사냥꾼들에게 잡혀간 동족들을 말한 거야, 서둘러 변명하듯 덧붙였지만 그가 누구를 생각하고 한 말인지 알 것 같았다. 그의 형인 리글레오를 의식한 게 분명했다.

그 순간 눈앞에 문양이 떠올랐다. 마치 빛으로 그려진 부적이 떠오른 것 같았다.

"통신 주술이야. 아마 웰디일 거야. 꼭 필요한 일이 있을 때 연락하라고 부적을 내줬거든."

반려석처럼 한 쌍으로 만든 걸 서로 나눠 갖는 방식인 거 같았다. 악용될 위험이 커서 평소에 잘 쓰는 주술은 아니라고 했다. 어쩐지 순순히 돌아갔다 했더니 나름대로 보루를 만들어두긴 했던 거였다. 시벨리우스는 용건이 짐작된다는 얼굴로 교신에 응했다.

그러자 하얗던 빛이 푸르스름한 빛으로 변하면서 익숙한 목소리가 흘러나왔다.

—시벨 님?

"그래, 웰디. 나야."

—조금 전에 전언 받으셨죠?

웰디의 목소리는 몹시 격양된 상태였다. 한껏 상기된 얼굴이 절로 그려졌다.

"받았어. 복귀 일자도 정해진 거야?"

—네, 그럼요. 1년 후예요.

"……1년?"

—이것저것 돌아갈 준비를 하려면 긴 시간은 아니에요. 지금 마을은 축제 상태예요. 시벨 님은 언제 돌아오실 거예요?

"나는……."

시벨리우스는 선뜻 대답하지 못했다. 흥분해서 떠들던 웰디가 이상한 느낌을 느꼈는지 잠시 조용해졌다.

—시벨 님, 일단 돌아와서 얘기해요.

"웰디, 나는……."

—무슨 생각이시든 우선 돌아오세요. 그런 후에 같이 얘기해요. 그게 옳아요. 아직 엘과 함께 계신 거죠? 저 실은 엘에게 드려야 하는 것도 있어요.

응, 나?

갑자기 내가 거론되는 것에 당황해 눈을 깜빡였다. 시벨리우스도 멈칫해서 나를 돌아보았다.

—마신전이 세워졌던 그 숲에서, 엘의 물건을 주웠어요. 은테에 푸른 보석이 달린, 이마에 쓰는 서클렛이요. 엘에게 물어보시면 그게 뭔지 알 거예요.

"……!"

아, 역시 이렇게 되는 건가. 나도 모르게 혀를 찼다. 그러고 보니 마지막으로 인어의 숲을 돌아봤을 때 웰디가 내게 뭔가 말하려고 했던 것 같다. 아마 그때 서클렛을 주웠나 보다. 물론 행방을 모르게 된 것보다는 이편이 더 낫긴 하다. 그를 봉인할 물건을 내 손으로 건네줘야 하는 상황을 만들지 않아도 된다는 점도 다행스러웠다. 그래도 마음이 착잡한 건 어쩔 수 없었다.

—바로 돌려드리려고 했는데 미처 기회가 없었어요. 이걸 전해드리기 위해서라도 시벨 님이 우선 돌아오셨으면 해요.

"……그래, 알았어."

한숨과 함께 시벨리우스가 고개를 끄덕였다. 곧 빛으로 이뤄진 문양이 사라지면서 주위가 고요해졌다. 뭔가 짐작한 듯한 얼굴이 나를 향했다.

"웰디가 말하는 서클렛이 혹시 그거야? 마신의 성물?"

"……."

"맞구나."

표정만으로 대답을 짐작했는지 시벨리우스가 다시 한숨을 내쉬었다. 나 역시 그의 생각을 짐작했다. 마을에 가야겠다는 결심을 굳힌 거다.
“마을에 갈 거면 나랑 같이 가.”
“그건…… 안 돼, 엘. 내가 이런 말 하긴 좀 그렇지만 유니콘은 굉장히 배타적인 종족이야. 인간에겐 특히 더욱 그렇고. 환영받지 못할 거야.”
“그런 건 괜찮아. 대접받으려고 가는 것도 아니고.”
“그래도…….”
“너 혼자 보내는 건 불안해. 무슨 일이 생겼을 때 같이 대처할 수 있게 해줘. 내가 도움이 될 거야.”
그가 서클렛에 갇힐 땐 갇히더라도 내가 회수해야 한다. 그래야 안전한 장소에 보관해둘 수 있을 거고. 아니, 솔직히 말하면 내 마음 편하자고 하는 거였다. 적어도 다시 만났을 때 그에게 조금이라도 더 변명할 수 있는 여지를 만들고 싶어서.
“알았지? 절대 혼자 가지 마. 나랑 같이 가.”
거듭 당부한 말에 시벨리우스는 내키지 않는 얼굴로 고개를 끄덕였다. 그 모습을 새기듯이 천천히 바라보았다. 마음이 이루 말할 수 없이 무거웠다. 예고된 이별의 때가 다가오고 있었다.

3.

다음 날 아침은 유난히 고요했다. 이상할 정도로 허전한 기분에 주춤거리며 몸을 일으켰다. 이 기묘한 위화감의 원인은 금방 알 수 있었다. 평소에 이 시간이면 시벨리우스가 끓이는 차향이 온 집안에 가득했는데 오늘은 아무런 향도 느껴지지 않았다.

"시벨?"

방문을 나서자 거실에서 책을 읽던 엘뤼엔이 돌아보았다.

"일어났나?"

"어, 응. 아버지, 시벨은 어디에 있어?"

일어나자마자 시벨리우스부터 찾는 게 마음에 들지 않았는지 그의 미간이 가볍게 찌푸려졌다.

"그 녀석은 갔어."

대답은 다른 곳에서 돌아왔다. 깜짝 놀라 돌아보니 활짝 열어 둔 창틀에 트로웰이 앉아 있었다.

"트로웰! 언제 온 거야?"

"조금 됐어."

그날 그렇게 헤어진 후로 트로웰은 일주일에 한 번씩은 꾸준히 찾아와주고 있었다. 대부분 30분 이내의 짧은 방문이었고 얼굴만 비추고 갈 때도 있었지만, 찾아오는 간격은 늘 같았다. 그런데 오늘은 지난번 방문 후로 아직 사흘밖에 되지 않은 상태였다. 무슨 일이라도 있는 건가 싶었다가 그가 한 말이 뒤늦게 떠올랐다.

"어, 그런데 방금 무슨 말이야? 시벨이…… 갔다고? 어딜?"

어깨를 으쓱인 트로웰이 시벨리우스의 방 쪽을 가리켰다. 문을 열고 들어가 봤지만 잘 정돈된 실내엔 아무도 없었다. 대신 협탁

위에 쪽지가 놓여 있었다. 누가 봐도 시벨리우스가 남겨둔 것이 분명한.

"말도 안 돼."

홀린 듯한 기분으로 천천히 걸어가 쪽지를 집어 들었다. 안에 적힌 단정한 글씨가 눈에 들어왔다.

엘, 미안해.

아무리 생각해도 나와 같이 가는 건 좋은 생각이 아닌 것 같아. 장로는 대화가 통하지 않는 사람이야. 틀림없이 언성이 높아질 텐데, 네게 그런 광경을 보여주고 싶지 않아. 일단 웬디에게 마신의 성물을 받는 대로 바로 돌아올 테니 너무 걱정하지 마. 나 혼자 멋대로 결정해서 미안해. 그리 오래 걸리지 않을 거야. 다녀와서 보자.

시벨리우스가.

"이 자식……."

그렇게 같이 가자고 했는데 기어코 혼자 가버렸다. 이런 말도 안 되는 쪽지까지 남겨놓고.

"아마 돌아오지 못할 거야."

뒤에서 지켜보고 있던 트로웰이 말했다. 이후에 벌어질 일들이야 나도 짐작할 수 있었지만 그의 입으로 듣는 건 또 다른 기분이었다. 막연한 희망마저 가질 수 없게 완전한 판결이 떨어진 것 같았다.
"그 녀석에게도 경고했는데 전혀 안 듣더라."
중얼거리는 트로웰은 조금 뚱한 얼굴이었다. 아무래도 이걸 위해 일부러 와준 것 같았다.
"지금이라도 쫓아가면 따라잡을 수 있을까?"
초조한 기분으로 물었지만 돌아온 대답은 긍정적이지 않았다. 이미 시벨리우스가 마을에 도착한 후였기 때문이었다. 이런 건 꼭 쓸데없이 빨랐다.
"유니콘의 영지는 결계가 있어서 마법으론 들어갈 수 없다. 입구를 통과하는 방법을 따로 알아내야 할 거다."
그 말을 들으니 생각나는 사람이 한 명 있었다. 엘뤼엔에게 부탁해 이동 마법으로 곧장 장소를 찾아갔다. 몸이 붕 뜨는 느낌이 들면서 순식간에 주변의 광경이 흐려졌다. 시야가 깨끗해졌을 땐 눈앞에 작은 식당이 있었다.
"어서 오십…… 어?"
문을 열고 들어가자 반사적으로 맞이하던 식당 주인이 나를 알아보고 눈을 동그랗게 떴다. 갈색 머리칼에 녹안. 이루고 있는 색은 달랐지만 전체적인 얼굴 분위기가 역시 많이 닮았다. 시벨리우스의 형, 리글레오였다.
"오랜만이네요."
"아, 정말 오랜만입니다."
식사 시간이 아니라 그런지 식당 안엔 다른 손님이 없었다. 반가운 얼굴로 다가온 리글레오가 슬쩍 내 주위를 살폈다.

"그 아이는…… 시벨은 같이 안 왔습니까?"

"그거 때문인데요. 혹시 유니콘 마을에 가는 방법을 알려줄 수 있을까요?"

"……네?"

당황한 듯 눈을 깜빡인 리글레오가 한 발짝 늦게 반응했다. 그러다 무슨 생각이 들었는지 무섭게 얼굴을 굳히고 물었다.

"설마 시벨이 추격자들에게 잡혀갔습니까?"

"아, 아뇨! 그런 건 아니에요. 마을로 돌아가긴 했지만 본인 의지로 간 거예요. 저도 같이 가기로 했는데, 제가 자는 사이에 그 녀석 혼자 가버려서요……."

아아, 그제야 상황을 이해했다는 듯 그가 한결 안도한 얼굴로 고개를 끄덕였다.

"쫓아가고 싶은데 이미 마을에 들어가 버린 것 같더라구요. 그래서 방법을 물어보러 온 거예요."

"으음, 그렇군요. 무슨 상황인지는 알겠습니다. 하지만 죄송하게도 이건 도움을 드리기 어려울 것 같습니다."

"아……."

"앗, 오해하지 마십시오. 알려드리기 싫다는 뜻이 아닙니다. 저도 모르기 때문에 알려드리고 싶어도 그럴 수가 없는 겁니다."

"……모른다고요?"

"유니콘 마을은 외부인의 출입이 엄격히 통제되는 만큼 결계 관리에도 신경을 많이 씁니다. 제가 마을을 떠난 후에 바로 진법의 구조부터 바꿨습니다."

차분한 설명에 가슴이 착잡해졌다. 한때 룬이었던 그가 마을을 떠났는데 가장 먼저 한 일이 진법을 바꾼 거라니. 다시는 돌아오지 말라는 소리를 이보다 더 차갑게 표현할 수 있을까. 내가 이렇게 가슴이 아픈데 당사자는 어떤 기분일지 상상이 가지 않았다. 하지만 나 때문에 좋지 않은 기억을 상기했을 텐데도, 리글레오는 그저 미안해하기만 했다.

"아렐은 알 테지만 그도 최근엔 만나기 어려워진 상태라서요. 제 쪽에서 먼저 연락할 방법은 없어서 이것도 도움이 되기가 어렵겠네요."

"……그렇군요."

"시벨은 당신을 걱정해서 그랬을 겁니다. 유니콘 마을은 외부인에 많이 예민한 편입니다. 인간에게는 더욱 그렇고요. 장로는 특히 무슨 짓을 할지 알 수 없는 사람이라…… 마주치게 하고 싶지 않았을 겁니다. 서운하겠지만 이해해 주세요."

실망한 표정이 너무 눈에 보였는지 리글레오가 서둘러 위로의 말을 건네왔다. 누가 형제 아니랄까 봐 하는 말도 거의 비슷했다.

"한 가지 물어볼 게 있는데요."

"네, 뭡니까?"

"여전히 시벨이 당신에 대해 아무것도 모른 채로 살기를 바라나요? 그게 아주 먼 시간이 지난 후라도?"

그 말에 웃고 있던 그의 얼굴이 천천히 굳어졌다. 동생 친구를 바라보던 훈훈한 시선이 사라지고, 그 자리에 경계심이 채워지는 것이 선명히 보였다.

"……당신은, 뭘 어디까지 알고 있는 겁니까?"

"아마 예상하는 것보다 더 많이 알 거예요."

"혹시 아렐이?"

"아뇨. 당신 태도도 그렇고, 여기저기서 들은 이야기들도 있고 해서요. 그냥 제 나름대로 짐작해본 거예요. 지금 반응을 보니 맞춘 것 같네요."

적당히 둘러댄 말이었지만 어색하진 않았는지 리글레오는 의심 없이 받아들인 얼굴이었다. 잠시간 낭패한 기색을 감추지 못하던 그는 이내 진지한 표정으로 생각에 잠겼다.

"먼 시간이라는 건 어느 정도를 말하는 겁니까?"

"으음, 그냥 까마득하게 긴 시간이요. 몇천 년? 한 4천 년이라든가."

"이런, 생각보다 더 먼 훗날이네요."

몇천 년은 유니콘에게도 긴 시간이다. 그제야 여유가 돌아왔는지 리글레오의 입가에 미소가 번졌다.

"그렇군요. 그쯤이면 알아도 괜찮을지도 모르겠네요. 그 아이가 룬으로서 어엿하게 각성하고, 절 용서할 마음이 생긴다면요."

"……그때가 되면 시벨리우스한테 무슨 말을 하고 싶어요?"

설마 그런 걸 물을 줄은 몰랐다는 듯 리글레오가 눈을 크게 떴다. 하지만 그 얼굴은 곧 편안하게 풀어졌다. 부드러워진 눈빛에 애틋한 감정이 물씬 피어났다.

"형은, 널 아주 많이 사랑한다고요."

알겠어요. 돌아가서 만나면 꼭 그렇게 전해줄게요. 답하고 싶은 말을 입안으로 삼키며 고개를 끄덕였다. 울지 않기 위해 애쓰는 것만으로 버거워서 제대로 말을 할 수가 없었다. 리글레오는 그런 내 기분을 다 안다는 듯 아무 말 없이 미소 짓기만 했다. 왜 이런 걸 물어보는지 이유조차 묻지 않았다.

혼자 식당을 돌아 나오는 발걸음이 무거웠다. 결국 시벨리우스를 쫓아갈 방법은 찾지 못하게 됐다. 갑작스럽게 너무 엄청난 일이 벌어진 것 같았다. 이럴 줄 알았으면 무작정 같이 가겠다고 하지 말걸. 차라리 제대로 작별하는 시간이나 마련해볼걸. 그랬다면 마지막 식사라도 같이할 수 있었을 거다. 아쉽고 안타까울지언정 이런 식으로 허무하게 끝나버리진 않았을 텐데. 뒤늦은 후회들만 가슴을 가득 채웠다.

안녕, 시벨리우스. 지금은 이별이지만 이게 끝은 아닐 테니까. 네가 먼저 돌아간 거라고 생각할게. 나중에 꼭 다시 만나자. 그때 우리는 더 많은 것을 공유할 수 있을 거야. 그렇지?

한숨을 내쉬는데 눈앞에 그림자가 드리워졌다. 내가 리글레오를 만나는 동안 밖에서 기다리고 있던 엘뤼엔이었다.

"아버지."

"원한다면 네 앞에 데려다 놓겠다."

시벨리우스를 데리고 나와주겠다는 뜻이었다. 흐리게 웃으며 고개를 저었다. 미련이 남지 않은 건 아니지만 이렇게 된 게 차라리 잘된 것 같다. 사실 같이 갔으면 오히려 더 힘들기만 했겠지. 눈앞에서 시벨리우스가 봉인되는 상황이 벌어지면 그걸 가만히 지켜볼 순 없었을 거다.

"아버지, 나 거기 가고 싶어."

"어디를?"

"아버지랑 처음 만난 곳."

돌아보는 엘퀴엔의 눈동자에 이채가 어렸다.

"그쪽의 용건은 이제 끝난 거 아니었나?"

"그래도 가고 싶어. 데려가 줄래?"

"그래, 알겠다."

부유감과 함께 화사한 빛이 감싸 안았다. 이제 정말로 내가 아는 모든 과거의 이야기가 끝났다. 이제부터는 전부 모르는 세계였다.

*　　*　　*

여름에 접어든 날씨는 새벽이 되어도 훈훈했다. 짙푸른 숲에 들어선 시벨리우스는 자꾸만 뒤를 돌아보고 싶은 충동을 간신히 눌러 참았다. 엘이 같이 가자고 했는데 그가 잠든 사이에 말도 없이 떠나고 말았다. 깨어나면 틀림없이 화내겠지. 실망한 표정을 지은 엘을 생각하니 돌을 얹은 것처럼 마음이 무거웠다.

"가지 않는 게 좋을걸."

출발하기 전 들었던 말 때문에 더 그럴지도 몰랐다. 그 말을 한 사람이 하필 예지 능력을 지니고 있지 않았다면 좋았을 것이다. 싫어하는 쪽에 가까운 이라 그가 하는 말은 무엇도 달갑게 여길 수 없지만, 이건 그것과는 별개의 문제였다.

"작별 인사는 제대로 하는 게 낫지 않겠어? 잠든 사이에 몰래 가버리면 엘이 실망할 텐데."

약 올리듯이 말하던 목소리가 지금도 귓가에 선명했다. 시벨리우스는 자기도 모르게 한숨을 내쉬었다. 엘퀴네스는 정령계로 돌아갔고, 엘도 완전히 잠든 시각이었다. 아무도 자신의 계획을 알아차리지 못할 거라 생각했는데 설마 누가 나타날 줄은 몰랐다. 그게 지난 시간 그의 속을 뒤집어놨던 땅의 정령왕일 거라곤, 더더욱 상상도 하지 못했다.

"네가 무슨 상관이야."

"맞아, 나와는 상관없지."

어슴푸레한 달빛을 등진 채 나타난 소년은 그 자체로 고요한 밤하늘 같았다. 미풍에 흔들리는 흑발도, 은은한 광채를 머금은 금안도 모두 이 세상이 심혈을 기울여 빚어낸 작품처럼 보였다. 그래서 더 마음에 들지 않았다.

"네가 아니라 엘을 위해서 말해주는 거야."

"그런 말을 네가 하는 건 우습다고 생각하지 않아?"

"한마디를 좋게 받아들이질 않네. 그래서 선배로서 충고하는 거잖아. 뭐, 굳이 후회하겠다면야."

"……작별 인사는 필요 없어. 난 아주 떠나는 게 아냐. 같이 가는 건 너무 위험하니까 그냥 혼자 금방 다녀오려는 거야. 용건만 해결하고 바로 다시 돌아올 거야."

"글쎄, 그게 과연 네 생각대로 될까."

읊조리는 듯한 음성이 낮은 웃음기를 머금었다. 위에서부터 아래로 천천히 훑어내리는 시선이 묘했다. 어릴 때부터 종종 받아왔던 시선이라 시벨리우스는 그 의미를 금방 알아차렸다. 그건 분명 한심해하는 시선이었다.

"어쨌든 난 경고했어."

빠직, 시벨리우스는 길을 방해하는 나뭇가지를 신경질적으로 잡아 꺾었다. 다시 생각해도 이가 절로 갈렸다.

"기분 나쁜 자식……."

정령왕이면 뭐고 미래를 좀 볼 수 있는 게 뭐라고. 어차피 그 예지도 전부 들어맞는 건 아니면서. 최근 들어 좀 나아지긴 했지만 역시 천성은 어디 가지 않는 법이다. 그 때문에 엘이 죽을 뻔했던 걸 생각하면 지금도 그는 울화가 치밀었다.

그래도 한편으로는 마음이 무거운 건 어쩔 수 없었다. 그 얄미운 땅의 왕이 친히 경고까지 하러 올 만큼, 이 여정이 위험하다는 소리였으니까.

'어차피 한번은 겪어야 할 일이야.'

시벨리우스는 심란한 마음을 차분히 다스렸다. 엘에게는 차마 말하지 못했지만, 장로가 보낸 전언엔 그에게만 전하는 내용도 들어 있었다.

> 기한 내에 돌아오지 않을 시 당신의 소중한 친구가 다치게 될 겁니다. 제가 일족을 위해 특별한 힘을 쓸 수 있다는 걸 잊지 마십시오.

이걸 허세라고 여길 수 있다면 얼마나 좋을까. 하지만 장로에겐 루세프의 신물이 있었다. 유니콘이 중간계로 이주할 때 특별히 하사받은 것으로, 그 신물을 사용하면 단 한 번 루세프의 이름으로 심판을 내릴 수 있었다.

원래 룬이 지니고 있어야 하는 거지만 그의 나이가 너무 어리다는 이유로 장로가 관리했고, 성인이 된 후에도 돌려받지 못했다. 지금까지는 감히 아무도 사용할 생각을 하지 못했으나 룬에 비정상적으로 집착하는 장로라면 일을 저지르고도 남았다. 신계 복귀가 확정된 지금은 더더욱 거리낌이 없을 것이다. 엘이 아무리 강하고 정령왕의 비호를 받는다 해도 상급신의 심판을 이기지는 못한다. 그렇기에 더더욱 마을에 데려갈 수 없었다.

'일단 루세프의 신물부터 찾자.'

신물을 보관해둔 장소는 이미 알고 있었다. 그것만 확보하면 장로에게 끌려다니지 않아도 된다. 속으로 계획을 정리한 후 시벨리우스는 신중히 마을로 들어섰다. 약속된 규칙에 따라 몇 개의 관문을 통과하자 다른 세상이 펼쳐지기 시작했다. 등나무꽃이 한가득 피어난 초원 위로 신전처럼 새하얀 가옥들이 하늘을 향해 뻗어 있었다. 익숙한 고향의 전경이었다.

아직 이른 시간이라 그런지 활동하는 이들은 많지 않았다. 시벨리우스는 주술을 써서 기척을 죽이고 빠른 속도로 이동했다. 목적지는 마을 중심부에 있는 장로의 가택이었다. 출입문으로 들어가는 대신 벽을 넘어 안으로 들어선 그는 성큼성큼 걸음을 옮겼다. 복잡한 구조였지만 워낙 어릴 때부터 오간 곳이라 모르는 길은 없었다. 이윽고 그의 눈앞에 작은 가옥이 모습을 드러냈다. 장로의 개인 기도실이었다.

기도실엔 장로 본인만 통과할 수 있는 결계가 있어서 다른 사람이 들어가는 건 위험했다. 시벨리우스도 어릴 때부터 들어가면 큰일이 난다는 얘기를 귀에 못이 박이도록 들었다. 실제로 누가 호기심으로 들어갔다가 결계에 걸려 죽는 사고가 벌어진 적도 있었다. 하지만 지금 안으로 들어서는 시벨리우스의 발걸음엔 아무런 망설임이 없었다. 사실 그는 지금까지 단 한 번도 자신이 들어가지 못할 거라는 생각은 해본 적이 없었다. 그 결계를 룬의 피로 만들었으니까.

예상대로 시벨리우스는 아무렇지 않게 결계를 통과했다. 가볍게 숨을 삼킨 그는 조금 착잡한 기분으로 주위를 둘러보았다. 내부엔 루세프의 신상들이 세워져 있었다. 시벨리우스는 그중 활을 들고 있는 신상으로 다가가 주위를 훑었다. 이마의 장식을 건드린 후 활촉을 돌리자 신상의 등 부분에서 작은 홈이 튀어나왔다. 여기까지는 전부 순조로웠다. 하지만 그 안에서 빼낸 함을 확인했을 때 시벨리우스의 눈빛은 가라앉았다.

'……없어.'

원래 신물이 들어 있어야 할 상자가 텅 비어 있었다. 내가 찾아올 걸 예상했나. 아무래도 쉽게 가기는 틀린 듯했다. 주먹을 움켜쥔 시벨리우스는 기도실을 벗어났다. 이번엔 굳이 숨어 다니지 않고 모습을 드러냈다. 한창 오전 일과를 시작하던 장로의 식솔들이 그를 알아보고 술렁거렸다.

"시벨 님!"

소식이 안으로 전해지는 속도는 빨랐다. 곧 다른 건물 쪽에서 웰디가 시종들을 대동한 채로 나타났다. 치장하는 중에 서둘러 나온 건지 머리도 땋아 내리다 만 상태였다.

"드디어 돌아오셨군요! 기별이라도 해주시지 그러셨어요. 그럼 마중을 나갔을 텐데."

반가운 기색이 역력한 얼굴을 바라보다 시벨리우스는 다른 이들도 돌아보았다. 그들은 모두 불편한 표정으로 시선을 피하고 있었다. 이것 역시 익숙한 광경 중 하나였다. 이곳 사람들은 대부분 그와 눈을 맞추려 하지 않는다. 그제야 돌아왔다는 실감이 들었다. 더불어 더는 이런 광경들에 미련이 생기지 않는다는 사실도 깨달았다. 시벨리우스는 자기도 모르게 낮게 실소했다. 그래도 조금쯤은 그리운 기분이 들 줄 알았다.

"서클렛은 어딨어?"

"오시자마자 그거부터 찾으시기예요?"

웰디가 입술을 삐죽였다. 새초롬해진 얼굴에 서운함이 서리는 광경을 시벨리우스는 담담히 응시했다. 그를 이루는 삭막한 세계에서 웰디는 몇 안 되는 온기 중 하나였다. 예전 같았다면 미안한 마음이 들었을 텐데 지금은 아무렇지도 않았다. 그 변화를 느낀 건 웰디도 마찬가지였는지 눈빛이 흔들렸다. 입술을 살짝 깨문 그녀의 목소리가 조금 전보다 한층 퉁명스러워졌다.

"그거 지금 저한테 없어요."

"그게 무슨 말이야? 너한테 없으면 누구한테 있는데."

"실은……."

"이걸 찾으십니까?"

순간 들려온 음성에 소름이 쭈뼛 돋았다. 시벨리우스는 가까스로 고개를 돌려 소리가 들려온 방향을 확인했다. 그곳엔 오색의 가운을 걸친 남자가 서 있었다. 연한 다홍색 머리칼을 딱 붙도록 넘겨 올린 그는 그 머리 모양만큼이나 빈틈없이 날카로운 인상이었다. 웰디와 똑같은 붉은색 눈동자였지만, 그의 눈은 한 번도 편한 기분으로 마주 봤던 적이 없었다.

"아르단."

"룬을 참으로 오랜만에 뵙습니다."

정중한 인사를 가장한 타박이었다. 시벨리우스는 굳은 얼굴로 그의 모습을 바라보았다. 장로 아르단은 은으로 만들어진 쟁반을 들고 있었다. 그 위에 담겨 있는 장신구가 보였다. 은테에 푸른 보석이 달린 서클렛. 희미하게 스며 있는 마신의 기운만 봐도 그게 찾던 물건이라는 건 분명했다. 하지만 시벨리우스의 시선이 향한 건 아르단의 손이었다. 그 오른쪽 검지에도 푸른 보석이 박힌 두꺼운 반지가 끼워져 있었다. 기도실에서 찾을 수 없었던 루세프의 신물이었다.

아르단 역시 시벨리우스의 시선이 반지에 향했다는 걸 알아본 표정이었다. 그의 얼굴에 은은한 미소가 걸렸다.

"하실 이야기가 많으신 것 같군요. 자리를 옮기시겠습니까?"

옮긴 장소는 아르단의 방이었다. 단둘이서만 대화하겠다는 아르단의 명에 따라, 탁자에 다과를 차려둔 시종들이 빠르게 자리에서 물러났다. 손녀인 웰디 역시 예외는 아니었다. 더는 지켜보는 시선들이 없게 되고 나서야 아르단은 입을 열었다.

"그간 강녕하셨는지요. 건강하신 모습을 뵈니 안심됩니다. 시벨리우스 님께서 돌아오시기만을 그간 얼마나 기다려왔는지 모릅니다. 노인을 이렇게 노심초사하게 하시다니, 정말 너무하셨습니다."

"……말도 없이 나간 건 미안해."

"이해는 합니다. 시벨리우스 님은 아직 한창의 나이이니 젊은 혈기를 이기지 못하신 거겠지요. 그래도 이렇게 돌아오셨으니 됐습니다."

평화로운 대화였으나 둘 사이에 흐르는 공기는 그렇지 않았다. 시벨리우스는 날 선 기류가 파고드는 것에 얼굴이 찌푸려지는 걸 간신히 참았다. 장로와 보내는 시간은 늘 이런 식이었다. 아무리 가벼운 대화도 칼로 찌르고 베는 것 같았다. 그와는 달리 여유로운 표정을 한 아르단은 탁자 위에 올려둔 서클렛을 손가락으로 느긋하게 쓸었다.

"웰디에게서 대략의 이야기는 들었습니다. 그 아이가 마신의 성물을 가져와 버린 모양이더군요."

"신관들이 찾고 있어. 다시 돌려줘야 해."

"물론입니다. 성물을 사사로이 소유할 수는 없는 일이지요. 이건 제가 수하를 시켜 마신전에 돌려놓도록 하겠습니다."

"내가 직접……."

"시벨리우스 님."

엄격한 목소리에 시벨리우스는 그대로 입을 다물었다.

"철없는 행동은 이제 충분히 하지 않으셨습니까?"

"……."

"다른 종족의 세상이 신기해 보이고 재밌어 보일 수 있지요. 그들과 친구가 될 수도 있을 겁니다. 하지만 룬은 그래선 안 됩니다. 늘 주변을 경계하고 자신을 지켜야 합니다. 인간처럼 간교한 종족은 특히 가장 주의해야 합니다. 제가 누누이 말씀드리지 않았습니까?"

"난 충분히 주의하고 있어. 그리고 모든 인간이 간교한 건 아니야. 좋은 사람도 있어."

"이것 보십시오. 주의하신다면서 이미 인간에게 호의적인 태도시군요. 스스로 모순을 느끼지 못하시겠습니까?"

"……아르단. 난 바보가 아니야."

한숨과 함께 내뱉은 대답에 아르단이 잠시 멈칫했다.

"눈앞의 상대가 간교한지, 호인인지, 진심으로 날 위하는 건지 아닌지. 그 정도는 충분히 구분할 수 있어."

"……."

"누구보다 날 어리숙하게 여기고 무시하고 있는 건 당신 아닌가?"

공기가 가라앉으며 정적이 흘렀다. 아르단은 웃음기를 거둔 얼굴로 한동안 가만히 시벨리우스를 응시했다. 그리곤 이내 다시 아무렇지 않게 웃었다.

"그렇군요. 시벨리우스 님도 이제 장성하셨지요. 늙은이가 노파심이 너무 과했나 봅니다. 제 눈에는 아직도 시벨리우스 님의 어린 시절이 선해서 말입니다.”

“…….”

“고사리 같은 손으로 제 손을 잡고 아장아장 걸으셨지요. 부모도 형제도 없이 홀로 남겨진 상태로. 눈물이 그렁그렁한 눈으로 매일 아르단, 아르단, 하면서 얼마나 저를 찾으셨는지…….”

“그만해, 아르단. 말 그대로 어릴 때 일이잖아.”

“하하, 죄송합니다. 그때만 생각하면 지금도 가슴이 미어져서 그만.”

속이 갑갑한 기분에 시벨리우스는 주먹을 꾹 움켜쥐었다. 갈등이 생길 때마다 보호자였던 과거를 내세우는 아르단은 정말 상대하기 벅찼다. 빚을 진 기분에 하고 싶은 말을 억지로 눌러 삼키게 된다. 그렇게 삼킨 싹이 결국은 독이 되는 걸 알면서도 피할 수가 없었다.

“누구보다 시벨리우스 님을 잘 보필해야겠다는 생각이 과한 나머지 그간 제가 너무 엄격했지요. 서운한 마음이 있으신 것도 이해합니다. 하지만 그렇다고 해서 무모한 행동을 하신다면 그거야말로 시벨리우스 님이 아직 장성하지 않으셨단 증거가 아니겠습니까.”

“난 반항심 때문에 이러는 게……!”

“반항심이 아니라면 한때의 유희는 그저 유희로 흘려버리실 줄도 아셔야겠지요. 룬의 책무를 누구보다 잘 이해하고 계실 테니 말입니다.”

"……아르단."

"아직도 모르시겠습니까? 상대가 호인인지, 악인인지, 그런 게 중요한 게 아닙니다. 룬은 그런 걸 따질 필요조차 없습니다. 애초에 다른 종족과 어울려선 안 된다는 게 중요한 겁니다."

아르단의 두 눈이 기묘한 빛으로 번들거렸다. 시벨리우스는 다시금 입을 다물었다. 눈앞에 거대한 벽이 서 있는 것 같았다. 어떤 방법으로도 결코 넘을 수 없는, 까마득히 높고 견고한 벽이었다. 시벨리우스가 조용해지자 아르단은 부드러운 표정을 지었다.

"시벨리우스 님이 자꾸 외부로 시선을 돌리시는 건 부담감 때문이겠지요. 아직 룬의 힘을 각성하지 못하신 것에 너무 자책하셔서 그런 겁니다. 다 부담을 드린 제 탓입니다. 하지만 이제 아무것도 걱정하실 거 없습니다. 신계로 돌아가면 시벨리우스 님도 룬의 힘을 각성하실 수 있으실 겁니다. 그때가 되면 일족들과 진정한 화합을 이룰 수 있겠지요."

우스운 말이었다. 각성이 화합의 기준이라면 역대 최강의 룬이라 평가받는 선대 룬은 누구보다 진정한 화합을 이뤘어야 했다. 하지만 그는 스스로 힘을 폐하고 마을을 떠났지 않았던가. 애초에 룬은 유니콘이 아닌가? 다른 일족은 태어나면서부터 당연히 이루는 화합을 왜 그는 힘을 각성해야만 이룰 수 있다는 말인가. 머릿속이 반박하고 싶은 말들로 온통 소란스러웠다.

"이해하셨으면 이제 신계로 돌아갈 준비를……."

"난 안 갈 거야."

대답은 생각보다 쉽게 나왔다. 멈칫한 아르단이 무서운 얼굴로 그를 쏘아보았다.

"지금, 뭐라고 하셨습니까?"

"난 신계에 안 갈 거라고 했어. 갈 거면 당신들이나 가. 난 아크아돈에 남을 거야."

"……."

노련한 장로답게 아르단은 선뜻 흥분하지 않았다. 그 대신 손가락에 끼운 반지를 천천히 만지작거렸다. 그 의미를 모를 수가 없던 시벨리우스가 얼굴을 굳혔다.

"이곳에 남은 미련거리가 사라져도 그렇게 말씀하실지 궁금하군요."

"……엘이 죽어도 마찬가지야. 오히려 내 친구를 죽인 당신을 용서할 수 없어서라도 더 가지 않을 거야. 엘의 목숨을 담보로 협박할 생각도 하지 마. 그럼 나도 내 목숨을 걸 테니까."

"설마 죽기라도 하시겠다는 겁니까?"

"못 할 것 같아?"

"……."

처음으로 아르단은 말문이 막힌 표정을 지었다. 그는 골치 아픈 표정으로 시벨리우스를 노려보았다가 한층 달래는 목소리로 말했다.

"그렇게 감정적으로 나오지 마십시오, 시벨리우스 님. 유니콘 일족이 신계로 귀환하는데, 룬인 당신이 돌아가지 않겠다는 게 말이 된다고 생각하십니까?"

"어차피 룬 취급 한 적 없잖아."

"시벨리우스 님."

"그리고 신계에 돌아가면 룬은 더 이상 필요 없는 거 아니야? 다들 내가 아니라 루세프 님이 강신하길 원했던 거잖아. 그 루세프 님을 직접 뵐 수 있게 됐으니 이제 내 역할도 끝난 거 아닌가?"

"그렇다 해도 그 힘은 고유합니다. 다른 종족에게 넘어가게 할 수는……."

"절대 안 넘겨. 맹세해. 원하면 이 자리에서 힘을 폐할게. 나도 날개를 꺾으면 돼? 그러면 되겠어?"

"무슨……."

"그만두게 해줘. 난 이런 거 이제 더는 못하겠어. 전부 지긋지긋해."

그 순간 아르단의 얼굴이 참혹하게 일그러졌다. 지금까지 봐왔던 그 어떤 것보다도 격정적인 반응에 시벨리우스는 자기도 모르게 긴장했다.

"……형제가 참으로 똑같군요. 하긴 룬의 혈통들은 항상 그랬지요."

자리에서 일어나 내려다보는 얼굴엔 분노가 가득했다. 세상에서 가장 혐오하는 것을 보는 듯한 경멸의 시선이 닿았다. 시벨리우스는 저 얼굴이 미소 짓는 얼굴보다 그에게 훨씬 더 잘 어울린다고 생각했다. 아마 가장 솔직한 진심을 비친 얼굴이라 그럴 터였다.

"남들은 갖고 싶어도 가질 수 없는 특별한 힘을 지니고 있으면서. 그걸 긍지로 여기지 못할망정 의무를 내팽개칠 궁리만 하기 바쁘지요. 대체 왜 루세프께서 당신들의 혈통에 룬의 힘을 내리셨는지 모르겠습니다. 나라면, 내가 룬이었다면……!"

"당신이 룬이라면 더 잘할 수 있었을 거 같아?"

"당연하지 않습니까? 전 책무가 무엇인지 누구보다 잘 알고 있습니다."

"그렇네. 차라리 당신이 룬이었으면 좋았을 텐데……."

실소하며 답하는 말에 아르단의 얼굴은 더 일그러졌다. 이어지는 질문엔 이를 가는 소리가 섞여 들렸다.

"아크아돈에 남겠다 하셨습니까? 어떤 말로도 마음을 바꿀 생각이 없으시다고요? 우리와 같이 신계로 돌아갈 바엔 차라리 죽겠다는 겁니까?"

"그래."

"하! 좋습니다! 우리도 당신같이 한심한 룬은 필요 없습니다! 당신의 말대로 신계로 돌아가면 룬 따위가 더는 무슨 필요가 있겠습니까?"

설마 이대로 포기하는 건가? 희망을 느낀 시벨리우스가 고개를 들었다. 그 모습을 본 아르단의 입매가 크게 비틀어졌다.

"허나 필요 없다 해도 룬의 힘은 루세프님의 산물. 저는 그 고결한 힘을 지상에 방치하지도, 그 힘이 소멸하는 걸 지켜보지도 못하겠습니다."

직후 짧게 무어라 중얼거린 아르단이 손가락에 끼운 반지를 매만졌다. 동시에 시벨리우스는 자신을 억압하는 강력한 힘을 느꼈다. 무언가에 결박된 것처럼 몸을 꼼짝도 할 수 없었다.

"……뭘 하려는 거야."

"그거 아십니까, 시벨리우스 님? 이 신물이 내리는 심판엔 죽음만 있는 것이 아닙니다."

반지에 박힌 푸른 보석에 기이한 빛이 번졌다. 저 보석이 청금석이던가. 신력을 담아내기에 좋은 광물이라 신의 보석이라고도 불리는 광물이었다. 그러고 보니 서클렛에 박혀 있는 보석도 같은 재질인 것 같았다. 거기까지 생각이 미친 순간 서클렛의 보석에서도 빛이 일었다. 마치 두 보석이 서로 공명하는 것처럼.

"죄인을 영원한 심연에 가두소서!"

눈앞에서 폭풍이 일었다. 그 속에 순식간에 집어삼켜진 시벨리우스는 아득한 추락감을 느끼며 눈을 감았다.

'엘한테 장갑 만들어 주기로 했는데.'

문득 이전의 약속 하나가 떠올랐다. 얼마 전 포목점을 구경하다 운 좋게 인어의 비늘을 발견해서 구입해 둔 참이었다. 아주 예쁜 파란색이었는데, 전해주기라도 할 걸 그랬다. 트로웰의 말대로 작별 인사는 하고 왔어야 했던 건지도 몰랐다.

'미안해, 엘.'

흐려진 시야가 닫히며 의식이 빠르게 멀어졌다. 그는 그대로 먹물 같은 어둠에 잠겨들었다.

쏴아아—

소용돌이치던 기류가 서클렛의 보석 속으로 사납게 빨려 들어갔다. 그 거대한 파장이 끝났을 땐 시벨리우스의 모습은 온데간데없이 사라진 후였다. 그를 집어삼킨 서클렛도 무슨 일이 있었냐는 듯 얌전하기만 했다. 이윽고 소임을 끝낸 반지가 먼지처럼 바스러지는 것을 아르단은 지긋이 내려다보았다. 귀한 신물을 써버렸지만 한 점의 후회도 일지 않았다. 오히려 희열이 들끓어 올랐다.

“원하는 대로 지상에 남으시지요, 마지막 룬이여. 영원한 시간에 갇혀, 죽지도 살지도 못하는 몸으로 말입니다.”

이젠 아무것도 들을 수 없는 상대를 향해 그는 나직하게 속삭였다. 참을 수 없는 웃음이 터져 나왔다. 이것으로 룬의 혈통은 영원하게 되었다. 어느 누구도 감히 넘보거나 해할 수 없을 터였다.

제2화

1.

예상했던 대로 시벨리우스에게서 다시 연락이 오는 일은 없었다. 혹시 몰라 마신의 성물에 관한 소식을 수소문해 봤지만 그에 관해서도 오리무중이긴 마찬가지였다. 너무 자세히 파고들면 이상한 오해만 받게 될 것 같아서 이것도 어느 정도만 알아보다가 적당히 그만뒀다. 그렇게 1년이란 시간이 흘렀다.

내가 근원의 숲 안에 터를 잡고 살기 시작한 기간이기도 했다. 처음엔 간단한 천막을 치고 지냈는데 불편한 점들을 하나둘씩 보완해 나갔더니 지금은 오두막집 정도가 됐다. 시벨리우스의 천막과는 비교할 수도 없는 수준이지만, 그럭저럭 지낼 만은 했다. 단지 나만 그렇게 생각하는 건지 라미아스는 올 때마다 불평하기 일

쑤였다.

"아니, 대체 왜 이런 산속에서 처량하게 지내는 거냐고. 하다못해 근방의 마을에서 지내도 되잖아. 네가 돈이 없어 능력이 없어? 지낼 곳이 없으면 우리 집에 와서 지내라는데, 싫다. 마을에서 주택을 구매하라는 것도 싫다. 하다못해 인부를 고용해서 쓸 만한 집이라도 지으라니까 그것도 들은 척을 안 해. 너는 대체 뭐가 문제냐?"

삐걱거리는 나무 의자에 앉아 오만상을 찡그린 라미아스는 대접받은 차를 마시는 내내 투덜거렸다. 순서와 표현만 조금 다를 뿐이지 한결같은 내용이었다. 조금만 더 들으면 외울 수도 있을 것 같아서 한숨이 절로 나왔다.

"오랜만에 와서 또 잔소리하기예요?"

"내가 오죽 답답하면 그러겠냐? 다른 인간들은 젊을 때 어떻게든 한 푼이라도 더 벌려고 난리인데. 넌 아직 한창때인 녀석이 말이야. 왜 벌써 은퇴한 인간처럼 살아? 야망도 없어?"

"에이, 그런 거 있어서 뭐해요. 일만 많이 하지."

"넌 네 재능과 능력이 아깝지도 않냐! 그렇게 아무것도 안 하고 살다가 멍청해지면 어떡할 거야! 그럴 바엔 그 능력을 나를 위해 써! 내 후계자가 되라고!"

"이미 후계자 정했잖아요. 발표 연회까지 열지 않았나?"

"네가 한다고 하면 걔 물릴게. 걔도 상대가 너라면 아무 불만 없이 물러날걸?"

"하하, 싫어요. 안 해요."

농담이라도 적당히 받아넘겼다간 정말로 저지르고도 남을 사람이라(그리고 다비안도 정말 양보할 사람이라) 냉큼 발을 뺐다. 라미아스는 아쉬움이 가득한 얼굴로 입맛을 쩝쩝 다셨다. 세피온 공작의 후계자라니, 어림도 없지. 다른 일은 해도 그건 절대 안 한다. 누굴 말려 죽이려고.

"다비안한테 잘하세요. 아무나 하겠다고 받아주는 거 아니니까."

"못 할 자리 권한 것처럼 말하지 말아 줄래? 이거 공작 후계자 자리거든? 심지어 세피온 공작 가문이거든? 제국 5대 가문 중 하나인 대귀족이라고! 제국에서 가장 많은 영지를 보유한 가문이란 말이야!"

"그러니까요."

관리할 땅이 많으면 일도 그만큼 더 많을 거 아냐. 그야말로 눈만 돌리면 일감이 쌓여 있는 상황일 텐데 그게 뭐 좋은 거라고. 다비안만 해도 본격적인 후계자 수업에 들어간 후로는 잠도 거의 못 자고 있다고 들었다. 지금쯤 왜 하겠다고 했을까 후회하고 있지 않을까. 대수롭지 않게 받아넘기니 라미아스는 할 말을 잃은 표정을 지었다.

"거참. 이런 만사태평인 녀석이라 정령들이 좋아하는 건가……."

나라고 무작정 허송세월하고 싶은 건 아니다. 여전히 귀환할 방법은 알아내지 못했고, 언제 돌아갈 수 있을지도 알 수 없는 상황에서 계속 이렇게 지내도 되는 건지 고민도 많이 했다. 처음엔 유희하는 셈 치고 새로운 신분을 만들어 보거나 다시 제국으로 돌아가 헌터 생활을 해볼까도 싶었다. 그런데 계획을 세워볼 때마다 그냥 여기에 있어야 할 거 같다는 기분이 들었다. 이유는 나도 잘 모르겠지만.

"근데 너 아까부터 뭐 하는 거야?"

"보다시피. 요리하는데요."

한창 버무리고 있던 그릇을 들어 보였다. 절인 배추에 붉은 양념이 더해지니 제법 모양새가 그럴듯했다. 하지만 라미아스는 얼굴을 왕창 찌푸렸다.

"진짜 요리 맞아? 너 지금 거기에 고춧가루랑 마늘 같은 거 막 쏟아붓지 않았어? 테러용 폭탄을 제조하는 게 아니고?"

"큰일 날 소리를 하시네. 음식 맞거든요. 김치라는 거예요."

"그런 음식은 처음 들어보는데?"

"와, 그래요? 드래곤도 모르는 게 있구나."

"뭐? 아, 아냐! 진짜 처음 들어보는 이름이라니까? 어느 나라 음식인데?"

"저도 잘 몰라요. 그냥 책에서 우연히 요리법만 본 거라서요."

"무슨 책이 지역 소개도 없이 달랑 요리법만 적혀 있어? 그 책 나도 좀 보자."

"저한테 없어요. 예전에 도서관에서 봤던 거예요. 제목도 모르고요."

"암만 들어도 수상한데. 그냥 아무 말이나 지어 붙이는 거 아니야?"

지어 붙이는 거 맞다. 그렇다고 한국 음식이라고 말할 수는 없잖아. 이계에서 왔다고 광고하는 것도 아니고. 상대가 인간이면 대충 그런 나라가 있다며 무마해도 되겠지만 몇천 년 묵은 드래곤에겐 통할 리가 없었다. 결국 내가 장난치는 거라고 결론을 내렸는지 라미아스의 눈이 가늘어졌다.

"그냥 솔직히 말해. 뭘 만들다 실패한 거지? 애초에 네가 무슨 요리를 한다고."

"아, 그런 거 아니라고요. 그리고 저 요리 실력 많이 늘었거든요?"

시벨리우스가 떠나고 나서 가장 불편해진 점은 사실 숙소보다는 식사였다. 마을에서 지내면 식당에서 해결하면 되는데, 숲에선 그럴 수가 없다. 그렇다고 매번 끼니때마다 마을에 갈 수도 없는 노릇이라 아무래도 직접 해 먹는 빈도가 높아질 수밖에 없었다.

처음엔 이 상황을 별로 심각하게 생각하지 않았다. 원래 편식하는 편도 아니고, 전에도 대충 먹으면서 잘 지냈으니까. 그냥 그 시절로 돌아간 거라고 생각하면 될 줄 알았다. 미처 몰랐던 거다. 시벨리우스와 지내는 동안 내 입맛이 너무 높아졌다는 걸.

정령일 땐 별다른 영향이 없었는데, 육체가 있는 건 확실히 달랐다. 심지어 이 입맛은 다시 낮아지지도 않았다. 편한 침구는 없어도 괜찮았지만 음식은 아니었다. 이젠 삶은 감자라든가 대충 아무거나 넣어 끓인 잡탕 스튜 같은 것만으로는 도저히 만족할 수가 없었다. 그래서 어쩔 수 없이 제대로 요리하는 법을 배우기 시작했다. 다행히 여기에도 요리책이 있는 데다가, 시벨리우스가 요리할 때 옆에서 도우면서 눈대중으로 익힌 것들이 있어서 그런지 생각보다는 쉽게 익힐 수 있었다. 그렇게 어느 정도 자신감이 붙고 나니 문득 오랜만에 한국 음식을 먹어보고 싶다는 생각이 들었다.

할 일이 없어서 심심한 사람은 뭐든 할 수 있다. 아크아돈은 매운 음식을 즐기는 나라가 거의 없지만 그래도 기본적인 것들은 다 존재했다. 간장도 맛이 좀 다를 뿐이지 비슷한 종류가 있었고, 고추와 깨 기름도 있었다. 그런 식으로 비슷한 재료들을 찾아 최대한 활용해보기로 했다. 처음엔 떡볶이를 만들어봤고, 다음으로는 불고기와 갈비를 만들어 봤다.

사실 정확한 방식대로 만든 것도 아니고, 그냥 얼추 짐작대로 해본 거라 제대로 된 한식은 아니었다. 그래도 오랜만에 먹어서 그런지 비슷한 맛이라도 느껴본다는 게 왠지 감동스러웠다. 그래서 내친김에 이번엔 김치에 도전해 본 거였다. 이런 사연을 알 리가 없는 라미아스는 그저 미심쩍은 표정으로 내가 만든 김치를 내려다보고 있었다.

“시뻘겋게 생긴 게 아무리 봐도 먹을 수 있는 게 아닌데?”

“먹을 거 맞다고 몇 번을 말해요.”

일단 양념은 잘 배어든 것 같아 맛을 봤다. 짭짜름하면서 매운

맛이 약간 달착지근한 느낌으로 혀에 맴돌았다. 액젓은 끝내 구하지 못해 감칠맛은 조금 떨어졌지만, 이만하면 꽤 만족스러웠다.

"와, 나 천재인가?"

레시피도 안 보고 만들었는데 어떻게 이렇게 비슷한 맛을 내지? 아무래도 요리에 심상치 않은 재능이 있었던 게 틀림없다. 이럴 줄 알았으면 진작 배울걸. 그럼 이사나랑 둘이 다닐 때 좀 더 괜찮은 식사를 챙겨줄 수 있었을 텐데. 조금 입맛이 높아진 나도 대충 먹는 게 힘들어졌는데, 황제였던 이사나는 더 힘들었을 거다. 그런데도 불평한 적이 없었다는 게 새삼 대견했다.

"뭐야, 그렇게 감탄할 정도로 맛있어?"

나 혼자 감상에 빠져 있는 동안 호기심이 생겼는지 라미아스가 내가 잘라둔 김치 한 조각을 입에 넣었다. 다음 순간, 그의 얼굴이 시뻘겋게 달아올랐다.

"매워!"

경악한 목소리가 사방에 울려 퍼졌다.

"테러용 맛잖아!"

"거참, 엄살이 심하시네. 이 정도가 뭐가 맵다고 그래요. 나도 매운 거 잘 못 먹는 편이라 안 맵게 만든 거구만."

"이게 어떻게 안 매운 거야! 너 혀에 문제 있는 거 아니야?"

"드래곤이 이 정도 매운 것도 못 먹는 게 더 이상한 거 아니에요? 그러지 말고 더 먹어 봐요. 매운맛은 통각이라 계속 먹으면 적응할 거예요."

"웃는 얼굴로 무슨 무서운 소리를 하는 거야!"

펄펄 날뛰는 얼굴에 눈물이 그렁그렁한 걸 보니 정말 매운가 보다. 뜻밖에 재밌는 걸 발견한 기분에 유심히 구경하자니 그가 파드득 몸을 떨고는 두고 보자며 엄포를 놓고 사라졌다. 내가 김치를 더 먹일까 봐 달아나는 게 분명했다.

"애냐."

너무 신나게 웃었나 보다. 라피스가 혀를 끌끌 차는 소리가 들렸다.

"매운 거 좀 먹었다고 두고 보자고 하는 게 웃기잖아. 라미아스가 저렇게 매운 거에 약한 줄은 몰랐어. 넌 알고 있었어?"

"몰라. 관심 없어."

돌아오는 대꾸는 몹시 뚱했다. 평소에도 친절한 태도는 아니지만 그는 유독 라미아스한테 반응이 더 건조한 편이었다. 물어보면 딱히 사이가 안 좋은 편은 아니었던 것 같은데, 방문하는 것 자체를 달가워하지 않는 느낌이다.

혹시 란타샤랑 얽혀 있어서 그런가? 차였다곤 해도 어쨌든 어머니와 연애할 뻔한 상대니까. 자식 입장에선 기분이 묘한 건지도 모르겠다. 라피스가 딱히 그 정도로 섬세한 성격은 아닐 텐데. 지금으로선 그것 말고는 달리 생각나는 이유가 없었다.

내 생활이 단조로워지면서 엘퀴엔은 정령계에 가 있는 날이 더 많아졌다. 아무래도 정령왕의 영역이 두 군데나 제 기능을 못 하는 상태다 보니 이래저래 신경 써야 하는 부분이 많은 듯했다. 둘 다 엘뤼엔이 저지른 일이라는 점에서(미네르바의 봉인은 어쩔 수 없었다지만) 마냥 안쓰럽게 여길 수 없다는 게 참 복잡한 기분이었다. 당연히 이프리트와 트로웰도 바쁘긴 마찬가지. 덕분에 나 혼자 지내는 날이 많아졌다. 라미아스가 자꾸 찾아와 잔소리하는 것도 그 때문이었다. 딱히 하는 일도 없이 혼자 숲에서 시간을 보내는 게 답답해 보인 모양이다. 하지만 엄밀히 말하면 아무것도 안 하고 있는 건 아니었다.

"다시 만나면 선물을 주지!"

"너 내 아들 해라!"

"뭘 하는가 했더니!"

"……진짜 뭐하냐, 너?"

침대에 누운 채로 계속 중얼거렸더니 묵묵히 듣고 있던 라피스가 짜증을 냈다.

"키워드 조합해보는 거는 건데. 내 잠재의식 속에 있을 거라고 했거든. 이러다 덜컥 맞출 수도 있잖아."

"근데 그 이상한 주문들은 다 뭐야?"

"주문은 아니고. 아버지가 나한테 했던 말 중에서 인상 깊었던 것들 위주로 떠올려보는 중이야."

"……."

침묵에서 욕설이 느껴지는 건 기분 탓인가. 표정을 볼 수 없는 게 다행이다 싶다가도 조금 아쉬웠다. 짜증 나면 자주 짓는 표정이 있었는데 지금도 그 얼굴을 하고 있을지 궁금했다. 인간의 육체에 영향을 받아서 그런가. 기억력은 좋다고 자부했는데, 요즘은 라피스의 얼굴이 선명히 떠오르지 않았다.

"그렇게 아무것도 안 하고 살다가 멍청해지면 어떡할 거야!"

얼마 전 라미아스가 외치고 간 말이 떠올랐다. 설마 정말 바보가 되어가는 건 아니겠지. 겁을 주기 위해 한 말이라는 건 알지만 아무래도 고립된 환경이다 보니 신경 쓰이긴 했다.

때마침 가방 안에서 웬 불빛이 반짝거렸다. 안을 들여다보니 금속 메달이 달린 목걸이가 번쩍번쩍 빛나고 있었다. 일전에 라미아스가 연락 좀 편하게 하자며 주고 간 통신용 마도구였다. 반려석과는 다르게 영상 송출 기능은 없었지만, 나는 이쪽이 더 편해서 좋았다.

"네, 여보세요?"

『여보세요가 뭐야?』

메달에서 라미아스의 당황한 목소리가 흘러나왔다.

"아, 그냥 습관이에요."

『넌 종종 이상한 말투를 쓰더라. 대체 고향이 어디야?』

"무슨 일로 연락하신 건데요?"

『말 돌리긴. 너 오늘도 한량처럼 지낼 거지?』

"한량이라니……."

『신체 건강한 녀석이 하는 일 없이 빈둥거리고 있으면 그게 한량이지 뭐야. 아무튼 됐고, 너 심심하지 않냐? 내 일 하나만 도와줘라.』

"정보국 일인가 봐요?"

『뭐, 그런 거지. 보수는 섭섭지 않게 챙겨줄게.』

코웃음이 절로 나왔다. 돈이라면 이미 넘치도록 많다. 예전에 사냥한 몬스터들을 처분한 돈들도 아직 많이 남아 있고, 엘뤼엔도 주고 갔다. 무엇보다 돈이 있어 봤자 쓸 데도 없었다. 숲에만 있는데 돈이 필요할 리가.

"별로 끌리지 않는……."

『내 전속 제빵사가 만든 특제 케이크 세트.』

"……."

『네 유니콘 친구만큼은 아니지만 인간 중에선 제일 실력 있는 제빵사지. 대륙 어딜 가도 이거보다 맛있는 케이크는 먹지 못할걸? 어때, 이건 좀 끌리지 않겠어?』

가볍게 한숨을 내쉬었다. 내가 그간 요리가 좀 늘긴 했는데, 아직 제빵은 못한다. 할 수 있어도 대륙 최고의 제빵사가 만든 케이크는 논할 수 있는 문제가 아니었다.

"뭘 하면 되는데요?"

*　　*　　*

숲에 산다고 해서 세상 물정에 완전히 어두운 건 아니다. 비품을 보충하기 위해 마을을 들를 때마다 듣게 되는 소문도 있고, 라미아스가 직접 말해주는 것들도 있다 보니 큰 흐름은 대충 파악하고 있었다. 왕실이 파탄 난 에펜 왕국이 한동안 몹시 혼란스러웠다는 것도, 그러다 시골에서 조용히 살던 국왕의 동생이 왕위에 오르게 됐다는 것도 알고는 있었다.

새 국왕은 막내 왕자였다는 것 말고는 세간에 거의 알려지지 않은 인물이었다. 선대 국왕과 나이 차이도 커서 왕권 다툼에선 일찌감치 물러나 있었고, 그 덕분에 목숨을 보전한 사람이기도 했다. 그래도 생각보다 능력이 좋은지 그가 왕위에 오른 이후로 나라가 빠른 속도로 안정되어 가는 추세였다. 끝없이 오르기만 하던 세금도 동결되었고 난민을 구제하는 정책도 펼치는 것 같았다. 적어도 선대 국왕보다는 나라를 잘 꾸려갈 사람인 건 분명했다.

라미아스가 부탁한 건 바로 그 새 국왕을 암살하려는 작전을 막는 거였다. 왕실이 비어 있는 동안 내란이 들끓으면서 여기저기 왕위를 탐내는 세력들이 생겨났는데, 그중 하나가 끝내 포기하지 않고 마지막 승부수를 던진 것이다.

"퇴각! 모두 퇴각하……!"

퍼억! 비상 신호를 울리며 퇴각을 명하던 남자가 외치던 말을 채 끝맺지 못하고 쓰러졌다. 근방에 있던 이들이 모두 뻣뻣하게 굳은 상태로 주춤거렸다.

쓰러진 사람이 완전히 숨이 끊어진 걸 확인한 다음 한차례 주위를 둘러보았다. 젖은 흙과 물 냄새 사이로 비린 피 냄새가 섞였다. 왕성의 지하 수로 안, 새벽녘을 기다리며 습격을 준비하던 백여 명에 가까운 인원은 이제 열 명 정도만 남은 상태였다. 뒤집어쓴 복면 사이로 드러난 눈들은 모두 부릅떠진 채 나를 집요하게 훑고 있었다. 어떻게든 정체를 알아내려는 시선이다. 어차피 나도 복면을 쓰고 있어서 봐도 소용없겠지만.

“미안한데, 퇴각은 못 할 거 같네요.”

챙그랑, 순간 병장기가 떨어지는 소리가 울리더니 모두가 짜 맞춘 것처럼 우르르 두 손을 들어 올렸다. 덕분에 다음 공격을 이으려던 걸 멈추고 어정쩡하게 자세를 고칠 수밖에 없었다.

“뭐야, 항복할 거예요?”

그들이 앞다투어 고개를 마구 끄덕였다. 뭐, 전부 다 죽여야 한다는 말은 없었으니 투항을 받아들여도 상관없겠지. 알겠다는 뜻으로 무기를 거두니 다들 안도한 기색이 역력했다.

이대로 두고 갈 수는 없고. 전부 묶어둔 다음에 라미아스한테 연락해보면 되려나? 잠시간 고민하다 그들 앞으로 성큼성큼 다가섰다. 움찔한 이들이 경계하는 시선으로 나를 바라보았다. 느릿하게 깜빡거리는 눈동자들을 보며 빙긋 웃어줬다.

“일단 자고 있어요.”

항복한 사람들을 막 기절시켜 두는데 뒤쪽에서 기척이 느껴졌다. “앗, 저희는 적이 아닙니다!” 빠르게 돌아보자 가까이 다가오던 사람들이 다급히 소리치며 허둥지둥 망토를 들쳐 보였다. 뭘 하는 건가 했는데 이제 보니 안에 입고 있는 제복의 형태가 익숙했다. 아이기스의 요원들이었다.

“국장님께 연락을 받고 대기하고 있었습니다. 수고하셨습니다, 물망초. 뒤처리는 저희가 하겠습니다.”

‘물망초?’

그건 또 뭐야. 라미아스가 뭔가 이상한 짓을 해 뒀나 보다. 안 그래도 귀찮았는데 잘됐다 싶어 나머지 과정은 그들에게 인계하기로 했다. 고개를 까닥하고 돌아서니 몸에 잔뜩 힘이 들어간 요원들이 딱딱한 자세로 경례를 보냈다.

“곧 국장님께서 연락하실 겁니다.”

긴장했는지 건네는 말투도 몹시 조심스러웠다. 알겠다는 눈짓을 보내준 다음 가볍게 도약해서 그 자리를 빠르게 벗어났다. 그렇게 완전히 지하 수로를 빠져나갔을 때쯤, 들었던 대로 품속에서 빛이 깜빡거리기 시작했다.

“네, 저예요.”

『지금 막 임무 완료 신호 받았다. 어떻게 됐어? 우리 애들 만났어?』

"네, 만났어요. 남은 일 넘겨주고 나온 참이에요. 근데 물망초는 뭐예요? 절 그렇게 부르던데."

『네 암호명.』

"그것참 금시초문이네요……."

『애들한테 네가 일급 극비 요원이라고 둘러댔거든. 아이기스는 원래 암호명을 꽃 이름으로 지어. 전통이니까 이해해.』

일급 극비 요원이라니. 어쩐지 다들 지나치게 긴장한 모습이다 했다.

"왜 하필 물망초인데요?"

『너랑 잘 어울리지 않아?』

대체 어디가? 그거 되게 아기자기하게 생긴 꽃 아닌가? 라미아스의 눈엔 내가 어떻게 보이는 건지 궁금해졌지만 묻지 않기로 했다. 괜히 이상한 말만 들을 것 같다는 불길한 예감이 들었다.

『어쨌든 정말 고맙다. 기습 작전이라 우리 쪽에서 파악하는 게 너무 늦었거든. 하마터면 큰일 날 뻔했어.』

"근데 제국이 왜 에펜 국왕을 도와줘요?"

『아, 그 국왕을 세운 게 우리야.』

"헐……."

『힘 실어주고 추대하느라 고생 좀 했지. 기껏 투자했는데 이렇게 금방 죽게 내버려 둘 순 없잖아.』

왕실 혈통이라 자연스럽게 추대된 줄 알았더니. 그런 물밑 사정이 있었을 줄은 몰랐다. 왕국민도 아닌데 뒤통수를 맞은 기분이었다.

『국가 관계라는 게 다 그런 거지, 뭐. 우리가 전쟁해서 먹자니 큰 이득이 없고, 그렇다고 다른 제국이 먹는 꼴을 볼 수는 없고. 어영부영 방치했다가 계륵이 될 바엔 우리한테 이득이 되는 왕조를 두는 게 나으니까.』

"와, 대국 마인드 재수 없어."

『너 은근슬쩍 말을 막 한다?』

"혼잣말이에요, 혼잣말. 그보다 일이 너무 많았어요. 잠복한 위치가 전부 다 다른 데다가 인원도 들은 것보다 더 많았다고요. 수지타산이 너무 안 맞는데요?"

『알았어. 원하는 대로 준비해둘게. 먹고 싶은 거 전부 말만 해.』

적당히 통신을 마무리한 후 고개를 드니 하늘이 어슴푸레 환해져 있었다. 곧 동이 틀 시각이었다. 모처럼 수도까지 왔는데 이대로 돌아가자니 아쉬워서 환복한 후에 번화가로 걸음을 옮겼다.

상점가에서는 일찌감치 하루를 시작한 사람들이 한창 장사를 준비하는 중이었다. 몇 개의 골목을 건너가자 한창 짐을 옮기고 있는 인부들 사이에서 다정한 모녀의 모습을 발견할 수 있었다.

"엄마, 이거 이쪽으로 옮기면 돼요?"

"어휴, 내버려 두고 넌 학교 갈 준비나 하라니까."

"아직 시간 많이 남았어요. 괜찮아요."

판에 박은 듯이 똑같은 얼굴을 한 모녀는 랑시와 랑시의 엄마인

에리나였다. 장사가 잘된다고 하더니 가게도 제법 크고 직원들도 많아 보였다.

'잘 지내고 있구나.'

큰 후유증 없이 무사히 일상으로 돌아갔다고 했던가. 라미아스한테 부탁해서 간간이 소식은 살피고 있었지만, 직접 와서 본 건 그날 헤어진 후로 처음이었다. 어두운 기색 없이 건강한 모습을 보니 마음이 놓였다. 그사이에 키도 더 큰 것 같았다.

"가서 인사라도 하지그래?"

라피스의 말에 가볍게 고개를 저었다. 얼굴을 봤으니 그걸로 됐다. 때마침이라고 해야 할지, 근방에 있던 작은 화원이 문을 열고 있었다. 가게 주인이 막 내놓기 시작한 화병 중에서 꽃 하나를 발견하고 기분이 묘해졌다. 무슨 우연인지 물망초였다.

"저기, 지금 꽃 살 수 있나요?"

"네, 뭐로 드릴까요, 손님?"

반갑게 웃으며 대답하는 주인에게 값을 치르고 조금 큰 꽃다발을 하나 만들었다. 그리고 기척 없이 조용히 다가가 랑시의 근처에 내려놓고 나왔다.

"엄마, 누가 꽃다발을 두고 갔어요."

"어머나~ 예쁜 물망초네. 누구지?"

뒤늦게 꽃다발을 발견한 모녀가 수선스러워졌다. 놓고 간 사람을 찾는지 주위를 두리번거리는 중이었지만 아마 날 발견하지는 못할 거다. 설마 지붕 위에 올라가 있을 거라곤 상상도 하지 못할 테니까.

"유치하긴."

웃으며 구경하고 있으니 라피스가 끌끌 혀를 찼다. 그래, 나 유치하다 뭐.

돌아가는 길에 마신전을 들른 건 다분히 충동적인 결정이었다. 그냥 기차에서 창밖을 구경했을 뿐인데, 이름도 모르는 정차 역에서 하얀 신전이 보였다. 첨탑에 마신의 문양이 새겨져 있다는 걸 확인했을 땐 어느새 기차에서 내린 후였다.

"어떻게 오셨습니까?"

입구 앞에서 서성거리고 있으려니 견습 신관으로 보이는 사제가 다가왔다. 마땅히 대답할 말이 없어서 그냥 기도하러 왔다고만 말했다. 다행히 수상하게 보이진 않았는지 사제는 능숙하게 나를 기도실로 안내했다.

"원하시는 시간까지 기도하고 가시면 됩니다."

"네, 감사합니다."

아직 어중간한 시간대라 그런가. 기도실 안엔 다른 사람이 없었다. 배치된 의자 한구석에 적당히 앉아 단상 쪽을 바라보았다. 아무도 없는 고요한 실내를 돌아보려니 예전에 엘뤼엔의 신전을 방문했을 때의 기억이 떠올랐다. 하지만 아무리 기다려도 그때의 엘뤼엔처럼 카노스가 홀연히 단상 앞에 나타나는 일은 일어나지 않았다.

"오랜만이에요, 카노스. 듣고 있어요?"

그게 괜히 서운해서 푸념처럼 중얼거렸다. 기도실에서 하는 말은 신한테 전해질 확률이 높으니까. 이 하소연도 전해지기는 할 거다. 그가 제대로 일을 한다면 말이다.

"이미 알고 있겠지만, 트로웰을 설득하는 데 성공했어요."

당신이 보여준 미래를 틀었어요. 그게 참 기쁜데, 당신에게 잘했다는 칭찬을 들으면 좀 많이 슬플 것 같아요. 정말 모두가 다 살 수 있는 결말은 없었던 걸까요? 지금 이건 제대로 가고 있는 건가요? 쏟아내고 싶은 말들은 많았지만 전부 꾸역꾸역 참아냈다. 이미 어떻게 할 수 없는 일들로 하소연하고 싶진 않았다.

"저 뭐 하나만 일러도 돼요?"

그 대신 다른 말을 하기로 했다. 이왕이면 모두에게 유익하고 즐거운 이야기를.

"라미아스라는 블루 드래곤 알죠? 그 드래곤이 영혼의 보석을 수집하고 있거든요? 제가 아는 개수만 열 개가 넘는데, 그거 그대로 두면 안 될 거 같아서요. 그 사람들도 다 본향에서 실종된 거잖아요. 다들 원래 자리로 돌아갈 수 있게 해주세요."

안 그래도 계속 벼르고 있었다. 조만간 엘뤼엔에게 신고하는 방법을 물어보려고 했는데, 이왕 신전까지 온 김에 기도해보는 것도 좋을 것 같았다.

"아, 근데 이거 제가 일렀다는 건 절대 말하면 안 돼요. 알았죠?"

라미아스가 신고자를 알게 되면 몹시 귀찮아질 게 뻔하다. 이건 반드시 익명이 보장되어야 했다. 기대감이 불러일으킨 환청이었을까. 왠지 어디선가 웃음소리가 들린 것 같았다.

고자질을 마치고 돌아 나오는 발걸음은 무척 가벼웠다. 내가 신 앞에서 모든 근심 걱정을 내려놓았다고 생각했는지 배웅하는 사제들의 표정도 흐뭇했다.

"노친네가 불쌍하게 느껴지긴 처음이네."

라피스가 어이없다는 듯이 중얼거렸다. 참고로 여기서 말하는 노친네는 라미아스다.

"신고가 잘 접수되긴 했을까? 다른 신전에도 가봐야 하나?"

"안 그래도 될걸. 그 노친네, 예전에 영혼의 보석 몰래 수집해둔 거 다 털렸다고 했거든. 신고자가 누군지 끝내 못 찾았다고 내내 이를 갈았는데. 그게 너였네."

저런, 그랬구나. 하나도 안 미안하다. 그보다 카노스도 일을 하긴 하는구나. 아까 들었던 웃음소리가 환청이 아니었을지도 모른다 싶으니 기분이 더 좋아졌다. 실실 웃으니 라피스도 헛웃음을 흘렸다.

"너란 녀석도 참……. 친하게 지내면서 뒤통수를 치냐."

"그거랑 이건 별개지."

친구라고 범죄행각을 묵인해 줄 순 없잖아. 오히려 업보가 쌓이는 걸 막아주는 거니까 라미아스는 나한테 고마워해야 한다. 아무리 수집이 취미라도 해도 그렇지, 영혼을 수집하면 어떡하냐고. 솔직히 말하면 납치 감금이랑 다를 바 없는 짓이다.

"친하다는 건 부정을 안 하네."

이어지는 말투엔 묘하게 가시가 있었다.

"넌 라미아스가 싫어?"

"그러는 넌. 그 노친네가 마음에 들어?"

질문에 질문으로 대답하는 건 반칙 아닌가. 하긴 라피스의 대답이야 어차피 뻔하긴 했다.

"뭐, 나쁜 사람은 아니지. 고마운 점들도 많고. 나 심심해할까봐 자주 놀러 와 주기도 하잖아."

"그럼 돌아가서 그와 계약할 거야?"

"어?"

전혀 생각지 못한 질문이라 잠시 당황했다. 아, 그렇지. 라미아스를 내 시대에서 만나면 계약할 수 있는 관계인 거구나. 수면기에 들어가 있는 상태이니 언제 다시 깨어날지는 모르고, 또는 그대로 영원한 잠을 택하게 될지도 모르겠지만. 어쨌든 다시 만난다면 충분히 고려해 볼 사안이었다.

"으음, 글쎄. 거기까진 생각 안 해봤는데."

"그래?"

대답을 채근할 거라는 예상과는 달리 라피스는 더는 말을 잇지 않았다. 그게 괜히 더 초조한 기분을 들게 했다.

"라미아스랑 계약 하지 마?"

"그거야 네 맘이지. 그걸 왜 나한테 물어."

"넌 내가 다른 사람이랑 계약하는 거 싫어하잖아."

"그렇긴 한데…… 뭐, 이제 어쩌겠어. 어차피 난 명계로 갈 텐데."

순간 얻어맞은 것처럼 머리가 멍했다. 조금 전까지 내가 무슨 생각을 하고 있었는지 조금도 떠오르지 않았다.

그래, 그렇지. 원래 세계로 돌아가면 라피스와는 헤어져야 하는 거였지. 너무 당연한 건데 마치 지금 처음 알게 된 것처럼 새삼 충격을 받는 게 우스웠다. 라피스의 시선에선 그간 내가 어지간히도 무신경하게 보이지 않았을까 싶다. 무슨 말을 꺼내야 할지 몰라 망설이는데 피식 웃는 소리가 들렸다.

"뭘 눈치를 보냐? 계약할 거면 해. 유희하려면 드래곤의 마나는 필요할 거 아냐. 이사나의 쥐꼬리만 한 마나로는 불편할 테니까."

"라피스, 너……."

"어, 내가 뭐."

"아니, 아무것도 아냐."

억지로 삼켜내는 숨이 썼다. 차라리 화를 내거나 억지를 쓰는 게 낫겠다는 생각이 들었다. 이 자존심도 강하고 독점욕도 넘치는 녀석이 아무렇지 않게 담담하게 내려놓는 걸 보니 이루 말할 수 없이 속이 상했다.

하루빨리 돌아갈 생각뿐이었는데 오늘은 그게 참 어려웠다. 여러 가지로 마음이 어지러웠다.

2.

나는 허겁지겁 뛰고 있었다. 손목에 걸린 비닐봉투가 요란하게 덜렁거렸다. 두부를 사 오라는 심부름이었다. 엄마가 7시까지 돌아오라고 했는데 계산 줄이 너무 길어서 기다리는 사이에 시간이 넘어버렸다. 화가 났을 엄마를 생각하니 겁이 났다. 그래도 다행히 아직 아빠는 집에 없었다. 그러면 적어도 맞지는 않을 거다.

"강지훈, 너 이 자식! 당장 이리 안 와?"

하지만 그런 기대감도 곧 사라졌다. 집 앞 골목길로 접어드는데 윽박지르는 고함이 터져 나왔다. 길목에 서 있는 덩치 큰 남자가 보이자 숨이 절로 멈췄다.

"아, 아빠……."

벌써 퇴근하셨구나. 심장이 쿵쾅쿵쾅 뛰었다. 얼마 전에 친구가 보여준 동화책이 생각났다. 나쁜 인간을 혼내는 무서운 도깨비가 나오는 이야기였는데, 험상궂은 얼굴로 다가오는 아빠의 얼굴이 그 동화책에 그려진 도깨비랑 똑같았다.

"지금이 몇 시야! 어? 7시까지 들어오라고 했어, 안 했어!"

"해, 했어요."

"근데 지금 몇 시야! 넌 눈이 없어? 시계 볼 줄 몰라? 네가 시계

보고 대답해 봐!"

다그치는 말에 주머니에서 허겁지겁 엄마가 준 시계를 꺼냈다. 심부름하는 시간을 지키라며 챙겨주신 거였다.

"7시 5분이요……."

"볼 줄 아는데 왜 약속을 안 지켜! 또 어디서 딴짓했어! 너 때문에 저녁 식사 준비가 늦어졌잖아! 어디 한번 엿 먹어 보라는 거야? 어?"

"그, 그게 아니라요. 사람이 너무 많아서……."

"이게 어디서 변명이야! 잘못했으면 잘못했다고 빌기부터 해야지!"

연달아 머리를 내리치는 힘이 너무 아팠다. 아빠는 똑바로 서라며 화냈지만 아무리 노력해도 중심을 잡기가 어려웠다. 거친 손길은 지나가던 사람 몇이 나무라는 말을 던지고 나서야 간신히 멈췄다. 하지만 핀잔을 들은 아빠는 더 화가 났다.

"너 당장 따라와! 오늘 아주 버르장머리를 단단히 고쳐둘 거야!"

사나운 손길이 내 뒷덜미를 붙잡고 질질 끌어갔다. 제대로 걸을 수가 없어서 버둥거리니 손길이 더욱 우악스러워졌다. 똑바로 걸으라며 혼내는 말엔 눈물이 찔끔 나왔다.

그때 갑자기 아빠가 걸음을 멈췄다. 당황해서 올려다본 아빠는 잔뜩 붉어진 얼굴로 끙끙 앓고 있었다. 누군가가 아빠의 팔을 붙잡고 있는 게 보였다. 도자기처럼 하얀 손을 따라가 보았다가 깜짝 놀라고 말았다. 그곳에 서 있는 건 엄청나게 잘생긴 서양 사람들이었다. 한 명은 금발에 푸른 눈동자였고, 다른 한 명은 흑발에 금색 눈동자였는데 피부가 다갈색 빛이 나도록 짙었다.

"뭐, 뭐야, 너희들! 지금 뭐 하는 거야!"

이 동네에선 서양 사람을 보기 힘들었다. 그래선지 아빠도 굉장히 당황한 기색이었다. 그때 차가운 표정으로 아빠를 노려보던 금발의 남자가 나를 돌아보았다. 와, 진짜 잘생겼다. 속으로 감탄하는데 그가 입을 열었다.

"엘?"

들려오는 목소리에 멍하니 눈을 깜빡거렸다. 누군가가 나를 가만히 내려다보고 있었다. 바다를 담은 듯한 머리칼과 푸른 눈동자를 보자 자연스레 그의 이름이 떠올랐다. 엘뤼엔이었다.

"아버지?"

"괜찮은 건가? 대체 무슨 꿈을 꾼 거지? 식은땀을 많이 흘렸다."

아, 그렇군. 꿈이었구나. 머리를 쓸어넘기는 손길에 조금씩 현실감각이 돌아왔다. 식은땀을 흘렸다더니 온몸에서 푹 젖은 느낌이 났다. 몸을 일으키고 나서야 겨우 정신이 드는 것 같았다.

"악몽이라도 꾼 건가?"

"으음, 그냥 예전 일을 잠깐……. 아, 최근 일은 아니고 아주 어릴 때 일이었어."

엘뤼엔의 표정이 급격하게 어두워지는 걸 보고 얼른 손사래를 쳤다. 그래 봤자 믿지 않는 얼굴이었지만.

“옷 갈아입고 나와라.”

쓴웃음을 지은 채 내 머리를 쓰다듬고 나가는 뒷모습에 한숨을 쉬었다. 작년의 파란만장한 시간을 떠올렸다고 여긴 거겠지. 이제 정말 아무렇지도 않은데 아무래도 여전히 신경이 쓰이는 모양이다. 시간이 해결해 주겠거니 싶어도 정령에겐 망각이 없으니 쉽지 않을 것 같았다.

‘왜 그런 꿈을 꿔서는.’

그래도 덕분에 엘뤼엔이 온 거 같으니 나쁘다고 할 만한 일은 아닌가. 전생의 꿈을 꾼 건 정말 오랜만이었다. 그게 아마 여섯 살 때쯤이었을 거다. 평소처럼 혼나는 중이었는데 지나가던 서양인들이 도와준 적이 있었다. 강지훈이었을 때도 완전히 까맣게 잊고 살았던 일인데 왜 갑자기 그때 꿈을 꿨는지 모르겠다. 게다가 딱 말을 거는 순간에 끝나다니. 무슨 말을 했는지 기억도 안 나는데 괜히 궁금해지게.

‘그러고 보니 그때 그 금발 남자, 엘뤼엔이랑 닮지 않았나?’

심지어 다갈색 피부의 남자 쪽은 트로웰과 비슷했던 것 같다. 거기까지 생각해보다가 헛웃음을 흘렸다. 아니, 아무리 그래도 그건 아니지. 세상에 비슷한 색 조합을 가진 사람들이 얼마나 많은데. 어릴 때 기억은 미화되기 마련이니 잘생겼다고 생각한 것도 지금 다시 보면 별거 아닐 거다. 그래도 그날 만난 두 사람이 엘뤼엔과 트로웰을 닮은 색을 지니고 있었다니, 기묘한 우연이긴 했다. 참 여러모로 별스러운 꿈이었다.

"어……?"

옷을 갈아입고 밖으로 나온 나를 반긴 건 뜻밖의 광경이었다. 나무 밑동을 잘라 대충 만든 식탁에 음식이 한가득 차려져 있었고 그 주위로 익숙한 얼굴들이 앉아 있었다.

"도련님, 잘 잤어?"

가장 먼저 인사를 건네온 이프리트를 시작으로, 란타샤와 디아곤이 손을 흔들었다. 멀찍이 떨어져 있는 트로웰도 내게 가볍게 눈짓을 보내왔다.

"다들 웬일들이야? 이 음식은 다 뭐고?"

"오랜만에 우리 도련님 얼굴 보러 왔지. 얘들도 너 어떻게 지내는지 궁금하다길래 데려왔어. 음식들은 얘들이 가져온 방문 선물. 제국에서 제일 유명한 요리점에서 사온 거래. 뭘 주면 네가 좋아할지 궁금해하길래 내가 추천했어. 잘했지?"

"응! 너무 잘했어!"

선물은 역시 맛있는 음식이 최고지! 웃으며 고개를 끄덕이니 이프리트의 얼굴에 뿌듯한 표정이 가득 차올랐다. 그런데 정작 선물을 준비해온 란타샤는 몹시 불만스러운 표정이었다.

"너 왜 이런 데서 사는 거야? 너무 원시적인 환경 아냐?"

왜 그러나 했더니 라미아스랑 같은 이유였다.

"엘, 혹시 엘퀴네스가 돈을 안 줘?"

디아곤은 아예 한술을 더 떴다. 엘퀴엔의 얼굴이 서늘해지는 걸 보고 얼른 두 손을 흔들었다.

"그런 거 아냐. 내가 편해서 이렇게 지내는 거야."

"움막이나 다름없는 집이 편하다고?"

"어차피 안에선 잠만 자거든. 비바람을 피하기만 할 수 있으면 됐지, 뭐."

"취향 참 특이하네."

"어쩐지 라미아스가 언급할 때마다 한숨을 쉬더라니."

아니, 내 집이 뭐가 어쨌다고. 정작 정령왕들은 별말 안 하는데 드래곤들은 뭐가 이리 까탈스러운지 모르겠다. 집이 크면 관리하는 데 불편하기만 하지. 여긴 청소기도 없단 말이야!

"신경 쓰지 말고 식사나 해."

툴툴거리고 있자니 묵묵히 지켜보던 트로웰이 내 앞으로 접시들을 밀어줬다. 다 내가 좋아하는 음식 위주였다.

"미네르바는 요즘 어때?"

"많이 안정됐어. 이대로면 예정보다 빨리 의식을 차릴 것 같아."

"정말? 다행이다."

헤헤 웃으니 트로웰의 얼굴에도 옅은 미소가 어렸다. "도련님, 이것도 먹어 봐." 옆에서 끼어든 이프리트가 닭고기 조림을 내밀었다. 고맙다고 말하고 열심히 먹으니 흐뭇하게 바라보던 그가 조심스럽게 물었다.

"저기, 엘. 그 녀석한테서는 여전히 소식 없지?"

"아, 응."

여기서 물어볼 사람이라면 시벨리우스밖에 없었다. 고개를 끄덕이니 그의 표정이 한층 더 신중해졌다.

"실은 이걸 말해도 될까 고민했는데. 어차피 알게 될 이야기니까 그냥 말할게. 유니콘이 신계로 이주한 것 같아."

"아."

"귀환이 확정됐다는 얘기는 들었는데, 오늘 새벽에 신계의 통로가 열린 걸 확인했어."

설명을 마친 후 이프리트가 염려하는 시선으로 나를 살폈다. 트로웰과 엘뤼엔도 내 표정을 의식하고 있었다. 아무래도 이거 때문에 모인 거였나 보다.

"전부 떠난 거야?"

"일단 마을은 깨끗하게 비워졌어. 생활한 흔적도 다 지우고 가서 지금은 평범한 숲이야."

"그렇구나……."

숲이라니. 그들이 떠나고 나면 빈 마을이라도 둘러볼 예정이었는데 끝내 서클렛을 찾기는 어려울 모양이다. 내가 담담하게 반응하는 것에 안심했는지 이프리트는 자기가 더 서운하다는 얼굴로 툴툴거렸다.

"참 의리 없는 녀석이야. 네가 걱정하는 거 알 텐데, 아무리 급해도 작별 인사 정도는 할 것이지 말이야. 내가 신계 쪽에 연락해서 확인해 볼까?"

"아냐, 이프리트. 그렇게까진 안 해도 돼."

트로웰이 뭔가 말을 하려다가 다시 입을 다무는 것이 보였다. 그는 아마 대강의 미래를 보았을 테니까, 시벨리우스가 어떻게 됐는지도 알고 있을 거다. 내게는 그 사실을 알리지 않기로 한 것 같았다. 알아봤자 속만 상할 거라고 여긴 건지도 모른다.

그 뒤로는 평범하게 잡담하는 시간이 이어졌다. 어느 정도 식사를 마쳤을 무렵, 가볍게 헛기침한 디아곤이 입을 열었다.

"실은 모두에게 중대 발표가 있어."

"중대 발표?"

고개를 끄덕인 디아곤은 세상 비장한 얼굴이었다. 정작 정령왕들은 무슨 말을 하려는지 알고 있다는 듯 무심한 반응들이었지만.

"돌아오는 봄에 나와 란타샤가 영원을 언약하기로 했어."

"……!"

이어진 말엔 절로 기침이 터져 나왔다. 눈을 크게 뜨고 바라보자 디아곤과 란타샤가 서로 시선을 교환하며 웃었다. 누가 봐도 행복한 연인의 얼굴이라 더 놀랐다. 아니, 얼마 전까지만 해도 속마음을 모르겠다고 하지 않았나? 언제 이렇게 진도가 나간 거지? 메세테리우스가 태어난 시기도 있고 해서 어느 정도 짐작이야 했지만 그래도 당혹감을 감출 수가 없었다.

'라피스, 너네 엄마 아빠 결혼한대.'

"……시끄러."

대꾸하는 목소리가 유독 쌀쌀맞았다. 태어나기도 전 부모님의 연애 시절을 보고 있으니 이 녀석도 기분이 참 복잡하겠다 싶었다.

"어, 음, 일단 축하합니다."

"헤헷, 고마워. 그래서 말인데, 언약식 올리는 자리에 너도 초대할까 해."

"어, 정말? 나도 가도 돼?"

"당연하지. 친구잖아."

대답한 건 란타샤였다. 괜히 가슴 안쪽이 간지러운 기분이라 헤헤 웃었다.

"선물 꼭 준비해서 갈게요."

"선물은 무슨. 그냥 와. 와서 축하해 주는 것만으로 충분해."

그래도 결혼식인데 빈손으로 갈 순 없지. 둘 다 재물은 넘칠 테니 정성이 들어가는 쪽으로 마련해야겠다. 뭘 준비해야 할지 생각하기 시작하니 벌써 마음이 설렜다. 기뻐하는 내 모습에 디아곤은 감동한 것 같았다.

"그래, 이거지! 누가 혼약한다고 하면 이렇게 축하해 주는 게 정상이지! 너희도 엘 좀 본받아! 자기 일처럼 기뻐해 주잖아!"

"난 이미 다 알고 있었는걸."

"관심 없어."

이프리트와 트로웰이 심드렁하게 대꾸했다. 엘뤼엔은 애초에 대화를 듣고 있지도 않는 것 같았다. 그렇게 북적북적한 시간이 흘러갔다.

무료한 일상에 뜻밖의 행사가 생긴 탓일까. 모두가 돌아간 후에도 붕 뜬 기분을 쉽게 진정할 수가 없었다. 온종일 즐거운 상상으로 가득해진 나를 보고 라피스는 혀를 찼다.

"남의 언약식에 왜 네가 더 호들갑이야?"

"그치만 나 친구 결혼식에 가보는 거 처음이란 말이야."

전생에선 결혼할 나이가 아니었고, 여기서 태어난 후에도 왠지 주변에 결혼하는 사람이 없었다. 소식을 듣는다면 크리스나 다비안 쪽에서 얘기가 들려오지 않을까 했는데, 설마 란타샤와 디아곤이 먼저 할 줄이야. 기분 좋은 반전이었다.

"결혼식장을 내가 꾸며보겠다고 할까?"

"네가 사는 집 꼴을 봐라. 그걸 잘도 맡기겠다."

"이거야 그냥 귀찮아서 대충 사는 거지."

"그러니까."

음, 역시 좀 그런가. 하긴 생각해보니 딱히 공간을 잘 꾸미는 재주는 없는 것 같다. 일찌감치 단념하고 다른 쪽으로 노선을 틀기로 했다.

"조각을 배워볼까. 아님 금속 공예? 직접 만든 조각상이나 장식품 어때? 너무 소박한가?"

"그걸 왜 나한테 묻냐고."

"소설 작가를 섭외해서 두 사람의 일대기를 책으로 만들어 본다거나? 삽화들을 넣어서 사진첩처럼 만들어 볼 수 있으려나? 이것도 좀 소박한가?"

"야, 너 내 말 듣고 있는 거긴 한 거지?"

이것저것 궁리해보는 동안 어느 순간 그대로 잠들어버렸던 것 같다. 다시 의식을 차렸을 땐 누군가가 나를 흔들어 깨우고 있었다. 깨지기 쉬운 것을 다루는 듯한, 무척 조심스러운 손길이었다.

"엘, 엘? 그만 일어나야지."

부드럽게 속삭이는 목소리가 익숙한 듯하면서도 낯설다. 내가 깨우러 올 만큼 오래 잠들었던가? 아직 나른하기도 하고, 왠지 상대를 곤란하게 하고 싶은 짓궂은 마음도 들어서 일어나기 싫었다. 베개에 더 깊숙이 고개를 파묻자 낮게 신음하는 소리가 들렸다. 그에 실실 웃으려니 또 다른 목소리가 이어졌다.

"깨울 생각이 있는 건가? 조금 더 크게 불러라."

"음, 하지만 너무 기분 좋게 자고 있어서 깨우기가 미안한걸."

"더는 지체할 시간 없다."

"그건 그렇지만……."

흐려지는 목소리에 난처한 기색이 가득하다. 아, 혹시 뭔가 급한 상황인 건가? 아무래도 슬슬 일어나야 할 모양이다. 힘겹게 몸을 뒤척이며 억지로 잠기운을 밀어냈다. 달라붙기라도 한 것처럼 떨어지지 않는 눈꺼풀을 가까스로 들어 올리니 환한 빛이 기다렸다는 듯 쏟아져 들어왔다. 그 눈부심 속에 누군가가 있었다.

"아, 엘! 일어났어?"

"어? 응? 누구?"

이제 막 일어났더니 아직 뭐가 뭔지 상황파악이 하나도 되지 않았다. 거의 반사적으로 대꾸하며 정신을 차리려는데 서운해하는 목소리가 들려왔다.

"뭐야, 벌써 날 잊어버린 거야?"

"응? 어?"

얼른 눈을 비비고 상대의 모습을 확인했다. 뿌연 기운이 사라지니 나를 바라보고 있는 얼굴이 선명해졌다. 흐르는 듯이 살랑거리는 흑발에 짙은 색의 피부, 선명한 금안까지. 내가 기억상실에 걸린 게 아니고서야 도저히 농담으로라도 잊어버렸다고 말할 수가 없는 모습이었다. 바로 어제도 봤으니까.

"트로웰."

"응, 엘! 나야."

그가 환하게 웃으며 고개를 크게 끄덕였다. 너무 기뻐하는 게 느껴져서 도리어 어리둥절했다. 목소리나 얼굴이나 그가 분명한데, 왠지 미묘하게 평소랑 다르다. 트로웰이 왜 이러지? 최근 들어 많이 부드러워지긴 했지만 아직까진 서로 일정한 거리가 있었다. 그런데 그 벽이 갑자기 단숨에 허물어진 기분이었다.

"왜 그래? 무슨 좋은 일 있었어?"

디아곤이 언약하는 게 기뻐서 그런가? 아니, 하지만 정작 그 대화를 나눌 땐 굉장히 심드렁한 얼굴이었는데. 본인 앞이라 쑥스러워서 그랬던 건가. 아니면 그 사이에 뭔가 또 좋은 소식이 있었던 건지도 모르겠다. 아, 혹시 미네르바의 봉인이 풀린 건가? 거기까지 생각이 미쳤을 때였다.

“당연히 좋은 일이 있지. 널 이렇게 찾았잖아.”

“어? 날 찾았……다니?”

생각지도 못한 대답에 반문하니 그의 눈동자가 휘어졌다. 착각일까. 왠지 물기가 서린 것 같았다.

“그동안 잘 지냈어, 엘? 너무 보고 싶었어.”

“……!”

순간 심장이 쿵 울렸다.

이게 뭐지? 이게 뭐야. 정확히 뭐라고 설명할 수 없는데 기분이 굉장히 이상했다. 절대 일어날 수 없는 일이 일어난 것 같은 그런 기분. 누워 있던 몸을 벌떡 일으켰다. 내가 경계하며 바라보는데도 트로웰은 여전히 다정한 미소를 보내고 있었다. 마치 예전의 그처럼. 내가 원래 알던 트로웰인 것처럼.

“트, 트로웰, 너 설마…….”

“응? 왜 그래, 엘?”

아니, 설마 그럴 리가.

내가 생각하면서도 이게 얼마나 말이 안 되는 일인가 싶으니 선뜻 입이 떨어지지 않았다. 설마 아직 꿈을 꾸는 건가? 그래, 그런 건지도 모른다. 꿈에서 깼더니 여전히 꿈이었다는 거야 생각보다 흔한 일이다. 그러니 꿈이 맞을 거다. 그러지 않고서야 이 상황이 설명 되지가 않잖아.

이제 별 해괴한 망상을 다 하는구나. 일단 잠에서 깨야겠다는 생각으로 숨을 크게 삼켰다. 그때 머리 위에서 따뜻한 온기가 느껴졌다.

"나도 여기에 있다, 아들."

"……!"

다시금 몸이 굳었다. 이번에도 모를 수가 없는 목소리였다. 하지만 분명히 다르다. 트로웰보다 더 확실히 느꼈다. 왜냐면 엘뤼엔은, 이곳의 내 아버지는, 날 아들이라고 부르지는 않는다. 그러니까 저 뒤에 있는 사람은 분명…….

'아, 말도 안 돼…….'

돌아보려는 충동을 억지로 참았다. 마른세수하는 손이 덜덜 떨렸다. 돌아보고 싶지 않았다. 돌아봐선 안 된다. 이건 꿈이니까. 고개를 돌려 확인하면 꿈에서 깰 테니까. 지금은 그 허망한 순간을 견딜 자신이 없었다. 그러니까 조금만 더. 조금만 더 진정하고 난 후에.

"나를 봐, 아들."

"……."

"이쪽을 보라니까."

자꾸만 채근하는 걸 보니 현실이 다가온다는 신호인가 보다. 서러움을 삼키고 고개를 마구 흔들었다. 아직 마음의 준비가 되지 않았다. 그러니까 조금만 더.

"정말 보지 않을 건가?"

중얼거리듯 묻는 목소리에 나직한 한숨이 섞였다. 그 묵직한 숨소리가 체념한 것처럼 느껴져서 심장이 철렁했다. 돌아봐야 하나? 하지만 그럼 꿈에서 깨버릴 텐데. 아니, 여기서 깨어나도 어차피 그게 그거잖아. 망설이는 동안 트로웰과 다시 시선이 마주쳤다. 미소지은 그의 얼굴이 금방이라도 울 것처럼 일그러졌다.

"……!"

다음 순간 팔을 뻗어온 그가 나를 꽉 끌어안았다. 선명히 와 닿는 체온에 숨이 턱 막혔다.

"미안해, 엘. 그동안 많이 힘들었지? 혼자 있게 해서, 널 외롭게 해서 정말 미안해."

어떻게 해야 하는지, 무슨 말을 꺼내야 하는지 머릿속이 온통 새하얬다. 덜덜 떨리는 팔을 들어 그의 등을 마주 안았다. 부드러운 천 자락과 그 아래를 채운 단단한 근육이 같이 느껴졌다. 원래 꿈에서도 이렇게 감각이 선명했나? 꼭 진짜인 것 같다.

멍해 있는 동안 살짝 떨어진 그가 다시 나를 응시했다. 괜찮다고 말하듯 고개를 끄덕이는 것에 나도 모르게 홀린 듯이 뒤를 돌아보았다. 그곳엔 예상한 그대로의 광경이 있었다. 물의 정령왕 고유의 푸른색이 아닌, 금빛으로 빛나는 머리카락을 늘어뜨린 엘뤼엔이.

"……아버지?"

"이제야 겨우 돌아보는군."

금발의 엘뤼엔이라니. 이젠 꿈에서도 보지 못했던 모습이었다.

너무 오랜만이라 그런지 이게 그의 본모습이라는 걸 알면서도 생경했다. 엘뤼엔이 이렇게 생겼었구나. 과거의 아버지도 아버지니까, 쭉 괜찮다고 생각했던 기분이 사실은 자기 암시라는 걸 깨달았다. 두 사람은 같으면서도 전혀 다른 존재였다. 품고 있는 기운도, 분위기도, 바라보는 시선의 느낌조차 달랐다. 쓴웃음을 지은 엘뤼엔이 손을 뻗어 내 눈가를 쓸었다. 그의 엄지손가락 끝에 물기가 맺혔다.

"그새 울보가 다 되었나."

조금 괴로운 듯한, 어떻게 보면 화난 것 같기도 한 표정이었다. 내가 지금 울고 있는 건지 뭔지는 잘 모르겠다. 그저 그림이 살아 움직이는 것을 보는 듯한 기분으로 하염없이 그의 모습만 살폈다. 판도라의 상자를 열었으니 이제 현실로 돌아갈 차례였다. 그런데 왜일까. 아무리 봐도 그의 모습이 사라지지 않았다.

"……이상하네. 이럴 리가 없는데."

"뭐가 이상하지, 아들?"

의아하게 묻는 얼굴에 무심코 손을 뻗으려다 멈칫했다. 그러자 가까이 다가온 그가 직접 내 손을 잡아 자신의 뺨에 가져다 댔다. 손바닥 한가득 와 닿는 피부의 감촉에 숨을 삼켰다. 조금 전 트로웰이 끌어안았을 때처럼 이번에도 모든 감각이 전부 선명했다. 이렇게 실감 나는데. 이게 진짜가 아닐 수가 있나?

"설마…… 정말 아버지야?"

마른침을 삼키며 물으니 미간을 찡그린 그가 살짝 웃었다. 이번엔 트로웰을 바라봤다. 그의 표정 역시 거의 비슷했다. 조금 전보다 더 젖어 있는 눈동자가, 내뱉는 숨결이 와 닿았다.

내가 아무리 둔해도 이렇게까지 확실한 상황을 착각할 수는 없을 거다. 맙소사, 신음이 절로 흘러나왔다. 꿈이 아니었다. 정말 현실이었다.

"어, 어떻게……?"

"금방 다녀오겠다던 녀석이 하도 안 와서 데리러 왔다."

다급히 손을 뻗자 그들도 기다렸다는 듯 마주 안아왔다. 단단히 받아안는 품을 느끼니 그때부터 걷잡을 수 없이 눈물이 쏟아지기 시작했다. 매달리다시피 두 사람을 꽉 끌어안고 끝없이 울었다.

온몸이 주체할 수 없을 만큼 떨렸다. 통곡하고 싶은 기분인데 이상할 정도로 소리가 나지 않았다. 그냥 이대로 죽어버려도 전혀 이상하지 않을 것 같았다. 죽어도 괜찮았다.

"이제 좀 진정했어?"

얼마나 오랫동안 울었는지 모르겠다. 흐느낌이 겨우 사그라들자 내내 토닥여주던 트로웰이 다정한 목소리로 물었다. 뒤늦게 민망해져서 어색하게 웃으니 엘뤼엔이 내 머리를 가볍게 쓰다듬었다.

"기분이 너무 이상해."

돌아가서나 만날 수 있을 거라 생각한 두 사람이 지금 내 눈앞에 있다니. 아직도 현실이 아닌 것 같다. "나도 기분이 이상해." 웃으며 답한 트로웰이 이채를 띠고 찬찬히 내 모습을 훑었다. 한창 같이 울어서 그런지 그의 눈가가 발갰다.

"정말 금발이었네."

"이 모습 기억나?"

"아주 조금. 가물가물한 느낌으로만."

"그렇구나."

흐리게 웃는 트로웰은 하고 싶은 말을 억지로 삼키는 얼굴이었다. 그때 가만히 들여다보던 엘뤼엔이 손가락으로 내 이마를 느릿하게 문질렀다. 물의 인장이 찍힌 부근이라는 건 조금 늦게 자각했다.

"그 녀석은 찾은 거 같은데. 왜 돌아오지 않았지?"

"어? 아, 그게, 귀환할 방법을 몰라서……."

"방법을 모르다니?"

의아해하는 그에게 지난 일들을 간략히 설명했다. 정체가 들키면서 주술이 풀릴 뻔했고, 그 뒤로 부작용이 생겨서 돌아가겠다는 마음을 먹어도 귀환의 주문이 떠오르지 않았노라고. 자초지종을 들은 엘뤼엔의 얼굴이 어두워졌다.

"그렇군. 여러 상황을 가늠하고 설계한 건데, 하필이면 가장 나쁜 쪽으로 틀어질 줄이야."

"미안해, 아버지. 나는, 난 정말 돌아가고 싶었는데…… 뭘 어떻게 해도 키워드를 모르겠어서……."

"사과하지 마라. 네 잘못이 아니다."

고개를 저은 그가 문득 시선이 미쳤는지 천천히 주위를 돌아보았다. 지금까지 누가 뭐라고 해도 한 번도 창피하게 여겨본 적이 없었는데 그가 살피는 것엔 얼굴이 달아올랐다. 이 집이 이렇게 후줄근했었나? 이럴 줄 알았으면 라미아스가 잔소리할 때 말을 들을걸. 이제 와선 한참 늦은 후회였다.

"저기, 오해하지 마. 내가 가난해서 이렇게 지낸 게 아니라……."

"여기서 얼마나 기다린 거지?"

그 순간 이어진 질문엔 가슴이 뭉클해졌다. 아, 그렇구나. 난 그동안 기다리고 있었던 거구나. 내가 왜 떠나지도 못하고 계속 이 장소에 집착했는지 내내 이해할 수 없었는데, 이제야 그 이유를 알았다. 여긴 내가 처음 떨어진 곳이니까. 이 자리에서 기다리고 있으면 언젠가 데리러 올 거라고 생각했던 거다. 그래서 집을 장만하거나 세간살이를 늘리는 데도 큰 흥미를 느끼지 못했다. 떠난 후엔 모두의 기억에서 잊히는 장소일 테니까. 언제든 미련 없이 버릴 수 있는 공간으로 두면 족했다. 나도 모르고 있던 내 기분을, 엘뤼엔은 한눈에 알아봤나 보다. 대답을 기다리는 시선에 어색한 웃음이 흘러나왔다.

"으음, 글쎄. 한 1년은 된 것 같은데……."

그러자 둘의 얼굴이 동시에 굳었다.

"이런 곳에서 그렇게 오래 있었던 거야?"

"……좀 더 빨리 오지 못해서 미안하다."

“아, 아냐! 데리러 와 준 것만으로도 너무 기뻐. 여기 생활이 그리 나쁘지도 않았어. 말했다시피 가난해서 이런 게 아니라 그냥 귀찮아서 방치한 거야. 나 잘 지내고 있었어. 진짜야.”

황급히 손사래를 쳤지만 둘의 표정은 여전히 어두웠다. 얘기를 들어보니 조금 더 빨리 올 수도 있었는데, 중간에 길을 잘못 들어서게 되는 바람에 더 늦어졌다는 듯했다. 시공간이 얽힌 궤적을 추적하는 게 쉬울 리는 없었기 때문에 당연히 이해했다. 1년이 아니라 10년이 걸렸어도 이해했을 거다. 둘 다 본래의 몸으로 움직이는 거라 제약도 더 컸을 테니까.

“그러고 보니 트로웰은 정령계를 비우고 와도 돼?”

그제야 미친 생각에 물으니 트로웰이 살짝 시선을 피했다. 역시 안 되는 거구나! “빨리 돌아가면 괜찮을 거야.” 황당해서 바라보는 것에 그가 작은 목소리로 변명했다.

“그래서 나 혼자 가겠다고 했는데. 따라오겠다며 고집을 피우는 걸 말릴 수 없었다.”

엘뤼엔이 한숨을 내쉬었다. 그게 정말이냐고 돌아보니 트로웰이 다시금 시선을 피했다. 이프리트와 내가 신계에 다녀왔을 때만 해도 엄격한 얼굴로 혼냈었는데. 그에게 이런 면모도 있었구나 싶어서 웃음이 나왔다. 그때 무언가를 계산하는 듯하던 엘뤼엔이 나를 돌아보았다.

“어쨌든 그래서 말인데, 엘. 이제 여유 시간이 별로 남지 않았다. 서둘러야 할 것 같다.”

"응? 뭐를?"

"이만 집으로 돌아가야지."

무심코 숨을 크게 삼켰다. 나를 똑바로 응시한 채로 엘뤼엔이 손을 내밀었다.

"가자, 아들."

내가 마주 잡기를 기다리며 펼쳐진 손을 한동안 멍하니 바라보았다. 얼른 잡아야 한다고 생각하면서도 고장 난 것처럼 몸이 움직이지 않았다. 엘뤼엔은 내가 선뜻 손을 잡지 않자 초조한 듯 보였다.

"왜 그런 얼굴이지? 설마 돌아가기 싫은 건가?"

아니, 그럴 리가. 내가 얼마나 이 순간을 기다려왔는데. 지금도 꿈일까 봐 무서울 정도다. 그런데 그런 마음과는 달리 머리는 이곳에서 다 마치지 못한 일들만 헤아리고 있었다. 모두에게 제대로 작별 인사도 못 했는데. 내년에 있을 란타샤와 디아곤의 언약식도 가봐야 하는데. 하지만 그 무엇보다 가장 걸리는 건 라피스였다. 이대로 가면, 그와는 마지막이 된다.

"야, 너 지금 뭘 망설이는 거야?"

순간 낮게 깔리는 목소리에 퍼뜩 정신이 들었다.

"설마 작별 인사니 뭐니 쓸데없는 미련 두는 거 아니겠지? 여기서 쌓은 관계들은 전부 꿈이야. 깨어나고 나면 전부 흩어지는 물거품 같은 거라는 거, 네가 제일 잘 알잖아."

'하지만 라피스, 나는…….'

"행여나 나 때문이라고 하려는 거면 더더욱 집어치워. 화낸다."

목소리가 한층 더 서늘해졌다. 말문이 막혀서 아무런 대꾸도 할 수가 없었다.

"너 이러는 거 절대 나 위하는 거 아냐. 칠칠치 못하게 시공간에 떨어져서 찾으러 오게 만드는 데다가 이제 돌아가는 발목도 붙잡는다고? 미안하지만 사양이야. 내가 제 구실도 못 하는 녀석으로 남는 건 이미 충분해. 날 더 한심하게 만들지 마."

입술을 꽉 깨물었다. 라피스라면 그렇게 말할 거라 생각했다. 나도 안다. 이건 그냥 내 미련이었다.

"너 충분히 할 만큼 했어. 오히려 지나쳤을 정도야. 과거에 더 붙잡혀 있지 말고 이제 그만 현실로 돌아가. 가서 진짜 네 삶을 살아."

팔로 눈물을 훔치며 고개를 들었다. 엘뤼엔과 트로웰이 부드럽게 미소지으며 나를 바라보고 있었다. 숨을 한번 크게 삼킨 후 두 사람이 내민 손을 마주 붙잡았다. 곧 발밑에서 환한 빛이 퍼지기 시작했다. 비상하는 매처럼 하늘로 높이 솟구친 빛줄기가 순식간에 우리를 감싸 안았다.

"그동안 고마웠다."

어디론가 빨려 들어가는 듯한 감각 속에서 무뚝뚝한 목소리가 들렸다.

'나도 고마워, 라피스.'

울고 싶은 마음을 억지로 견뎌내며 웃었다. 맞잡은 손을 더욱 꽉 움켜쥐었다. 드디어 돌아간다. 내가 있어야 할 곳으로.

* * *

「그러고 보니 아버지, 귀환의 주문 키워드가 뭔지 아버지는 알겠어?」

내 질문에 엘뤼엔이 잠시 대답을 망설였다. 몰라서라기보다는 내가 충격을 받지 않도록 조심하는 것 같았다. 실제로 전혀 생각지도 못한 대답이 이어졌다.

「아마, 넌 계속 그 키워드를 떠올렸을 거다.」

「어? 떠올렸다고?」

「그래. 틀어졌다곤 해도 구조 자체가 달라진 게 아니라 돌아가고 싶어질 때마다 떠올랐을 거다. 실제로 여러 차례 일치한 흔적도 있고. ……다만 네가 입으로 내뱉지 않아서 발동이 되지 않은 거다.」

「헐, 진짜? 그럴 리가. 나 진짜 웬만한 건 다 말해 봤는데? 키워드가 대체 뭐였는데?」

당황하며 묻는 것에 그가 나를 바라보았다. 애틋함과 안쓰러움, 그러면서도 서글픈. 수많은 감정을 담아낸 시선이 하나의 단어를 그려냈다.

그 순간 알았다. 아아, 그랬다. 내내 머릿속을 장악하고 있던 말이 있었다. 돌아가고 싶어질 때마다 떠올랐는데 끝내 입으로는 내뱉지 못했다. 말해버리면 더는 견딜 수 없을 것 같았기 때문에, 억지로 눌러 삼켰던 한 마디가.

「보고 싶어, 아버지.」

*　　*　　*

기이한 감각에 눈을 떴다.

엘퀴네스는 천천히 주위를 둘러보았다. 빛이 감도는 물속의 풍경은 여느 때처럼 평화롭고 아늑했다.

최근 정령계는 이보다 더 좋을 수 없을 만큼 고요한 상태였다. 봉인된 미네르바의 상태도 순조롭게 나아지는 중이었고, 한동안 지상을 들쑤시고 다니던 트로웰도 얌전했다. 딱히 신경을 거스르는 문제도 없었다. 그런데 오늘따라 이상할 정도로 기분이 저조했다.

무언가 놓치고 있는 것이 있나 돌이켜봐도 아무것도 걸리는 게 없다는 점이 더욱 그랬다. 애초에 놓치는 것이 있다는 자체가 말이 되지 않았지만, 그런데도 계속 그런 느낌이 들었다. 지금 당장 어딘가를 가야 할 것 같은데, 그곳이 어딘지조차 알 수가 없었다. 태어나 처음 겪어보는 감각이었다.

그 기분은 뜻밖의 방문객을 맞이하면서 더욱 이상한 방향으로 흘러갔다. 눈앞에서 불길이 솟구치더니 붉은 머리칼을 지닌 남자가 나타났다. 불의 왕 이프리트였다.

"야, 엘퀴네스. 물어볼 게 있는데."

이프리트와는 평생 좋게 마주해본 적이 없었다. 호승심이 강한 편인 그는 상극인 엘퀴네스에게 처음부터 매우 호전적이었다. 엘퀴네스도 온화한 성정은 아니라 시비를 걸어올 때마다 응징했더니 적개심까지 쌓은 상태였다. 어쩌다 우연히 마주쳐도 으르렁거리기 바빠서 대화랄 게 없었다. 그런데 지금 편하게 말을 걸어오는 그의 모습은 원래 그래 왔던 것처럼 자연스러웠다. 비록 가지고 온 용건은 그렇지 않았지만.

"내가 너한테 할 말이 있었는데. 그게 뭐였을 거 같냐?"

"……뭐?"

눈을 가늘게 뜬 엘퀴네스는 곧 이 상황을 수긍했다. 이제 보니 새로운 방식의 시비인 것 같았다. 그러자 이프리트가 곧바로 손사래를 쳤다.

"아니, 장난치는 게 아니라! 내가 분명 너한테 할 말이 있었던 거 같거든? 근데 그게 뭐였는지 모르겠어."

"벌써 소멸할 때인가?"

"아니거든!"

발끈해서 대꾸한 후 이프리트는 찜찜한 표정으로 엘퀴네스를 노려보았다.

"이상하네. 왜 널 보는데 별로 화가 안 나지? 요 몇 년간 전쟁을 안 해서 그런가? 근데 내가 왜 너랑 안 싸웠지?"

"내 알 바 아니다."

"이거 봐. 태도나 성격이 딱히 변한 것도 아닌데. 예전 같았으면 화부터 났을 텐데 이제 좀 참을 만하단 말이야?"

심각하게 구시렁거리던 이프리트가 마침내 깨우침을 얻은 얼굴로 고개를 들었다.

"역시 내가 너무 착해진 건가?"

"꺼져."

"차암나! 너 툭하면 나한테 꺼지라고 하는데 말이야! 진짜 너무하다고 생각하지 않아?"

물론 전혀 그렇게 생각하지 않았다. 그런데 전에도 꺼지라고 한 적이 있었던가. 기이한 위화감에 눈살을 찌푸린 엘퀴네스는 어렵지 않게 기억을 떠올렸다. 확실히 그랬던 적이 있었다. 그런데 왜 이렇게 생소한 일이었던 것처럼 낯설게 느껴지는지 이해할 수가 없었다. 마치 개연성 없이 전개되는 소설처럼, 전후 관계가 도려내지고 상황만 남은 느낌이었다.

"아무튼 엘퀴네스, 내 얘기 좀 들어봐. 나 아까는 무의식적으로 어떤 숲에 갔다? 근데 내가 왜 거길 찾아갔는지를 도통 모르겠는 거야."

"역시 소멸할 때군."

"아니라니까! 어쨌든 거기에 거의 다 허물어져 가는 판잣집 하나만 덜렁 있더라고. 되게 오래됐는지 누가 살던 흔적은 없고 전부 삭아 있던데. 그거 보니까 너무 마음이 안 좋았어."

"그걸 왜 나한테 말하는 거지?"

"그러게? 그냥 너한테 말해야 할 것 같은 기분이라?"

엘퀴네스는 황당한 감정을 감추지 않고 이프리트를 바라봤다. 더 이상한 건 그가 말한 숲이며 판잣집을 자신도 봐야겠다는 생각이 든다는 거였다. 말도 안 되는 충동이라고 여기면서도 엘퀴네스는 입을 열었다.

"그 숲이 어디……."

"앗, 이게 누구야! 트로웰이잖아?"

하지만 그가 말을 잇기도 전에 새로운 상황이 벌어졌다. 이번엔 트로웰이 나타난 것이다. 오늘은 정말 이상한 날이군, 엘퀴네스는 다시금 얼굴을 찌푸렸다. (그의 기준에서) 갓 세대교체를 이룬 땅의 왕은 지금까지 한 번도 물의 영역을 방문한 적이 없었다. 심지어 얼마 전엔 분쟁도 있었던 참이었다.

원래 엘퀴네스는 다른 정령왕이 뭘 하든 신경 쓰지 않는 편이지만, 이번에 트로웰이 벌이는 짓은 선을 넘었다는 생각이 들었다. 말로 하면 듣지 않을 게 뻔했기에 땅의 영역을 쳤다. 그때 무너진 땅의 영역은 아직도 복구 중으로, 트로웰은 어떤 식으로든 엘퀴네스에게 감정이 좋을 수가 없었다. 적어도 이렇게 불쑥 찾아올 만한 관계는 아니었다.

"트로웰, 네가 여긴 웬일이야?"

"……그러는 넌 왜 여기에 있어?"

"난 엘퀴네스한테 할 말이 있는 기분이라서."

누가 봐도 황당한 답변인데 트로웰은 무슨 헛소리냐고 쏘아붙이는 대신 살짝 눈을 크게 떴다. 그 이유를 짐작한 이프리트가 헛숨을 삼켰다.

"뭐야, 설마 너도?"

"……와야 할 거 같은 기분이었어."

"와, 이게 대체 무슨 일이래? 나도 딱 그런 기분이었거든. 뭔가 해야 할 말이 있었던 것 같지 않아?"

망설이던 트로웰이 천천히 고개를 끄덕였다.

"용건이 전혀 없는 건 아니야."

"오, 그래?"

"미네르바가 깨어나는 미래를 봤어. 시일이 얼마 남지 않은 것 같아서 전해 주려고 한 건데……."

"헉, 정말? 예상했던 것보다 훨씬 빠르잖아! 정말 기쁘고 축하할 일이네. 근데 네가 굳이 그걸 알려주려고 했다고? 그것도 엘퀴네스한테?"

그냥 오고 싶은 기분이 들어서 찾아왔다는 것보다 더 말이 되지 않는 이유였다. 본인 역시 그렇게 여기는지 얌전히 입을 다물었다. 사실 엘퀴네스한테 말하고 싶은 건 아니었다, 그런데 여기밖에 떠오르지 않더라. 한 박자 늦게 변명이 이어졌지만 수긍이 가지 않기는 마찬가지였다.

"엘퀴네스, 너 대체 우리한테 무슨 요사한 짓을 저지른 거야? 솔직하게 말하면 지금이라도 용서해줄게."

"닥치고 둘 다 나가."

힐난의 시선을 받아줄 이유가 없는 엘퀴네스가 싸늘하게 말했다. 물론 거기에 굴할 이프리트가 아니었다.

"와, 무서워 죽겠네. 엘퀴네스가 나 자꾸 구박한다고 도련님한테 다 이를 거야."

"그건 또 무슨 헛소리지?"

"어? 음? 그러게?"

어리둥절해져서 반문한 이프리트가 호들갑스럽게 입을 가렸다.

"어머, 웬일이니. 지난 유희의 여파가 아직도 안 빠졌나 봐. 하긴 그게 좀 재밌긴 했지."

"네 지난 유희라면 50년 전이잖아."

"그런 게 무슨 상관이야. 내가 얘기했나? 들어봐, 트로웰. 나 그때 끝장나게 충실한 기사였거든. 가주의 아들이 날 아주 잘 따랐어. 애가 순하고 참 얌전했지."

"관심 없어."

"근데 걔가 나중에 커서는 가문을 말아먹더라고. 술과 도박에 마약까지, 안 하는 게 없더라니까. 이야, 인간사는 정말 한치도 알 수 없단 말이야."

"관심 없다고 했어."

엘퀴네스는 잔뜩 찌푸린 미간을 문질렀다. 자신이 왜 이런 실없는 얘기를 들어주고 있는 건지 이해가 되지 않았다. 평소라면 대화가 여기까지 이어지기도 전에 쫓아냈을 터였다. 거기까지 생각이

미치자 더는 이 촌극을 지켜볼 마음도 사라졌다.

"당장 나가."

"어어? 잠깐……!"

결국 그는 무력을 쓰기로 했다. 당황한 두 정령왕의 얼굴이 밀려드는 거센 소용돌이에 삼켜져 순식간에 사라졌다.

불청객들이 사라진 물의 영역은 다시 고요해졌다. 부드러운 물결에 몸을 묻으며 엘퀴네스는 긴 한숨을 내쉬었다. 평화를 되찾은 것은 좋은데 다시금 번잡한 생각이 밀려 들어왔다.

평소와 같은 일상. 그런데 이전과 다르다는 느낌이 드는 건 왜일까. 조형 속 마지막 한 부분이 완성되지 않은 것처럼 허전한 기분이었다. 무언가, 아주 중요한 무언가를 잃어버린 것 같았다.

제3화

1.

아주 긴 꿈을 꾸고 일어난 기분이 들었다. 가장 처음 인지한 건 물속에서 거품이 일어나는 소리였다. 기분 좋은 감각이 부드럽게 전신을 감싸 왔다. 탄산처럼 청량하고 실크처럼 부드러운 기운. 내 몸에 딱 맞는, 세상에서 가장 편안한 옷을 걸친 것 같았다.

—엘퀴네스께서 돌아오셨어!

—우리 왕이 돌아오셨다!

—온 대륙의 생명이여! 기뻐하라!

—물의 왕께 경배를!

정령들이 한목소리로 합창하는 소리가 들렸다. 그들이 느끼는 벅찬 환희가 고스란히 전해지면서 내 기분도 같이 부풀었다. 마치 세계와 연결된 듯한, 한동안 잊고 있었던 감각이었다.

살짝 눈꺼풀을 들어 올리니 넘실거리는 물결이 보였다. 새파란 공간을 수놓는 크고 작은 물방울들, 그와 함께 영유하는 찬란한 빛의 흐름이 눈부셨다. 손바닥을 펴서 조금씩 움직여보다가 숨을 한껏 크게 들이켰다. 공기와는 분명히 다른데 호흡하기는 더 편하다.

아, 그렇구나. 정말 돌아온 거야. 묘한 감동을 느끼며 물결의 흐름에 좀 더 몸을 맡겼다. 그래도 두 번째라고 처음 태어났을 때처럼 허둥거리지 않는 것에 웃음이 나왔다. 오히려 제자리를 되찾았다는 안정감만 들었다. 정령으로 지낸 기간보다 인간으로 산 시간이 더 긴 것 같은데, 이제 그런 건 상관없을 만큼 정령으로서의 자아가 더 큰 모양이다.

"뭘 혼자 바보같이 웃고 있는 거야? 돌아왔으면 인사부터 할 것이지."

순간 들려온 음성에 정신이 번쩍 들었다. 급히 고개를 돌리자 팔짱을 끼고 서 있는 사람이 보였다. 풍성한 붉은 머리칼을 화려하게 늘어트린 소녀가 새초롬한 표정으로 나를 내려다보고 있었다.

"이프리트!"

와, 이게 대체 얼마 만에 보는 거지?

아는 얼굴을 보니 더 돌아왔다는 실감이 든다. 반가운 마음에 몸을 벌떡 일으킬 때였다.

"이프리트만 보이는 겁니까? 저도 여기 있는데요."

이번엔 반대편에서 목소리가 들렸다. 그곳에 있는 건 구름처럼 새하얗고 작은 소녀였다. 달빛을 머금은 눈동자며, 특유의 무표정한 얼굴까지 몰라볼 수가 없었다.

"미네!"

"네, 접니다, 엘."

고개를 끄덕여 화답한 미네가 얼굴을 기괴하게 찡그렸다. 눈썹이 사납게 치켜 올라가고 억지로 들어 올린 듯한 입꼬리가 파들파들 떨렸지만, 알아둬야 할 건 저게 화난 표정이 아니라는 거다. 웃는 모습이 특이한 건 여전하구나. 오랜만에 보니 감회가 새로웠다.

"다들 잘 지냈어? 정말 오랜만이야!"

기쁜 마음에 두 정령왕을 번갈아 꽉 끌어안았다. 질색하는 이프리트와는 다르게 미네는 폭 안겨 왔다.

"잘 돌아오셨습니다. 그동안 얼마나 무료했는지 모릅니다."

"내가 없어서 심심했어?"

"네, 엘 주위에는 항상 재미있는 일들만 일어나잖습니까? 없는 일도 만들어내는 분이니까요. 저도 본받아서 열심히 따라 해 봤는데 잘되지 않았습니다."

"아하하, 그랬구나."

칭찬이겠지. 칭찬일 거다. 웃음기를 거둔 미네는 다시 무표정한 얼굴로 돌아온 뒤였다. 하지만 눈동자만큼은 별처럼 빛나고 있었다.

"여행은 어떠셨습니까?"

"그럭저럭. 나쁘지 않았어."

"어떤 종족의 육체를 입으셨습니까? 그게 가장 궁금했습니다."

"그냥 평범하게 인간이었어."

"그렇습니까? 엘은 인간과 상당히 인연이 깊군요."

나 또한 그렇게 생각했다. 다른 종족으로 사는 기회가 두 번이나 있었는데 둘 다 인간이라니. 정령 계약을 처음 맺은 것도 인간이었고. 이쯤 되면 운명이라고 해도 되지 않을까.

"인간이 됐으면, 외모도 달라졌어?"

관심 없는 척 딴 곳을 보고 있던 이프리트가 힐끔 시선을 던지며 물었다. 본인 딴에는 도도한 모습을 유지하고 싶었던 모양인데, 호기심은 못 이기는구나 싶어 웃음이 나왔다.

"머리 색이랑 눈동자 색만 다르고 나머지는 거의 다 같았어. 아, 성별도 생겼구나. 남자였지."

"뭐야, 얼굴이 똑같으면 성별은 생겨 봤자 아니야?"

"하하, 그건 무슨 뜻일까?"

"무슨 뜻이긴. 어차피 널 대하는 상대는 헷갈렸을 거라는 얘기지."

"그래도 엄연히 기분이 다르거든!"

발끈해서 대꾸한 말에 이프리트는 코웃음을 쳤다. 아, 그러셔? 깔보듯이 내려다보는 시선에 비웃음이 가득했다. 기분 차이가 얼마나 중요한데! 적어도 변명할 여지가 있다고 말해 주고 싶었으나 나만 서러워질 게 뻔해서 그냥 참았다.

그러고 보니 이제 다시 무성이 되었겠구나. 뒤늦게 미친 생각에 내 몸을 내려다봤다. 외견에선 차이가 없었으나 확인해 보지 않아도 성별은 사라졌을 게 뻔했다. 과거로 가서 유일하게 좋았던 점이었는데 내심 섭섭한 마음이었다. 그러다 문득 머리칼에 시선이 미치고 가볍게 한 줌 쥐어보았다.

손바닥 안에 감겨드는 머리칼은 더는 금발이 아니라 푸른색이었다. 새파란 바다를 옮겨둔 것 같은 깨끗한 물의 색. 원래 이게 맞는 건데도 과거의 엘뤼엔이 지니고 있던 그 색을 내가 지니고 있으니 기분이 좀 이상했다.

"뭐야? 왜 그래? 무슨 문제 있어?"

내가 물끄러미 머리카락을 바라보는 모습이 이상했는지 이프리트가 물었다. 살피는 시선에 염려가 깃든 것을 보니 모든 게 다 아무렇지 않아졌다. 바로 두 팔을 뻗어 이프리트와 미네를 다시 끌어안았다.

"아니, 아무 문제 없어! 으아~ 어쨌든 너희들 다시 보니까 너무 좋다! 진짜 너무 보고 싶었어!"

"아, 또 뭐야! 징그러워! 자꾸 달라붙지 말고 저리 갓!"

"이프리트, 엘이 이렇게 기뻐하고 있는데 자꾸 거절하는 것도 실례입니다."

"시끄럿!"

이 티격태격하는 분위기도, 짜증을 내는 음성조차 전부 다 그리웠다. 다시금 돌아왔다는 실감을 하며 한참 동안 두 정령왕을 끌어안은 팔을 풀지 않았다. 처음엔 밀어내기 바쁘던 이프리트도 이내 체념했는지 내 머리를 토닥거렸다.

"회포는 잘 풀고 있는 거 같네."

웃음기를 담은 음성이 들려온 건 그때쯤이었다. 고개를 돌리자 미소짓고 있는 흑발의 소년이 보였다.

"트로웰!"

그와는 이미 재회의 기쁨을 충분히 누렸지만 현실에서 보는 건 또 다른 기분이었다. 얼른 달려가 끌어안으니 그 역시 경쾌하게 웃으며 마주 안았다.

"오래 잠들어 있다 깨어난 건데 어디 불편한 점은 없어?"

"응, 아무렇지도 않아."

"그래, 다행이야."

"아, 그러고 보니 라피스는? 라피스는 어떻게 됐어?"

현실로 돌아왔다는 사실에만 집중해서 미처 그의 존재를 생각지 못했다. 내가 본래의 육체로 돌아왔으니 임시로 쓰고 있던 인간의 육체는 사라졌을 거다. 출발하기 전에 영혼의 보석을 엘뤼엔에게 건네줬어야 했던 게 아닐까? 뒤늦게 떠오른 사실에 당황해서 물으니 트로웰이 담담히 대답했다.

"라피스의 혼은 엘뤼엔이 잘 회수했어. 명계로 보냈을 거야."

"아……."

곧바로 명계로 간 거구나. 내 표정이 흐려졌는지 트로웰이 쓴웃음을 지었다.

"그런 얼굴 하지 마. 그렇게 바로 환생의 궤도에 오르진 않을 거야. 전에 약속해 둔 것도 있으니 작별 인사 하는 시간 정도는 마련해 주겠지."

"정말? 그러면 좋겠다."

그럼 다시 얼굴을 볼 수 있는 걸까. 이대로 끝난 게 아니라고 생각하니 안심이 됐다. 그런데 이프리트와 미네의 표정이 이상했다. 못마땅하다는 듯 굳어 있는 얼굴들이 마치 불만에 찬 사람들 같았다. 그 시선은 정확히 트로웰을 향해 있었다. 트로웰도 둘의 시선을 알아차렸는지 어색하게 웃었다.

"이제 돌아온 겁니까?"

"으음, 다녀왔어."

"다녀왔어, 같은 소리 하고 있네! 정말 잘하는 짓이다, 너! 또 그 재앙이 반복되는 줄 알고 얼마나 조마조마했는지 알아?"

"하하, 미안, 미안. 어쨌든 이렇게 무사히 돌아왔잖아."

트로웰이 정령계를 떠난 것에 대한 타박이었다. 하긴 다시 생각해도 본체로 움직인 건 정말 위험천만한 행동이었다. 그에게 고마운 마음과는 별개로, 이 부분에 대해서만큼은 나도 편을 들어주기가 곤란했다. 하지만 이어진 말은 조금 당황스러웠다.

"지금 웃음이 나오니? 대륙의 모든 식물이 말라버리기 직전이라고!"

“어? 겨우 그사이에?”

나도 모르게 반사적으로 반문했다. 우리가 재회를 나눈 시간은 길어봤자 한 시간도 되지 않았다. 중간에 헤매다 온 거라 해도 넉넉히 잡아 며칠 정도였을 거다. 아무리 정령왕이 자리를 비웠다지만 그 정도 기간에 문제가 생길 리는 없었다. 그런데 미네가 뜻밖의 대답을 했다.

“겨우가 아닙니다, 엘. 거의 5년이 다 되었는걸요.”

“……뭐?”

“이미 땅의 정령들 상당수가 소멸했습니다. 클레이와 멀든은 몇 마리 남지도 않았어요.”

“그게 무슨…….”

5년? 그 잠깐의 순간이 5년이었다고?

멍하니 생각하다 머리가 그대로 멈췄다. ……그럼 내가 과거에서 보냈던 지난 몇 년은? 그건 여기선 얼마나 된 거지?

설명을 구하며 트로웰을 바라보았다. 그는 난처한 표정을 짓고 있었다.

“조금 천천히 알려 줄 생각이었는데…….”

“어, 어떻게 된 거야, 트로웰? 이게 다 무슨 말이야? 나 데리러 와서 머문 시간은 잠깐이었잖아. 그게 어떻게 5년이나 될 수 있어?”

“음, 일단 놀라지 말고 들어줘, 엘. 시공간 안에선 수많은 변칙이 일어나. 출발한 궤도와 돌아오는 궤도를 맞추는 것 자체가 거의 불가능에 가까워. 그래서 시간에 오차가 생기는 것 같아. 그래도 며칠 정도면 괜찮을 거라 생각했는데 내 계산이 틀렸나 봐."

"그럼 나는?"

"……."

"나…… 얼마나 잠들어 있었던 거야?"

침착하려고 해도 목소리가 떨리는 걸 막을 수가 없었다. 트로웰은 잠시 한숨을 내쉰 다음 나를 차분히 응시해 왔다.

"먼저 충격받지 않겠다고 약속해. 어떤 말을 들어도 놀라지 않겠다고."

"그, 그건 내 마음대로 할 수 있는 게 아닌걸."

"나도 무리라는 거 알아. 그래도 흥분하지 않도록 노력해줘. 지금 땅의 기운이 너무 약해진 상태라 네 감정이 날뛰면 아크아돈에 홍수가 날 거야."

"……알았어. 조심할게. 흥분하지 않을 테니까 말해줘. 대체, 얼마나 지난 거야?"

초조한 기분에 손끝이 굳었다. 십수 년? 설마 수십 년까지는 아니겠지. 머리로는 더한 생각이 들었지만 자꾸만 밀려드는 불길한 기분을 억지로 눌러 삼켰다. 설마 아닐 거다. 그런 일만은 일어나지 않을 거다. 스스로 세뇌하며 억지로 정신을 다잡았다. 하지만 괴로운 듯이 일그러진 트로웰의 얼굴을 보는 순간 그 모두가 부질없는 희망임도 알았다.

"3백 년이야."

일순 세상이 멈췄다.

“네가 떠난 그 날로부터 3백 년이 흘렀어.”

삐이이— 귓속에서 지독한 이명이 울렸다. 날카로운 갈고리가 머리를 세차게 할퀸 것 같았다.

“엘, 괜찮습니까?”

“엘!”

나를 부르는 다급한 목소리들이 들렸다. 정신이 들었을 땐 어느새 바닥에 주저앉아 있었다. 멍하니 고개를 드니 모두가 창백한 얼굴로 나를 바라보고 있었다.

“3백 년이라고?”

“엘, 일단 진정하고…….”

“대답부터 해줘. 정말 3백 년이 지났어? 내가 잠든 후로 3백 년이나 지난 거야?”

“……그래.”

“……그럼 이사나는?”

“…….”

“알리사는? 아셀과 샴페인 용병단들은? 다들 죽은 거야? 이미 이 세상 사람이 아니야?”

“엘…….”

대답은 들을 필요가 없었다. 안타까움으로 가득한 시선들이 이미 그 대답이었으니까. 뭐라고 정의할 수도 없는 혼란한 감정에 속이 들끓었다. 두 손으로 얼굴을 연거푸 쓸어내리다 주먹을 꽉 움켜쥐었다.

길어 봤자 4년이었을 뿐인데. 내게 흐른 시간은 겨우 4년이었는데. 이곳에서는 3백 년이나 지났단다. 소중했던 사람들이 모두 죽고 이 세상에 없단다. 당연히 기다리고 있을 줄 알았던, 다시 웃으며 만날 수 있으리라 생각했던 사람들을 이제 다시는 볼 수 없다고 한다.

“하… 하하… 하하하…….”

왜 웃고 있는지도 모른 채 웃었다. 모두가 심한 장난을 치는 거다. 말도 되지 않는다고 생각하고 싶었다. 하지만 지독하게도 내게는 진실을 외면할 수 없게 하는 증거가 존재했다.

이사나와 맺었던 계약의 결속이 느껴지지 않았다. 아무리 꼼꼼히 살펴도 마찬가지였다. 내가 임의로 해지하지 않는 한, 이게 사라지는 이유는 오직 하나뿐이었다. 계약 당사자의 죽음.

“하하…….”

실없는 웃음만 나오는데 후드득 눈물이 떨어졌다. 트로웰이 나를 꽉 끌어안았다. 그 품을 벗어나지도, 마주 끌어안지도 못한 채로 얕은 숨만 겨우 내쉬었다.

라피스를 찾기 위해 다녀온 것을 후회하지는 않는다. 그러나 그 선택으로 인해 돌아온 결말이 이런 거라니. 이렇게까지 잔인할 필요는 없잖아. 이래서는 안 되는 거잖아.

자꾸만 이상한 신음이 흘러나가려 해서 입술을 꽉 악물었다. 누군가 악몽을 꾸는 거라고 말해 줬으면 좋겠다. 내가 또 질 나쁜 환상에 빠진 거라고. 하지만 아무리 기다려도 깨어날 기미가 보이지 않았다. 차라리 이대로 미치고 싶었다.

2.

"네겐 이편이 더 나을지도 모른다."

몇 날 며칠 물의 영역 안에서 두문불출하는 나를 두고 엘뤼엔이 건넨 한마디였다. 그는 무릎을 끌어모은 채 웅크리고 있는 내 머리를 다정히 쓰다듬었다.

"어차피 언젠가는 겪어야 하는 일이다. 인간의 수명은 지극히 짧지. 영원히 함께할 수도, 그 끝이 아름답지만도 않다. 이건 불멸자가 감당해야 하는 숙명이다. 앞으로도 이런 일을 숱하게 겪을 텐데, 그때마다 무너질 건가?"

"……."

"좋은 기억만 간직한 채로 헤어진 건 오히려 운이 좋은 거다. 아주 먼 여행을 떠났다고 생각해라. 너와 이어질 인연이라면 굳이 그 모습 그대로가 아니라도 반드시 너에게 돌아올 거다."

환생을 말하는 거였다. 언젠가는 이 땅에서 다시 태어난 이사나를 만날 수도 있노라고. 희망이 생기면서도 동시에 우울해졌다.

"하지만, 그건 다르잖아."

"뭐가 다르지?"

"내가 알던 이사나가 아니잖아. 모습도, 성격도, 나를 기억하지도 못할 거잖아."

"그런 것들이 사라지면 본질도 달라지는 건가?"

이어진 질문엔 아무 답도 할 수 없었다. 말문이 막힌 채 입을 다물고 있으니 다시금 다정한 손길이 닿았다.

"만약 네가 정령왕의 임기를 끝낸 후에 인세의 길을 택한다 해도 여전히 넌 내 아들일 거다. 나를 전혀 못 알아보고, 전혀 다른 얼굴과 성격을 지닌다 해도 그건 변함이 없을 거다. 넌 어떻지?"

그건 생각해 볼 필요도 없는 문제였다. 과거에서 나를 알아보지 못해도 여전히 그는 내 아버지였다. 비록 그만큼 힘들고 외로웠지만, 또다시 같은 일이 벌어진다 해도 그 전제가 사라질 일은 없었다. 어디서 어떤 모습으로 만나든, 그는 내 아버지였다.

"그래, 바로 그런 마음인 거다."

엘뤼엔이 내 손을 꼭 잡았다. 애정과 염려를 담은 시선에 목이 멨다.

"애도하고 추억하는 것은 좋다. 하지만 슬픔에 잠식되어서는 안 된다. 인간이 상실을 두려워하는 건 당장 눈앞의 것들만 바라보기 때문이지. 주어진 삶이 짧기에 그다음을 기약할 수 없는 거다. 하지만 엘, 넌 그렇지 않다."

"……."

"넌 정령왕이다. 인간과는 다른 관점으로 세상을 바라봐야 한다. 더 많은 가능성을 보고, 얼마든지 다른 방법을 모색할 수 있다. 그런데도 한때의 추억에만 매달려 있을 생각인가? 그게 누구에게도 도움이 되지 않는다는 걸 알면서도?"

맞는 말이었다. 나도 이러고 있는 게 아무런 의미가 없다는 건 알고 있었다. 한번 흘러간 시간은 돌아오지 않고, 슬픔에 묻혀 있어 봤자 주어진 결말이 달라지진 않는다. 알면서도 끝없이 밀려드는 절망을 밀어내기가 어려웠다. 내가 좀처럼 답하지 못하니 엘뤼엔의 표정도 흐려졌다.

"지금 네 감정이 잘못되었다는 건 아니다. 오히려 네가 이런 성격이라 따르는 이점이 더 클 거다. 하지만 그게 널 다치게 한다면 더는 이점으로 볼 수 없겠지."

"나는, 아버지, 난……."

"네가 처음부터 정령왕으로 태어났다면 이런 과정조차 필요하지 않았을 거다. 엘, 너는 인간으로 살았던 시간을 덫으로 두고 싶은 거냐?"

그 말엔 정신이 번쩍 들었다. 바로 세차게 고개를 흔들었다. 그건 싫다. 그렇게 하진 않을 거다. "그래, 그렇게 대답하리라 생각했다." 옅은 숨을 내쉰 엘뤼엔이 굳은 얼굴을 풀었다.

"결국 모든 건 네가 결정하기에 달렸다. 추억이란 건 어떻게 활용하느냐에 따라 가장 달콤한 꿀도, 가장 쓴 독도 될 수 있는 법이지. 나는 내 아들이 현명한 길을 선택하리라 믿는다."

"……응."

"정 견딜 수 없거든 우선 주변을 돌아봐라. 떠난 사람들이 있다면 네 곁에 남은 이들도 있다. 잃은 것만 헤아리기엔 네게 주어진 게 더 많다는 걸 잊지 마라."

"응, 알았어, 아버지."

터져 나오는 울음을 꾹꾹 참으며 연신 고개를 끄덕였다. 엘뤼엔이 나를 품에 끌어안았다. 그의 어깨에 머리를 기댄 채로 하염없이 눈물을 쏟았다. 그는 내가 진정할 때까지 어깨를 토닥이며 머리칼을 쓸어 넘겨주었다. 그 손길이 너무 다정해서 더 눈물이 났다.

가장 힘들었던 건 평생 내가 돌아오길 기다린 사람들 쪽일 텐데, 내가 이런 위로를 받아도 되는 건지도 잘 모르겠다. 그래도 지금은 그 다정함에 매달릴 수밖에 없었다.

실컷 울고 나니 기분이 한결 나아졌다. 그때쯤엔 엘뤼엔도 다시 신계로 돌아간 후였다. 계속 영역 안에만 있으면 잡념에서 벗어나지 못할 것 같아서 몸을 움직여보기로 했다. 바깥으로 나오자 탁 트인 전경이 펼쳐졌다. 빛을 품은 듯한 보석 꽃들과 갖가지 모양으로 꾸며진 싱그러운 나무들. 다소 흐린 하늘조차 그려낸 것처럼 아름다웠다. 이 또한 오랜만에 보는 낙원이었다.

그 앞에서 멍하니 서 있으려니 물의 정령들이 슬금슬금 다가왔다. 어리광을 부리듯 머리를 들이미는 시큐엘을 쓰다듬어 준 다음 옷자락을 잡아끄는 운디네를 따라 천천히 걸음을 옮겼다. 도착한 장소엔 트로웰을 비롯한 정령왕들이 모여 있었다. 심각한 표정으로 앉아 있던 그들이 나를 발견하고 놀라서 몸을 일으켰다.

"엘!"

"다들 안녕?"

무슨 말을 해야 할지 몰라 멋없는 인사만 건넸다. 곧바로 달려온 트로웰은 내 표정부터 살폈다.

"이제 좀 괜찮은 거야?"

"응, 괜찮아."

"정말 다행이다. 걱정했어."

밝게 웃는 트로웰의 얼굴엔 안도한 기색이 역력했다. 고마우면서도 미안한 마음으로 따라 웃으니 이프리트가 툴툴거렸다.

"제발 걱정 좀 시키지 마. 그깟 인간들 몇 죽은 게 뭐 그리 대수라고."

"이프리트!"

"내가 뭐 틀린 말 했어? 몰랐던 것도 아니고, 인간의 수명이 우리보다 훨씬 짧다는 건 다 아는 거였잖아. 어차피 겪을 일 그냥 빨리 겪었다 치면 되지. 그렇게 세상 다 끝난 것처럼 굴 게 뭐 있냐 말이야."

엘퀴엔이 한 말과 내용은 거의 같은데 느낌은 완전히 다르다. 같은 말도 화자에 따라 얼마나 달라지는지 보여주는 전형적인 예시 같았다. 말 한마디로 천 냥 빚을 갚는다는 속담이 괜히 만들어진 게 아니라는 예시 같기도 하고. 그러자 미네가 무표정한 얼굴로 조용히 나무랐다.

"너무 그러지 마십시오, 이프리트. 엘이 섬세한 성격이라 그런 겁니다."

"글쎄, 그 약에 쓸 데도 없는 섬세한 마음! 버려도 되지 않냐고!"

"이프리트가 그 싸가지 없는 성격을 버리면 엘도 그렇게 될 겁니다."

"뭐야?"

불과 바람은 상성이 좋은 편일 텐데. 이 둘을 보면 꼭 그렇지만도 않은 것 같다. 불안한 표정으로 나를 바라보는 트로웰을 향해 엷게 미소 지었다. 이프리트의 발언이 강하긴 했지만, 나를 걱정해서 하는 말이라는 걸 알기에 기분이 상하진 않았다.

"아크아돈을 둘러보고 싶어."

"뭐?"

내 말이 갑작스러웠는지 모두가 눈을 크게 떴다. 한 틀에서 찍어내기라도 한 것처럼 똑같이 동그래진 눈들을 보니 웃음이 나왔다.

"3백 년이나 흘렀다며. 그동안 세상이 어떻게 변했는지, 어떤 사람들로 채워져 있는지 확인해 보고 싶어. 이사나와 알리사의 무덤도, 혹시 남아 있다면 가보고 싶고."

"엘……."

"괜찮아. 나 이제 아무렇지 않아. 아니, 정말 아무렇지 않은 건 아니지만…… 그래도 더는 형편없게 굴지 않을 거야. 그냥, 쉽게 잊기에는 너무 특별했으니까. 내 나름대로 그들을 떠나보내는 시간을 갖고 싶어."

사실은 아직도 실감이 나지 않는다. 그래서 더더욱 달라진 세상을 확인하고 싶었다. 내가 알던 장소들이 이제 더는 그곳에 없다는 걸. 그 어디에서도 만날 수 없다는 걸 눈으로 확인하고 나면 인정하고 받아들일 수 있을 것 같았다. 그때가 되면 또 울고 말겠지만. 그래도 확인해야 했다.

"그래. 네가 그러고 싶다면 그래야지."

"새로운 문화를 접하면 기분 전환에도 도움이 될 겁니다."

트로웰과 미네도 고개를 끄덕여 동조했다.

"육체는 어떻게 할 거야? 계약자라곤 단 둘뿐이었는데 이제 그 둘 다 없잖아. 뭐, 자연체로 돌아다닐 거라면 상관없겠지만."

이프리트는 내가 미처 생각지 못한 점을 지적했다. 아, 그러고 보니 그렇구나. 이제 나 계약자가 아무도 없는 거구나. 묘한 충격을 받고 있으니 트로웰이 얼른 끼어들었다.

"계약이야 새로 하면 되지. 내가 괜찮은 드래곤을 소개해 줄게."

"드래곤 누구? 지금 그 녀석 눈치 안 보고 나서려는 드래곤이 있겠어?"

"이프리트, 제발……."

낮게 신음한 트로웰이 이마를 짚었다. 이건 또 무슨 상황인가 싶어 이프리트를 돌아보았다.

"그게 무슨 말이야?"

“너 블루 드래곤과는 계약하지 않을 거 아니야. 그런 일도 있었는데.”

“그런 일?”

“얘 좀 봐. 블루 드래곤 때문에 방어진이 무너졌었잖아. 너 그때 화나서 다시는 블루 일족과 교류하지 않을 거라고 했던 거 잊었어?”

아, 그랬었지. 그렇게 예전 일도 아닌데 벌써 한참은 된 것 같다. 그래 놓고는 정작 과거에서 가장 자주 어울린 게 블루 드래곤인 라미아스라서 멋쩍은 기분도 들었다. 내가 그러는 동안 현실의 물의 정령들은 아주 충실하게 내 말을 지켜온 모양이었다. 지난 3백 년간 그 어떤 블루 드래곤도 물의 정령과 계약하지 못했다. 사실 오칼이 저지른 일 자체는 아직 해소되지 않은 부분이라 딱히 미안하진 않았다.

“다른 드래곤과 하면 되지. 물 속성 드래곤이 블루 일족만 있는 건 아니잖아.”

“그러니까 그게 어렵다는 거라고.”

“왜?”

의아해져서 물으니 트로웰과 미네가 서로 곤란한 시선을 주고받았다. 이어진 대답엔 절로 눈이 크게 떠졌다.

“실은 장로가 깨어났거든. 그 녀석이 블루 드래곤이라 그래. 전에도 말한 적 있지? 라피스와 비슷하다고 했던 녀석.”

“……라미아스 말이야?”

"맞아, 그 녀석. 원래도 물의 정령왕한테 집착하는 녀석이라 누가 너와 계약하는 꼴을 가만히 두고 보지 않을 거야."

설마 라미아스가 깨어났을 줄이야. 라피스와 나눈 대화도 있는 만큼 그와 계약하는 문제는 숙고하던 일이었다. 그 결정을 내려야 하는 시기가 이렇게 빨리 찾아올 줄은 몰랐다. 참 얄궂은 인연이었다.

"어떡할래, 엘? 라미아스가 안 그래도 깨어나자마자 그 일을 알고는 한바탕 난리를 쳤거든. 만나서 사과하고 싶다는 걸 네가 잠들어 있는 상태라 계속 미뤄두고 있었어. 한번 만나라도 볼래?"

"어, 으음, 그전에 인간이 날 소환할 일은 없을까?"

"그런 우연이 두 번 일어나지는 않을 거야."

하긴 그렇겠지. 이사나가 나를 소환한 것만도 기적에 가까운 일이었다. 나도 모르게 잠시 현실도피를 했다. "너는 왜 계약 때마다 이 야단이냐?" 이프리트가 쯧쯧 혀를 찼다. 나도 공감했다. 왜 매번 계약 때마다 비슷한 문제를 겪는 건지 모르겠다.

"란타샤는 안 깨어났어?"

"유감이지만 아직이야. 그런데 꼭 아는 드래곤인 것처럼 말한다? 과거의 시간대로 갔을 거라더니, 거기서 란타샤도 만났어?"

어떤 세상을 다녀온 거냐고 묻지는 않더라니 이미 대략적인 상황은 알고 있었던 모양이다. 숨길 필요는 없는 일인 것 같아 고개를 끄덕였다.

"실은 라미아스도 알아. 그에게 도움도 자주 받았어. 그쪽에선 날 잊어버렸겠지만.”

“허, 그렇게 말하니까 진짜 과거에 갔다 온 거라는 실감이 드네. 뭐, 잘됐네. 현실의 은원을 과거에서 청산한 셈이잖아. 그럼 계약에도 거부감 없는 거 아냐?”

“그렇긴 한데…….”

“라피스가 마음에 걸리는 거지?”

트로웰이 물었다. 속내를 읽힌 것 같아 뜨끔했다. 머뭇거리다 고개를 끄덕이니 이프리트가 얼굴을 찌푸렸다. 그가 뭐라고 하려는 걸 나서서 막은 트로웰이 진지한 시선으로 나를 돌아보았다.

“그냥 단순하게 생각해, 엘. 지금은 여러모로 마음이 복잡하겠지만 다른 것들은 신경 쓰지 마. 네가 뭘 어떻게 하고 싶은지, 그것만 집중하도록 해.”

그 말을 들었을 땐 생각이 한결 정리됐다. 애초에 고민할 필요가 없는 문제였는지도 모른다. 라피스는 내게 현실을 살아가라고 했다. 그때 이미 내가 내릴 답도 정해진 거였다.

“일단 라미아스를 만나 볼게.”

“그럴래? 그럼 내가 얘기를 전해 둘게.”

그가 기뻐할 얼굴이 눈에 선하다며 트로웰이 밝게 웃었다. 과거에선 거의 보지 못했던 얼굴을 여기선 수시로 보는 것 같다. 신기해서 가만히 바라봤더니 그가 상기된 얼굴로 눈을 깜빡거렸다.

“왜 그렇게 봐?”

“아니, 확실히 성격이 많이 변했구나 싶어서.”

“윽, 엘. 그땐 정말 미안해.”

기습을 당한 것처럼 신음을 삼킨 트로웰이 두 손으로 얼굴을 감쌌다. 괴롭히려고 한 말은 아닌데 어쩌다 보니 지적한 것이 돼버려서 나도 덩달아 당황했다. “아냐, 트로웰. 나 아무렇지도 않아. 진짜 신경 안 써.” 서둘러 말해 봤지만 별반 도움이 되진 않는 것 같았다. 오히려 그는 더 몸 둘 바를 몰라 했다.

“저기요? 여기 우리도 있거든? 너희끼리만 아는 얘기 좀 하지 말아줄래?”

“맞습니다. 서운해지려고 하는군요.”

이프리트와 미네가 볼멘소리를 내뱉었다. 그제야 겨우 진정한 트로웰과 시선을 맞추고 함께 웃었다.

“그러고 보니 진작 했어야 할 말을 못 한 것 같아.”

쑥스러워하는 감정을 숨기지 않은 채로, 트로웰이 내 손을 잡았다. 물기 어린 음성이 잔잔한 바람을 타고 전해졌다.

“돌아와서 기뻐, 엘. 널 많이 기다렸어.”

숨을 크게 들이쉬고 한껏 미소지었다.

쭉 듣고 싶었던 말이었다.

3.

라미아스와의 만남은 신속하게 이뤄졌다. 트로웰에게 소식을 전해 받은 그는 날짜와 시간부터 정하고자 했다. 아무 때나 상관없다고 하니 그 자리에서 즉각 소환진이 떠올랐다. 그 조급한 간격에서 애초부터 기다릴 마음이 없었던 게 훤히 보였다.

『저기, 안녕, 엘키네스? 난 라미아스라고 해.』

『나와 만나보고 싶다고 말해 줬다고 들었어. 기회를 줘서 진짜 고마워. 절대 헛된 시간이 되지 않게 할게.』

애타는 음성과 함께 눈앞에서 깜빡거리는 황금빛의 마법진을 한동안 가만히 바라보았다. 분명 아는 목소리인데 말투는 전혀 다르다. 바로 얼마 전까지 스스럼없이 대화를 나누던 상대와 모르는 사이로 돌아갔다고 생각하니 기분이 묘했다.

『저어, 엘키네스?』

더 기다리게 했다가는 울먹거릴 기세라 소환진에 몸을 실었다. 곧 눈부시도록 새하얀 빛과 함께 어디론가 떨어지는 듯한 아득한 추락감이 들었다.

"헉!"

바닥에 닿은 걸 느꼈을 땐 어디선가 격한 숨소리가 들렸다. 눈을 뜨니 두 손으로 입을 가리고 있는 라미아스가 보였다. 변하지 않은 목소리처럼 외모 역시 내가 아는 모습과 똑같았다. 4천 년의 세월이라곤 조금도 느껴지지 않아서 반갑게 말을 건넬 뻔한 걸 가까스로 참았을 정도였다. 다만 충격을 받은 것처럼 부들부들 떨고 있는 모습이라 의아해졌다.

"라미아스?"

“허억!”

이름을 부르기 무섭게 그가 크게 숨을 삼켰다. 아까 들었던 숨소리도 라미아스가 낸 소리였다는 건 알겠는데, 이 드래곤이 왜 이러는 거지? 주위를 둘러보니 한 발짝 떨어진 곳에 서 있는 트로웰이 보였다. 그는 체념했다는 듯이 고개를 절레절레 젓고 있었다. 무슨 일이 있었냐고 물어보려는 때였다.

“미쳤다. 어떡해. 목소리도 종달새 같아.”

……뭐가 어쨌다고? 어이가 없어서 돌아보니 다시 시선이 마주친 라미아스가 발을 동동 굴렀다. 그는 한껏 심호흡하고는 조심스럽게 나를 응시해 왔다. 갓 태어난 새끼 동물을 보는 듯한 눈길이라 무척 부담스러웠다.

“아, 안녕, 엘퀴네스! 내가 널 부른 라미아스야.”

“네, 그건 알고 있는데요.”

“헉, 존댓말을 해! 귀여워!”

굳이 대화를 해봐야 하는 걸까. 왠지 번지수를 잘못 골랐다는 생각이 강렬히 든다. 트로웰은 한숨을 푹푹 내쉬고 있었다. 잔뜩 가라앉은 시선에서 괜한 자리를 마련했다는 회한이 느껴졌다.

나도 당황스럽기는 마찬가지였다. 라미아스가 이런 성격이었나? 내가 아는 그는 느긋하긴 해도 권위적인 면이 있었는데 지금 눈앞의 그에게선 위엄 따윈 조금도 찾아볼 수가 없었다. 외모가 똑같지 않았다면 다른 사람이라고 생각했을 거다.

하긴 원래도 엘뤼엔 앞에선 체면이고 뭐고 다 집어던지는 푼수

이긴 했지. 아, 설마 이젠 내가 엘퀴네스라 그 대상이 된 건가. 거기까지 생각하니 마음이 차게 식었다.

“안녕히 계세요.”

“헉! 왜, 왜? 뭔지 몰라도 내가 다 잘못했어! 제발 가지 마!”

꾸벅 인사하고 돌아서려니 기겁한 라미아스가 엎드리다시피 내 발치에 매달렸다. 그래 봤자 아직 계약 전이라 그냥 통과해 버렸지만. 그래도 미운 정도 정이라고, 간절하게 올려다보는 얼굴을 보니 차마 그대로 사라지기가 미안했다.

“그러니까 내가 흥분하지 말라고 했지. 좋은 인상을 보여도 부족할 판에 오히려 점수를 깎으면 어쩌자는 거야?”

망설이는 나를 다 이해한다는 얼굴로 바라본 트로웰이 라미아스를 향해 핀잔의 말을 건넸다. 라미아스는 억울한 표정을 지었다.

“그치만! 이렇게 아름다울 거라는 말은 없었잖아!”

마른기침이 절로 튀어나왔다. 아니, 이 드래곤이 정말 미쳤나? 경악해서 바라봤지만 그의 기행은 멈출 줄을 몰랐다.

“이건 정말 반칙이야! 대체 엘퀴네스들은 나한테 다 왜 이러는 거야? 전대도 믿을 수 없을 만큼 아름다웠는데, 이번 엘퀴네스도 너무 완벽하게 내 취향이야! 이럴 줄 알았으면 수면기에 들어가지 않는 건데! 내가 최초의 계약자가 될 수 있었는데!”

“……넌 지금 당장의 계약부터 걱정해야 할 거 같은데.”

트로웰이 쯧쯧 혀를 찼다. 내가 하고 싶은 말이 바로 그거였다.

진작에 자리를 뜰 걸, 무슨 영화를 보겠다고 기회를 줬을까. 과거에서 엘퀴엔이 왜 그를 매몰차게 대했는지 이제야 알겠다. 그땐 너무 야박하기만 한 건 아닌가 싶었는데 이게 내 입장이 되니 기분이 완전히 달랐다. 이제 보니 엘퀴엔이 인내심이 강한 거였다.

차라리 자연체로 다니고 말지 변태 드래곤과 계약은 못 하겠다. 결론을 내린 즉시 소환진과의 연결을 끊었다. 당황한 얼굴로 돌아보는 라미아스를 향해선 마지막 예의로 손을 흔들어줬다. 함께해서 더러웠고, 다시는 만나지 맙시다, 라는 의미를 담은 작별 인사였다.

"안 돼! 가지 마아-!"

간곡한 비명 따윈 내 알 바 아니었다.

그때까지만 해도 다시 라미아스를 상종할 생각은 없었다. 하지만 세상일이란 게 어디 무 자르듯 단칼에 해결되던가. 그로부터 몇 시간 후, 나는 다시 그와 대면하는 자리에 나와 있었다. 무시하고 싶어도 울며불며 계속 소환을 해대는 통에 더는 버틸 수가 없었다. 이럴수록 화를 부추긴다는 걸 모르진 않을 텐데, 죽음마저 불사한 드래곤은 직진밖에 몰랐다.

"내가 정말 잘못했어."

그래도 큰 교훈을 얻기는 했는지 두 번째로 마주한 라미아스는 기가 쭉 빠져 얌전해진 모습이었다. 하고 싶은 말은 참 많았지만 그냥 가벼운 한숨만 내쉬었다. 나보다 더 피곤한 표정인 트로웰도 옆에서 같이 한숨을 쉬었다. 두 정령왕이 한숨을 내쉴 때마다 움찔거리던 라미아스가 조심스럽게 눈치를 살폈다.

“아깐 내가 너무 지나치게 흥분했어. 새 물의 왕을 마주한다는 기쁨에 빠져서 정신을 못 차렸던 것 같아. 넌 안 그래도 이 자리가 그리 달갑지 않았을 텐데. 정말 미안해.”

“또 그러지 않는다면 괜찮아요.”

“물론이지! 진짜 주의할게.”

저렇게 말해도 믿지는 못하겠다. 엘뤼엔한테 주접을 떠는 걸 한두 번 봤어야지. 그래도 당장은 얌전하니 우선 넘어가기로 했다. 어쨌든 그가 차분해지면서 대화에도 진전이 있었다. 본론에 들어가기에 앞서 라미아스는 내게 양해를 구하고 어디론가 신호를 보냈다. 그러자 공간을 가르고 한 무리의 사람들이 나타났다. 모두 푸른색 머리칼을 지닌 블루 드래곤들이었다. 그들 중에 고요히 서 있는 소년의 모습을 발견하기는 어렵지 않았다. 라미아스의 손자이자, 결전의 날 물의 방진을 맡았던 오칼이었다.

나와 눈이 마주치기 무섭게 그는 고개를 푹 숙였다. 인상이 너무 달라져서 솔직히 처음엔 정말 오칼이 맞나 했다. 처음 봤을 땐 도도한 귀족 같았는데, 지금은 많이 소탈해진 모습이었다. 내내 변한 세월을 실감하지 못했는데, 그를 보니 정말 시간이 흐르긴 했구나 싶었다. 굳어 있는 손자의 모습을 씁쓸한 표정으로 바라본 라미아스가 입을 열었다.

“오칼이 저지른 잘못은 전부 들었어. 내가 잠들어 있는 사이에 그런 큰일이 벌어졌을 줄은……. 정말 경솔했고, 변명의 여지가 없는 잘못이었어. 저 애의 조부이기 전에 블루 일족의 수장으로서 사죄하고 싶어."

그가 고개를 숙이자 다른 블루 드래곤들도 모두 따라서 고개를 숙였다. 내가 만든 상황이긴 하지만 막상 무겁게 가라앉은 분위기를 보니 마음이 불편하긴 마찬가지였다.

"사과는 받을게요. 하지만 하고 싶은 말이 그게 전부인 건 아니겠죠?"

라미아스가 어색한 얼굴로 고개를 끄덕였다.

"정말 염치없지만, 우리에게 다시 한번 기회를 줄 수 없을까?"

"기회라……."

"물의 일족인 우리가 물의 정령들과 교류하지 못하는 건 너무 괴로운 일이야. 그동안 오칼도 많이 반성했어. 물론 3백 년이라는 시간이 충분했다고 말하는 건 아냐. 하지만 저 애가 결코 고의로 저지른 잘못이 아니라는 걸 부디 참작해줬으면 좋겠어."

"내 화가 아직 안 풀렸다면요?"

"그렇다면…… 어쩔 수 없지. 용서할 때까지 기다릴게."

아직 정령 계약은 성사되지 않았다. 지금 이 순간에도 라미아스는 소환진을 유지하느라 마나를 소모하는 중이었다. 얼굴이 창백해지는 게 실시간으로 보이는데도 아무런 내색 없이 감내하는 모습을 보니 더는 심술을 부리기가 어려웠다. 나도 참 마음이 약해서 탈이다.

“그거 알아요? 4천 년 전에 나와 라미아스는 만난 적이 있어요.”

“……어?”

“그때 친하게 지냈던 인연을 봐서 이만 덮을게요. 3백 년이면 짧은 시간도 아니니까요.”

잠시간 어리둥절해하던 블루 드래곤들이 뒤늦게 내가 한 말을 이해하고 화색이 돌아 고개를 들었다. 오칼은 다리가 풀렸는지 바닥에 주저앉았다. 라미아스만 혼란스러운 얼굴로 입을 벙긋거리고 있었다.

“아아니, 자, 잠깐만! 4천 년 전? 그게 언제쯤이지? 우리가 그때 만난 적이 있다니? 어디서? 진짜? 어떻게? 아니, 일단 만났으면 내가 이 얼굴을 잊었을 리가 없는데?!”

네, 완전히 깨끗하게 잊었답니다. 속으로 대답해 주면서 계약서를 펼쳐 들었다. 블루 드래곤들 모두 숨을 삼키는데 정작 당사자인 라미아스는 내가 한 말만 의식하느라 돌아가는 상황을 깨닫지 못하고 있었다. 그의 시선을 받은 트로웰도 모르쇠로 일관하면서, 그는 더 큰 혼란에 빠졌다.

“4천 년 전이면 황금 문명기 때인데? 내가 그때 세이크 제국에서 공작 가문을 꾸리고 있었거든? 정말 그때 우리가 만났다고? 장난치는 게 아니고 진짜로?”

“그래서 계약할 거예요, 말 거예요?”

“그야 당연히 하지!”

대답과 동시에 서명이 새겨지면서 계약이 완성됐다. 손끝에 고이는 기운을 그의 이마에 가져다 대니 물의 인장이 자리 잡았다. 그때까지 허둥거리고 있던 라미아스가 숨을 크게 삼켰다. 얼빠진 표정을 보니 아직도 상황을 깨닫지 못한 것 같았다. 그러거나 말거나 내 용건은 끝났으므로 후련해졌다.

"좋아, 이걸로 끝."

"어? 응? 어?"

"마나 잘 쓸게요."

"아, 아니! 잠깐만! 엘퀴네스?"

"그럼 이제 진짜로 안녕."

생긋 웃어주고 곧바로 정령계로 귀환했다. 당분간 바쁠 예정이니 부르지 말라는 경고를 덧붙이는 것도 잊지 않았다.

"대답은 해 주고 가! 우리가 어디서 어떻게 만났다는 거야? 응? 엘퀴네스으으!"

처절한 목소리가 메아리쳤다.

4.

다행히 라미아스는 날 다시 찾지 않았다. 모처럼 성사된 계약이 다시 파기될까 봐 우선 자중하는 것 같았다. 단호하고 냉정한 전대와의 계약도 무사히 지켜온 드래곤다운 처신이었다. 그의 시름을 뒤로한 채로, 나는 트로웰과 함께 세상을 돌아보는 여행을 시작했다. 본격적으로 현실을 마주하는 여정이었다.

10년이 지나면 강산이 변한다고 하던가. 3백 년이나 지난 아크아돈은 내가 알던 모습에서 많이 달라져 있었다. 사람들의 복식과 먹거리, 가옥들의 건축 형태나 길이 바뀐 건 가장 흔한 변화였다. 산이 있던 곳이 사라져 들판이 되었거나, 강이 사라지고 마을이 들어서기도 했다.

반면에 여전히 변하지 않고 그 자리를 지키고 있는 것들도 있었다. 일단 스왈트 제국이 아직 건재했다. 이사나의 이전 세대부터 굳건하던 황가의 혈통도 여전히 명맥을 이어오는 중이라고 했다. 놀라운 사실은 그 계보에 알리사가 들어 있다는 거였다.

"정말? 이사나와 알리사가 결혼했어?"

미소지은 트로웰이 고개를 끄덕였다. 원래 제왕의 별이 둘일 땐 파국이 일어나기 마련인데, 두 사람은 그리 혼란한 과정 없이 순탄하게 맺어졌다고 했다. 라온휘젠 황제도 끝까지 포기하지 않았지만 알리사의 마음이 굳건해서 소용이 없었다고. 뒤늦게 끼어든 이가 훼방을 놓기엔 첫 만남부터 쌓아온 둘의 유대가 워낙 강했다. 운명이 안배한 길을 걸어가면서도 그에 휘둘리지 않은 두 사람이 참 기특하고 대견했다.

"두 사람의 결혼식엔 이슬비가 내렸어. 다들 엘이 보러 와 준 거라고 많이 기뻐했어."

흐린 날씨조차 행복한 두 사람에겐 축복이 되었다. 내가 함께하지 못한 추억 속에서, 내 자리를 비워 둔 사람들의 이야기에 목이 멨다.

평생 다투는 일 한 번 없이, 서로를 존중하고 아끼는 화목한 부부였다고 했다. 자녀는 딸 하나와 아들 셋을 뒀는데, 네 남매 모두 정령사의 자질을 타고나 제국의 이름을 드높이는 주역으로 활약했다고 한다. 지금은 그 피가 많이 희석되었지만, 그래도 여전히 한 세대에 한두 명은 정령사가 태어난다는 것 같았다. 심지어 자질을 타고나는 아이를 후계자로 삼는 관습까지 생겼다. 정령사가 황가의 상징이자 특징이 된 셈이었다.

"저 녀석이 이번 대 황제인 카를리안이야. 땅의 정령사지."

트로웰의 설명을 들으며 그가 가리키는 곳을 보았다. 모르던 건물이 늘어나긴 했지만 황제가 일하는 본궁 자체는 크게 변하지 않았다. 집무실의 위치도, 늘 이사나가 앉던 자리도 그대로였다.

하지만 그 자리에 앉아 있는 건 이사나가 아니라 낯선 초로의 남자였다. 그게 참 이상한 기분이었다. 외모라도 닮았다면 위화감이 덜했을까? 이번 황제는 어느 한구석도 선대와 닮은 부분이 없었다. 인상이며 분위기도 다르고, 머리 색조차 흑발이었다. 이사나와 알리사는 둘 다 금발이었으니 외탁한 모양이다.

덕분에 세월이 흘렀다는 실감은 확실히 들었다. 내가 아는 장소를 전혀 다른 사람이 채우고 있는 그 모습이, 마지막 남은 미련조차 완전히 거두라고 말하는 것 같았다.

"둘의 아이들이 살아 있을 때만 해도 왕래가 잦았는데, 그 후로는 점차 교류가 끊겼어. 그래도 황제에겐 내 도움을 받을 수 있는 기회를 세 번 주고 있어. 지금 카를리안은 이미 세 번을 다 쓴 상태지만."

"계속 챙겨줬구나. 고마워, 트로웰."

"아냐, 내가 그러고 싶었어. 네가 돌아왔을 때 스왈트 제국이 사라진 모습을 보여주고 싶진 않았거든."

제왕의 별과 반려성. 운명의 두 사람으로부터 시작된 후손들은 모두 현명하게 나라를 잘 다스렸다고 한다. 하지만 긴 시간 동안 제국이 굳건했던 건 트로웰의 가호 덕분이었을 거란 생각이 들었다.

"황제를 만나 볼래?"

"……아니, 이거면 됐어. 그냥 갈래."

고개를 저으니 트로웰도 그럴 줄 알았다는 표정을 지었다. 누가 쫓아오는 것도 아닌데 서둘러 그 자리를 벗어났다. 슬프면서도 기쁘고, 애틋하면서도 서글픈 기분이었다. 가슴 속에 마른 바람이 불었다.

운명의 반려와 맺어지지 못한 탓일까. 아직도 강국인 스왈트 제국과는 달리 마법 제국인 카터스 제국은 라온휘젠 황제의 서거 이후 쇠락의 길을 걸었다. 그의 뒤를 이은 황제가 선황의 뜻과는 반대로 마법사들을 탄압하기 시작한 것이 원인이었다.

제국의 자랑이던 마법 아카데미가 하루아침 사이에 문을 닫고, 수많은 서적과 문화들이 짓밟혔다. 그 과정에서 황제에 반발한 가문들이 내란을 일으켰는데 그로 인한 전쟁이 백 년이나 계속되었다고 한다.

한 세기를 장악한 전란에 나라가 멀쩡할 수는 없는 법. 이후로 제국은 세 개의 나라로 분열되었고, 카터스의 핏줄은 완전히 끊긴 상태였다. 라온휘젠 황제와는 그리 친하진 않았지만 그 끝이 이렇게 마무리되었다니 입맛이 썼다.

하지만 그런 위기 속에서도 마법은 무사히 전승되어 지금은 제2의 황금기를 꿈꿀 수 있을 만큼 발전해 있었다. 오히려 제국의 핍박에서 도망친 마법사들이 독자적으로 마탑을 세우고 마법사들을 양성하기 시작하면서, 더 널리 전파되는 결과를 낳았다. 생활 마법 위주긴 해도 마도구의 사용도 보편화 되었고, 연금술 분야도 크게 성장한 것 같았다.

종족 간에 교류도 활발해졌다. 첫 교역 문을 연 것은 오랫동안 폐쇄적으로 살던 드워프 일족이었다. 실수로 영역을 벗어난 어린 드워프가 몬스터에게 잡혀가는 것을 마침 지나가던 인간이 구해준 것이 계기였다는데, 서로 조금씩 친교를 다지기 시작하다가 완전히 교역 문을 개방하는 쪽으로 이어진 듯했다.

그에 자극을 받은 엘프들도 영역 안에 인간의 진입을 허가하기 시작하면서, 본격적인 종족 교역의 시대가 열렸다. 물론 아무나 다 허가하는 것은 아니고, 모든 엘프가 다 개방한 것도 아니었지만, 그것만으로도 장족의 발전이었다.

"혹시 미네르바의 세대교체에 영향을 받은 건가?"

"아주 아니라곤 못 할 거야. 애초에 종족끼리 사이가 틀어진 게 그 일이 원인이었으니까."

트로웰이 쓴웃음을 지으며 답했다. 전대 미네르바가 건재했을 때는 해소되지 않는 문제였지만, 이제 새 바람이 불기 시작하면서 지난 일로 묻을 수 있게 된 거다. 한 시대가 완전히 끝났음을 알리는 것이기도 했다.

어쨌든 이젠 거리에 다양한 종족들이 섞여 있는 모습은 그리 어색한 광경이 아니었다. 덕분에 여전히 4천 년 전의 세상에 떨어져 있는 듯한 기분을 벗어나기가 어려웠다. 상점가에서 생선을 고르고 있는 사람을 발견했을 땐 더욱 그랬다.

"주인장, 여기 생선들 상태가 너무 안 좋은걸? 아무리 겨울이라지만 보존을 너무 대충 한 거 아니오?"

"무슨 말이야? 내륙에서 이만하면 괜찮은 거지."

"아냐, 수도가 여기보다 더 내륙인데, 거기서 파는 것들도 이것보단 상태가 좋았어. 웬만하면 보존 마법 처리 좀 하쇼. 거 얼마나 한다고."

"아, 싫으면 사지 마!"

가게 주인과 실랑이를 하는 남자는 블루 엘프였다. 순간 나도 모르게 달려가 붙잡을 뻔했다. 하지만 다시 보니 얼굴이 전혀 달랐다. "엘, 왜 그래?" 의아해하며 나를 돌아보던 트로웰이 내 시선이 향한 곳을 확인하곤 아—하고 감탄사를 내뱉었다.

"블루 엘프도 최근에 지상 진출이 늘었지. 멀리서 보니 좀 닮았네.”

“그러고 보니 시벨은 지금 어디서 지내?”

“음, 그 녀석은…….”

묻는 것마다 친절히 설명해 주던 트로웰이 처음으로 말끝을 흐렸다. 설마 시벨리우스까지 죽은 건 아니겠지? 그의 수명은 아직 한참 남았을 텐데. 불안한 마음으로 바라보니 그가 서둘러 답했다.

“걱정하지 마. 아마 잘 지낼걸? 곧 만나게 될 거야.”

“정말?”

“그럼 정말이지. 아, 저기서 축제를 하나 봐, 엘. 가보자!”

트로웰이 황급히 내 팔을 잡아끌었다. 아무리 봐도 수상한 태도였지만 곧 만날 거라는 말을 믿고 걸음을 옮겼다. 이런 거로 굳이 거짓말을 할 사람은 아니었으니까.

한겨울인 날씨는 어디에 눈을 둬도 무채색이었다. 이런 시기에 열린 축제라 그런지 도착한 장소엔 얼음 조각상들이 가득 세워져 있었다. 썰매장과 얼음낚시도 마련된 것 같았다. 이 지역 명물인 전통 겨울 축제라고 했다. 왠지 어디선가 본 것 같다는 생각을 하고 있는데 트로웰이 물었다.

“혹시 이 광경 눈에 익지 않아?”

“음, 그렇네.”

“그럼 저건 어때?”

그가 가리킨 곳엔 리본이 잔뜩 달린 나무들이 있었다. 특이한 건 리본 외에는 모두 똑같은 장식물을 달고 있다는 점이었다. 조화로 만들어진 제비꽃이었는데, 숫자에도 의미가 있는 건지 전부 세 송이씩이었다. 그걸 깨닫고 나니 주위에 있는 다른 장식물 속에서도 제비꽃들이 보였다. 역시나 마찬가지로 세 송이씩이었다.

'가만, 제비꽃 세 송이? 게다가 겨울 축제라면…….'

불현듯 떠오른 생각에 멍하니 입을 벌리자 알아본 트로웰이 웃었다.

"세 송이의 제비꽃이 이 마을의 상징이래. 옛날에 너무 가난해서 굶어 죽는 사람이 나올 정도로 궁핍한 상황에 몰린 적이 있었나 봐. 다들 이번 겨울이 마지막이라는 생각으로 축제를 열었는데, 우연히 들른 신의 아들이 제비꽃 모양을 한 보석 세 개를 주고 갔다지."

"……!"

"마을 사람들은 보석을 팔아서 마련한 돈으로 무사히 겨울을 넘겼어. 그 후로는 경작도 잘 되면서 가난에서도 벗어났고. 이후에 그들은 은인을 기리는 의미에서 제비꽃 세 송이를 마을의 상징으로 삼았다고 해. 이 고장에서 3백 년간 내려온 유서 깊은 일화야."

기억난다. 겨울 축제에 가고 싶다고 조르는 알리사에게 못 이겨 한 마을에 들른 적이 있었다. 그때 주민들에게 행패를 부리고 있던 대공군과 맞부딪쳤는데, 그 과정에서 망가트린 비품들을 보상할 겸 제비꽃 몇 송이를 쥐여주고 나왔었다. 너무 큰 건 부담스러워할까 봐 적당히 손에 잡히는 작은 크기의 꽃을 골랐던 것뿐인데, 그게 설마 마을의 상징이 될 줄이야. 어안이 다 벙벙했다.

“나를 알리사라고 알고 있었을 텐데…….”

“맞아, 처음엔 그렇게 알려졌지. 그런데 나중에 황후가 된 알리사가 그 일화를 알게 되고는 직접 오해를 정정했어. 자신이 아니라 진짜 신의 아들이 베푼 은혜였다고 말이야.”

이후엔 축제가 열릴 때마다 직접 방문하기도 했단다. 물론 이사나도 함께했다. 덕분에 황제 부부가 즐겨 찾는 축제라는 소문이 퍼지면서 마을이 더 크게 번창했다고.

조금 전과는 사뭇 다른 기분으로 주위를 둘러보았다. 잘 꾸려진 가옥들과 여유와 활기가 가득한 거리들. 별다른 생각 없이 스쳐 지나갔던 부분들이 새삼 다시 보였다. 그때의 전경은 떠오르지도 않을 만큼 많이 변했는데, 그 자체가 모두와 함께한 흔적이라고 생각하니 참 이상한 느낌이었다.

“실은 이 여행이 다 끝나면 네게 보여 주고 싶은 게 있어.”

한참 동안 주위에 시선을 빼앗긴 내게 트로웰의 나직한 목소리가 이어졌다.

“보여 주고 싶은 거? 그게 뭔데?”

“나중에. 아직은 비밀이야.”

그것도 내가 한 일과 관련된 걸까. 궁금했지만 굳이 재촉하진 않았다. 아직은 돌아봐야 할 것들이 많았으니까.

“자, 그럼 다시 가볼까?”

미소 지으며 묻는 얼굴을 향해 고개를 끄덕였다. 때마침 하늘에서 눈이 쏟아지기 시작했다. 나를 따라 몰려든 나이아스들의 무게를 구름이 더는 감당하지 못한 듯했다. 퐁퐁 떨어지는 함박눈에 얼음 위에서 한창 썰매를 타던 아이들이 환호성을 질렀다. 그 깨끗한 웃음소리들에 나도 웃음이 나왔다. 이 세상도 사랑할 수 있을 것 같았다.

제4화

1.

트로웰이 다음으로 안내한 곳은 북쪽에 있는 바이칼이라는 공국이었다. 내가 자리를 비운 동안 생겨난 나라 중 하나였는데, 북부 특유의 척박한 기후에도 불구하고 제법 크고 번화했다. 주민 대부분이 현역 용병이거나 용병 출신으로, 용병 길드의 본거지가 있는 나라이기도 했다. 그래서 용병의 왕국이라고도 불리는 것 같았다.

"용병 길드 본사는 원래 수도에 있지 않았어? 북부로 이주한 거야?"

"아니, 그 길드는 망했어. 지금 있는 용병 길드는 새로 만들어진 다른 길드야. 이제 3백 년 정도 됐으니 역사는 오히려 이쪽이 더 길 거야."

"아, 그렇구나."

3백 년이라니, 내가 자리를 비운 시점에 창단되었다는 소리였다. 어쩌면 휴센 일행과도 관련되어 있을지도 몰랐다. 혹시나 하는 마음으로 물어보니 예상대로 그렇다는 답이 돌아왔다. 기존 길드의 박해가 커지자 아예 박차고 나와 새 길드를 창단해 버렸다는 거다.

"그 사람들답네."

"그렇지?"

북부가 기반을 다지기에 좋은 환경은 아니다 보니 처음엔 우여곡절이 많았다고 한다. 그래도 보란 듯이 성장해서 기존 길드의 영향력까지 덮어버릴 만큼 커졌다. 나중에 가선 용병이 되려면 북쪽으로 가라는 말이 불문율처럼 여겨질 정도였다고 했다. 당시만 해도 가난했던 공국을 그들이 먹여 살리는 수준이었다. 덕분에 원래 이름보다 샴페인 공국이라는 이름으로 더 많이 알려진 모양이었다.

"그 정도면 영주가 싫어하진 않았어?"

"싫어할 것도 없지. 어차피 본인의 업적인걸."

"무슨 말이야?"

"휴센 드 아우레스 공작. 초대 영주의 이름이야."

입이 저절로 벌어졌다. 휴센이라면 분명 그 휴센일 텐데, 그 이름 뒤에 붙어 있는 호칭들이 전부 낯설었다. 어떻게 된 건가 했더니 이사나가 남긴 작품이었다. 공신이자 소드 마스터가 된 위대한 검사에게 포상의 의미로 공작 작위와 함께 북부의 영토를 내렸다고.

휴센 본인도 새 이름을 어색해해서 아우레스라고 불릴 때마다 몸서리를 쳤다고 한다. 공작이란 자리도 부담스러워한 나머지 대리인에게 행정을 맡겨두고 쭉 용병으로 지냈다. 다른 샴페인 용병들도 모두 마찬가지였다. 그래서 정작 몇십 년간 아무도 영주가 누군지를 몰랐다고 한다. 말년에나 정식으로 신분을 밝혔는데, 자식들조차 그때 알았다고 하니 참 여러모로 대단한 사람들이었다.

"그래서 정식으로 영주 일가가 활약하기 시작한 건 후세 때부터야. 하지만 공국의 주민들이 가장 존경하는 영주로 꼽는 건 항상 휴센이라고 해."

동료였던 이들이라 그런지 설명하는 트로웰의 표정에도 애정과 그리움이 묻어났다. 이후에도 교류했는지 물었더니 그러진 않았다는 대답이 돌아왔다. 어떻게 지내는지 틈틈이 살피긴 했지만 굳이 만나진 않았노라고. 하지만 그들의 임종 때엔 찾아가 마지막 인사를 나눴다고 했다.

"모두 노환으로 눈을 감았어. 이릴은 용병답지 않은 죽음이라며 투덜거리더라."

말만 들어도 그 장면이 눈앞에 그려지는 것 같았다. 가장 먼저 숨을 거둔 건 이릴이었다고 한다. 그 뒤를 따르듯 남편인 헤롤이 이듬해 눈을 감았다. 두 사람의 사망 후 부쩍 우울증을 앓기 시작한 쉐리도 3년을 버티지 못했다. 마이티는 장수했지만, 그래도 가장 오래 산 건 휴센이었다. 그는 일찌감치 모두를 따라가고 싶어 했지만 소드 마스터가 된 초월자의 육체가 그의 안식을 방해했다. 그래서 마지막 날이 찾아들었을 땐 오히려 기뻐했다고 한다. 매일 쉐리의 무덤 앞에서 시간을 보내다, 그 앞에서 고요히 눈을 감았다.

그 말을 들으니 작별의 무게가 더 크게 와 닿았다. 내가 만약 이곳에 남아 있었어도 하나둘씩 떠나가는 사람들을 편한 마음으로 지켜볼 수 있었을까 싶었다. 엘뤼엔의 말대로 내게는 이편이 나았던 건지도 모른다. 이윽고 회상에서 빠져나온 트로웰이 나를 돌아보았다.

"그들이 말년에 남긴 비석도 있는데. 볼래?"

"정말? 볼래."

그가 날 데려간 곳은 번화가 앞의 광장이었다. 공원처럼 꾸며진 장소 한가운데에는 각자 전투 자세를 취하고 있는 여섯 용병의 동상이 세워져 있었다. 샴페인 용병단의 모습이라는 건 한눈에 알아봤다. 그때쯤엔 트로웰은 이미 이들 곁을 떠난 지 오래되었을 텐데 '매튜'의 동상도 잊지 않고 챙겼다. 반갑고 신기한 기분으로 살피고 있으니 그 앞에 놓인 비석의 글귀가 눈에 들어왔다. 항목별로 적혀 있었는데 여러 사람이 직접 새긴 건지 필체가 전부 다 달랐다. 문제는 그 내용이었다.

1. 우리 정령왕 봤다! 놀랐지?

2. 실은 더 큰 비밀도 있지롱. 알고 싶으면 금화를 바쳐라!

3. 위에 쓴 말 무시해라.

4. 3번 말은 더 무시해라!

5. 4번 말을 따르는 놈들은 하극상으로 간주한다. 나 영주다.

6. 비석에다 이딴 거 적지 마. 유치하게.

7. 라고 이릴 언니가 투덜거렸습니다.

8. 우리 여사님은 무섭다. 모두 알아두도록.

9. 라고 어디의 잡혀 사는 헤롤 씨가 비굴하게 말했습니다.

10. 여기서 이러시면 안 됩니다, 공작 부인.

11. 이건 턻어. 무효야. 다시 만듭시다.

12. 애초에 네가 시작한 거잖아, 헤롤.

13. 처음부터 웃기는 문구를 적은 건 댁이야, 영주님아.

14. 나이는 제발 곱게 먹자.

15. 난 이미 훌륭한 어른인데? 헛소리 마. 다들 그만하라고! 이 주책맞은 노인네들아!

웃음이 터져 나와서 정신을 차리기가 힘들었다. 심지어 마지막 부근에선 자리가 부족해서인지 한 줄에 여러 사람이 쓴 것 같았다. 그 시절 툭하면 다투던 모습들이 절로 떠올랐다. 마지막까지 참 여전했던 사람들이었다.

"다들 장난으로 새긴 건데 참모가 그대로 보존해 버렸어. 설마 이게 정말로 광장에 세워질 줄은 그들도 몰랐겠지. 애원하고 빌고 없애려고 부단히 시도했는데 참모가 철벽 수비로 사수했어."

"그 참모란 사람 누군지 참 마음에 드네."

"너도 아는 사람이야."

"어? 내가 안다고?"

놀라서 바라보니 트로웰이 웃으며 고개를 끄덕였다.

"사실 이들이 여기서 기반을 다질 수 있었던 건 그 참모의 역할이 가장 컸어. 지금도 아우레스 공작 가문을 위해서 헌신하고 있고."

"지금까지 살아 있다면, 인간이 아닌 거야?"

다시금 고개가 끄덕여졌다. 인간이 아니라니. 내가 아는 이들 중에서 샴페인 용병과 연이 닿을 만한 사람이 누가 있지? 마족들은 모두 마계로 돌아갔으니 아닐 거고, 디아곤이나 메세테리우스는 왠지 어울리지 않았다.

"아, 혹시 시벨리우스?"

"직접 확인해 봐."

가볍게 웃은 트로웰이 어딘가를 가리켰다. 그곳엔 이륜마차가 막 도착한 상태였다. 그 앞에 있는 의상점에 용무가 있는 듯했다. 산뜻한 금발 머리의 소녀가 먼저 내렸고, 이어서 비슷한 또래로 보이는 소년이 내렸다. 그런데 소년의 모습이 상당히 눈에 익었다.

"……오칼?"

흑발이었지만 분명히 오칼이었다. 쟤가 왜 저기에 있지? 당황해서 돌아보니 트로웰이 고개를 끄덕였다.

"엘뤼엔이 만나도록 인도한 것 같아."

"아버지가?"

"당시 곤경에 처한 휴센 일행을 도울 수 있는 적임자였거든. 나도 양념을 조금 추가하긴 했지만. 그래도 그들을 돕기로 한 건 오칼 본인의 의지야."

이게 다 무슨 일인지 모르겠다. 아직 이쪽을 알아차리지 못한 오칼은 먼저 내린 소녀에게 온통 신경이 팔려 있었다.

"아가씨, 저보다 먼저 내리지 마시라고 몇 번이나 말씀드렸잖습니까! 제가 문을 열어드릴 때까지 기다리시라니까요?"

"됐다니까? 나도 팔이 있는데 문 정도야 내 손으로 열 수 있거든?"

"하지만 귀족의 체면이……."

"그놈의 체면! 그거 안 지킨다고 내가 귀족이 아니기라도 해? 마음대로 떠들어대라고 해. 어차피 뒷말하는 애들은 내가 귀족답게 굴어도 용병의 핏줄이니 어쩌니 떠들어 댈걸?"

"그거야 그렇습니다만."

한숨을 내쉬던 오칼이 문득 멈칫했다. 드디어 나를 발견한 거다. 그는 처음엔 상황을 이해하지 못한 것처럼 멍하니 눈을 깜빡거리더니, 이내 눈에 띌 정도로 허둥거리기 시작했다.

"왜 그래, 칸?"

"아, 저, 그, 아, 아가씨! 제가 잠시 급한 일이 생각나서 자리를 비워야 할 것 같습니다. 저 없이도 괜찮으시죠?"

"뭐? 그게 뭐야, 같이 골라주기로 해놓구선."

"그럼 다녀오겠습니다!"

대답을 듣는 둥 마는 둥 몸을 돌린 오칼이 한달음에 내게 달려왔다. 생각지 못한 상황이라 그런지 얼굴이 몹시 창백했다.

"무, 물의 왕과 땅의 왕을 뵙습니다."

그대로 넙죽 엎드리려는 걸 말렸다. 너무 과한 인사 같아서 막은 것뿐인데 그는 세상이 무너진 것 같은 표정을 지어서 당황스러웠다.

"여기서 뭐 하는 거야?"

"그게……."

"트로웰의 말로는 네가 휴센 일행을 도와줬다던데. 혹시 나 때문이야? 내 화를 풀게 하려고?"

"……처음엔 그런 의도가 전혀 없었다고는 말씀드리지 못하겠습니다. 반성의 의미로 제가 할 수 있는 일이라면 뭐든지 다 하고 싶었습니다. 하지만 지금은 제가 즐거워서 하고 있습니다."

눈빛이 맑은 걸 보니 거짓말은 아닌 것 같았다. 소탈해졌다고만 생각했는데 이제 보니 이 모습이 한결 편안해 보이기도 했다. 조금 전 그가 있던 의상점 쪽을 다시 바라보았다. 소녀는 가게 안으로 들어가지 않고 이쪽을 빤히 바라보고 있었다. 아깐 뒷모습만 보여서 몰랐는데 정면을 보니 휴센과 쉐리를 섞어 놓은 듯이 생겼다.

이사나의 후손은 하나도 닮지 않아서 실망스러웠는데, 이쪽은 너무 후손다워서 신기했다. 3백 년 후의 후손이 아니라 그냥 두 사람의 딸이라고 해도 믿을 거 같았다.

"저 여자애가 휴센과 쉐리의 후손이야?"

"네, 맞습니다. 아우레스 소공녀이자 차기 영주로 내정된 후계자입니다."

"둘을 많이 닮았네."

"그들의 핏줄이 좀 강한 것 같습니다. 태어나는 아이마다 쭉 다들 저렇게 생겼습니다."

그 말엔 웃음이 나왔다. 둘 다 인물이 좋았던 덕분인지 그대로 이어져 온 후손의 외모도 빼어났다. 이릴과 헤롤의 경우엔 안타깝게도 아버지를 닮은 쪽으로 계보가 이어졌단다. 그래도 큰 키와 덩치를 물려받아서 본인들은 오히려 만족하고 있다고.

놀랍게도 마이티 역시 후손을 남겼다. 꽤 오랫동안 노총각으로 지냈지만 기적적으로 마음이 맞는 반려를 맞이하게 된 것 같았다. 단지 그 후손들은 백 년 전쯤 이주해서 그 뒤로는 어떻게 되었는지 모른다고 했다.

"그래도 다들 잘 살고 있을 겁니다. 조상을 닮아서 다들 제 앞가림들은 잘했습니다."

"……그렇구나. 샴페인 용병들은 내게 각별했던 사람들이었어. 후손들을 돌봐줘서 고마워."

"아, 아닙니다. 그들과는 저도 각별했습니다. 정말 제가 즐거워서 하고 있습니다."

쩔쩔매는 오칼의 얼굴이 사과처럼 붉었다. 그 이마가 깨끗한 것을 보고 물었다.

"아직 물의 정령과 계약은 안 한 모양이네?"

"그게……."

주춤거리는 모습만 봐도 이유야 뻔했다. 덜컥 계약하기엔 염치가 없다고 여기는 모양이다.

"내가 그만 덮는다고 했잖아. 이런 모습을 봤으니 굳이 라미아스와의 친분이 없었더라도 덮었을 거야. 사실 그날의 일은 네게도 가혹한 사고였겠지. 반성한 거 잘 알겠고, 이 이상은 바라지 않아. 그러니 쓸데없이 자신을 괴롭히진 마."

"……."

오칼이 일렁이는 눈으로 나를 바라봤다.

"아, 혹시 굳이 계약이 필요하지 않은 거라면 상관없지만."

"아, 아닙니다! 계약하고 싶었습니다. 정말, 정말로 감사드립니다."

고개를 숙이는 그의 눈가에 기어코 눈물이 맺혔다. 진심으로 즐겁다고는 하지만 그간 마음속에 무거운 멍에를 메고 있었을 거다. 그 어깨를 천천히 다독여주었다. 그러고 나니 오히려 내 마음이 더 후련해졌다.

"이참에 나랑 계약할래?"

반쯤은 충동적으로 건네본 말이었다. 그러자 토끼 눈이 된 오칼이 딸꾹질을 시작했다. 단지 놀라서 그런 거라기엔 이어지는 반응이 좀 이상했다. 얼굴이 빨개졌다가 순식간에 파리해지더니 식은 땀까지 뻘뻘 흘렸다.

"오칼?"

"앗, 죄송합니다! 절대 싫은 건 아닙니다! 오히려 매우 영광스럽고 바라마지 않는 일입니다! 하지만 그게, 그랬다가는…… 그, 조부가 이번에야말로 절 죽일 겁니다. 틀림없이, 반드시, 그럴 거라서……. 사, 사실 여기서 제가 물의 왕을 뵙고 대화를 나눈 것도 조부 귀에 들어가면……."

"아……."

"그, 그래도 권해 주셨는데 그까짓 죽음쯤은 각오하고……!"

"하하, 아냐. 됐어. 부담을 주려고 한 말은 아니었어."

그제야 뻣뻣하게 굳어 있던 얼굴에 겨우 회색이 돌았다. 아쉬움과 안도의 감정을 동시에 느끼는 복잡한 표정이었다. 내 기분도 복잡하긴 마찬가지였다. 손자에게도 가차 없다면 다른 블루 드래곤들도 어림없겠군. 속으로 혀를 차며 다시금 오칼의 어깨를 두드렸다.

"이만 가보는 게 좋을 것 같아. 계속 널 기다리는 거 같은데."

"네? 아……."

그제야 오칼도 의상점 앞에 서 있는 소녀를 의식했다. 다급히 인사를 건넨 그는 허둥지둥 소녀를 향해 달려갔다. 저 사람들은 누구냐고 묻는 추궁과 왜 아직도 안 들어가고 있었냐는 타박이 지지 않고 맞섰다. 가슴이 몽글해지는 귀여운 광경이었다.

티격태격하는 두 사람을 뒤로하고 트로웰과 함께 자리를 떠났다. 변한 세상을 실감할 때마다 가슴이 아플 거라고만 생각했는데, 이번엔 그렇지 않았다. 오히려 다음은 어떤 이야기들이 기다리고 있을지 기대되기도 했다. 이 여정의 끝에 선 내가 어떤 모습일지 궁금해졌다.

2.

다음 도착지는 한 해안 마을이었다. 바다라는 큰 배경 때문인가. 지금까지는 어디를 가도 낯설었는데 왠지 이곳은 눈에 익은 광경이 더 많았다. 조금 둘러보니 어딘지 알 것 같았다. 엘프의 영역과 맞닿은 국경지대. 마검을 구하기 위한 여정으로 배를 탔을 때, 중간 경유지로 들렀던 마을이었다.

"여긴 그대로네."

"그렇지? 이 근방은 엘프들 때문에 개발이 어렵거든. 3백 년간 거의 변하지 않은 곳일 거야."

여기서 엔딜을 만났었던가? 짧게 스쳐 지나간 곳이긴 하지만, 전부 낯설어진 세계에서 여전히 익숙한 장소가 있다는 게 반가웠다. 한동안 멍하니 주위만 둘러보았다. 트로웰 역시 내가 마음껏 감상할 수 있도록 내버려 뒀다.

줄지어 서 있는 대형 선박들도, 부둣가에 있는 큰 광장도 전부 그대로였다. 저 광장에서 엔딜을 처음 봤었다. 엘프를 보게 될 줄도 몰랐는데 사람들과 싸우기까지 해서 놀랐던 기억이 지금도 선명했다. 그 입에서 튀어나온 거친 욕설들에 한창 엘프의 온순한 품성을 논했던 카이테인이 무척 난처해했었다. 그 이후로도 참 많은 일이 있었다.

당시에도 사람이 가득하던 광장은 지금도 여전히 활기가 넘치는 모습이었다. 조금 달라진 점이라면 인간만큼이나 다른 종족들도 많이 보인다는 거였다. 엘프의 영역과 가깝기도 해서 그런지 지금은 다종족이 거주하는 마을이 된 것 같았다.

"레이~! 같이 가자니까!"

천천히 구경하면서 걷고 있는데 문득 뒤쪽에서 높은 음성이 들려왔다. 아무 생각 없이 돌아보니 누군가가 뛰어오고 있는 것이 보였다. 갓 성년이 되었을 법한 남자였다. 그 뒤를 비슷한 또래로 보이는 여자가 쫓고 있었다.

그런데 그대로 스쳐 지나갈 줄 알았던 남자가 내 앞에서 멈춰섰다. 숨이 턱까지 차올라 헉헉거리는 상태였으나 그 시선은 뚫어지도록 나를 향하고 있었다.

"정말이네. 정말로 만났어."

밝게 웃는 얼굴엔 놀라움과 감탄, 반가움이 역력했다. 지금 나한테 하는 말인가? 당황스러운 기분으로 남자의 모습을 차분히 살폈다. 조금 길게 내려 묶은 머리칼은 화사한 연보라색, 눈동자는 민트색이다. 투명할 정도로 새하얀 피부와 잘 어울리는, 청초한 분위기를 지닌 미인이었다.

아무리 기억을 돌아봐도 이런 조합을 가진 사람을 만난 적은 없었다. 그런데 어째선지 익숙한 기분이 들었다. 생김새도 요정 같은 그에게선 청량하면서 싱그러운 기운이 느껴졌다. 조금은 다르지만 본질적으로는 나와 무척이나 가까운. 인간이 가질 수 없는 기운이었다.

'이 사람…… 평범한 인간이 아니구나.'

나도 모르게 홀린 듯이 그를 향해 손을 뻗었다. 그러자 기쁜 듯이 다가온 남자가 내 손을 꼭 맞잡았다.

"너무 보고 싶었어요. 정말 너무 그리웠어."

닿고 보니 더 분명해졌다. 그제야 쫓아오던 여자가 불렀던 그의 이름이 떠올랐다.

"……레이?"

남자가 물기 어린 눈으로 고개를 들었다. 기억 속과 겹쳐지는 얼굴에 숨을 조금 크게 삼켰다. 아아, 그 아이였다. 나이아스가 자신의 목숨과 맞바꿔 살려냈던 아이.

"레이구나."

웃음이 나왔다. 이 아이를 설마 여기서 만나게 될 줄이야. 외모가 너무 달라져서 신기했다. 점차 영향을 받을 줄은 알았지만 머리칼과 눈동자 색까지 달라질 거라곤 생각지 못했다. 헤어질 당시만 해도 인간에 더 가까웠는데 지금은 인간과 정령, 그 중간쯤에 속한 느낌이었다.

“당신이 가까이 오고 있다는 게 느껴졌어요. 정령들도 계속 소란스러웠고요. 믿을 수가 없었어. 다시 만나서 너무 기뻐요.”

“나도 기뻐, 레이. 많이 변했구나. 그동안 어떻게 지냈어? 여기서 사는 거야?”

“네, 모두와 같이 즐겁게 지내고 있어요.”

“모두?”

아까 레이의 뒤를 쫓고 있던 여자가 생각나 시야를 틀었다. 그녀는 조금 떨어진 곳에서 굳어 있었다. 스쳐봤을 땐 몰랐는데 이제 보니 인간이 아니라 엘프였다. 귀염성 있는 얼굴에 풍성한 백금발과 연보라색 눈동자가 어디서 본 듯이 익숙했다. 내가 알던 아이가 성장한다면 딱 저런 모습으로 컸을 것 같았다.

“설마…….”

그리고 내가 느끼는 그 기분을 그녀도 느끼고 있는 것 같았다. 커다란 눈을 깜빡이던 여자가 힘겹게 입을 열었다.

“호, 호, 혹시 엘퀴네스 님이세요?”

이어진 질문을 들었을 땐 인정하지 않을 수가 없었다.

“……세실?”

입을 여는 것과 동시에 단단한 힘이 나를 와락 끌어안았다. 잠시간 멈칫했다가 떨고 있는 머리를 가만히 쓰다듬어 줬다.

“정말 몰라보게 컸구나. 이제 아가씨가 됐네.”

“엘퀴네스 님은 하나도 안 변하셨어요. 진짜 엘퀴네스 님 맞죠?

어떡해. 꿈을 꾸는 것 같아요."

"어릴 때 잠깐 본 건데 나 기억하겠어?"

"당연하죠! 절 치료해 주신 것도, 제게 다정히 대해 주신 것도 다 기억해요."

눈물이 그렁그렁한 채로 환하게 웃는 얼굴을 보니 나도 같이 벅차올랐다. 전부 떠나버린 인연만 있는 게 아니었다는 위안도 함께였다.

"엔딜은 어떻게 지내?"

"아, 오빠는……."

"잠깐, 시큐엘! 어딜 가는지는 말해 줘야 할 거 아냐!"

양반은 못 되는지 때마침 들려오는 소리가 있었다. 고개를 들자 멀찍이서 허겁지겁 뛰어오고 있는 거대한 푸른 늑대가 보였다. 그 등에 한 남자가 필사적으로 매달려 있었다. 얼마나 잘 버티고 있는지 곡예가 따로 필요 없을 정도였다. 하지만 늑대가 멈추는 순간엔 균형을 잡지 못하고 내팽개쳐지듯이 떨어지고 말았다. 몇 바퀴 구른 뒤에야 멈춘 남자가 화가 나서 몸을 벌떡 일으켰다.

"아오, 젠장! 죽는 줄 알았잖아! 너 돌았어? 갑자기 왜 지랄을…… 어? 너희 여기서 뭐 하냐?"

투덜거리던 남자가 세실과 레이를 스치듯 확인하고는 중얼거렸다.

"오빠!"

"오냐, 네 하나뿐인 오빠시다. 아씨 아파 죽겠네. 피부 다 까진 거 같은데? 앗, 진짜 다쳤어! 야, 이거 어쩔 거야, 시큐엘! 피 나잖아!"

"그게 아니라! 누가 오셨는지 봐!"

"뭐? 무슨 소리를……."

외면하는 시큐엘을 다그치던 엔딜이 다시 고개를 들고 이쪽을 바라보았다. 그리고 마침내 나와 눈이 마주쳤다.

"헉……."

숨을 삼킨 그가 빤히 바라보는 동안 나 역시 그의 모습을 살폈다. 청년이 된 엔딜은 소년일 때의 모습이 기억나지 않을 정도로 날카로워진 인상이었다. 세실과 똑같은 백금발에 연보라색 눈동자였지만, 그게 세실에게는 화사한 느낌을 준다면 엔딜은 어딘가 모르게 퇴폐적인 분위기를 풍겼다.

"엘 님?"

"안녕, 엔딜. 너도 많이 컸네."

웃으며 인사하니 그는 오히려 힘이 빠진 것처럼 바닥에 주저앉았다. 경악한 얼굴로 붕어처럼 입만 뻐끔거리는 그를 지켜보다가 앞으로 다가갔다. 구르면서 쓸렸는지 손등에 난 생채기에서 피가 흐르고 있었다. 그 손을 잡고 치유력을 불어넣으니 엔딜이 잠시 숨을 멈췄다. 그는 말끔히 나은 손등과 나를 한동안 계속 번갈아 바라보았다.

"맙소사, 정말 엘 님이시네……."

"그동안 잘 지냈어?"

대답 대신 그는 나를 꽉 끌어안았다. 누가 남매 아니랄까 봐 하는 행동은 비슷했다. 다시 마주한 엔딜은 눈시울이 붉어져 그렁그렁한 채였다.

"먼 여행을 가셨다고 들었는데. 이제 돌아오신 거예요?"

"응, 돌아왔어. 내가 너무 늦었지?"

"아니에요. 어서 와요, 엘 님. 정말 잘 오셨어요."

목소리에 울먹임이 가득했다. 이런 점은 어릴 때와 달라지지 않았구나 싶으니 안심이 됐다. 다들 너무 자라 버려서 낯설었던 참인데 한층 내가 아는 엔딜로 보이는 것 같았다.

"카터스로 갔었을 텐데, 다시 여기로 돌아온 거야?"

"네, 아무래도 고향이 괜히 고향은 아니더라고요. 카터스도 나쁘진 않았지만 현실적으로는 거주지 밖을 나가는 건 엄두도 못 냈거든요. 마침 스왈트 제국도 살기 좋아졌다고 들어서 그냥 다시 건너왔어요."

그게 벌써 250년 전이라며 엔딜이 너스레를 떨었다. 이사나가 이종족도 살기 좋은 나라로 만들면 돌아오겠다는 약속을 지킨 셈이었다.

"지금 생각하면 정말 시기적절한 판단이었어요. 카터스 제국은 에드먼 황제 등극 후로 이종족을 박해하기 시작했거든요. 전쟁까지 계속 일어나서 말도 아니었죠. 거기서 계속 있었으면 위험했을 거예요."

누군가 했더니 마법사를 박해했다는 바로 그 황제 얘기였다. 이

종족을 하루아침에 거주지에서 내쫓고 노예로 팔아넘기기까지 했다고. 덕분에 종족 간 교역 시대가 열린 지금까지도 옛 카터스 제국이 존재했던 아라투스 대륙엔 진출하는 이들이 그리 많지 않다고 했다. 나라를 망치려는 지도자는 역시 하나만 잘못하진 않았다.

이후엔 차라도 대접하고 싶다는 성화에 못 이겨 엔딜의 집을 방문했다. 예전에 살던 집은 엘프의 영역 안에 있었는데, 지금은 번듯하게 마을 안에 자리 잡고 있었다. 숲을 배경으로 세워진 그림같이 아름다운 2층집이었다. 1층은 엔딜 남매가, 2층은 레이가 사용한다고 했다.

셋이 함께 살기 시작한 건 백 년이 조금 넘었다는 것 같았다. 서로 알게 된 계기는 매우 흥미로웠다. 남매가 여름 휴양 삼아 경치가 아름답기로 유명한 지방을 방문했는데, 그곳에서 유령이 나오는 저택에 관한 이야기를 들었단다. 마침 할 일도 없어서 심심하던 참에 구경이라도 해볼 생각으로 찾아가 봤더니 유령은커녕 혼자 살고 있는 소년을 만났을 뿐이었다. 그게 바로 레이였다.

"처음엔 정령인 줄 알았다니까요. 근데 자세히 보니까 인간인 거야. 하지만 또 온전한 인간은 아닌 것 같고. 왠지 엘 님과 관계있는 녀석인 것 같아서 이것저것 말도 붙이고, 그러다가 친해졌어요."

레이는 양부인 카리브디스 공작과 쭉 같이 살다가, 그가 사망한 이후엔 혼자 지냈다고 했다. 늙지 않는 몸을 깨달은 이후로 외출을 삼가게 됐는데, 간간이 정원에 나와 있는 것을 본 사람들이

유령으로 오해하게 된 거였다.

레이도 그런 오해를 받고 있다는 건 알았지만 굳이 해명하진 않았다고 했다. 인간도 정령도 아닌 모호한 상태다 보니 누구와도 선뜻 어울릴 생각을 하지 못했던 거다. 그런 참에 만나게 된 엘프 남매와 친구가 되면서 드디어 새로운 곳에서 살아갈 결심을 굳히게 됐다.

"솔직하게 설명해 주지 않은 내가 원망스럽지는 않았어?"

조심스럽게 물으니 레이는 부드럽게 웃으며 고개를 저었다.

"원망이라니, 당치 않아요. 이 삶은 린이 준 선물인걸요. 린이 항상 함께하고 있다고 생각하면 외롭지도 않았어요. 정령들도 자주 놀러와 줬고요."

반 정령인 레이는 자연체의 정령들을 볼 수도, 그들과 대화할 수도 있었다. 이렇게만 들으면 4천 년 전의 나와 비슷한 상태인가 싶지만, 오히려 인간보다 정령에 가까운 쪽이라 정령 계약은 어려운 듯했다. 약간이지만 물도 다룰 수 있는 것 같았다. "덕분에 우리도 쭉 주시하고 있는 아이야." 트로웰이 건넨 귀엣말에 머쓱히 웃었다. 레이와 같은 존재가 처음 있는 사례다 보니 명계와 신계에서도 그를 두고 의견이 분분하다는 것 같았다. 왠지 정령계의 특이한 선례는 내가 다 만드는 기분이다. 그래도 레이가 괴롭게 여기지는 않는 것 같아 다행이었다.

"아버지가 계속 말해 줬거든요. 넌 축복을 받은 존재라고. 그러니 긴 삶을 멍에로 여기지 말라고. 이 삶이 저를 점점 더 행복해지는 길로 이끌어줄 거라고요.”

엔딜 남매를 만난 걸 보면 정말 그런 것 같다며 레이가 수줍게 웃었다. 대공의 편에서 수많은 악행을 저지른 남자였지만, 레이에게는 마지막까지 좋은 아버지였다. 그에게 레이를 맡긴 건 잘한 결정인 것 같았다.

주위를 둘러보는 중에 문득 눈에 들어오는 것이 있었다. 장식장 위에 성서로 보이는 두꺼운 책과 함께 은색의 목걸이가 놓여 있었다. 엘뤼엔의 문장이 조각된 목걸이였다.

“이건…….”

“아, 그건 카이테인 거예요.”

엔딜이 그리운 표정을 지으며 말했다. 남매와 함께 카터스 제국으로 떠났던 카이테인은 몇 년간 정착을 돕다가 모두의 생활이 안정되었을 때 신전으로 복귀했다고 했다. 이후엔 대사제를 역임하며 신관장까지 됐던 모양이다. 그러다 나이가 들어 더는 운신할 수 없게 되었을 때 우연히 엔딜과 재회했고, 마지막 여생을 그들 남매와 함께 보냈다고 했다.

“임종도 저희가 지켰어요. 잠들 듯이 편안하게 갔어요. 마지막으로 엘 님을 다시 뵙고 싶어 했는데, 그러지 못하고 가는 걸 아쉬워했어요.”

“그랬구나…….”

목걸이에 달린 조각을 천천히 쓸어보았다. 잘 관리되어 있지만,

늘 지니고 있던 물건이라는 걸 증명하듯 여기저기에 생활감이 묻어나 있었다. 그런 나를 가만히 바라보던 엔딜이 물었다.

"집 뒤편에 그의 무덤이 있어요. 가보실래요?"

* * *

아크아돈에선 시신을 염한 후 관에 넣어 석실에 안치하는 것이 가장 기본적인 장례법이었다. 하지만 신관의 시신은 화장하는 게 관례였다. 하늘에서 온 이들이니 하늘로 돌려보내기 위한 거라고 했다. 화장 후 남은 뼈는 항아리에 넣어 땅에 묻고 그 위에 비석을 세웠다.

카이테인 역시 같은 방법으로 장례가 치러졌다. 그의 무덤은 살아 있을 때의 그만큼이나 단정하고 정결한 느낌이었다. 매일 꾸준한 관리를 하는지 몇백 년이 지난 세월에도 바랜 느낌이 들지 않았다.

엘뤼엔의 가장 거룩한 종, 엔딜과 세실의 영원한 친우.

평온히 잠들다.

비석에 새겨진 문구를 손가락으로 쓸어보다가 숨을 천천히 내쉬었다. 이젠 담담해졌다고 생각했는데 직접 무덤을 보는 건 기분이 조금 달랐다.

"나 왔어요, 카이테인 씨. 굉장히 오랜만이네요."

'사실 난 아직 몇 년밖에 안 지난 것 같아서, 이렇게 당신의 무덤을 보고 있으니까 기분이 이상해요.'

속으로 중얼거리며 서글픈 기분으로 웃었다. 뒤에서 지켜보던 트로웰이 위로하듯 내 어깨를 짚어왔다.

"이제 그만 갈까?"

이어진 말에 천천히 고개를 끄덕였다. 그가 내미는 손을 붙잡고 몸을 일으켰다.

"또 어디를 가고 싶어?"

"음, 글쎄."

고개를 들어 주위를 돌아보았다. 겨울을 품은 하늘은 까마득히 높고 새파랬다. 지인의 무덤을 눈으로 확인한 탓인가. 아직 돌아본 곳보다 보지 못한 곳들이 더 많았지만 이제 더는 흥미가 일지 않았다.

"이사나에게 갈래."

멍하니 중얼거린 말에 트로웰이 잠시 나를 바라보았다.

"그래도 될까?"

"그럼, 당연하지."

고개를 끄덕이는 그의 입가에 미소가 맺혔다. 나 역시 밝게 웃었다. 이제 여정의 끝에 설 시간이었다.

3.

스왈트 황족은 사망 후 황가의 무덤에 안치된다. 무덤 역시 황궁 안에 존재했다. 본성에서는 마차를 타고 한참 가야 할 정도로 떨어진 거리였지만, 어쨌든 황궁 안에 속한 부지이긴 했다.

웅장하게 세워진 건물은 무덤이라기보다는 신전이란 느낌에 더 가까웠다. 내부 역시 화려하게 꾸며져 있어 박물관에 들어선 듯한 착각이 들 정도였다. 하지만 지하로 내려가기 시작하면서 분위기가 확연히 달라졌다. 별다른 장식 없이 오직 관들만 놓여 있는 공간들, 어두컴컴한 암실엔 최소한의 조명만 배치해 차분하고 엄숙한 분위기가 났다.

"저 끝으로 가면 돼."

걸음을 멈춘 트로웰이 정면에 보이는 공간을 가리켰다. 여기서부턴 나 혼자 가라는 뜻인 것 같았다. 도망치고 싶은 기분을 꾹 참고 고개를 끄덕였다. 어차피 마주해야 하는 일이었다.

"안에 들어가면 네가 봐야 할 것도 볼 수 있을 거야."

"……나한테 보여주고 싶다고 했던 거 말이야?"

"응, 그거 맞아."

그게 여기에 있었던 거구나. 긴장해서 그런지 눈앞이 조금 어지러웠다. 내가 무덤에 들어와 있다는 것도, 이 안에 이사나가 있다는 것도 모두 실감이 나지 않았다. 하지만 이내 마음을 다잡고 걸음을 천천히 옮겼다.

마침내 목적지에 다다랐을 땐 나도 모르게 숨을 조금 삼켰다. 가장 먼저 눈에 들어온 건 벽면과 천장까지 한데 어우러진 섬세한 조각들이었다. 자세히 보니 소년과 소녀가 처음 만나는 광경에서부터 시작해서 함께 용맹하게 전투를 치르는 모습, 결혼하는 모습, 백성들을 향해 다정히 손을 흔드는 모습으로 이어지는 형태였다. 아마도 이사나와 알리사의 일대기를 표현한 벽화인 것 같았다. 그 공간 한가운데 금 도장이 된 관 두 개가 놓여 있었다. 이사나와 알리사의 관이었다.

"……."

그대로 주저앉고 싶은 기분을 간신히 견뎠다. 두 사람의 관 앞에는 다른 공간에선 보지 못한 장식이 있었다. 제단처럼 만들어둔 단상, 그 위에 선명한 붉은빛이 감도는 검이 세워져 있었다. 내가 알던 색과는 달랐지만, 분명히 내가 아는 그 검이었다.

―영웅들이 잠든 곳에 오신 걸 환영합니다, 용사여.

아니나 다를까. 걸음을 내딛는 순간 웅장한 음성이 울렸다. 그 언젠가의 첫 만남을 상기시키는 음성이었다.

―내 이름은 파이어 버스터. 위대하신 불의 정령왕 이프리트 님의 산물인, 봉인된 이그니스가 담긴 정령검입니다. 나를 취하는 자, 이 세상의 모든 힘을 얻을 것입니다.

예전과 거의 달라진 점이 없는 멘트에 쓴웃음이 나왔다. 왜 파이어 버스터가 이 안에서 무덤 지기를 하고 있는 건지 모르겠다. 트로웰이 보여주고 싶었다는 게 이거였을까. 가까이 다가가니 제단 위에 놓여 있는 것이 또 하나 눈에 띄었다. 금색 가죽이 덮인 두꺼운 책 한 권이었다.

"이건 뭐지?"

나도 모르게 혼잣말로 중얼거렸을 때였다.

—헛? 이 목소리는?

고고하게 붉은빛을 흩뿌리던 검에서 깜짝 놀란 목소리가 터져 나왔다.

—설마 엘퀴네스 님? 엘퀴네스 님이세요?

언제 웅장했냐는 듯 호들갑스럽게 떠드는 목소리에 웃었다. 색이 달라져서 혹시나 했는데, 성격은 여전한 것 같았다.

"그래, 나 맞아. 오랜만이다."

—에이, 뭐야. 또 엘퀴네스 님이에요? 너무해! 전 용사님이 온 줄 알았단 말이에요!

"그놈의 용사 타령은 여전하구나."

—그야 모시던 용사님이 돌아가셨으니 당연히 새로운 주인을 찾아야지요! 그게 바로 저의 사명이란 말이어요!

항변하는 파이어 버스터는 무척 억울한 목소리였다. 전 주인의 관 앞에서 새 주인을 맞이하는 의식이라. 나름대로 의미가 있는 것 같기는 한데, 지금까지 이러고 있는 걸 보면 그리 적합한 장소는 아닌 듯했다. 그 생각을 알아차렸는지 파이어 버스터가 황급히 말을 이었다.

—앗, 오해는 하지 마세요! 지금은 다른 소임이 있어서 그걸 더 우선으로

하는 것뿐이니까요.

"다른 소임?"

—네, 맞아요! 주인님께서 남기고 가신 유품을 지켜야 하거든요! 제가 또한 의리 있는 정령검 아니겠어요? 그분께 받은 마지막 소임이라 생각하고 그 일에만 집중하고 있어요.

그런 것 치곤 아까 기척을 느끼자마자 용사 운운하지 않았나? 지적하고 싶은 기분을 삼키며 제단 쪽을 다시 바라보았다. 이사나가 남긴 유품이라니.

"이 책 말이야?"

일기장일까. 아니면 평소에 즐겨보던 책? 어느 쪽이든 내 기억에선 한 번도 본 적이 없던 거다. 지키는 존재를 따로 둬서 그런지 책 자체엔 아무런 잠금장치도 걸려 있지 않았다. 건드려도 별다른 반응이 없기에 무심코 겉표지를 펼쳐보았다. 그런데 돌연 안에서 갑자기 환한 빛이 터져 나왔다.

"……!"

마법이 걸려 있었던가? 당황해서 한 발 물러나자 활짝 펼쳐진 책이 내 앞으로 붕 떠올랐다. 건드리지도 않았는데 페이지가 빠른 속도로 넘어가고 있었다. 그러다 어느 장에 이르러 멈추더니 그 위에서 새하얀 빛무리가 떠올랐다.

하지만 정말 놀란 건 그다음 순간이었다. 빛무리 속에서 익숙한 형체가 나타나기 시작했다. 티끌 없이 깨끗한 금발, 선명한 파란색 눈동자. 긴장한 듯 상기한 얼굴이 나를 응시하며 수줍게 웃었다.

—엘, 안녕? 오랜만이야.

"……이사나?"

분명 이사나였다. 내가 기억하는 모습에서 하나도 변하지 않은, 앳된 모습 그대로의 이사나.

—이런 걸 해보는 건 처음이라 조금 긴장된다. 놀랐지? 실은 엘이 돌아왔을 때 내가 어떻게 지냈는지 알려주고 싶어서, 이제부터 간간이 영상 기록을 남겨보기로 했어. 엘이 열면 바로 마법이 발현되도록 해놓았어.

멍해져서 굳어 있는 동안, 이사나는 그동안 자신에게 있었던 일들을 일기 형식으로 설명해 나갔다. 주로 아침엔 뭘 했고, 누구와 무슨 말을 했다는 등의 사소한 이야기들이었다. 그리고 중간중간 나를 걱정하는 말도 빼놓지 않았다.

—엘이 여행을 떠난 지 오늘로 한 달째야. 그곳엔 무사히 도착한 거겠지? 부디 무사히 라피스 님을 찾아서 돌아오기를 바랄게. 빨리 만나고 싶다, 엘. 벌써 이러니, 앞으로 어떻게 기다리지?

어색하게 웃는 순간 영상이 바뀌었다. 다음으로 나타난 이사나는 한층 성장한 모습이었다. 그나마 남아 있었던 10대의 모습은 거의 다 사라지고, 훤칠하고 준수한 청년이 되어 있었다.

—안녕, 엘? 3년 만에 남기는 영상이야.

목소리와 말투도 전보다 더 굵어졌다. 이런 모습을 볼 수 있을 거라곤 상상도 하지 못해서 가슴이 벅차올랐다.

—나 그동안 많이 변했지? 키는 이제 여기서 더 안 크는 것 같아. 엘은

잘 지내고 있어? 어디 아프거나 다친 곳은 없는 거지?

손을 뻗어봤지만 당연하게도 영상은 만져지지 않았다. 나를 걱정하는 이사나의 얼굴은 쓸쓸해 보였다.

—네가 아직도 돌아오지 않아서 걱정이야. 트로웰 님은 괜찮을 거라고 말했지만, 혹시 아직도 라피스 님을 찾지 못한 건 아닌지, 그곳에서 혼자 고생하고 있는 건 아닌지, 너무 마음이 쓰인다. 만나지 못해도 괜찮으니까, 어떻게 지내고 있는지 소식이라도 들을 수 있었으면 좋겠어.

그 뒤에도 영상은 여러 번 바뀌었다. 불규칙적으로 남기기는 했지만, 대개 3년에서 5년에 한 번꼴로 기록되어 있었고, 그때마다 이사나의 모습은 점점 변해 갔다.

—어떡하지, 엘? 오늘 알리사가 내 고백을 받아줬어! 정말 세상을 다 가진 것 같아! 너무 기뻐서 조금 울어버렸어. 너한테만 하는 얘긴데 사실 불안했거든. 라온휘젠 황제는 멋있는 사람이고, 알리사에게 적극적으로 구혼하니까. 그에 비하면 난 너무 멀리 떨어져 있고, 바빠서 연락도 잘 못 하고. 그래서 받아주지 않을까 봐 조마조마했어. 아, 내가 이런 걱정을 했다는 건 알리사한테는 비밀이야. 알았지?

—엘, 이것 봐. 결혼 예복이야. 식은 내일이지만 엘한테 보여주려고 미리 입어봤어. 어때? 잘 어울려? 아, 너무 긴장된다. 네가 돌아올 때까지 기다리려고 했는데 미안해. 주변에서 하도 채근해서 어쩔 수가 없었어. 서운해하지 않을 거지? 부디 우리의 앞날을 축복해줘.

—엘, 기쁜 소식이 있어. 오늘 알리사가 아들을 낳았어. 우리의 첫아이야. 산고가 길어서 걱정했는데 다행히 알리사도 아이도 둘 다 무사해. 하지만

알리사가 아픈 걸 보는 건 너무 힘들었어. 한참을 울다 왔는데도 아직도 눈물이 날 것 같아. 아들은 날 많이 닮았어. 그래도 눈동자 색은 알리사랑 똑같아. 너무 신기해. 내가 감히 이런 기쁨을 누려도 되는 걸까, 가끔 믿어지지 않을 때가 있어.

청년에서 장년으로, 장년에서 중년으로. 나이가 들어가는 이사나는 점점 중후해지고 있었다. 하지만 아무리 외모가 변해도 특유의 부드러운 분위기만은 그대로 남아 있었다.

대부분은 기쁜 소식이 있을 때 기록했지만, 슬프거나 고민이 있을 때도 남기긴 했다. 아이들의 교육 문제나 정책 문제를 두고 한탄하기도 했다. 그러다 노년에 이르러서는 영상을 남기는 횟수가 극단적으로 줄어들었다. 정확히는, 알리사가 세상을 떠난 후부터였다.

—엘, 오늘…… 알리사가 나를 두고 떠났어.

그날의 기록은 텅 빈 얼굴로 중얼거린 한마디가 전부였다. 그 한마디 외에는 더 말을 잇지도 못했다. 흐느끼는 소리를 뒤로한 채 영상은 그대로 어두워졌다.

다음 영상 속에선 머리가 하얗게 센 이사나가 힘없이 앉아 있었다. 주름지고 검버섯이 핀 얼굴, 한눈에도 병색이 완연한 모습을 보며 입술을 깨물었다. 지금까지는 아무리 변해도 이사나로 보였는데, 지금 모습은 그가 아닌 것 같았다. 동시에 좋지 않은 예감이 들었다. 어쩌면 이 기록이 마지막일 거라는 그런 예감.

—안녕, 엘? 아마도 이게 네게 보내는 마지막 영상일 것 같구나.

예상했음에도 이사나가 그렇게 말했을 땐 숨이 턱 막혔다.

—이런, 늙은이 말투가 나와버렸네. 내 모습이 말이 아니지? 이제 어디를 봐도 할아버지야. 너와 함께하던 날들이 아직도 엊그제 같은데, 벌써 시간이 이렇게 흘렀어.

힘없이 웃으며 중얼거리는 목소리는 탁하고 쉬어 있었다. 치아도 거의 빠졌는지 발음도 많이 어눌했다.

—난 그동안 많은 걸 이뤘어. 사람들은 나를 현황이라 칭송하고, 자녀들은 모두 사랑받고 사랑할 줄 아는 사람으로 성장했지. 세상에서 이보다 더 행복한 인생이 있을까?

—인간치고는 난 오래 산 편이야. 하지만 요즘 들어 내게 남은 시간이 얼마 없다는 것을 느끼고 있어. 알리사는 이미 나보다 먼저 세상을 떠났고, 내가 알고 있는 대부분이 모두 이 세상에 없지. 나도 이제 곧 그들 곁을 따르게 될 거야.

그만, 이사나! 제발 그만 말해!

비명이 터져 나올 것 같아 입을 틀어막았다. 이미 지나가 버린 과거라는 건 아는데, 눈앞에 진짜 이사나가 있는 게 아니라는 걸 알면서도 정신을 차리기가 힘들었다. 그에게 마지막이 다가왔다는 걸 믿을 수가 없었다. 하지만 영상 속의 이사나는 이미 모든 걸 받아들인 것 같았다. 이쪽을 가만히 주시한 채로, 그가 희미하게 미소지었다.

—죽기 전에…… 널 보고 싶었어, 엘.

"……!"

—제국이 부흥한 모습을 볼 때마다, 자랑스럽게 성장한 아이들을 볼 때마다 네게 보여주고 싶었어. 네가 이 모습을 본다면 얼마나 기뻐할까. 아마 나보다 더 행복해할 텐데. 나보다 더욱, 자랑스러워해 줄 텐데.

맞아, 틀림없이 그랬을 거다. 이사나가 얼마나 고생했는지 내가 다 아는걸. 가장 드높은 자리에서 하루아침에 쫓기는 신세로 전락했어도 꿋꿋하게 걸어 나가던 어린 황제를 내가 얼마나 사랑했는데. 그 애가 이룬 모든 것을 내가 이룬 것처럼 기뻐했을 거다. 나도 그러고 싶었어, 이사나. 정말 그러고 싶었어.

—다른 건 전부 미련이 없는데, 그 한 가지만은 아쉬움이 남아. 미안해. 너도 사정이 있어서 오지 못하는 걸 텐데. 분명 속상해할 거 아는데…… 그래도 보고 싶다, 엘. 네가 너무 보고 싶어. 죽기 전에, 딱 한 번만. 널 다시 한 번만 만나보고 싶어.

아아아. 그대로 무너져 끓어오르는 울음을 토해냈다. 영상 안에서 이사나 또한 그렇게 울고 있었다. 젖은 얼굴을 쓸어내리는 팔이 앙상할 정도로 말라서 더 눈물이 나왔다.

왜. 왜 하필 지금이었을까. 왜 나는 이렇게 한참 늦어버린 시간에야 돌아온 걸까. 하다못해 임종이라도 지킬 수 있었다면. 이사나의 마지막 순간이라도 함께할 수 있었다면 이렇게까지 처참한 기분이 들지는 않았을 텐데.

—하지만, 엘. 난 정말 행복했어.

흐르는 눈물을 삼킨 이사나가 긴 한숨을 토해냈다. 괴로운 듯

일그러진 얼굴에 어울리지 않는 미소가 떠올랐다. 어떻게든 웃어 보려는 얼굴이었다.

—널 만나서, 너로 인해서 과분할 정도로 많은 걸 누렸고, 후회 없이 살았어. 오히려 걱정되는 건 너야. 돌아왔을 때 내가 없다는 걸 알면 넌 분명 슬퍼할 테니까. 이 영상을 보면 더 슬퍼하겠지. 그래서 실은, 이 책을 남겨도 좋은 건지도 잘 모르겠어.

내뱉듯이 말한 후 다시금 한숨을 토해낸 이사나가 얼굴을 쓸며 앓는 소리를 흘렸다. 참아보려 하는데 잘 안 되는지 숨소리가 거칠어졌다.

—그러니…… 그러니까, 흑…… 내 마지막 부탁이라고 생각하고 들어줄래? 후우우, 나와의 추억에선 좋은 기억만을 떠올려줘. 네가 나로 인해 괴로워진다면, 난 그게 더 슬플 거야.

울음을 참기 위해 끅끅거리면서도 어떻게든 말하려고 애쓰는 모습에 가슴이 무너졌다. 그래도 똑바로 보기 위해 눈꺼풀에 힘을 주고 버텼다. 평생 함께해 주지도 못했는데, 마지막 모습까지 외면할 순 없었다.

—그리해 줄 거지, 엘? 내 부탁, 들어줄 수 있지?

응, 그럴게. 약속할게, 이사나. 꼭 그렇게 할게. 나도 널 만나서 행복했어. 너와 함께한 모든 순간이 즐거웠어. 그러니까 항상 행복한 날들만 추억할게. 너와 보낸 시간을 후회와 고통으로만 남지 않게 할게.

눈물을 멈추지 못하는 채로 미친 듯이 고개만 끄덕였다. 이런다고 이사나가 볼 수 있는 것도 아닌데, 내가 할 수 있는 게 그것뿐이었다. 그러자 영상 안의 이사나가 환하게 웃었다. 마치 내 대답을 듣기라도 한 것처럼. 그리고 마침내, 기록의 마지막 순간이 찾아들었다.

—그럼 인사는 여기까지 할게. 이제 자야 할 시간이 온 것 같아.

"아, 안 돼. 가지 마, 이사나!"

—안녕히, 엘. 네가 항상 행복하기를.

"가지 마!"

다급히 손을 뻗었지만 허공을 휘젓기만 할 뿐 당연하게도 잡히지 않았다. 잔잔한 미소를 머금은 이사나의 모습이 빠른 속도로 흐릿해졌다.

—넌 내 인생의 가장 위대한 스승이었고, 가장 사랑하는 어버이였으며, 의지하는 형제이자, 제일 소중한 친구였어.

그 말을 마지막으로 어둠이 훅 밀려들었다. 힘없이 제단 위로 떨어지는 책을 보며 나 역시 바닥에 주저앉았다. 멍하니 눈만 깜빡이고 있으니 어깨를 짚어오는 온기가 느껴졌다. 고개를 들자 서글픈 표정을 짓고 있는 얼굴이 보였다. 트로웰이었다.

"트로웰, 이사나가 갔어……."

"……엘."

"이사나가 가버렸어."

매달리듯이 그를 꽉 끌어안았다. 서러운 울음을 토해내는 내내, 트로웰은 아무런 말 없이 내 등을 다독여주었다.

"이제 좀 진정했어?"

흐느낌이 어느 정도 잦아들었을 때쯤 트로웰이 물었다. 많은 감정을 드리운 눈동자를 보며 밝게 웃었다.

"응, 덕분에 후련해졌어. 고마워, 트로웰."

"실은…… 보여줘도 괜찮을지 계속 고민했어. 겨우 마음의 정리를 마친 너를 오히려 뒤흔드는 건 아닐까 싶어서."

"아니야. 이사나의 일생을 알 수 있어서 좋았어. 열심히 잘 살았구나 싶어서 안심했어. 내게 남긴 말을 들을 수 있어서, 그것도 정말 기뻐."

그게 아니었다면 이사나는 내게 아픈 기억으로만 남았을 거다. 떠올릴 때마다 죄책감에 가슴이 아려서, 감히 추억할 생각조차 하지 못했을지도 모른다. 하지만 그러지 말아 달라고 부탁했으니까. 이제 슬픈 생각이 떠오를 때면 더 행복했던 기억 속의 이사나도 함께 상기할 수 있었다. 곁에 있어 주지도 못한 내가 받아도 되는 건가 싶을 만큼. 분에 넘치는 작별 선물이었다.

"그래, 그렇다니 다행이야."

"이 책은 내가 가져가도 될까?"

"그야 물론이지. 네가 책의 주인인걸."

조심스럽게 책을 집어 품에 끌어안았다. 딱딱한 가죽의 감촉을 천천히 쓸어보다가 그 너머에 놓여 있는 관들에 시선을 두었다.

"트로웰, 나 한 가지만 물어봐도 돼?"

"응, 얼마든지."

고개를 끄덕인 트로웰이 내가 다음 말을 잇기를 기다렸다. 신뢰와 애정이 가득한 두 눈을 보며 크게 한 번 심호흡했다.

"내 계약자들, 정말 멋진 사람들이었지? 그 사람들에게도 내가 좋은 계약자였을까?"

빛을 담은 황금색 눈동자가 일렁거렸다. 트로웰은 금방이라도 울 것 같은 얼굴로 나를 끌어안았다.

"당연하지, 엘. 이전에도 이후로도, 너보다 좋은 정령왕은 만날 수 없을 거야."

그 다정한 온기에 기대어 다시금 눈물을 훔쳤다. 억지로 잡고 있던 미련들도 겨우 내려놓았다. 이제 정말로 작별이었다.

4.

밖으로 나오니 환한 햇살이 반겼다. 회색 구름이 물러나고 있는 하늘, 진눈깨비가 한창 내리다 그쳤는지 젖은 바닥에 얼음 조각이 녹아 있었다. 겨울 냄새를 물씬 풍기는 공기를 한껏 마시며 잠시간 그 자리에 가만히 서 있었다.

—아아, 이건 또 얼마만의 햇빛인가요! 마음이 온통 정화되는 것 같아요.

역시 사람은 빛을 보며 살아야 해요.

하지만 수다쟁이가 감상에 빠지는 걸 방해했다. 들고 있는 붉은색 장검을 가만히 내려다봤다. 원래는 책만 챙기려 했는데, 나도 데려가 달라는 파이어 버스터의 애원을 무시할 수 없어서 같이 가지고 나온 참이었다. 이렇게 들고 있으니 4천 년 전에 늘 지니고 다녔던 게 떠올라서 기분이 묘했다. 파이어 버스터는 전혀 기억하지 못하겠지만.

"넌 사람이 아니잖아."

—말이 그렇다는 거죠. 휴우, 우리 엘퀴네스 님은 너무 고지식하시네요. 이런 건 그냥 넘어가 주셔야 하는 거예요. 들어도 못 들은 척, 보고도 못 본 척하는 게 세상을 지혜롭게 사는 미덕 아니겠어요? 그렇게 하나하나 다 따지고 들면 인기 없어요.

……그냥 다시 가져다 두고 나올까.

좋았던 시절만 상기하느라 얘가 그저 말만 많은 게 아니라는 걸 잠시 잊었다. 혹시 책을 지킨다는 건 핑계고, 사실은 아무도 주인이 안 되려고 해서 그냥 방치된 거 아니야? 합리적인 의심이 들었다.

"너 다비안하고 지낼 때도 이랬어?"

—제 첫 주인인 다비안 용사님 말씀이신가요? 아아, 그리운 기억이네요. 그 시절 저는 갓 태어난 어린아이와 같아서 수줍음을 많이 탔었죠. 그래서 용사님과도 대화를 거의 안 했어요. 하문하시는 말에 간략히 대답해드리는 정도였죠. 지금은 조금 후회하는 부분이에요. 그런데 엘퀴네스 님이 다비안

님을 어떻게 아세요?

대화를 거의 안 했구나. 정말 다행이다. 안 그래도 후환이 두려운 일이 천지인데 여기서 더 업보를 늘리고 싶진 않았다. 대답해 달라는 재촉을 무시한 채로 긴 한숨을 내쉬려니 트로웰이 웃으며 말했다.

"그건 나한테 줘. 귀찮을 텐데 내가 맡고 있을게."

"어? 굳이 안 그래도 괜찮은데……. 트로웰도 귀찮잖아."

"괜찮아. 그 녀석도 누울 자리를 보고 다리를 뻗는 거거든. 그리고 반가운 재회엔 방해가 될 거야."

반가운 재회? 너무 자연스럽게 건네받아서 정신을 차렸을 땐 이미 파이어 버스터를 넘겨준 후였다. 나한텐 그렇게 말이 많던 파이어 버스터는 트로웰에게 가서는 아주 조용했다. 황당해하는 내게 트로웰이 거보라는 듯이 어깨를 으쓱였다. 헛웃음을 삼킨 후 조금 전에 한 말은 무슨 뜻이냐고 물어보려고 할 때였다.

"젠장, 너무 늦었잖아! 벌써 돌아가 버린 건 아니겠지? 황성엔 대체 왜 방어 결계 따위가 있는 거야!"

"어리석은 의문이네. 당연히 마법 공격에서 보호하기 위한 거지."

"그걸 몰라서 하는 말인 것 같냐!"

누군가가 다가오는 기척과 함께 다투는 말소리가 들렸다. 반사적으로 자리를 피하려다가 멈칫해서 그쪽을 바라보았다. 왠지 목소리들이 낯익은 것 같았다.

그리고 그건 착각이 아니었다. 잠시 후 정원의 담벼락 안에서 두 남자가 나타났다. 한쪽은 화사한 은발에 푸른 피부를 지닌 엘프였고, 다른 한쪽은 새카만 머리칼에 붉은 눈동자를 지니고 있었다. 전신에 흐르는 짙은 기운만 봐도 마족이었다.

"어……."

생각지 못한 등장에 멍해 있는 사이, 그들도 나를 발견하고 멈칫했다.

"엘!"

"대부!"

두 사람이 동시에 소리치는 걸 듣고서야 실감이 났다. 잘못 본 게 아니었다. 정말 시벨리우스와 아스모델이었다.

"너희들……!"

정신을 차렸을 땐 어느새 아스의 품에 안겨 있었다. 아플 정도로 꽉 끌어안은 힘에 잠시 숨을 삼켰다가 이내 웃으며 마주 안았다. 세상에, 이 두 사람을 이렇게 보게 될 거라곤 정말 상상도 하지 못했다.

"정말 대부다. 대부야. 이제 돌아온 거지? 다시는 떠나지 않는 거지?"

"응, 아스. 다녀왔어. 다시는 안 떠나."

"계속 기다렸어요. 정말 너무 보고 싶었어."

"나도 우리 아스, 많이 그리웠어."

"정말로?"

"그럼 정말이지."

다독여주며 답하고서야 아스가 살짝 몸을 떼고 나를 바라봤다. 나 역시 아스를 찬찬히 눈에 담았다. 마지막으로 봤을 때보다 조금 더 자랐나? 그래도 얼굴은 크게 변하지 않았다. 성격도 여전한지 두 눈에 눈물이 그렁그렁했다.

"그동안 잘 지냈어? 너한텐 말도 하지 않고 가버렸는데, 이렇게 늦게 돌아와서 미안해."

"아냐, 무사히 돌아와 준 것만으로도 충분해요. 대부를 다시는 보지 못하게 될까 봐 너무 무서웠어. 고마워, 대부. 돌아와 줘서 정말 고마워."

울먹이는 말에 나 역시 눈물이 솟았다. 옆을 돌아보니 시벨리우스도 물기가 가득한 눈으로 나를 바라보고 있었다. 어디서부터 무엇을 말해야 할지도 모르겠다는 듯, 만감이 교차하는 얼굴이었다. 그의 눈동자에 비친 나도 같은 표정을 짓고 있었다.

"잘 돌아왔어, 엘. 기다렸어."

어색하게 웃으며 건네오는 말에 천천히 고개를 끄덕였다. 문득 그와 처음 만났던 순간이 떠올랐다. 생각지도 못한 유니콘의 등장에 참 많이 당황했었지. 다짜고짜 사과하는데도 무슨 말인지 이해할 수가 없어서 혼란스러웠는데, 이제야 그 대답을 할 수 있게 됐다.

"시벨, 너…… 같이 가자니까. 편지만 남겨두고 그냥 가버리면 어떡해."

간신히 한 마디 내뱉으니 마주한 눈빛이 흔들렸다. 그 역시 그 날의 기억을 떠올린 게 분명했다. 떨리는 숨을 삼킨 그가 힘겹게 입을 열었다.

"……미안해, 엘. 나도 이렇게 될 줄은 몰랐어."

"환송회도 못 하고 보내서 그 후로 얼마나 마음이 쓰였는지 알아? 다시는 그러지 마."

"응. 응, 엘. 나 반성 많이 했어. 다시는 안 그럴게."

어떻게든 잘 참는 것 같더니 마지막에는 기어코 표정이 무너졌다. 한 손으로 얼굴을 덮은 채 울기 시작하는 그를, 두 팔을 뻗어 끌어안았다.

"내가 널 너무 힘들게 했지. 내가 먼저 친구 하자고 해놓고 너무 무책임했다. 그치? 그동안 알아보지 못해서 미안해. 많이 후회했어."

"아냐, 엘. 이렇게 다시 만났으니까 됐어. 이걸로 됐어."

고개를 저으며 우는 그를 따라 나도 울었다. 이제 더는 눈물이 나오지 않을 것 같았는데 오판이었다. 아스가 그런 우리를 같이 부둥켜안았다. 한참을 그렇게 온기를 나누고 나서야 겨우 마음이 진정했다. 마주 보는 얼굴마다 눈시울이 잔뜩 붉어진 채라 웃음이 나왔다.

"이렇게 다시 보니까 너무 좋다."

과거에서 지낸 마지막 1년간은 자주 같은 꿈을 꿨었다. 집으로 무사히 돌아온 나를 모두가 반겨주는 꿈. 나는 늦어서 미안하다고 사과하고, 이사나와 알리사를 비롯한 모두는 괜찮다며 웃어주었다.

그 꿈속에서 나는 모두에게 그동안 어떻게 지냈는지를 묻고, 반대로 내가 경험한 일도 이야기했다. 정말 과거로 간 거냐며 신기해하는 표정들이 닿으면, 시벨리우스와 남몰래 같은 기억을 공유한 사람들만의 시선을 주고받기도 했다.

비록 상상했던 그림과는 많이 달라졌지만. 그래도 돌아왔다고 인사할 수 있는 사람들이 남아 있다는 게 다행이었다. 그게 너무 고마웠다.

"나도 정말 꿈만 같아. 너무 오랫동안 돌아오지 않아서 무슨 일이 생긴 건 아닌지 정말 걱정했어. 나도 헤어진 뒤의 일은 알지 못하니까. 설마 거기서 3백 년이나 갇혀 있던 거야?"

"아니, 그건 아니야. 시공간 안의 시간 오차 때문이었던 거 같아. 실제로 내가 거기서 머물렀던 기간은 4년 정도였어."

그 말에 둘이 놀란 표정을 지었다. 울상이 된 아스가 꼼지락거리며 내 손가락을 매만졌다.

"그럼 많이 놀랐겠다, 대부……."

"그렇긴 한데, 이제 괜찮아. 그보다 어떻게 된 거야? 둘이 어떻게 같이 왔어? 내가 여기에 있는 건 어떻게 알았고?"

진작 묻고 싶었던 부분이었다. 잠시 아스와 시선을 교환한 시벨리우스가 쑥스러워하면서 상황을 설명했다. 알고 보니 이사나가 남긴 책에 나만 열어볼 수 있도록 주술을 걸어둔 게 그였던 모양이다. 펼쳐지면 그에게도 신호가 가는 구조였다고 한다. 놀라운 건 시벨리우스가 그동안 마계에서 지내고 있었다는 사실이었다. 아스에게 전해 줄 게 있어 찾아간 김에 겸사겸사 마왕성에서 머무르게 되었다고.

"아스가 잘 대해 줬어?"

"그럼~ 당연하지, 대부. 국빈으로 대접하고 성에서 제일 좋은 방도 줬어. 심심해할까 봐 매일 놀러도 가고 불편한 거 없는지 살펴봤어. 나 왕이라서 엄청나게 많이 바쁜데. 시벨의 일은 부하들 안 시키고 다 내가 직접 챙겼어."

"아이구, 그랬어? 우리 아스 너무 기특하네."

머리를 쓰다듬으니 아스가 배시시 웃었다. 여전히 그대로라 참 좋긴 한데, 이렇게 귀엽고 착해서 마계는 잘 다스리는 건지 내심 걱정이 들었다. 하지만 그 모습을 지켜보는 시벨리우스의 표정은 그리 좋지 않았다.

"진짜 가증스러워서 더는 못 참겠다. 엘, 이 녀석 마냥 귀엽게 보지 마. 대부 앞이라고 내숭 떠는 거니까."

"어? 그래?"

"그렇다니까. 재 마계에서 별명이 소나기인 거 알아? '**소**중한 목숨 아끼고 싶으면 **나**대지 말고 얌전히 **기**어라' 라는 뜻이야. 누가 마족 아니랄까 봐 성격 한번 진짜……."

"앗! 대부한테 무슨 말을 하는 거야? 내 이미지를 망칠 작정이야?"

아니, 소나기가 그런 뜻이었어? 생각지 못한 해석에 멍해져 있는 사이 아스가 다급히 소리쳤다. 시벨리우스가 별 해괴한 소리를 다 한다는 표정으로 피식거렸다.

"네가 언제부터 그런 걸 신경 썼어? 누가 뭐라고 해도 죄다 뻔뻔하게 무시하더니 그래도 엘 앞에선 창피하긴 한 모양이지? 이참에 반성 좀 해."

"……비열한 퍼런 엘프."

"뭐? 야, 내가 왜 비열해! 그리고 너 내가 그렇게 부르지 말랬지!"

"치사한 퍼런 엘프! 자기는 대부랑 둘이서만 아는 얘기 하더니! 나는 나쁘게 만들고!"

"너 진짜!"

어느새 다투기 시작하는 두 사람을 보며 웃었다. 툭하면 옥신각신하는 건 여전하구나. 그래도 함께 지낸 세월을 무시할 수는 없는지 예전보다 사이가 더 편해졌다는 게 훤히 느껴졌다.

웃음을 삼키고 있으니 아스가 당황한 얼굴로 변명을 시작했다. 난 아무나 막 대하는 게 아니다, 가끔 말을 안 듣는 애들이 있어서 본보기 삼아 처벌을 좀 강하게 했더니 그거 보고 오해하는 거다. 마족은 처벌을 강하게 안 하면 눈 하나 깜짝하지 않기 때문에 나도 어쩔 수 없었다, 기타 등등. 당연히 이해해 줄 수밖에 없는 사연이었다. 하지만 하소연을 이을 때마다 시벨리우스가 할 말이 많은 표정을 짓는 걸 보면 내가 모르는 이야기가 더 있다는 것만은 분명했다.

“데르온은 어떻게 지내?”

“부하도 잘 지내. 같이 데려올까 했는데 지금은 카르텐을 비우기 어려운 상황이라 그냥 우리만 왔어. 마신이 계시지 않아서 잠시만 관리가 소홀해져도 숲이 메말라 버리거든.”

“아…… 아직도 새 마신이 정해지지 않았나 보구나.”

“응, 안 그래도 신계에 문의를 해봤는데 마계도 대차원이다 보니까 감당하려면 최고신 급은 되어야 한대. 그렇다고 다른 최고신들이 겸하자니 이미 담당한 부분이 커서 그것도 어렵고. 현재로서는 형벌의 신이 마신을 겸하게 될 가능성이 제일 높다고 해.”

“헐, 정말?”

그렇지 않아도 그날 잠시 달래 주러 온 이후로 엘뤼엔의 얼굴을 보기가 힘든 참이었다. 원래도 일이 많은 편인데 날 데리러 오느라 몇 년간 자리를 비우기까지 하는 바람에 도저히 틈을 내기가 힘들 만큼 바쁜 상태라고 들었다. 마계의 업무 중 일부를 돕는 것뿐인데도 이 정도인데, 아예 그가 마신이 될 수도 있다니. 이러다 아버지 얼굴을 보기가 하늘의 별 따기가 되는 건 아닌지 모르겠다. 그런데 생각할수록 의문이 드는 부분이 있다. 왜 카노스는 그렇게 한가했던 거지?

“뭐가 됐든 얼른 정해졌으면 좋겠어. 마신의 힘이 있어야 알이 안정적으로 태어나는데 지금 그것도 같이 동결됐거든. 마족의 숫자가 너무 줄었어.”

"아, 그렇겠구나. 3백 년간 알이 하나도 태어나지 않은 거야?"

"아직 카노스 님의 영향력이 좀 남아 있어서 몇 개 정도는 더 태어나긴 했어. 하지만 그걸로는 터무니없이 부족……."

순간 설명하던 아스가 움찔하더니 표정이 돌변했다. 어딘가를 다급히 돌아보는 행동에 나도 당황해서 그쪽을 바라보았다. 하지만 아무것도 느껴지는 게 없었다.

"야, 왜 그래?"

시벨리우스도 이상하게 여겼는지 아스의 어깨를 툭 치며 물었다. 굳어 있던 아스가 그 얼굴 그대로 우리를 돌아보았다.

"지금, 마신의 힘이……."

"뭐?"

때맞춰 내 등을 톡톡 건드리는 손길이 있었다. 아스와 시벨리우스를 만난 기쁨에 빠져 있느라 잠시 같이 있다는 걸 잊고 있었던 트로웰이었다. 아니, 아예 자리를 비웠던가? 그러고 보니 둘을 만난 이후로 쭉 보이지 않았던 거 같다.

"너……!"

시벨리우스도 놀란 얼굴인 걸 보니 역시 자리에 없었던 게 맞았다. 그쪽을 돌아보지도 않은 채 나와 눈을 맞춘 트로웰이 의미심장하게 웃었다.

"엘, 재회를 방해해서 미안하긴 한데, 잠시 정령계로 돌아가자."

"어? 정령계? 왜?"

"반가운 손님이 와 있어."

정령계에 올 만한 손님이라면 엘뤼엔인가? 조금 전 아스가 마신의 힘을 언급한 게 걸렸다. 지금도 그는 혼란스러운 얼굴로 감정을 다스리지 못하고 있었다. 설마 정말 엘뤼엔이 마신이 된 건 아니겠지?

일단 가보긴 해야 할 것 같아서 둘에게 양해를 구했다. 다들 금방 헤어지는 걸 서운해했지만 곧 다시 만날 날짜를 정하는 걸로 타협을 봤다. 사실 그들도 아무런 준비 없이 갑자기 자리를 비우고 온 참이라 다시 돌아가 보긴 해야 하는 것 같았다.

사흘 정도 후에 샴페인 용병단의 비석이 있는 광장에서 다시 만나기로 하고 트로웰과 함께 정령계로 귀환했다. 화사한 에바스 에덴의 전경을 배경으로, 누군가 서 있는 모습이 보였다. 흐드러지게 깔린 보석 꽃들의 화려함이 무색하리만치, 그보다 더 그림처럼 아름다운 남자였다.

"아버지!"

"어서 와라, 엘."

역시 손님은 엘뤼엔이었구나. 한달음에 달려가 폴짝 안기니 부드러운 웃음소리와 함께 머리를 쓰다듬는 온기가 느껴졌다.

"그새 더 응석이 늘었군."

"헤헤헤~!"

"아크아돈은 다 둘러보고 온 건가?"

"응, 전부는 아니지만 보고 싶었던 사람들도 만났고, 마음의 정리도 끝냈어."

"그래, 잘했다."

다정한 미소를 머금은 엘뤼엔이 다시금 내 머리를 쓰다듬었다. 정령왕일 때와는 확연히 다른, 그만의 신력이 새삼스럽게 와 닿았다. 혹시 마신이 된 건 아닌가 싶었는데, 딱히 기운이 달라진 것 같진 않았다. 들은 이야기가 사실인지 확인해 볼 생각으로 그와 눈을 맞췄을 때였다.

"아버지, 나 물어볼 것이……."

"끝내긴 누구 마음대로 끝내? 아직 나랑은 만나지도 않은 주제에."

하지만 다른 목소리가 끼어드는 게 더 빨랐다. 심지어 잘 아는 목소리였다. 당황스러운 기분에 황급히 돌아봤다가 그곳에 서 있는 사람을 보고 입을 벌렸다.

처음엔 내가 이제 헛것을 보기 시작하나 싶었다. 모를 수가 없는 얼굴인데, 그래서 더 믿을 수가 없었다.

"……라피스?"

"오냐."

당연한 듯 이어지는 대답에 다시 숨을 삼켰다. 팔짱을 낀 채 삐딱하게 서 있는 자세도, 상대를 오만하게 깔아보는 표정도 그대로였다. 본인도 인정한 판이니 다른 사람이라고 의심할 여지도 없었다. 정말 라피스가 맞았다. 환생하기 전에 작별 인사를 하러 온 걸까? 하지만 그의 상징이나 다름없던 붉은색이 조금도 보이지 않았다. 루비처럼 선명한 붉은빛 대신 그 자리를 차지한 건 칠흑보다 새카만 어둠이었다. 덕분에 분위기가 완전히 달라 보였다.

"어떻게 된 거야, 그 모습?"

영혼이어도 머리 색이 바뀌진 않을 텐데? 당황해서 물으니 그가 피식 웃었다. 어쩐지 짓궂은 표정이었다.

"뭐인 것 같은데?"

"혹시 혼이 오염됐어? 영혼의 보석으로 지낸 기간이 너무 길었나?"

"……그렇게 나오기냐."

라피스의 표정이 바로 떨떠름해졌다. 뒤에서 트로웰은 웃음보가 터졌는지 어깨를 떨면서 나무를 치고 있었다. 내가 아무리 눈치가 없어도 이건 아니라는 건 알겠다. 황당해하는 얼굴로 나를 바라보던 라피스가 한숨을 내쉬었다.

"나 참, 대체 무슨 관점으로 보면 그런 식으로 해석이 돼? 뭐, 이게 너답기는 한데."

"갑자기 검은색으로 변했으니 그렇지. 뭐가 어떻게 된 거야? 명계로 바로 보내졌을 거라고 들었는데……."

"맞아, 갔더니 내 지난 전생들이 전부 떠오르더라."

"그렇구나. 그럼 이제 환생하는 거야?"

"이미 환생했는데, 뭘 또 환생해?"

"뭐?"

이미 환생을 했다고?

대체 무슨 일이 어떻게 돌아가는 건지. 아까부터 흘러가는 대화를 전혀 따라갈 수가 없었다. 당황스러운 기분으로 라피스를 바라보다 멈칫했다. 그러고 보니 분위기가 달라졌다고 느낀 게 비단 외모 때문만은 아니었다. 그의 전신에 전과 다른 기운이 흐르고 있었다. 강대하면서 고결하고, 어딘지 오싹한 기분을 느끼게 하는 기운. 엘퀴엔에게서 흐르는 그것과도 비슷한. 잘못 느끼는 게 아니라면 이건 분명…….

"신력……?"

멍하니 중얼거리니 라피스의 입술이 호선을 그렸다. 이제야 알아차렸냐는 의기양양한 시선에 뒤통수를 맞은 것처럼 머리가 얼얼해졌다. 아니, 설마, 정말 신이라고? 라피스가 신이 됐다고? 재가 신의 영혼이었단 말이야?

"소개하겠다. 오늘 탄생한 상급신 크로아첸이다. 앞으로 마계를 이끌어갈 마신이 되었다."

그런데 그게 전부가 아니었다. 충격을 채 다스리기도 전에 이어지는 엘퀴엔의 말에 다시 입이 벌어졌다. 분명 알아들을 수 있는 말로 얘기한 것 같은데, 한 문장도 이해할 수가 없었다.

"어?"

"익숙하지는 않을 테지만, 앞으론 라피스라고 하지 말고 크로아첸이라고 불러라. 주신께 새로 받은 이름이니까."

"……어?"

한동안 멍청히 눈만 깜빡일 수밖에 없었다. 라피스가 신이 된 것도 충격적인데, 뭐가 됐다고? 마신? 지금 내가 그렇게 들은 게 맞는 건가?

황당한 마음에 손을 뻗어 라피스를 만져봤다. 충분히 피할 수 있는데도 가만히 있는 걸 보면 만져도 된다는 뜻 같아서 더 차근차근 더듬어 봤다. 닿으니 신력에 배어 있는 기운이 더 분명하게 느껴졌다. 차가운 건지 뜨거운 건지 구분할 수가 없는, 깊고 어두운 심연에 빠져드는 듯한 감각. 카노스와는 조금 다르지만, 본질 자체는 같은 기운이었다.

"허?"

"언제까지 이러고 있을 거야?"

볼살을 잡히고 나서야 짜증을 낸 라피스가 내 손을 피했다. 아니, 이제 라피스가 아니라고 했지. 와, 정말 뭐가 뭔지 전혀 모르겠다. 충격적인 일이라면 숱하게 겪어봤다고 생각했는데, 아직도 놀랄 거리가 남았을 줄은 몰랐다. 아무리 세상이 요지경 같다지만 어떻게 이런 일이 있을 수가? 입만 벙긋거리고 있으려니 라피스인지 크로아첸인지 하는 그가 헛웃음을 지었다.

"내가 마신이 되었다는 게 그렇게 입력이 안 돼?"

"아니, 그치만, 이건 좀 상황이 이상하잖아. 네가 상급신이라는 건…… 그러니까 네가 한때는 정령왕이었다는 말이잖아?"

그래, 이게 가장 큰 문제다. 신이 태어나는 방법은 다양하지만, 상급신은 오직 정령왕의 임기를 거친 존재만 될 수 있는 거였다. 게다가 주로 마속성을 부여받는다는 계열이 있었지, 아마? 불길한 기분이 들었다. 그 생각을 짐작했다는 듯, 눈이 마주친 라피스

―크로아첸이 씩 웃었다.

"맞아, 엘퀴네스였어."

……누가 뭐였다고?

언젠가 카노스가 이와 같은 고백을 했을 때도 이렇게 놀라지는 않았다. 농담이라면 나쁘고, 진담이래도 이보다 더 나쁠 순 없었다. 확인을 구할 생각으로 엘뤼엔을 돌아보았다. 그라면 이 재미없는 장난을 끝내줄 거라고 생각했다. 하지만 엘뤼엔 역시 심란한 표정이었다.

"사실이다. 유감스럽게도 내 바로 전대의 엘퀴네스였더군."

"……."

그냥 거짓말이라고 해주면 안 될까. 나도 모르게 멀거니 하늘을 올려다봤다. 어지간하면 탓하고 싶지 않았는데, 잠들어 있다는 주신에게 묻고 싶었다. 대체 저한테 왜 이러세요?

"한마디로 말해서 내가 너희의 선배라는 거지. 어쩐지 유독 엘퀴네스한테 친근감이 느껴지더라니."

"하하하, 진짜 개판이네."

웃는 게 웃는 것이 아니었다. 이게 정말 말이 돼? 어차피 정령왕일 거라면 다른 속성도 있잖아. 하다못해 블루 드래곤이었으면 내가 말도 안 해. 레드 드래곤에, 타고난 화기가 너무 강해서 목숨까지 갉아먹을 정도였다며. 그런데 왜 이프리트도 아니고 엘퀴네스 출신이야? 엘퀴네스가 대대로 성격파탄자였다는 걸 꼭 이렇게까지 증명할 필요가 있어?

"외면한다고 현실이 달라지진 않아. 너한텐 잘된 거 아냐? 나랑 헤어지기 싫어했잖아. 봐, 외모도 거의 그대로고 기억도 잃지 않았어. 앞으로도 날 계속 만날 수 있으니 안심이 되지?"

"오해할 만한 발언은 하지 말아줄래? 그렇게 말하니까 느낌이 좀 많이 달라져서 곤란하거든?"

"어쨌든 난 이제 신이니까. 앞으로 좀 더 존경과 사랑을 담아서 대하도록 해."

"실례지만 신이 되면서 미치셨는지?"

"아까부터 반응이 너무 매정한 거 아냐? 그래도 널 지키다 죽기도 했는데."

앗, 이렇게 나오는 건 반칙이지! 내가 주춤하자 그는 약점을 잡았다는 듯이 웃었다. 이거 앞으로 평생 우려먹을 것 같은 불길한 기분이 드는데. 착각이 아니겠지?

하지만 그의 얼굴에 걸린 미소는 그리 오래 가지 못했다. 옆에서 듣고 있던 엘뤼엔이 입을 열기 시작하면서부터였다.

"자, 그럼 이제 존경과 사랑을 받을 마신, 크로아첸? 신계로 돌아가서 업무를 속행하도록 하지."

"……."

얄미울 정도로 생글거리던 크로아첸의 얼굴이 순식간에 굳어졌다. 반대로 엘뤼엔은 지금까지 본 그 어떤 얼굴보다 환하게 웃고 있었다.

"네가 태어나기를 진심으로 기다렸다. 정말 축하한다."

"자, 잠깐! 나 아직 엘에게 할 말이……."

"그건 업무를 마치고 와서 해도 늦지 않는다."

"늦어! 내가 그 서류 산을 못 본 줄 알아? 그걸 다 끝내려면 족히 몇십 년은 더 걸릴 거라고!"

"그렇다면 더더욱 이러고 있을 시간이 없다는 것도 잘 알겠군. 판단력은 있는 것 같아 안심했다. 잡담은 그만이다. 이제 그만 가지. 엘, 급한 일부터 처리한 후에 다시 오마."

"아, 으응. 나중에 봐, 아버지."

"젠장! 난 이런 거 인정 못 해! 왜 내가 태어나자마자 일에 치여야 하는 건데!"

크로아첸은 강력히 저항했지만, 그의 뒷덜미를 붙잡고 끌고 가는 엘뤼엔은 전혀 아랑곳하지 않았다. 곧 두 신의 모습이 빛무리 속으로 삼켜졌다. 혀를 차던 트로웰이 나와 시선을 맞추곤 어깨를 으쓱였다. 이 순간 내가 떠올린 생각은 오직 하나였다.

'난 절대 신이 되지 말아야지.'

크로아첸 벨 바스타스. 새 마신인 그는 마계의 권한을 이어받게 되어 마신이라고 불리게 된 것뿐, 직함 자체가 마신이었던 카노스와는 조금 결이 달랐다. 그래서 실제 직함은 전쟁과 파괴의 신이라고 했다. 참 지난 삶을 돌아보게 하는 조합이었다.

마신이 된 경위는 조금 안타까웠다. 원래는 엘뤼엔에게 이양될 상황이었는데, 그것만은 절대 싫었던 엘뤼엔이 막 태어난 크로아첸의 신력이 쓸만하다는 걸 알아차리고 떠넘긴 거였다. 갓 신이 되어 상황파악을 하지 못한 크로아첸은 마계를 받겠냐는 말에 좋은 건 줄 알고 고개를 끄덕이는 누를 범했고, 그걸로 코가 꿰였다. 현대와 과거를 비롯하여 늘 한가해 보이던 카노스에게 낚인 희생자라고 할 수 있었다. 그래도 제안을 받을 수 있을 만큼 강한 힘을 지니고 있다는 뜻이니 대단하긴 했다.

다행히 책임감도 있어서, 투덜거리긴 해도 제법 성실하게 업무에 임하고 있는 것 같았다. 마계의 기운이 본격적으로 안정되면서 태어나는 알도 급증했다고 한다. 마왕인 아스도 덩달아 바빠졌다.

"새 마신님이 굉장히 부지런한 분인가 봐. 기도드리면 바로 응답이 와."

"그래? 다행이네."

"응, 대부. 신기해서 계속 기도했더니 자꾸 귀찮게 하면 죽여 버린다고 하셨어. 누구신지는 몰라도 역시 마신이 될 만한 분이라고 생각했어."

대체 어느 부분에서 기뻐하는 건지는 모르겠지만, 어쨌든 아스는 만족한 것 같으니 다행이었다. 충격을 받을까 봐 차마 사실대로는 말해 주지 못했다. 언젠가는 알게 될 테지만 당분간은 모두의 정신 건강을 위해 덮어두기로 했다.

새 마신 덕분에 기분이 좋아진 건 엘뤼엔도 마찬가지였다. 마계 때문에 포화 직전이던 업무가 반절은 줄었다고 했다. 다음에 보는 건 최소 한두 달 후일 거라 생각했는데, 불과 일주일 만에 얼굴을 비치게 됐을 정도였다. 그래서 나도 기분이 좋아졌다. 크로아첸만 빼고 모두가 행복한 결말이었다.

엘뤼엔이 다시 방문한 날엔 반가운 재회가 또 있었다. 내가 돌아왔다는 소식을 들은 페르데스가 동행한 것이다.

"페르데스!"

"오랜만이야, 엘. 무사히 돌아와서 다행이다."

맑게 웃는 페르데스의 얼굴을 보니 만감이 교차했다. 과거에서 마지막으로 본 그는 공허한 얼굴로 눈물을 흘리던 모습이었으니까. 카노스가 변명할 기회를 마련해 주기는 했지만, 내가 상황을 그렇게 만들었다는 죄책감을 떨쳐내기는 어려웠다. 다시 만나면 어떤 얼굴로 봐야 할지 알 수가 없었는데, 실제로 그 순간이 닥치니 말문이 턱 막혔다. 그런 나를 이해한다는 듯, 페르데스가 부드럽게 웃었다.

"상황은 대충 들었어. 설마 네가 과거로 갔을 줄이야. 기억은 나지 않지만 그 시대라면 나와도 마주쳤을까?"

"응, 만났었어. 그런데 우선 사과부터 해야 할 거 같아. 미안해, 페르데스."

"그게 무슨 말이야?"

"너한테 일어나는 일을 막아보려 했는데 잘되지 않았어. 오히려 그 일이 나 때문에 시작된 건지도 몰라."

조심스럽게 건넨 말에 페르데스는 조금 놀란 표정을 지었다. 왜 그렇게 생각하냐고 묻는 것에 당시의 상황을 최대한 상세히 설명했다. 아인 이드리스가 검술을 배우려 한 것도, 자꾸만 욕심을 키우기 시작한 것도 내게 경쟁심을 느꼈기 때문이었다고. 기억에서 지워진 진짜 정황을 들은 페르데스가 이채 어린 눈으로 나를 바라보았다.

"그가 갑자기 검술에 매진하는 이유를 몰랐었어. 아무런 계기가 없었거든. 그런데 그렇게 된 거였구나. 하지만 그렇다 한들 그건 본인의 선택이었지. 네 탓이 아니야."

"하지만……."

"마음 쓰지 마, 엘. 내겐 이미 전생이기도 하고, 벌써 몇천 년이나 지난 옛일이야. 오히려 내가 널 힘들게 했겠구나. 못난 모습을 보였어."

"못나지 않았어."

고개를 저으며 답했다.

"미네르바는 한 번도 못나게 굴지 않았어. 언제나 늘 한결같이 아름다웠어."

한 사람을 온 마음으로 사랑했고, 그 사랑에 헌신했을 뿐이었다. 배신당한 순간조차 상대를 원망하기보다 스스로 무너지는 걸 택했다. 그래서 더 안타깝고 아름다운 사람이었다. 어떻게든 지켜주고 싶었다. 비록 그러지 못했지만.

자수정을 닮은 눈동자에 옅은 파동이 일었다. 잠시 말을 잇지 못하던 페르데스가 곧 미소지었다.

"고마워, 엘. 네 기억에 그렇게 남은 걸로 충분해."

가장 행복해 보였던 그때만큼 환한 미소였다. 덕분에 나도 안심했다. 이제 정말 괜찮은 거구나. 괜찮아진 거야. 흘러가는 시간이 해결해 주는 건 인간사만은 아니었던 모양이다. 나도 언젠가는 이 날을 편하게 돌이켜 볼 수 있게 될까. 아직은 잘 모르겠다. 그래도 다시 환하게 웃게 된 그를 보게 된 것만은 기뻤다.

이후에 우리는 에바스 에덴에서 작은 파티를 열었다. 내가 무사히 돌아온 것을 축하하는 기념 파티였다. 이전처럼 트로웰이 특제주를 가져와 분위기를 달궜다.

"돌아온 걸 환영해, 엘!"

잔을 들며 외치는 말에 나 역시 축배를 들었다.

"다들 정말 고마워. 걱정 끼쳐서 미안해."

"알면 됐어, 바보야."

"이제 좀 괜찮으십니까?"

걱정의 시선을 숨기지 못하는 이프리트와 미네에게 미소 지으며 고개를 끄덕였다. 잔뜩 좁혀져 있던 이프리트의 미간이 한결 풀어졌다.

"그래, 그렇게 좀 웃고 살아. 우울하게 있는 거 너랑 하나도 안 어울려."

"응, 그럴게."

"그래도 확실히 네가 깨어나니까 정령계에 활기가 생겨서 좋네.

그동안 너무 칙칙했거든. 트로웰까지 자리를 비운 지난 5년은 정말 최악이었지. 이제 다신 이런 일 없었으면 좋겠어. 조마조마해서 어디 살 수가 있어야지."

그러고 보니 이프리트는 벌써 두 번이나 아크아돈의 종말을 지켜볼 뻔한 거였다. 혀를 내두르는 것에 차마 변명할 말이 없어 머쓱히 웃었다. 트로웰도 미안한 표정을 감추지 못했다.

"처음 계산으론 5년까진 아니었어. 길을 잘못 들어서는 바람에 오차가 더 벌어진 거지."

"그래, 그렇다고 듣기는 했어. 대체 어디서 헤맸던 거야?"

"별로 상기하고 싶지 않은 기억이군."

단호히 잘라 대답한 건 엘뤼엔이었다. 정색하는 걸 보니 아주 불편한 시간을 보냈던 모양이다. 더는 거론할 수 없는 분위기가 되자 트로웰도 묘한 표정만 지은 채 대답을 아꼈다.

'나도 궁금했는데. 나중에 슬쩍 물어봐야지.'

나중에라도 알려주긴 하겠지? 무심코 머리칼을 쓸어넘기는데 문득 손가락에 걸리는 게 있었다. 이게 뭔가 싶어서 잡아 당겨보니 끈 같은 것이 딸려왔다. 붉은색과 푸른색이 섞인 두 줄의 리본이었다.

"이건……?"

"뭐야, 그거 달고 있는 걸 이제야 안 거야?"

이프리트가 황당하다는 표정을 지었다. 하지만 정말 몰랐다. 정확히는 내 모습을 돌아볼 틈이 없었다. 깨어난 이후로 줄곧 주어진 현실에 적응하기도 바빴으니까.

"네 생일날 엘뤼엔이 선물한 거야."

엘뤼엔을 바라보니 시선을 맞춘 그가 고개를 끄덕였다.

"흐트러졌군. 이리 줘라. 다시 달아주마."

가까이 다가온 그가 내게서 끈을 건네받았다. 머리카락에 손길이 닿는데 어쩐지 눈물이 날 것 같았다. 뭐라고 표현할 길이 없을 만큼 기분이 이상했다.

"그러고 보니 아버지, 물어볼 게 있는데."

"그래."

"전대 이프리트 말이야. 아버지랑 같은 시대의 이프리트는 지금 어떻게 지내는지 알아?"

잠시 멈칫한 엘뤼엔이 가볍게 대답했다. 조금 내키지 않은 어조였다.

"네가 궁금해할 것 같아서 알아보긴 했다. 소멸 후 환생의 궤도를 탔더군. 인간으로 태어났다는 기록만 확인했다."

"그렇구나. 아쉽네. 신이 되었으면 만날 수 있었을 텐데."

엘뤼엔은 인세를 택했어도 강제로 신이 되게 하더니. 이프리트는 운 좋게 잘 피해 간 모양이다. 아니지, 이프리트까지 인세를 택하는 바람에 엘뤼엔 때는 강제가 된 건가. 여하튼 다시 보지 못하게 된 건 아쉬웠다. 그런데 이어진 말이 무척 당황스러웠다.

"이미 만나긴 했다."

"어? 만났었다고? 언제?"

설마 나도 모르는 사이에 만났던 걸까? 그게 누구지? 그동안 만났던 사람 중에서 후보를 추려봤지만 도통 짐작하기가 어려웠다. 인간이었다면 샴페인 용병단 중에 있었을까? 설마 이사나나 알리사인 건 아니겠지. 생각의 회로가 점차 복잡해져 갈 때였다.

“하태진이란 이름을 가졌을 거다.”

한순간 머리가 멈췄다. 마침 리본을 마무리 지은 엘뤼엔이 나를 돌아서게 했다. 차분한 시선을 마주 보고서야 정신이 조금 돌아왔다. 내가 지금, 무슨 소리를 들은 거지?

“태진이가…… 이프리트라고?”

내 절친이었던 하태진? 내가 다쳐서 오면 나보다 더 속상해하던 그 하태진?

늘 웃고 있던 다정한 얼굴이 떠올랐다. 동양인치고는 색소가 옅은 편이라 머리칼과 눈동자 색이 유독 밝았었다. 친해진 계기조차 떠오르지 않을 만큼 어느 순간부터 같이 있는 게 당연한 사이였다. 인기도 많고 뭐든지 다 잘해서 왜 이런 녀석이 나와 친하게 지내나 싶었지만, 그래서 더 자랑스럽기도 했다. 함께 울고 웃으며 수많은 추억을 공유했던 친구였다. 그리워하면 힘들어질 것 같아서 일부러 더 기억 속에 묻어뒀던 단짝이었다. 그 태진이가 이프리트였단다.

한꺼번에 교차하는 수많은 기억에 머리가 어지러웠다. 그렇구나. 그랬던 거구나. 왜 지금껏 알아차리지 못했을까. 이프리트도 그랬다. 그처럼 다정했었다.

"내가 너의 가장 친한 친구가 될게."

"혼자서 힘든 일은 겪지 않게 할게. 언제든지 마음껏 의지해."

그가 축복과 함께 건넸던 말들이 떠올랐다. 그날의 기억은 전부 다 지워졌을 텐데. 나에 대한 건 전부 다 잊었을 텐데도. 그런데도 이프리트가 약속을 지킨 거였다. 그가 말한 그대로, 가장 힘든 시기에 나를 혼자 두지 않았던 든든한 친우였다.

"이제 보니 나보다 그쪽이 더 적절한 예시가 되겠군. 환생한 그는 어땠었지? 모든 기억을 잃고 다른 외모가 된 그는 네가 아는 이가 아니었나?"

고개를 빠르게 흔들었다. 모르고 있었을 땐 생각지 못했지만 알고 나니 분명히 보였다. 같은 사람이었다. 내가 아는 그 사람이었다.

"삶에서 벌어지는 일들은 우연인 것처럼 보여도 사실은 필연인 경우가 더 많지. 그 녀석과는 깊은 인연을 맺었으니 앞으로 또 만날 수 있을 거다."

"저, 정말?"

"운명의 실은 복잡하고 교묘해서 한번 강하게 얽히면 쉽게 끊어버릴 수가 없다. 꼭 몇 번씩은 마주치게 된다고 하더군. 아마 찾아보면 겹치는 인연이 또 있을지도 모르지."

아아, 그게 정말이었으면 좋겠다. 벅차오르는 감정에 먹먹해졌다. 울고 싶은 기분을 간신히 참고 있으니 내 마음을 읽은 것처럼 엘뤼엔이 말했다.

“이사나도, 네가 아꼈던 다른 이들도. 언젠가 다시 만나게 될 거다.”

이어질 인연이라면 반드시 돌아올 거라고, 전에도 들었던 말이었는데. 그때는 실감하지 못했던 위로가 이번엔 전혀 다르게 와 닿았다. 포기와 체념에 가까웠던, 영원히 마음 한구석을 차지하고 있을 거라 여겼던 공허한 공간에 꽃처럼 희망이 피어났다.

끝이 아니었다. 다시 만날 수 있었다. 이제까지 쭉 모두가 날 기다려 줬으니까, 이번엔 내가 기다리는 것뿐이었다. 아니, 그들도 여전히 날 기다리고 있을 터였다. 그렇게 생각하니 앞으로 펼쳐질 세상이 다르게 보였다. 설레는 기분으로 고개를 들고 나를 응시하는 시선들과 마주했다. 응원하듯 미소지은 얼굴들을 보며 나도 같이 웃었다.

새로운 여행을 시작해야겠다.
모두를 다시 만나러 가는 여정이었다.

* * *

“너한테 할 얘기가 있어.”

운을 뗀 건 시벨리우스와 둘이서 공원을 걸을 때였다. 재상이었던 아셀이 생전에 조성했다는 국립 공원엔 날개를 활짝 펼친 새하얀 유니콘 동상이 세워져 있었다. 자신을 모델로 했다며 푸념하는 척 은근히 자랑스러워하던 시벨리우스가 눈을 천천히 깜빡였다.

"뭔데 그래, 엘? 왜 그렇게 심각한 표정이야?"

"심각한 얘기거든. 어쩌면 이 얘기를 듣고 나면 네가 날 원망할지도 모르겠어."

"말도 안 돼. 내가 왜 엘을 원망하겠어."

"들어보면 생각이 달라질 거야."

차분히 답한 말에 시벨리우스도 긴장했는지 얼굴을 굳혔다. 아무것도 모르는 말간 얼굴을 보니 차마 입이 떨어지지 않았지만 이내 심호흡했다. 매도 먼저 맞는 게 낫다고, 어차피 알려야 할 일이라면 빠를수록 좋았다.

"우리가 예전에 같이 갔던 식당 기억나? 네가 사과 파이를 만드는 방법을 물어봤던 가게 말이야."

"사과 파이? 아아, 기억나. 아렐과 마주쳤던 그 식당 말이지? 어릴 때 먹었던 사과 파이랑 똑같은 맛이어서 내가 레시피를 물어봤었지."

고개를 끄덕인 시벨리우스가 반가운 얼굴로 웃었다. 추억을 공유하는 걸 기뻐하는 모습이었지만 지금부터 이어질 이야기를 생각하니 따라 웃을 수가 없었다. 대신 한 번 더 심호흡했다.

"그 사과 파이가 왜 어릴 때 먹은 것과 같은 맛이 났는지 알아?"
"응? 왜라니?"
"실은 그때 우리가 만난 유니콘은 아렐만이 아니었어. 그 식당의 사장님도 유니콘이었어."
"뭐?"
그제야 시벨리우스의 얼굴에서 웃음기가 가셨다. 그가 당황한 표정으로 나를 바라봤다.
"그럴 리가. 나는 모르는 사람이었어. 설령 정체를 감췄어도 유니콘이었다면 내가 알아봤을 거야."
"아마 평범한 유니콘이 아니어서 그랬을지도 몰라. 그 사람은, 스스로 힘을 버렸거든."
"그게 무슨……."
어리둥절해하던 얼굴에서 서서히 표정이 지워졌다. 스스로 힘을 버렸다는 말에서 떠올린 사람이 있는 듯했다.
"설마."
신음을 삼키듯 중얼거리는 것에 천천히 고개를 끄덕였다. 다시금 숨을 삼킨 시벨리우스가 한 손으로 입을 가렸다. 혼란스러운 표정이 역력한 얼굴을 보며 재차 고백을 이어갔다.
"그 사람은 널 알아봤었어."
"……."
"당시에 알려줄까 말까 고민했는데, 끝내 말하지 못했어. 그가 원하지 않기도 했지만, 내가 그를 위해서 알리지 말아야겠다고 생각했어. 물론 미래를 바꾸지 않으려던 것도 있어. 미안해."

시벨리우스는 한동안 아무 말도 하지 않았다. 무슨 말을 해야 할지 갈피를 잡지 못하는 얼굴이었다. 계속 입가를 만지작거리기만 하다 한참 만에야 겨우 입을 열었다.

"그렇구나. 그 사람이……."

"나 욕해도 돼."

"아니, 엘. 아니야."

쓴웃음을 지은 시벨리우스가 고개를 저었다.

"잘했어. 네 판단이 옳았어. 거기서 네가 사실을 알려줬으면 미래가 어떻게 틀어질지 모르는 거잖아. 그리고 난 평생 날 버리고 떠난 형님을 원망하며 살아왔었어. 아마 그때 알았다면 지금처럼 담담하게 받아들일 수 없었을 거야. 분명 그에게 온갖 모진 말을 다 퍼부었겠지. 내가 모르고 있어서, 덕분에 그러지 않아서 다행이야."

그랬다면 그게 더 괴로웠을 거라고, 낮게 말하는 그는 진심으로 안도한 얼굴이었다.

"형님에 관해선 아무것도 기억하는 게 없었는데. 이제 추억할 수 있는 기억이 생겼네. 고마워, 엘. 그날을 좋았던 날로만 남을 수 있게 지켜줘서."

탁자에 마주 보고 앉아 웃으며 대화하던 형제의 모습이 떠올랐다. 시벨리우스가 레시피를 받아 적으며 이것저것 물을 때마다 리글레오는 기뻐 보였다. 동생이 말하는 모습에서 시선을 떼지 못했다. 이 순간을 잊지 않도록 눈에 새기는 것 같았다. 시벨리우스는 그 시선을 몰랐던 것 같지만.

“그 사람이 너한테 남긴 말이 있어.”

멈칫한 시벨리우스가 이채 어린 눈으로 나를 응시했다. 기대감인지 두려움인지 알 수 없는 표정을 보며 조심스럽게 입을 열었다.

“형은 널 아주 많이 사랑한다고. 그렇게 전해 달라고 했어.”

깊은 숨소리가 들렸다. 조금 크게 떠진 눈동자에 이내 물기가 감돌았다. 그 상태에서 시벨리우스는 허탈한 듯이 웃었다.

“정말 끝까지 너무한 사람이야. 이러면 정말로 원망할 수가 없잖아.”

불만스럽게 투덜거리긴 하지만 탓하는 얼굴은 아니었다. 그리움과 후회, 아쉬움. 한꺼번에 떠오른 수많은 감정을 꾸역꾸역 삼켜낸 그가 다시금 숨을 크게 한 번 토해냈다. 그래도 어느 정도 생각이 정리됐는지 다음에 고개를 들었을 땐 한층 홀가분해 보였다.

“엘, 실은 나도 너한테 보여줄 게 있어.”

“보여줄 거?”

다음 순간 눈앞에서 그의 모습이 변해 갔다. 피부색이 희어지면서 귀의 형태가 동그래졌다. 반대로 은발은 짙은 색으로 물들어가기 시작했다. 가을 느낌이 물씬 나는 깨끗한 갈색이었다. 파랗던 눈동자도 녹색으로 변했다. 언젠가의 아셀을 떠올리게 하는, 그리고 리글레오가 지니고 있던 것과 똑같은 색깔이었다.

그의 은발과 벽안은 룬의 상징이었다. 그래서 인간의 모습이 될 때도 색은 변하지 않았었다. 당황하고 있으니 시벨리우스가 알아 볼 줄 알았다며 웃었다.

"이렇게 된 지 꽤 됐어."

"……뭐가 어떻게 된 거야?"

이어진 설명은 놀라웠다. 앞으로 룬의 혈통을 이어가는 문제를 두고 루세프가 그에게 결정할 권한을 줬다는 모양이다. 그에 시벨리우스는 아예 룬 자체를 없애는 쪽을 택했다고. "그래서 이제 나도 룬이 아니야." 머쓱하게 웃는 그는 오랜 멍에를 내려놓은 것처럼 후련한 얼굴이었다.

"큰 결심을 했네. 룬의 힘을 각성했으니 더 어려운 결정이었을 텐데."

"복수심이 전혀 없었다고는 못하겠어. 다들 그렇게 룬에 집착했으니 아예 사라져버리면 통쾌할 거 같았거든. 좀 유치하지?"

"아니, 전혀."

시벨리우스라면 그런 결정을 내릴 자격이 충분했다. 그 외의 어떤 이도 이에 대해 감히 왈가왈부할 수 없었다. 단호히 답한 말에 시벨리우스의 표정도 한층 밝아졌다.

"그 머리 색도 잘 어울린다."

"정말? 다행이다. 실은 아직도 어색해서 계속 주술을 걸어두고 있었거든."

"아냐, 정말 잘 어울려."

거듭 멋지다고 하니 시벨리우스는 앞으론 이렇게 다녀야겠다며 흐뭇해했다. 나도 좋은 생각이라고 동조했다.

"힘든 시간을 보냈으니까 이제 좋은 일들만 있었으면 좋겠어."

"그럴 거야, 엘. 같이 즐거운 추억을 잔뜩 쌓자. 나중에 다시 돌이켜도 아무것도 후회할 게 없도록. 그래서 그땐 참 즐거웠다고만 생각할 수 있도록 말이야."

"응, 다시 한번 잘 부탁해, 시벨."

"나도. 잘 부탁해, 엘."

악수를 나눈 후에 마주 보고 웃었다. 무엇이 시작이고 끝인지도 알 수 없던, 엇갈리던 시간이 이제야 한 자리로 모였다. 이제부터가 진짜 시작이었다.

그래서 그 뒤로 어떻게 됐냐면—.

"전 엘이 그렇게 말하길래 한 몇십 년은 같이 여행이라도 다니실 줄 알았습니다만."

엎어진 채로 물속을 둥둥 떠다니고 있는 나를 향해 미네가 말했다. 처음엔 그러려니 하더니 벌써 이틀째 이러고 있자 측은해하는 시선이었다.

"고작 2년 만에 그만두신 건 너무 짧은 거 아닙니까?"

그 말대로였다. 시벨리우스와 함께 세계 여행을 시작하긴 했는데 다 돌아보지도 못하고 돌아왔다. 그렇게 심심해할 거면 왜 그만뒀냐는 시선에 한숨을 푹푹 내쉬었다.

"나도 원랜 더 같이 놀고 싶었지."

"그런데요?"

"아스가 너무 서운해해서 말이야. 마왕인데 우리랑 같이 다닌다고 아크아돈에 눌러앉아서 마계에 돌아갈 생각을 안 하잖아. 마계는 지금이 가장 바쁜 시기인데."

"아, 그런 문제였군요."

"오죽하면 데르온이 혈서까지 보냈다니까? 그거 들고 온 마족이 얼마나 벌벌 떨던지. 차마 불쌍해서 안 되겠더라고. 그래서 그냥 시벨이랑 같이 보내버렸지, 뭐."

곧 죽어도 혼자선 안 돌아간다고 우겨대서 어쩔 수가 없었다. 소중하고 귀여운 대자이지만 이번엔 정말 얄미웠다. 쥐어 박고 싶다는 얼굴로 이를 갈던 시벨리우스도 어쩔 수 없이 체념했다. 어느 정도 바쁜 상황만 정리되면 다시 다 같이 놀자고 기약하긴 했는데, 그게 몇 년 후가 될지는 알 수 없는 일이었다.

그 사이에 이프리트와 트로웰은 유희를 시작했다. 이프리트는 귀족으로 지내는 중이고, 트로웰은 정보상을 운영하는 중이라고 했다. 둘 다 바빠 보여서 놀아달라고 조를 수가 없었다. 덕분에 미네만 붙들고 늘어져 있으니 그의 한숨 소리가 나날이 커지는 중이었다.

"미네, 나 심심해."

"계약자에게 가보시는 건 어떠십니까?"

"그건 싫어. 라미아스는 날 보면 자꾸 이상한 숨소리를 낸단 말이야."

"그건 확실히 싫겠군요. 그럼 다른 드래곤에게 놀러 가시는 건요? 디아곤과도 안면이 있는 사이잖습니까?"

"그렇긴 한데, 여기선 한 번밖에 안 본 사이라 좀 어색해. 그리고 디아곤이 지금 놀 기분이 아닐 거야."

"아, 그렇겠군요. 그 후로도 쭉 여전한 겁니까?"

미네의 말에 고개를 끄덕였다. 얼마 전 란타샤의 레어에서 작은 지진이 일어났다. 자연 현상이 아니라 잠들어 있는 란타샤의 신체에 변화가 생겼기 때문이었다. 그게 깨어나려는 징후인지, 아니면 영원한 잠으로 들어서는 건지 아직 알 수가 없어 디아곤이 이만저만 걱정하는 게 아니라고 들었다.

"어쨌든 자꾸 저 부르지 마시고 나가서 아무나와 노십시오. 슬슬 귀찮습니다."

"너무해."

야박한 말에 축 늘어졌지만 미네는 아랑곳하지 않았다. 그래도 정말 귀찮았으면 벌써 돌아갔을 텐데 계속 곁에 있어 주는 걸 보면 진심은 아니었다. 괜히 혼자 실실거리다 고요히 앉아 있는 미네를 다시 돌아보았다.

"근데 미네는 유희 안 해?"

"음, 저는 기다리고 있습니다."

"뭐를?"

“인간이 저를 소환해 주기를요.”

이건 또 의외의 대답이었다. 물결에 늘어트리고 있던 몸을 일으켜 똑바로 앉았다.

“인간과 계약하고 싶은 거야?”

“네, 실은 엘이 부러웠거든요.”

“어? 나?”

“유희는 말 그대로 유희라서 연극을 하는 기분에 더 가깝잖습니까? 그 안에서 보이는 모든 것은 진짜 제가 아니죠. 그에 비해 같은 유희라도 인간과 계약해서 그 삶에 섞이게 되는 건 조금 다른 느낌인 것 같습니다.”

달을 닮은 은백색 눈동자가 잔잔한 빛을 머금고 나를 응시해 왔다.

“한 사람의 인생에 관여하고, 그와 함께 울고 웃고, 슬퍼하고 좌절하고, 그리워하면서 또 희망을 찾는. 그 모든 것들이 다 아름답게 보였습니다. 다른 세계에 속한 존재와도 진정한 교감을 이룰 수 있구나 싶었죠. 물론 엘이 특별한 상황이었던 덕분도 있겠지만, 저도 그런 감정들을 겪어보고 싶습니다.”

“으음, 그렇게 말하니 뭔가 거창해 보이네.”

“거창한 거 맞습니다. 흔히 할 수 있는 경험은 아닌걸요.”

부정할 수 없는 말이라 멋쩍게 웃었다. 최근 몇 년간의 여행으로 더 실감했다. 이사나와 다닐 때나 내가 인간이 되었을 땐 전혀 몰랐는데, 셋이서만 다녀보니 느낌이 전혀 달랐다. 일단 다들 이 세계에 적을 두고 있지 않아서 그런지 한 발짝 떨어져 관람하는 기분이 더 강했다. 심지어 신기할 정도로 우리에게 접근하는 사람도 없었다. 인간일 때는 툭하면 여기저기 휘말렸던 것과 대조적이었다.

똑같이 다니는 데도 이런 차이가 벌어질 줄은 몰랐다. 아마 유희를 해도 이런 상태를 크게 벗어나진 않을 것 같다. 실제로 속해 있는 세상이 달라서 그럴 거다. 그러다 인간과 계약하면 그의 운명에 섞여들게 되어 같이 영향을 받는 게 아닌가 싶었다. 여행할 때 현지인과 어울리게 되면 그 나라의 더 다양하고 깊은 모습을 알게 되는 것처럼 말이다.

"아, 그렇게 말하니 나도 인간과 계약하고 싶다. 누가 또 소환해 주지 않으려나."

벌렁 드러누우며 중얼거리니 미네가 동정의 시선을 보내왔다. 그래, 나도 안다. 이게 말도 안 되는 생각이라는 거. 이사나만 해도 엄청난 요행이 있었던 건데, 그런 기적이 또 일어날 리가 없었다.

"인간은 둘째치고 드래곤이라도 소환해 줬음 좋겠어. 계약자가 한 명밖에 안 되는 건 좀 그렇지 않아?"

"아직도 다들 장로의 눈치를 봅니까?"

"그렇다니까. 라미아스는 아니라고 우기는데 내가 보기엔 분명 협박했어. 대체 왜 나한테만 이런 일이 생기지?"

"힘내십시오. 언젠간 용기 있는 누군가가 소환할 겁니다."

"그러니까 그게 언제냐고."

드래곤은 나이 먹을수록 강해지는데 라미아스가 최연장자다. 심지어 건강 관리도 아주 잘해 와서 앞으로도 몇천 년은 더 거뜬히 살 것 같다고 했다. 계약자 복이 없어도 이렇게 없을 수가 있나. 애먼 허공만 노려보며 투덜거리고 있을 때였다. 잠시 말이 없던 미네가 나를 콕콕 찔렀다.

"엘, 실례지만 확인해 보셔야 할 거 같습니다."

"뭘?"

"저 앞에 떠오르고 있는 거, 소환 마법진 아닙니까?"

"어? 뭐라고?"

당황해서 벌떡 몸을 일으켰다. 뭘 말하는 건지는 물어볼 필요도 없었다. 바로 정면에서 보였으니까. 새하얀 물거품과 함께 물속에서 파문을 그리며 등장하는 화려한 황금빛의 문양들.

<물의 왕이여, 부름에 응답하소서>

그리고 나를 부르는 음성까지.

도저히 믿기지 않아 숨을 꿀꺽 삼켰다. 틀림없었다. 소환진이었다.

"헐, 누구지? 누가 이런 기특한 짓을?"

"글쎄요. 어쨌든 엘이 바라던 대로 된 것 같군요. 어서 가보십시오. 누군지는 몰라도 저 용기 있는 드래곤에게 축복이라도 해주셔야 할 것 아닙니까?"

"어어, 알았어! 미네, 다녀올게!"

"좋은 결과 있으시길."

손을 흔드는 미네를 일별하고 곧바로 소환진에 몸을 실었다. 라미아스한테 들키기 전에 얼른 만나서 계약해야겠다는 생각뿐이었다.

그렇게 도착한 곳은 울창한 숲에 둘러싸인 작은 호수 위였다. 그런데 나무들의 형태가 평범한 숲과는 조금 달랐다. 비정상적으로 느껴질 만큼 거대하고 큰 줄기, 가지들은 접시처럼 넓게 펼쳐져 있었는데 그 위에 나무줄기로 엮어 지은 듯한 집들이 한두 개씩 얹혀 있었다. 마치 거꾸로 자란 나무에 열매가 맺힌 것 같은 모습이었다.

거대한 나무들은 내가 서 있는 호수를 중심으로 둥글게 늘어져 있었다. 나무들 사이엔 줄다리를 놓아 서로 오갈 수 있게 해두었다. 내가 알기로 이런 가옥 구조는 노멀 엘프라 불리는 숲 엘프들의 특징이었다. 즉, 엘프 마을에서 나를 소환했다는 소리였다.

'왜 이런 곳에서?'

소환 장소야 아무래도 상관없지만 조금 당황스럽긴 했다. 심지어 구경이라도 나왔는지 호수 앞에 엘프들이 잔뜩 몰려 있었다. 다들 놀라서 얼이 빠진 얼굴들이었다.

"어떻게 이런 일이……."

"세상에, 크레아시여."

사방에서 앓는 듯한 신음 소리가 들려왔다. 소환 장소가 좀 생뚱맞기는 하지만 엘프의 창조신까지 찾을 일인가. 그래도 여기까진 그러려니 했다. 정령왕을 처음 봤으면 놀랄 수도 있지. 문제는 그 다음이었다.

"저주다! 신의 저주다!"

엥?

"우리 일족에 저주가 임한 거야!"

누군가 발악적으로 외친 말에 주변의 공기가 크게 요동쳤다. 혼란과 공포에 질린 표정들을 보며 잠시 할 말을 잃었다. 이거 지금 나보고 한 말인 거 맞지?

"……시비를 거는 방식이 참 참신하네."

아닌 밤중에 홍두깨도 유분수지, 내가 뭘 했다고 이런 반응이실까? 하물며 정령왕을 저주 취급하다니 참 용감하기도 해라. 삐딱하게 웃으니 그제야 엘프들도 자신들이 무슨 짓을 저지른 건지 깨달은 것 같았다. 그렇지 않아도 안색이 좋지 않던 얼굴들이 더 핼쑥해졌다. 그때 웃음기를 머금은 목소리가 들려왔다.

"그렇게 인상 쓰지 마. 너한테 하는 말 아니니까."

"뭐?"

돌아보니 얼어 있는 엘프들 사이로 태연하게 웃고 있는 엘프 하나가 보였다. 이제 갓 성년은 되었을까. 새순을 닮은 연두색 머리카락에 민들레 꽃 같은 눈동자가 봄처럼 따스한 느낌을 주는 외모였다. 하지만 내가 눈여겨본 것은 다른 부분이었다. 내 발밑에 펼쳐져 있는 소환진의 기운이 그와 연결되어 있었다. 즉, 그가 날 소환했다는 뜻이었다.

"뭐지? 엘프로 유희 중인 드래곤?"

무심코 중얼거린 말에 연두색 엘프가 생긋 웃었다.

"아니, 그냥 엘프인데."

"……농담이겠지."

"진담이라면?"

말도 안 되는 소리였다. 적어도 일반적인 상식으로는 그렇다. 엘프는 정령과 상성이 좋은 편이지만 절대로 정령왕을 소환하지 못한다. 그들의 조화의 일족이기 때문이다. 만물의 이치에 따르며 세상의 균형과 순리를 지키는 종족. 그렇기에 결코 기적을 일으킬 수는 없는 종족. 누구나 다 알고 있는 엘프의 가장 기본적인 특성이었다. 그런데 지금 그 엘프가 나를 소환했다고?

누구를 바보로 아느냐고 헛웃음을 지으려 했다. 그런데 주변의 반응들이 아무래도 마음에 걸렸다. 보통 저주받았다고 여기는 것엔 그만한 이유가 있는 법이지 않나? 가령 일어나선 안 되는 일이 일어났다거나, 같은.

"헐. 설마. 정말로?"

"보면 알잖아. 근데 계약 안 해? 아무리 나라도 여기서 더 소환 상태를 유지하는 것은 무린데."

"아참, 그렇지."

"훗, 여전하구만."

"뭐?"

날 언제 봤다고 여전하대? 황당해서 바라보자 눈이 마주친 엘프가 웃으며 고개를 갸웃했다. 왜 그러냐고 묻는 얼굴이었다. 내가 잘못 들었나? 아닌데, 분명 여전하다고 했는데. 찜찜한 기분을 삼키며 일단 계약서를 펼쳐 들었다.

"정말 엘프야?"

"그렇다니까."

"계약 의사는 굳이 확인하지 않아도 될 것 같고. 이름은?"

"노엘?"

자기 이름 아닌가? 왜 의문문이야?

귀신에 홀린 것도 아닌데 아까부터 이해가 되는 부분이 하나도 없었다. 이 와중에도 무의식은 착실히 계약 절차에 따라 그의 이마에 문장을 새기고 있었다. 반듯한 이마에 새겨진 눈꽃 결정 문양을 보고 나니 그제야 퍼뜩 정신이 들었다.

"앗, 근데 이거 계약하면 안 되는 거 아니야?"

"이미 해놓고서 무슨 소리야?"

"하지만 엘프인데!"

"후회해도 소용없어. 이미 늦었걸랑."

이마에 새겨진 물의 인장을 내보이며 연두색 엘프, 아니 노엘이 싱긋 웃었다. 나도 싱긋 웃었다. 네가 아직 계약파기를 할 수 있다는 걸 모르는구나. 정령왕과의 계약에선 무조건 정령 쪽이 갑이란다.

"물의 왕이여, 지금 큰 실수를 하셨소이다."

하지만 그 말을 하기도 전에 다른 목소리가 끼어들었다. 돌아보니 엘프들 사이에서 한 여자가 걸어 나오고 있었다. 복장이나 분위기나 지도자 계급으로 보이는 사람이었다. 다른 엘프들처럼 그녀 또한 얼굴이 창백했다.

"노엘! 네가 기어코!"

부릅뜬 눈으로 노엘을 노려본 여자가 날카롭게 소리쳤다.

"주어진 순리를 어기고 균형을 깨트리다니! 네놈이 드디어 미쳤구나! 네가 기어코 우리 일족을 파멸시키려는 거야!"

꿈에서라도 나올까 걱정될 만큼 섬뜩한 목소리였다. 하지만 노엘은 간지럽다는 듯이 귀를 후비기만 했다.

"거참 답답한 소리를 하네. 재앙이 태어났으면 그것 또한 순리 아니겠어? 왜 입에 단 것만 삼키려고 해."

"뭐, 뭐라고!"

"화내지 마. 혈압은 만병의 근원이야. 이제 젊지도 않은데 나이도 생각해야지."

"네 이놈!"

대체 뭐가 어떻게 돌아가는 건지 전혀 모르겠다. 이게 대체 무슨 상황인 거야?

"가자, 엘."

"어? 응?"

다음 순간 장난스럽게 웃은 노엘이 내 팔을 잡아끌었다. 당기는 힘을 따라 얼결에 뛰기 시작했다. 돌발 상황에 뒤쪽에서 엘프들이 당황하는 것이 느껴졌다.

"쏴, 쏴라!"

처음엔 당황해서 아무 말이나 내뱉는 거겠거니 했다. 그런데 정말로 곧 화살이 날아들었다. 반사적으로 손을 뻗어 노엘의 등에 꽂히려는 화살을 쳐냈다. 뭐야, 진짜 활을 쏜다고? 동족이잖아. 심지어 나랑 계약하는 걸 눈앞에서 봤는데?

어이가 없어서 돌아보니 활을 쏜 걸로 보이는 엘프가 딸꾹질했다. 다른 엘프들도 공격을 멈추고 굳었다. 지도자로 보이는 엘프는 더욱 악에 받친 얼굴이었다.

"물의 왕이여! 우리를 막지 마십시오! 그건 혼돈과 재앙의 씨앗입니다! 태어나서는 안 되는 더러운 것이 육신을 입었습니다! 정령왕인 당신이 그걸 보호해선 안 됩니다!"

"대체……."

"그걸 저희에게 넘겨 주십시오! 그걸 거두면 당신도 분명히 후회할 겁니다!"

돌아보니 노엘이 어깨를 으쓱였다. 마음대로 하라는 듯 결정을 넘기는 태도에 괜히 이상한 오기가 솟았다.

"계약자를 넘기라니, 우습지도 않은 말을 하네. 내가 지금 가만히 있으니까 만만해?"

"그, 그런 게 아니라!"

"너희야말로 한 번만 더 내 계약자 공격하면 가만 안 둔다. 진짜 재앙이 뭔지 알게 될 거야. 마을이 통째로 수몰되는 걸 볼 게 아니라면 내가 봐주고 있을 때 적당히 해."

말로만 하면 못 알아들을 게 뻔해서 물을 움직여 엘프들이 들고 있던 활을 전부 부쉈다. 순식간에 무기를 잃은 엘프들은 숨소리조차 내지 못하고 그대로 얼어붙었다. 덕분에 사방이 고요해진 걸 확인한 후 노엘을 돌아보았다.

"자, 가자."

부담스러울 정도로 반짝거리는 눈으로 나를 바라보던 노엘이 기쁘게 웃으며 고개를 끄덕였다. 그를 붙잡고 하늘로 훌쩍 뛰어올랐다. 빠르게 멀어지는 엘프들 사이에서 발악하는 소리가 울려 퍼졌다.

"후회하실 겁니다! 후회하실 거라고요!"

마지막까지 참 집요한 엘프였다.

"와, 진짜 멋있었어, 엘! 완전 반했어!"

쫓아오지 못할 만큼 멀어진 후에 지상에 내려주니 노엘은 한참 웃음을 터트렸다. 십 년 묵은 체증이 내려가기라도 한 것처럼 통쾌한 얼굴이었다. 반대로 나는 심란해졌다. 일단 사고를 치긴 했는데 엘프랑 계약하는 건 정말 초유의 사태다 보니 이래도 되는 건지 모르겠다. 게다가 이 엘프는 언제 봤다고 내 애칭을 막 부르지? 애칭을 가르쳐 주지도 않았는데. 그냥 맘대로 남의 이름을 줄여 부르는 편인가?

"왜 그런 얼굴이야? 이미 저지른 거 말끔히 포기해."

"이게 그렇게 가벼운 상황이 아니거든……."

"쯧쯧, 모르는 소리. 모름지기 상황이란 마음 먹기에 따라 무겁게 보이기도 하고 가볍기도 한 법이지. 네가 별거 아니라고 생각하면 별거 아닌 거야. 정령왕이 남한테 휘둘리고 그러면 쓰나. 이왕 멋있게 나간 김에 끝까지 멋지게 갑시다. 응?"

지금 날 제일 많이 휘두르는 건 너거든?

얜 내가 정령왕인 건 알고 있는 거지? 왜 이렇게 스스럼이 없어? 게다가 기분 탓인가? 대화하면 할수록 기시감이 든다. 예전에도 이런 식으로 말하는 사람이 있었다. 명령이 익숙하고 낙천적이면서도, 아무 생각 없어 보이는 이 말투는 마치…….

"카노스 같아."

"어라, 눈치챘어?"

"……."

아니, 잠깐만요. 지금 뭐라고요?

바라보던 자세 그대로 몸이 굳었다. 반사적으로 대답한 거였는지 그도 놀란 눈을 한 채 한 손으로 입을 가리고 있었다. 하지만 이미 들어버린 말을 그냥 넘길 수는 없었다. 잘못 들은 것도 아니었다.

"……카노스?"

"어, 음, 그게……."

"카노스으!?"

딴청을 피우듯 잠시 시선을 굴리던 그가 이내 멋쩍은 표정을 지었다. 나를 돌아보는 금색 눈동자가 부드럽게 휘어졌다.

"오랜만이다, 엘뤼엔의 아들."

다리에 힘이 풀려서 그대로 주저앉았다. 멍청하게 올려다보는 나를 보며 그는 조금 난감한 듯이 웃었다. 저런 식으로 웃는 얼굴을 알고 있었다. 아아, 카노스다. 정말 카노스였다.

"어, 어떻게 된 거예요, 카노스? 이게 대체 무슨 일이에요. 왜 당신이……?"

소멸 후 카노스의 혼은 곧바로 환생의 궤도를 탔다고 들었다. 아크아돈에서 태어난 것이며 엘프가 된 건 좀 의외지만, 그럴 수 있었다. 그런데 왜 그가 기억을 갖고 있는 거지? 게다가 엘프들은 왜 이렇게 그에게 적대적이었던 건데? 재앙의 씨앗이라는 건 무슨 말이야.

"으음, 그건 말이지."

진지해진 목소리에 나도 모르게 숨을 삼켰다.

"나도 몰라."

"……."

"냐하하~ 농담, 농담이고. 음, 아무래도 주신의 은총이 아닐까 싶은데. 내가 신으로 살았을 때 좀 이쁜 짓을 많이 했어야지. 그래서 특별히 이렇게 태어나게 해주신 게 아닐까?"

"……조화를 파괴하는 엘프로요?"

엘프 주제에 기적을 일으키는 은총 말입니까? 그 때문에 저주받은 아이로 오해받고 쫓기듯이 도망친 건 부가 옵션인가 보죠? 그것참 감사하시겠습니다? 수많은 의미를 담아 가만히 바라보니 본인도 무리수를 뒀다는 건 알았는지 어설프게 웃어넘겼다.

"냐하하~ 그래도 멋지잖아. 정령왕을 소환한 최초의 엘프! 두근두근하지 않아?"

"두근두근은 무슨……."

"아, 근데 정말 쉽지 않네. 어떻게 날 바로 알아봤지? 이렇게 금방 정체가 들킬 줄은 몰랐는걸? 제법이야. 눈치가 빨라졌어."

"거짓말 마요. 숨길 마음 처음부터 없었잖아."

그게 어딜 봐서 들킬 줄 모르는 태도였어? 누가 봐도 대놓고 카노스처럼 굴었구만.

"이거 봐. 역시 눈치가 빨라졌다니까."

"아니, 근데 잠깐만요. 지금 이런 농담이나 하고 있을 때가……."

"자자, 투덜거리는 건 이제 그만. 어쨌든 나와 계약했으니 넌 당분간 내 거다!"

당당한 선언에 잠시 할 말을 잃었다.

"누구 맘대로요?"

"그야 내 맘대로지. 어때? 기쁘지? 행복하지? 영광스럽지? 그래, 그럴 줄 알았어. 잠시 시간을 줄 테니 나와 함께하는 행운을 누리게 된 것에 충분히 감동하도록 해."

"……."

"왜 아무 말이 없어? 역시 실감이 나지 않는 건가? 하긴, 날 모실 기회가 얼마나 있겠어. 너무 기쁘면 울어도 돼. 그 정도는 특별히 봐줄게."

……나 그냥 계약 해지하면 안 될까?

아무래도 아까 그 엘프가 선견지명이 있었던 모양이다. 벌써 후회가 되려고 한다. 무시하지 말고 말이라도 끝까지 들어볼걸. 카노스인 걸 몰랐을 때 발을 뺐어야 했던 게 아닐까.

"그런 의미에서 너한테 할 말이 있어."

"뭐, 뭔데요?"

"나 용돈 좀."

"……."

"보다시피 내가 마을을 나왔잖아? 지금 땡전 한 푼도 없는 알거지거든. 당장 오늘 저녁부터 굶어야 해. 너무 슬픈 일이지? 그러니까 뭐 좀 사 먹게 돈 좀 줘. 나 고기 먹고 싶어."

"아니, 지금 숲 엘프잖아요? 무슨 고기를……."

"숲 엘프가 채식만 한다는 건 편견이거든? 그 말도 안 되는 편견 때문에 내가 여기서 태어난 이래 주야장천 식물만 먹었다고! 얼마나 괴로웠는지 알아?"

그쯤 되면 편견이 아니라 사실이잖아!

"아버지 친구이자 선배한테 이렇게 야박하게 굴기야?"

"지금 그런 문제가 아니잖아요!"

"참나! 그렇게 나온다 이거지! 흐흐흑! 주신이시여, 이럴 수가 있습니까? 큰맘 먹고 희생해서 세상을 구했더니, 친구의 아들이자 제 후배 되는 녀석이 글쎄, 이제는 모든 것을 다 잃고 알거지가 된 아버지의 친구이자 선배 되는 저한테 고기 하나 못 사주겠다고……."

"아, 알았어요! 가요! 갑시다! 고기 먹으러 가면 되잖아요!"

"아주 잘 생각했어."

언제 우는 시늉을 했냐는 듯 해맑게 웃는 얼굴을 보며 치미는 한숨을 삼켰다. 정령은 혈압도 없는데 왜 이렇게 뒷골이 당기는 것 같지? 아니, 그러고 보니 같이 다니는 건 이미 기정사실이 된 건가. 기가 막혀서 탄식했다가 허탈하게 웃었다. 하긴 그래, 내가 또 언제 엘프와 계약을 다 해보겠어. 그게 카노스라는 게 좀 마음에 걸리긴 하지만.

아니, 솔직해지자. 카노스니까 괜찮은 거겠지. 그래, 인정할 건 인정해야 한다. 아까부터 입꼬리가 올라가는 걸 참을 수가 없었다. 아직 뭐가 어떻게 된 건지 모르겠지만. 이래도 되는 건지조차 알 수 없지만. 그래도 이렇게 만난 것만은 기뻤다. 다른 복잡한 생각은 얼마든지 뒤로 미룰 수 있을 만큼.

'뭐, 이것도 나름대로 해피 엔딩이라면 해피 엔딩인가.'

언젠가 인연이 닿으면 다시 보자고 했던 그의 인사가 떠올랐다. 당시엔 아프기만 했던 말이었는데 설마 정말로 그렇게 될 줄은 몰랐다. 그때 이미 그는 알고 있었던 걸까. 반드시 마주치게 된다는 깊은 운명의 고리. 그 안에 우리도 들어 있었다고.

"아참, 나랑 만난 건 엘뤼엔한텐 비밀이야."

"네? 왜요?"

"부려먹으려 들 게 뻔하잖아. 난 이제야 겨우 마신에서 해방돼서 진정한 자유를 만끽하고 있다고. 알았지? 절대 비밀이다."

"하하하, 그럴게요."

당장 가서 말해야지.

답과는 따로 노는 생각을 정리하며 속으로 음산하게 웃었다.

오늘따라 날씨가 무척 좋았다. 그리운 인연과 재회할 만한, 무엇이든 시작하기 좋은 날씨였다. 구름 한 점 없이 새파란 하늘을 보며 한껏 기지개를 켰다. 이번에도 역시 멋진 모험이 될 것 같았다.

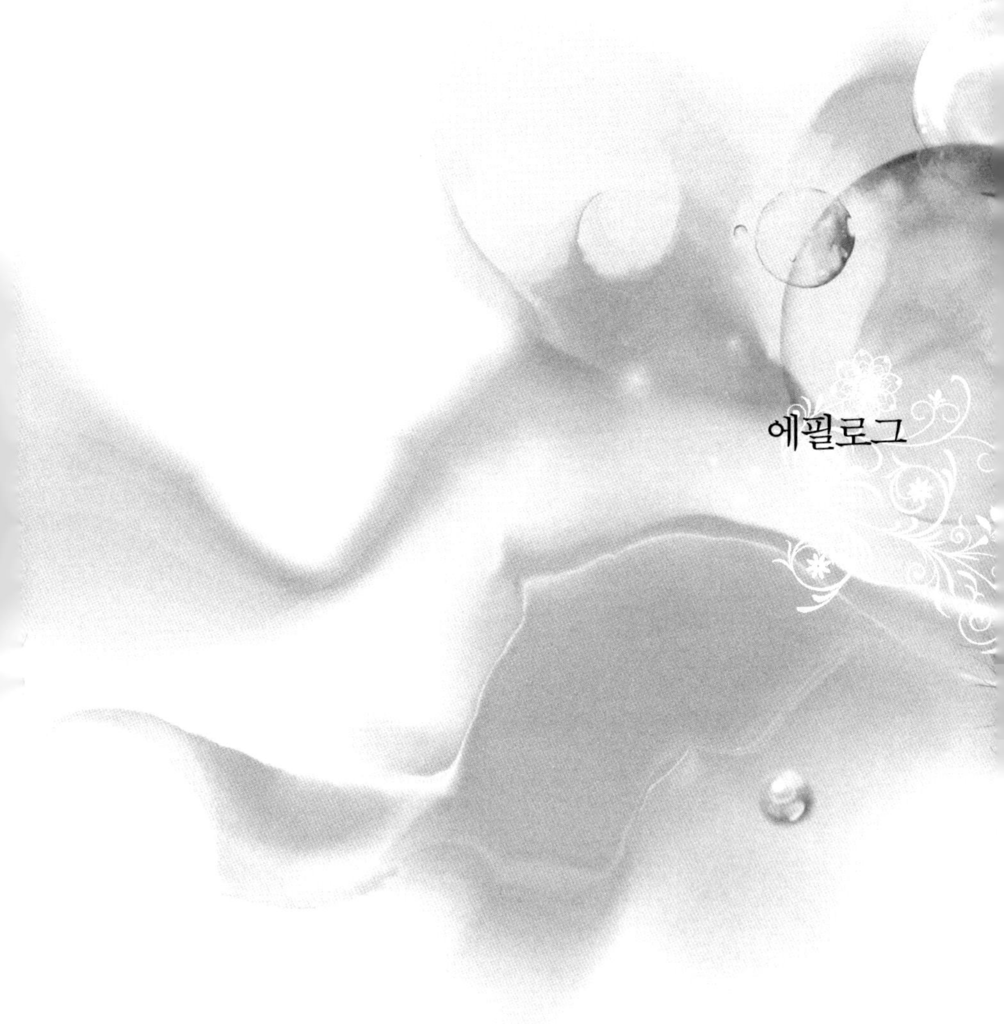

에필로그

안녕하세요! 제 이름은 강지훈입니다. 나이는 여섯 살이고요, 남자아이예요. 앗! 이름을 들으면 남자앤지 다 아실 거라고요? 전 바보라서 그런 것도 몰랐어요. 정말 죄송해요. 이래서 엄마 아빠가 저를 미워하시나 봐요.

우리 엄마 아빠는 제가 세상에서 가장 싫대요. 너무 바보 같고 멍청하고, 왜 낳았는지 모르겠대요. 그래서 똑똑해지려고 노력하는데도 그게 잘되지 않아요. 형들이 그러는데, 그건 제가 구제불능이라 그런 거래요. 구제불능이 무슨 뜻인지 물어봤는데 안 가르쳐줬어요. 그런 것도 모르냐고 하는 걸 보니까 제가 정말 바보이긴 한 가봐요.

저는 지금 굉장히 바쁜 상태예요. 심부름을 나왔는데요. 엄마가 7시까지 돌아오라고 했는데 늦어버렸거든요. 그래도 다행인 건 아직 아빠가 퇴근을 아직 안 하셨다는 거예요. 아빠가 없으면 적어도 맞지는 않을 거예요.

"강지훈, 너 이 자식! 당장 이리 안 와?"

앗, 큰일이다. 아빠가 벌써 오셨나 봐요. 골목길 앞에 서 있는 아빠가 보여요. 아빠는 화난 표정을 짓고 있어요. 동화책에서 봤던 무서운 도깨비랑 똑같은 표정이에요.

"아, 아빠……."

저도 모르게 입을 열었다가 아차 싶었어요. 아빠는 제가 아빠라고 부르는 걸 싫어하거든요. 이제 클 만큼 컸으니 아버지라고 불러야 한댔어요. 하지만 형들은 저보다 나이가 더 많은데도 아빠라고 부르는걸요? 그래도 아빠가 형들에게 화내신 적은 한 번도 없었어요. 그런데 왜 제가 아빠라고 부르는 건 안 될까요? 그래도 작은 목소리로 말해서 아빠는 듣지 못한 것 같아요. 정말 다행이에요. 아빠가 화난 상태라는 건 변하지 않지만요.

"지금이 몇 시야! 어? 7시까지 들어오라고 했어, 안 했어!"

다그치는 목소리에 자꾸 눈물이 날 것 같아요. 대답할 때마다 아빠는 더 화를 내지만, 대답을 안 해도 화를 내니까 어쩔 수 없어요.

"똑바로 서지 못해!"

머리를 칠 때마다 몸이 자꾸 휘청거리니까 아빠는 짜증을 냈어요. 지나가던 아저씨들이 뭐라고 핀잔하는 소리를 던졌어요. 그러지 않았으면 좋겠어요. 그러면 아빠는 더 화가 나거든요.

“너 당장 따라와! 오늘 아주 버르장머리를 단단히 고쳐둘 거야!”

아아 역시 매를 드시려나 봐요. 아빠가 내 뒷덜미를 붙잡고 끌어가기 시작했어요. 걷는 속도를 따라갈 수가 없어서 자꾸만 목이 졸리는데 아빠는 그걸 전혀 모르는 것 같아요. 제대로 걸으라고 화만 내세요. 그런데 아빠가 갑자기 멈춰서더니 저를 놓아줬어요.

당황해서 돌아보자마자 더 놀랐어요. 처음 보는 형들이 서 있었거든요. 그중 한 명이 아빠의 팔을 붙잡고 있었고요.

“뭐, 뭐야, 너희들! 지금 뭐 하는 거야!”

아빠도 무척 놀란 것 같아요. 형들은 한눈에도 나랑 아빠랑은 생김새가 달랐어요. 키가 큰 형은 푸른 눈동자에 금발머리고요, 다른 쪽 형은 까만 피부에 금색 눈동자를 가지고 있어요. 저 알아요! 저런 사람을 보고 서양인이라고 하는 거랬어요. 유치원에 다니는 규철이가 한 말이니까 틀림없을 거예요.

서양인하고는 말이 통하지 않는다는데, 어떻게 해야 하죠? 조금 머뭇거리고 있는데, 아빠를 잡고 있던 금발 머리 형과 눈이 시선이 마주쳤어요.

“괜찮나, 꼬마?”

앗, 다행이다. 한국말이에요! 다행히 형들이 한국말을 할 줄 아나 봐요. 게다가 굉장히 잘해요. 얼떨결에 고개를 끄덕였더니 다행이라며 살짝 웃어줬어요. 심장이 펄떡거리는 것 같아요. 아, 그러고 보니 제가 말을 했던가요? 이 형들 엄청 잘생겼어요!

"넌 뭔데 아이를 때리지?"

"뭐, 뭐야? 내가 쟤 아버지야! 내가 내 새끼 교육한다는 데 너희가 무슨 상관이야!"

"네가 저 아이의 아비라고?"

"그, 그래! 그렇다고 했잖아!"

아빠가 소리쳤지만 금발머리 형은 믿지 못하겠다는 표정이에요. 옆에 있던 까만 피부 형을 바라봤는데 그 형도 어깨를 으쓱였어요. "안 읽혀. 지구잖아. 여기선 내 능력이 하나도 안 통해." 까만 피부 형이 하는 말에 금발머리 형이 얼굴을 찌푸렸어요. 그리곤 저를 바라봤어요.

"네가 말해봐라, 꼬마. 이자가 정말 네 아비인가?"

무서웠지만 천천히 고개를 끄덕였어요. 그러자 금발머리 형은 더 화난 표정이 됐어요.

"아비란 자가 제 자식을……."

아빠의 얼굴이 창백해졌어요. 아빠가 겁먹은 표정을 하는 건 처음 봤어요. 기분이 좀 이상해요. 저한테 아빠는 엄청나게 강한 사람이거든요. 그런 아빠도 누군가한테는 겁을 먹을 수도 있는 거였어요. 그러자 까만 피부 형이 얼른 금발머리 형을 말렸어요.

"심정은 이해하지만 여기선 참아. 징계라도 당하면 어쩌려고 그래?"

"시끄러워. 나 혼자 간다는데 왜 귀찮게 따라와서는 잔소리지?"

"그렇게 나오기야? 그래도 내 덕분에 길을 잘못 들어도 혼자서 헤매진 않게 됐잖아. 낯선 장소에 혼자 떨어진 게 아니라 다행이지?"

"헛소리 마라."

까만 피부 형에 비해 금발머리 형은 성격이 나쁜 것 같아요. 말투도 무뚝뚝하고 표정도 계속 차가워요. 그 형이 다시 저를 바라봐서 심장이 쿵쿵 뛰었어요.

"이번에도 네가 대답해라, 꼬마. 내가 이자를 놓아주길 바라나?"

아빠가 어서 대답하지 않고 뭐하냐는 시선으로 바라봤어요. 겁이 나서 떨렸지만 얼른 고개를 끄덕였어요.

"아, 아버지를 놔주세요."

"널 때린 자다."

"제, 제가 잘못해서 맞은 거니까 괜찮아요. 나쁜 어린이는 혼나야 한다고 했어요. 그래야 나중에 커서 훌륭한 사람이 된대요."

제가 뭔가 실수한 걸까요? 까만 피부 쪽 형이 난감한 표정을 지었어요. 금발머리 형도 표정이 별로 좋지 않아요. 그래도 아빠를 놓아주긴 했어요. 그대로 거칠게 떠밀어서 넘어지긴 했지만요.

"아이고! 대한민국에서 외국인이 한국인을 때린다! 당장 경찰 불러! 경찰 어딨어!"

아빠가 시끄럽게 소리를 지르는데도 형들은 전혀 신경도 안 쓰는 것 같아요. “불구가 되고 싶다면 한마디만 더 해라.” 그 말에 아빠가 오히려 입을 다물었어요. 다시 나를 본 금발머리 형이 짧게 혀를 찼어요. 까만 피부 형도 어딘지 씁쓸한 표정이에요.

“주신의 영역이라 깊이 관여하면 안 되는 게 안타깝네.”

“……이제 그만 가지.”

“엘의 위치는 알겠어?”

“글쎄. 정확하지 않군. 좀 이상한데. 여기는 분명 아닐 텐데 왜 이 근방에서 위치가 느껴지는 거지?”

대화를 나누며 형들이 걷기 시작했어요. 그대로 돌아가려는 것 같아요. 이제 무서운 일은 전부 다 끝났나 봐요. 저는 안도하면서 아빠한테 다가갔어요.

“아버지, 괜찮아요?”

하지만 그대로 뒤로 넘어졌어요. 아빠가 절 거칠게 밀쳐냈거든요.

“이놈의 후레자식! 넌 이게 괜찮아 보이냐! 강지훈! 넌 눈이 없어? 내가 다친 거 안 보여?”

“죄, 죄송해요.”

“죄송한 줄 알기나 해? 이게 다 너 때문……!”

그때였습니다. 누가 갑자기 아빠를 강제로 일으켜 세웠어요. 깜짝 놀라서 쳐다봤더니 아까 간 줄 알았던 형들이에요.

“뭐, 뭐야, 너희들! 또 왜 이래! 이거 놔! 당장 이거 안 놔?”

금발머리 형이 아빠의 멱살을 잡고 있는 게 보여요. 아빠는 벗어나려고 하는데 꼼짝도 하지 못하는 것 같아요. 덩치는 아빠가 훨씬 큰데도요.

"꼬마야, 네 이름이 뭐라고?"

"네?"

"이름."

"가, 강지훈이요."

"……한 가지만 더 묻겠다. 오늘 날짜가 며칠이지?"

무서운 표정으로 왜 저런 걸 묻는 걸까요? 겁이 나서 울고 싶었지만 혼날까 봐 억지로 참으면서 더듬더듬 대답했어요. 날짜를 들은 형의 얼굴이 아까 전보다 더욱 무서워졌어요. 제가 또 뭔가를 잘못한 걸까요? 아무 말도 못 하고 연신 눈치만 살피고 있는데, 까만 피부 형이 한숨을 내쉬었어요.

"여기서 위치가 느껴지는 이유가 있었네. 하필 궤도를 정해도 왜 이런 시점으로……."

"닥쳐."

무슨 소리인지는 모르겠지만 어쨌든 두 형이 화가 난 건 확실한 것 같아요. 그때 아빠가 드디어 형의 손을 떼어냈어요. 술을 마실 때처럼 얼굴이 빨개요.

"아까부터 보자 보자 하니까! 이 양키 새끼들이 어디서 감히 행패야! 당장 경찰을 부르겠어! 니들 어느 나라 사람이야? 어?"

"아, 아버지……."

"강지훈! 네놈도 똑같아! 재깍 달려가 도와줄 사람이라도 부를 것이지 멍청하게 뭘 서서 구경하고 자빠져 있어! 내가 새파랗게 어린놈들한테 맞는 걸 보니 기분이 좋아? 이 불효막심한 자식!"

아빠가 발로 걷어차니 눈앞에 별이 튀었어요. 똑바로 설 수가 없어서 넘어졌는데 손바닥이 쓰려요. 피부가 까졌나 봐요. 눈물이 찔끔했지만 울면 또 맞을 테니까 간신히 참고 일어섰어요. 그런데 어디서 끅끅거리는 이상한 소리가 들렸어요. 고개를 들었다가 깜짝 놀랐어요. 금발머리 형이 아빠의 목을 움켜쥐고 있었거든요!

"엘뤼엔, 진정해. 심정은 알지만 죽이면 안 돼. 다녀오는 조건으로 한 맹약을 잊었어? 그 문제를 차치하더라도 여기서 이자가 죽으면 모든 게 다 틀어질 거야."

"알아."

"알면 힘을 풀어. 여기서 조금만 더 나가면 그거 정말 죽어."

무슨 말인지는 모르겠지만 무섭습니다. 아빠를 노려보는 금발머리 형의 얼굴도, 주먹을 꽉 움켜쥐고 있는 까만 피부의 형도, 빨갛다 못해 시커메지는 아빠의 얼굴도 전부 다 무섭기만 해요. 형들이 아빠를 죽이면 어쩌죠? 그걸 생각하니 심장이 철렁해져서 가만히 있을 수가 없었어요. 그래서 금발머리 형의 다리에 매달렸어요.

"우, 우리 아빠 살려주세요! 죄송해요, 제가 잘못했어요! 다시는 안 그럴게요! 죽이지 마세요, 네? 제, 제발요!"

무서워서 눈물이 멈추지 않아요. 용서를 빌었더니 형들의 얼굴은 점점 더 일그러져 갑니다. 역시 제가 잘못했나 봐요. 어떻게 해야 형들의 화가 풀릴까요?

다행히 금발머리 형이 잡고 있던 아빠의 목을 놔주었습니다. 잠깐 저를 향해 슬픈 표정을 짓고는, 정신없이 기침을 내뱉는 아빠에게 손을 뻗었어요. 그러자 아빠의 표정이 멍해지는가 싶더니 그대로 풀썩 쓰러졌어요. 내가 깜짝 놀라니 금발머리 형이 고개를 저으며 말했어요.

"괜찮다. 그냥 잠든 거다."

"자, 자요?"

"그래, 내버려 두면 곧 일어날 거다."

다시 아빠를 살펴봤어요. 숨소리가 들리는 걸 보니 정말 자는 게 맞나 봐요.

"뭘 한 거야?"

"기억을 지우고 평온한 하루를 보냈다는 암시를 심었다. 이 정도는 괜찮겠지."

"그래, 차라리 그게 낫겠네. 그냥 둬도 우리 얼굴을 떠올리진 못할 테지만 애한테 화풀이할 건 막아야지."

그동안 형들은 알아들을 수 없는 대화를 나눴어요. 한숨을 내쉰 금발머리 형이 몸을 굽히고 앉아 제 얼굴을 천천히 들여다봅니다. 제 몸에 멍과 흉터가 있는 부분을 볼 때마다 형의 눈빛이 무서워졌어요.

"아직 많이 어리구나."

그래도 저한테 말을 거는 목소리는 부드러웠어요.

"열일곱 살이었지. 네가 여기서 벗어난 날이. 그런데 이렇게 어릴 때부터…….”

“……?”

“미안하다. 여기서 데리고 나가고 싶지만 과거의 일에 개입하지 않겠다는 맹약을 한 상태라 어쩔 수가 없구나.”

역시 무슨 말인지 하나도 모르겠어요. 멍하니 바라보자 금발머리 형이 흐리게 웃으며 제 머리를 쓰다듬었습니다. 누구도 이런 식으로 제 머리를 만져준 적이 없었기 때문에 솔직히 많이 부끄러웠어요. 어쩌면 형은 제가 생각했던 것보다 훨씬 다정한 사람일지도 모르겠어요. 이 다음엔 조금 놀랐어요. 형의 눈에서 눈물이 떨어지기 시작했거든요.

“왜 울어요?”

“……내 아들이 생각나서.”

아들이 있구나. 조금 신기해요. 전 아빠들은 다 우리 아빠 같은 아저씨일 거라고 생각했어요. 아마 이 형은 세상에서 가장 젊고 잘생긴 아빠일 거예요. 그런데 아들 생각이 나는데 왜 울까요? 형의 아들이 아프기라도 한 걸까요?

“잠시만 안아봐도 될까?”

고개를 끄덕이니 형이 저를 꼭 끌어안았어요. 남자 어른한테 안겨본 건 처음이에요. 어색하고 민망해서 어쩔 줄을 모르겠는데, 그래도 참 따뜻한 것 같아요. 다행히 형은 금방 눈물을 그쳤어요. 기분이 좀 나아졌는지 웃는 얼굴이에요.

“지훈이라고 했던가? 강한 아이구나. 괜찮다. 넌 잘 견딜 수 있을 거다. 지금은 많이 힘들고 괴롭겠지만, 넌 혼자가 아니다."

"혼자가…… 아니라고?"

"그래. 언젠가 너를 누구보다 사랑하는 사람들을 만날 수 있을 거다. 지금 이 순간의 기억은 금방 흐려지겠지만, 그것만은 꼭 잊지 마라."

나를 누구보다 사랑하는 사람들이라니. 심장이 두근거렸어요. 하지만 형이 잘못 알고 있는 건 아닐까요? 우리 엄마는 저 같은 아이는 아무도 사랑하지 않을 거라고 했거든요.

"자, 그럼 우리는 이만 가봐야겠다. 나중에 다시 보자."

"아……."

이대로 가버린다니 너무 서운해요. 멀어지는 손을 다시 붙잡고 싶었어요. 하지만 칭얼거리는 것 같이 보일까 봐 그럴 수 없었어요. 아빠는 항상 귀찮은 꼬마는 보기 싫다고 하셨으니까요. 형들에게 그런 아이로 기억되고 싶지는 않아요.

"안녕히 가세요!"

그래서 대신 힘차게 인사했어요. 돌아보는 형들의 얼굴이 조금 슬퍼 보여요. 까만 피부의 형이 다시 다가오더니 저를 꼭 끌어안았어요.

"우리가 다시 만날 땐 지금보다 행복한 모습일 거야."

그렇게 말하는 목소리가 울먹거리는 것 같아요. 눈가도 붉어진 채예요. 한동안 절 가만히 들여다보던 까만 피부 형이 제 머리칼을 슥슥 정돈해 주곤 몸을 일으켰어요. 손을 흔든 두 사람이 다시 걸어가기 시작해요. 점점 거리가 멀어지고 있네요. 만난 지 얼마 되지도 않았는데, 전 왜 이렇게 가슴이 아픈 걸까요? 우리 아빠를 때린 무서운 형들인데요. 그래도요. 그래도 저한테는 너무 다정했어요.

그러고 보니 금발머리 형에겐 아들이 있다고 했었죠? 분명 아빠를 닮아 멋지고 잘생겼을 거예요. 저와는 달리 모든 사람의 사랑을 받는 아이겠죠.

갑자기 그 애가 무척 부러워졌어요. 하지만 이러면 안 돼요. 저처럼 못생기고 멍청한 아이가 저런 사람의 아들이 되고 싶다고 생각하는 건 너무 큰 욕심이니까요.

그래도 있잖아요, 하나님. 앞으로 착하게 살 거니까, 엄마, 아빠, 형들 말도 잘 듣고 심부름도 잘할 테니까 소원 하나만 들어주시면 안 될까요?

'저도 다시 태어나면, 저런 아빠가 있었으면 좋겠어요.'

속으로 조용히 기도했습니다. 하나님이 이 소원은 꼭 들어주셨으면 좋겠어요. 형들이 다시 보자고 했던 말이 떠올랐어요.

언젠가 정말로 다시 만날 수 있을까요?

完

외전 1화 또 다른 이야기

1.

처음 느낀 건 약간의 호기심. 새로 등장한 이변이 어떤 상황의 변수로 작용할지도 모른다는 약간의 불안과 흥미. 그리고 일말의 기대감.

시작했을 때만 해도 가벼운 놀이에 임하는 기분이었다. 만족스러운 결과가 나오지 않으면 언제든 선뜻 그만둘 수 있는. 한쪽에만 일방적으로 유리한 게임. 승패를 가르는 무게추는 분명 저를 향해 기울어져 있었을 터였다. 그게 틀어졌다고 느낀 건 언제부터였을까.

콰직—

눈앞에서 믿기지 않는 소리가 울렸다. 차가운 금속이 살을 꿰뚫고 단숨에 파고 들어가는 소리였다. 느릿하게 눈을 깜빡였다. 일어나서는 안 되는 일이 벌어지고 있었다.

"으……."

작게 앓는 신음을 흘린 그가 제 가슴에 스스로 박은 검을 뽑아냈다. 피가 튀면서 상체에 짙은 색의 물기가 번져나갔다. 무서울 정도로 빠른 속도인데 본인은 그 사실을 인지하지도 못하는 것 같았다. 오히려 재차 다시 찌르려는 걸 간신히 붙잡아 막아 세웠다. 마주친 눈동자가 고통에 흐려진 채로 응시해 왔다. 방해하는 이유를 묻는 시선이라 머릿속이 어지러웠다.

"너 이게 무슨……. 어떻게 이런……."

이게 대체 무슨 짓이야. 어떻게 스스로 심장을 찌를 생각을 하는 거야. 죽어야 할 건 네가 아니잖아. 그런데 대체 왜 네가!

머릿속을 가득 채운 말들이 문장으로 떨어지지 않았다. 이럴 때도 아니었다. 하필 급소를 찌르다니. 인간이 급소를 다치면 얼마나 버틸 수 있었지?

……안 돼.

거기까지 생각하니 절로 고개가 저어졌다. 여기서 이렇게 죽으면 안 돼. 그가 죽는다니, 그건 말도 안 돼.

엘퀴네스.

마비된 머리에 오직 한 단어만 떠올랐다. 엘퀴네스가 올 때까진 어떻게든 버텨야 했다. 생각이 미치기 무섭게 혹시 몰라 늘 지니고 다니던 회복제를 환부에 뿌렸다. 순간 그의 입에서 비명이 터져 나왔다. 끔찍한 고통도 잘 버티던 이가 그대로 발작을 일으키는 것에 온몸이 차게 식었다.

"엘!"

속박에서 풀려난 유니콘이 뛰어와 몸부림치고 있는 그를 붙잡았다. 자신은 차마 건드릴 수 없던 몸을 끌어안고 부축하며 상태를 살피기 시작했다.

"엘이 왜 이래! 너 대체 무슨 짓을 한 거야!"

"……회복제를 뿌렸어. 상처가 너무 깊어서, 재생 속도가 따라가지 못해서 그런 거야."

"회복제! 아, 그렇지! 나도 회복제가……!"

"그만둬. 이미 정량을 다 썼어. 더 뿌려 봤자 여기서 더 좋아지진 않아. 고통만 커질 거야."

"제기랄!"

서둘러 회복제의 뚜껑을 열어젖히던 손이 멈췄다. 눈물이 범벅된 채 돌아보는 얼굴에 핏발이 형형했다.

"엘이 죽으면 너도 죽일 거야!"

"알아들어? 절대 가만히 안 있어! 내 모든 걸 걸고! 반드시 널 죽여버릴 거야!"

떠드는 소리에 귀를 기울일 정신은 없었다. 지금은 고통스러워하는 얼굴만 보였다. 눈을 뜬 채 악몽을 꾸는 것 같았다. 그때와 비슷했다. 아직 마음만 먹으면 언제든 끊어낼 수 있는 거라고 믿고 있었을 때. 그걸 확인하기 위해 제 손으로 그를 공격했던 날.

충분히 예상했던 광경인데도 정작 피를 철철 흘리며 아파하는 모습에 손끝이 차가워졌다. 분풀이가 될 줄 알았는데 하나도 기분이 나아지지 않았다. 오히려…….

"비켜."

서늘한 목소리에 정신이 들었다. 멍하니 고개를 들자 익숙한 푸른색이 보였다. 저 냉정한 얼굴을 반갑게 여겨본 건 처음이었다. 당연히 오리라는 건 알았지만 안도감이 차올랐다. 왔구나. 살았어. 이제 살릴 수 있어.

그제야 확실히 깨달았다.

난 그가, 엘이 죽는 걸 바라지 않았다.

쿠웅!

고요한 사무실에 요란한 소리가 울렸다. 깜짝 놀라 돌아본 직원들은 소음이 일어난 곳을 발견하곤 더 기괴한 표정이 됐다. 존경(이라고 쓰고 두렵다라고 읽는)해 마지않는 그들의 마스터가 책상에 이마를 박고 있었다.

"아, 깜짝이야. 거, 마스터. 그래 갖고 어디 부수겄소?"

부장이 농을 건네자 마스터의 뒤쪽에 있던 직원이 창백한 얼굴로 바쁜 손짓을 보냈다. 그 동작에서 책상이 완전히 박살 났다는 걸 알아차린 부장이 머쓱한 표정을 지었다.

"거, 머리는 괜찮으시오?"

"……시끄러워."

일격에 폐품이 되어버린 원목 책상과는 달리 고개를 드는 마스터의 이마엔 작은 상흔도 없었다. 직원들은 새삼 감탄했지만 그만큼 숨을 죽였다. 척 봐도 오늘 마스터는 기분이 좋아 보이지 않았다. 이럴 때 잘못 걸리면 조금 전의 원목 책상과 같은 절차를 밟을게 분명하니 몸을 사려야 했다.

'대체 저 괴력은 어디서 나오는 건지.'

직원들은 새삼스럽게 저들의 마스터를 흘끔거렸다. 약간의 곱슬기를 지닌 짙은 흑발, 햇빛이 스며든 듯한 구릿빛 피부. 황금을 녹여낸 듯한 찬란한 눈동자. 반듯하고 훤칠한 체격은 거적때기를 걸쳐도 그럴듯하게 보이게 했다. 외모만 보면 동화책에서나 묘사되는 왕자님이 따로 없었다. 하지만 실체를 아는 사람들은 결코 그런 몽글몽글한 감상으로 그를 바라보지 못했다. 그는 왕자라기보다는 황제였다. 심지어 국경도 존재하지 않는 밤을 다스리는 제왕이었다. 금융계의 큰 손이자 유통업계의 대부, 대륙에서 가장 큰 정보 길드 〈테네브〉의 마스터.

출신지도 나이도 신분도 불명. 알려진 건 오직 '매튜'라는 이름뿐. 어느 날 갑자기 혜성처럼 나타나 하루아침에 지하 세계를 평정하고 실권을 장악한 그는 암흑가의 살아 있는 전설이었다. 하나를 보면 열을 아는 비상한 머리나, 마치 사람의 속내를 들여다보는 것 같은 통찰력도 대단하지만, 그가 전설이 될 수 있던 바탕엔 무력의 비중도 제법 컸다. 권법과 검술에 능통한 오러 능력자. 세상에 공표하지만 않았을 뿐 소드 마스터라는 것도 기정사실이었다.

그 강함에 감화되어 따르는 이들도 많았지만 무서워서 따르는 이들도 많았다.

"젠장."

그런 그가 흉흉한 얼굴로 입술을 잘근잘근 씹고 있으니 살얼음판이 따로 없었다. '오늘 마스터 왜 저러시냐?' '몰라, 아까까지만 해도 아무렇지 않으셨는데.' '누가 보고서 망쳤냐?' '마스터 오늘 보고서는 아직 읽지도 않으셨어.' 서로 눈치만 보던 직원들의 시선이 급기야 부장을 향해 모여들었다. 그래, 이런 거 하라고 월급 더 받는 거지. 차마 부하들의 애타는 눈길을 외면할 수 없었던 부장이 결국 다시 총대를 맡고 나섰다.

"마스터, 무슨 문제라도 있소?"

"뭐?"

"아, 아니, 기분이 별로 안 좋아 보이셔서 하는 말이요."

찔끔한 부장이 저도 모르게 시선을 회피하며 중얼거렸다. 그 모습을 가만히 노려보던 마스터 매튜—트로웰이 이내 한숨을 내쉬었다.

"별일 아냐. 잠깐 잊고 있던 예전 기억이 떠올라서 그래. 신경 쓰지 마."

한층 누그러진 목소리에 직원들의 표정이 밝아졌다. 업무적인 문제가 아니라는 점을 확인한 부장도 안도했다.

"대체 무슨 기억이길래…… 아, 혹시 그런 종류요?"

"그런 종류?"

"왜 불쑥 생각나서 몸부림치게 만드는 그런 거 말이요. 요즘 애들은 그런 걸 두고 수치사 한다고 하던데."

"……."

"이야, 우리 마스터는 너무 빈틈없이 완벽해서 가끔 감정이란 게 아예 없는 거 아닌가 싶을 때도 있었는데. 이제 보니 인간적인 부분이 있기는 했구만? 솔직히 안심했소."

"시끄러워."

애초에 감정을 인간의 전유물처럼 여긴다는 점에서부터 참 인간다운 관점이었다. 불멸자는 감정이 없는 게 아니다. 보이는 게 더 많기에 그만큼 고려하는 사안도 많은 것뿐. 감정 자체가 주신에게서 나온 건데 왜 인간들만 누린다고 생각하는 거야. 반박할 말이야 차고도 넘쳤지만 그런 점들을 지적하는 것도 귀찮았던 트로웰은 그냥 한마디로 마무리 지었다. 거기서 멈췄다면 모두가 평온한 결말이었을 것이다. 그러나 기세를 탄 부장은 눈치가 없었다.

"하하, 너무 쑥스러워하실 거 없소. 나도 자다가 이불 몇 번 걷어차 봤지."

"……리가스 부장."

"네, 마스터."

"시끄럽다는 말이 무슨 의미인지 모르겠어?"

생긋 웃는 얼굴에 부장—리가스는 얌전히 입을 다물었다. 찬기가 들어찬 사무실은 조금 전보다 더 살벌해졌다. 부하 직원들은 기가 막힌다는 시선으로 리가스를 바라보았다. 상황을 더 악화시키면 어쩌자는 거냐는 타박이 고스란히 녹아 있는 시선에 리가스는 아무런 변명도 할 수 없었다.

사무실 분위기가 처참해져 있건 말건 트로웰은 다시금 한숨을 내쉬었다. 얼굴을 쓸어내리는 손이 조금씩 떨리고 있었다. 머릿속은 차가운데 속이 확확하게 끓어올랐다.

'미쳤어.'

4천 년 전 그 시절의 기억은 거의 흐릿했고, 그나마도 몇 가지 장면만 알고 있을 뿐이었다. 그것만으로도 못 할 짓을 했다는 건 충분히 짐작할 수 있었지만 조금 전 떠오른 기억은 감당할 수 있는 수준을 넘어섰다.

'대체 무슨 짓을 한 거야.'

엘이 제 눈앞에서 자해했다. 심장에 검을 꽂아 넣었다. 그렇게 할 수밖에 없도록, 자신이 그를 몰아붙였다. 설마 이런 상황까지 있었을 줄은. 이에 관한 언급은 그 얄미운 유니콘에게서조차 듣지 못했다. 아니, 애초에 몰랐다고 할 수 있을까. 그때의 자신을 멈추게 한 엘이 평범한 방법을 썼을 리가 없다는 걸 정말 짐작하지 못했다고?

손끝이 다시 떨렸다. 더는 견딜 수 없는 기분에 트로웰은 자리에서 몸을 일으켰다. 동시에 침울하게 기죽어 있던 리가스가 번쩍 고개를 들었다.

"마스터? 어디 가시는 거요?"

"잠시 나갔다 올게."

"자자자, 잠깐 기다리시오!"

그 순간 리가스가 두 팔을 벌리고 그의 앞을 가로막았다.

"나도 데려가시오!"

"뭐?"

"어딜 가시는 건지 모르겠지만, 나도 같이 가십시다!"

"개인용무야."

"그래도 안 되겠소! 그렇게 말하고는 또 몇 년간 안 돌아오시려는 거 아니오!"

울먹이는 목소리에 트로웰은 서늘히 응시하던 걸 멈추고 잠시 당황했다. 이 순간엔 모든 길드원의 뜻이 리가스와 같았다. 트로웰은 잠시 기가 막힌 얼굴로 모두를 돌아보았다.

"또 그 얘기야? 2년이나 지났잖아."

"2년이나 라니! 아직 2년밖에 되지 않은 거요!"

"맞아! 그 정도로는 신뢰를 회복하기 어렵다고요!"

"옳소!"

사방에서 터져 나오는 호응에 트로웰은 잠시 이마를 짚었다.

암흑가를 쥐락펴락하는 거대한 실세. 목적을 위해선 수단과 방법을 가리지 않기로 악명 높은 테네브에는 아무도 해서는 안 되는 금기어가 존재했다. 그건 바로 '잠시 나갔다 온다'는 말이었다. 그 말과 함께 외출한 길드 마스터가 무려 5년이나 돌아오지 않았기 때문이었다.

평소에도 워낙 행적이 신묘한 사람이긴 했지만 설마 그렇게 오랫동안 자리를 비울 거라곤 아무도 예상하지 못했다. 그 사이에 길드가 와해될 뻔한 위기를 얼마나 숱하게 넘겨왔던가. 아무렇지 않게 마스터가 다시 나타났을 땐 모두가 그 자리에서 오열할 정도였다. 그들에겐 악몽 같은 시절이었다.

사실 트로웰도 그땐 그렇게 될 줄 미처 예상하지 못했었다. 미래를 들여다보는 혜안도 짚어내지 못하는 영역이 있었고, 완벽하게 그쪽에 해당하는 사안이었다.

생각해 보니 그날도 유쾌하지 않은 기억이 떠올랐던 날이었다. 미네르바가 그의 인간 계약자에게 배반당했던 날. 넋을 잃고 망연자실해져 있는 엘에게 내기의 끝을 고하던 기억. 그 속에서 자신은 이미 절망하고 있는 그의 목을 틀어잡고 있었다. 그를 죽이려고 했다. 참담한 마음을 견딜 수 없어 잠들어 있는 엘의 얼굴이라도 봐야겠다는 생각으로 물의 영역으로 향했는데, 그곳에서 엘퀴엔을 만났다.

"신계의 승인이 떨어졌다."

오래전부터, 정확히는 엘의 계약자가 사망하기 이전부터 엘퀴엔은 엘의 혼을 다시 현대로 불러올 방법을 모색해 왔었다. 그때쯤엔 데리러 갈 방안을 찾아내고 신계의 허가만 기다리던 상황이었다. 빈 육체로 버티는 것도 한계에 달한 상황이었기에 신계에서도 사안 자체는 긍정적으로 여겼다. 아크아돈에 일어날 재앙을 막기 위해서라도, 한시라도 빨리 엘퀴네스의 혼이 제자리에 돌아와야 했다. 다만 신이 직접 움직임으로써 미칠 영향력도 고려해야 했고, 수많은 인과가 얽힌 일이다 보니 밟아야 하는 절차가 많았다. 그 지루하고 복잡한 과정이 드디어 끝난 것이다.

"힘을 일부 봉인하고 과거의 일에 함부로 개입하지 않기로 맹약했다. 이제 엘을 데리러 갈 수 있어."

"나도 같이 가."

그렇게 말할 수밖에 없었다. 충동적인 결정도 아니었다. 엘퀴엔이 엘을 데리러 가야겠다고 결정할 때부터 그 역시 같은 생각을 품고 있었다. 엘이 위기에 처해 있다면, 누군가가 그를 도와야 하는 상황이라면, 그 누군가엔 반드시 자신이 들어 있어야 했다. 다른 이에게만 맡겨두고 지켜보고 있을 생각은 조금도 없었다.

하지만 바로 출발해야 할 만큼 일정이 촉박할 줄은 몰랐다. 준비할 시간이 조금이라도 있었다면 벌여둔 유희의 뒷수습 정도는 해뒀을 거다. 최소한 잠시 나갔다 온다는 말을 마지막으로 하진 않았을 건 분명했다. 그날을 소홀히 넘긴 대가가 이렇게 돌아오고 있었다.

"이번엔 정말 잠깐 비우는 거야."

"못 믿겠소!"

"너 말이야……."

"마스터가 자리를 비운 동안 우리가 길드를 지키기 위해 얼마나 개고생한 줄 아시오? 내가 죽으면 죽었지 그 짓은 또 못하겠소! 차라리 날 죽이고 가시오!"

"아, 그래?"

트로웰의 고개가 살짝 기울어졌다. 죽이라고 하면 못 죽일 것 같냐는 의미를 고스란히 담은 시선에 리가스의 얼굴이 뻣뻣해졌다. 생각해 보니 그들의 마스터는 그런 거 안 봐주는 사람이었다. 대체 어쩌려고 그랬어요, 부장! 지켜보던 직원들의 얼굴도 창백해졌다. 그러나 다행히도 리가스는 명운이 좋은 편이었다.

"마스터, 마스터가 알아보던 거 드디어 찾은 것 같…… 얼래? 이 분위기는 뭐래요?"

때마침 안으로 들어서는 사람으로 인해 분위기가 환기됐다. 트로웰은 리가스 부장을 노려보던 시선을 틀어 얼떨떨한 얼굴로 서 있는 여성을 바라보았다.

"무슨 일이야, 루키아."

"아? 아, 그 책을 찾은 거 같아서요."

"책?"

"마스터가 전에 언급했던 동화 말이에요. 그거 실린 책이요."

트로웰의 눈동자에 이채가 서렸다. 명백히 떠오른 흥미에 긴장하고 있던 테네브의 모든 직원이 안도했다. 다행히 시신이 실려 나가는 일은 면한 모양이었다.

"바로 확인할 수 있어?"

"네, 그럼요. 이 책이에요."

돌아가는 상황은 모르지만 대강 눈치로 파악한 루키아가 얼른 가방에서 책 한 권을 꺼내 들었다. 표지를 확인한 트로웰의 표정이 한결 더 풀어졌다.

"어디서 찾았어?"

"아라드 왕국 델몬 자작가의 서고에서요. 가주가 사망하면서 오랫동안 방치되어 있던 서고를 이번에 대대적으로 정리했다는데, 그중에 있던 거예요."

"잘했어, 루키아. 수고했어."

"헤헤, 뭘요. 내용은 안 보셔도 되겠어요?"

"확인 안 해도 돼. 이거 맞아."

책을 챙겨 넣는 트로웰의 표정이 밝았다. 칭찬에 인색한 마스터가 흡족해하니 직원들의 표정도 흐뭇했다.

"그럼 잠시 나갔다 올게."

물론 그 순간은 그리 오래 가지 않았다.

"잠시……요?"

공기가 다시 경직됐다. 루키아가 자기도 모르게 굳은 얼굴로 반문했다. 리가스의 얼굴 역시 다시금 비장해졌다. 가볍게 한숨을 내쉰 트로웰은 그가 입을 열기 전에 바로 뒷말을 덧붙였다.

"……저녁 안으로는 돌아올게."

음울하던 사무실 안에 그제야 평화가 찾아들었다. 햇빛을 받는 병아리들처럼 한순간에 노곤해진 얼굴들을 보며 트로웰은 자기도 모르게 피식 웃었다가 고개를 절레절레 저었다. 왠지 갈수록 물러지는 것 같았다.

*　　*　　*

성인의 외모를 벗고 원래 모습으로 돌아온 트로웰은 곧바로 엘의 위치부터 파악했다. 엘은 굳이 동선을 숨기는 편이 아니었기에 그가 있는 곳을 찾는 건 그리 어려운 일은 아니었다.

얼마 전부터 여행을 시작한 엘은 그의 유니콘과 더불어 대자인 아스모델과 함께 세상 이곳저곳을 탐방하는 중이었다. 현 여행지는 사막 왕국인 하라툰. 옛 알폰프 제국에서 분리되어 나온 왕국으로, 지금은 대부분 생산 기능을 회복한 롬 대륙에서 몇 군데 남겨둔 사막 지대 중 하나였다. 그런데 확인하고 보니 먼저 방문한 손님이 있었다.

"맙소사! 이거 내가 아는 맛이야!"

충격에 빠진 얼굴로 소리치는 남자는 짙은 바다를 떠올리게 하는 머리칼과 눈동자를 지니고 있었다. 블루 드래곤 라미아스. 드래곤 일족의 장로이자 현 엘퀴네스의 유일한 계약자. 현재 그는 방금 입에 넣은 음식에 경악하는 중이었다. 그가 요리를 맛보는 것을 흥미진진한 얼굴로 구경하던 엘이 두 눈을 반짝였다.

"아, 진짜요? 이건 기억해요?"

"틀림없어! 이 식감! 이 온도! 이 단맛과 짠맛이 절묘하게 이루는 조화! 내가 제일 아꼈던 주방장이 딱 이런 맛을 냈었어! 뭐가 불만이었는지 어느 날 갑자기 야반도주해 버려서 내가 얼마나 개탄했었는데!"

호들갑스럽게 외친 그가 앞치마를 두르고 있는 갈색 머리 남자를 손가락으로 가리켰다.

"근데 그게 재였다고? 정말?"

막 완성된 다음 요리를 탁자 위에 내려놓은 시벨리우스가 시큰둥하게 대꾸했다.

"나 맞다고 몇 번을 말해."

"하지만 넌 유니콘이잖아! 그 주방장은 블루 엘프였다고! 아, 아니다! 블루 엘프로 위장한 유니콘이었나? 헐, 허얼! 진짜 맞나 봐!"

"그러니까 내가 맞다니까. 거기까진 알면서 왜 내 얼굴은 몰라?"

"몰라! 기억 안 나! 그 주방장 얼굴이 기억 안 난다는 사실도 지금 깨달았다고! 아, 이건 정말 말도 안 돼!"

머리를 부여잡은 라미아스는 혼란에서 벗어나질 못했다. 이미 비슷한 상황을 여러 차례 겪었던 트로웰은 쓴웃음을 지었다. 본인의 기억에 오류가 있다는 걸 인정할 수 있는 사람은 그리 많지 않을 것이다. 망각의 영향을 거의 받지 않는 이들일수록 그 충격은 더 클 수밖에 없었다.

"나야말로 네가 드래곤인 줄은 몰랐어. 어쩐지 인간치곤 지나치게 강한 것 같더라니. 반역자들 잡을 때도 내가 도와줘서 주술 부분 해결했었잖아. 그건 기억나?"

"헐, 맞아! 그랬었……아, 아냐! 난 아직 인정할 수 없어! 이건 진짜 이상하다고! 내 엘퀴네스야 그 시대 사람이 아니었으니 잊어버린 건 그렇다 쳐! 넌 왜 잊어버렸는데?"

"내가 그걸 어떻게 알아."

"아마 기억을 지우는 절차가 그에게 적용되지 못한 탓이겠지. 그래서 그도 같이 예외가 된 거야."

때마침 나설 자리가 마련되는 걸 트로웰은 놓치지 않았다. 자연스레 끼어들어 답한 것에 모두의 시선이 그에게로 향했다.

"트로웰!"

눈을 동그랗게 뜬 엘의 얼굴에 환한 기쁨이 번졌다. 재회하던 날 그랬던 것처럼, 티끌 한 점 없이 반가움만 가득한 얼굴을 보며 트로웰은 무겁게 웃었다. 말 없는 방문에도 언제나처럼 반겨주는 것에 깊이 안도했다. 하지만 그래서 가슴에 아릿한 통증도 일었다.

없던 것처럼 지워져 버린 기억. 탁한 데다가 거의 상기되지 않는 그 시절의 순간들은 현실이라는 걸 인지하고 있어도 꿈이었던 것처럼 느껴질 때가 많았다. 하물며 몇천 년이나 지난 옛일이었다. 그러나 엘은 아니다. 그에겐 불과 얼마 전에 경험했던, 길어 봤자 몇 년도 지나지 않은 일들이었다. 망각이 영향을 미치지 못하는 지금은 오히려 더 선명해졌을지도 몰랐다. 그런데 넌 어떻게 날 보며 웃을 수 있을까. 어떻게 그리 쉽게 용서할 수 있는 걸까.

"갑자기 어쩐 일이야?"

"그냥 보고 싶어서. 내가 방해한 건 아니지?"

"방해라니, 그럴 리가! 트로웰은 언제나 환영이지. 어서 와."

하필 더 최악의 기억을 떠올린 시점이라 시선을 똑바로 마주하는 게 조금 괴로웠다. 옆에서 자신을 노려보는 시벨리우스의 흉흉한 눈길이 오히려 달가울 정도였다. 한때는 그 혼자만 기억을 간직하고 있다는 사실을 불쾌하게 여긴 적도 있었지만 지금은 다행이라고 생각했다. 누구 한 사람이라도 온전한 기억을 간직하고 있어서. 바보 같이 원망조차 하지 않는 엘을 대신해 화내줄 수 있는 사람이 있어서 정말 다행이었다.

"나랑 반응이 너무 다른 거 아니야, 엘퀴네스? 내가 왔을 땐 왜 왔냐고 했잖아."

"라미아스가 트로웰이랑 같아요?"

"흐흑, 맞는 말이지만 너무해. 그치만 이런 냉정한 점마저 멋있어."

"아, 진짜. 그런 말 좀 하지 마요."

"어째서? 내 마음을 주는 건데!"

"그런 거 필요 없다고!"

"……바뀐 성격 진짜 적응 안 되네. 저쯤 되면 환생한 수준 아니야?"

질색하는 엘 옆에서 시벨리우스도 같이 질색했다. 내 성격이 뭐가 바뀌었냐는 항의와 양심이 있으면 과거를 떠올리라는 타박이 맞부딪쳤다.

“네가 얼마나 엘을 알차게 구박하고 부려먹었는지 알아? 그런데 이제 와서 수줍은 척 내숭을 떨어봤자.”

“뭐? 그럴 리가 없어! 말도 안 돼! 정령왕이 아니라도 이 외모는 완벽하게 내 취향이거든? 내가 이 한 떨기 꽃 같은 미인을 구박했을 리가 없어! 지금 기억이 없다고 지어내는 거지!”

“진짜 심하다. 너 그래도 이 정도까진 아니었잖아. 나름대로 근엄하고 위엄도 있지 않았어? 그런 모습은 다 어디로 간 거야?”

“뭘 모르는구나. 내 엘퀴네스 앞에서 그런 게 있을 리 없잖아.”

“……소유격 빼고 불러요, 제발.”

실속도 없고 영양가도 없는 다툼이었다. 저 녀석 곧 쫓겨나겠네. 혜안이 아니라도 뻔히 들여다보이는 미래를 짚어보며 트로웰은 말없이 소파에 앉았다. 눈앞에서 촌극이 펼쳐지든 말든 태평하게 과자를 집어 먹고 있던 아스모델이 제 맞은편에 앉은 트로웰을 바라봤다. 붉은 눈동자가 장난기를 머금고 휘어졌다.

“삼촌, 안녕?”

“그건 또 참신한 호칭인걸.”

“대부의 형제면 나한테는 삼촌이나 다름없으니까. 그보다 아까 그 얘기 더 자세히 들어볼 수 있어?”

“무슨 이야기?”

“시벨리우스도 같이 예외가 되었단 거 말이야.”

그제야 무의미하게 이어지던 다툼이 멈췄다. 어려도 마왕은 마왕. 자신이 원하는 방향으로 분위기를 통솔하는 능력이 탁월하구나. 주섬주섬 소파에 앉는 이들을 보며 트로웰은 가볍게 웃었다.

"말 그대로야. 본래 엘은 그 시대에 존재할 수 없는 존재지. 정상적인 출생 과정을 거친 것도 아니고 전부 만들어진 존재였잖아. 그래서 세상의 체계가 오류로 인지하고 관련 흔적을 전부 지우는 쪽으로 수정했을 거야. 그런데 그 과정에서 하나가 우연히 빠져나간 거야. 그럼 그 자체가 또 새로운 오류가 되지."

"그래서 그와 관련된 기억들도 같이 지워졌다?"

"일단은 그렇게 보고 있어. 다만 엘과는 달리 그는 실존했으니까, 존재 자체가 지워지지는 않고 오류를 일으키는 부분만 삭제하는 쪽으로 진행된 게 아닌가 싶어."

깍지 낀 손 위에 턱을 괸 시벨리우스가 낮게 신음을 흘렸다. 본인도 그럴 거라 짐작하고 있었을 테지만 다른 사람 입을 통해 듣는 건 기분이 남다른 듯했다.

"시공에서 아예 분리되다니, 루세프의 힘으로 이뤄진 봉인이라 성능이 지나치게 좋았어. 운이 좋은 거야. 평범한 봉인이었으면 시간이 멈추지도 않았을 거고 세상의 체제에서 벗어나지도 못했을 테니까. 그랬다면 4천 년 후에 늙고 아무것도 모르는 말 한 마리만 덜렁 이 세상에 떨어졌겠지."

"……말을 해도 꼭."

"하지만 너도 다행이라고 여기고 있잖아? 초반에 엘한테 꼬장을 부리지 않았다면 더 완벽했을 거라고 후회하는 건 어쩔 수 없지만. ”

“젠장, 내 생각 읽지 마!”

‘읽은 게 아니라 들린 거야.’

감정의 동요가 크면 읽지 않으려 해도 상대의 생각이 들렸다. 제어하려 노력해도 이것만은 어쩔 수 없는 부분이었다. 하지만 그런 사정을 설명하는 대신 트로웰은 그냥 어깨를 으쓱였다. 상대의 분노가 합당하다고 여기는 점과는 별개로, 자신만 보면 날을 세우는 유니콘에게 그도 친절하게 굴 마음은 없었다.

문득 돌아본 엘은 찜찜한 얼굴로 착용한 서클렛을 만지작거리고 있었다. 몇 차례 바꾸려는 것 같았는데 그 이마를 장식하고 있는 건 여전히 라피스라줄리로 장식된 은테의 서클렛이었다. 달리 마음에 드는 걸 찾지 못하는 것 같더니 끝내 그대로 쓰기로 한 것 같았다. 지금 서클렛에 너무 익숙해져서 다른 게 어색하다고 변명하긴 했지만 진짜 이유는 이미 다들 짐작하고 있었다. 그의 계약자들과 함께한 추억이 담긴 물건이었으니까. 지금은 얼마 남지 않은 카노스의 흔적이란 이유도 있을 터였다.

“그보다 엘, 재밌는 걸 찾았는데 볼래?”

“재밌는 거?”

빙긋 웃은 트로웰이 챙겨온 책을 꺼내 들었다. 그가 운영하는 정보상의 요원 루키아가 적재적소에 가져온 책이었다. 의아해하며 받아든 엘이 표지에 적힌 제목을 훑었다.

"구전설화를 통해 알아보는 정령의 세계? 정령을 주제로 한 건가?"

"단락마다 담고 있는 이야기가 달라. 거기서 물의 정령 단락을 읽어 봐."

"속성 별로 나뉜 거야?"

흥미로운 얼굴로 장을 넘기던 엘이 곧 그 부근을 발견했는지 시선을 멈췄다. 천천히 읽어내려가는 얼굴에 조금씩 동요가 서리기 시작했다. 책을 건네줄 때부터, 정확히는 이 책을 구했을 때부터 그럴 거라 예상했던 트로웰은 그 광경을 차분히 응시했다.

"트로웰, 이거……."

"어디서 많이 본 내용이지?"

빙긋 웃으며 답하는 말에 엘의 눈동자가 흔들렸다.

"내가 알리사한테 줬던 책이 바로 그거야."

"아……."

우연치고는 너무나 공교로웠던 이야기들. 덕분에 생각지 못한 오해를 불러일으킨 책이기도 했다. 시벨리우스도 알아보았는지 놀란 표정을 지었다.

"아무래도 마음에 걸려서 그 뒤로 알아봤는데, 5백 년 전에 딱 세 권만 발행된 거였어. 아마 사료용으로 제작한 거 같아. 혹시 구할 수 있을까 싶어 계속 찾아봤지만 소득이 없었는데 이번에 드디어 발견했어."

"그렇구나. 고마워, 트로웰. 사실 나도 그 책은 뭐였는지 계속 궁금하긴 했었어. 정말 이런 내용이구나. 직접 보니까 더 놀랍네. 5백 년 전이면 작성자의 자료를 찾아보는 건 어렵겠지?"

"그게 유일하게 아쉬운 점이야. 세갈이라는 왕국에서 발행된 건데, 그 나라 자체가 전란으로 사라졌거든."

"무슨 책인데 그래? 나도 봐도 돼?"

궁금한 얼굴로 끼어든 라미아스에게 엘은 순순히 책을 넘겼다. 기쁜 얼굴로 받아들고 읽어내려가던 라미아스의 표정이 곧 묘해졌다.

"동화책이네? 어디 보자. '소년은 부모도 형제도 없는 외톨이였습니다. 의지할 곳이 없었던 소년은 엘퀴네스에게 소원을 빌었습니다. 제 아버지가 되어주시겠어요? 그러자 엘퀴네스가 대답했습니다. 물론이지, 아이야. 나를 아버지라고 부르렴. 내가 널 영원히 지켜주겠다.' ……헐. 뭐야, 이거."

다음 장을 넘기는 손길이 빨라졌다. 전체 두 편으로 구성된 일화는 엘퀴네스가 소년의 아버지가 되어주는 전편과, 소년이 친구로 삼은 백마를 엘퀴네스가 사람으로 만들어주는 후편으로 나뉘어 있었다. 전반적인 내용을 확인하는 내내 라미아스는 연신 헛숨을 들이켰다. 단순히 내용 자체를 황당하게 여기는 게 아니었다. 쏟아지는 생각의 동요를 읽어낸 트로웰이 놀란 눈으로 그를 돌아보았다.

"너, 그 책의 저자를 알고 있어?"

"뭐?!"

엘과 시벨리우스가 동시에 그를 바라보았다. 주목받는 것에 당황한 라미아스가 몸을 움찔했다.

"어, 음. 이걸 뭐라고 해야 하지. 이 책은 모르겠고, 이 이야기의 근본이 된 소설의 원작자를 안다고 해야 하나."

"소설?"

"어, 소설. 예전에 내 밑에서 일했던 정령사였어. 걔가 글 쓰는 게 취미여서 출간도 하고 그랬거든. 재미 삼아 정령사가 주인공인 소설을 썼는데 그 안에 들어갔던 설정들 같은데? 아니, 그게 확실해."

생각지 못한 출처가 밝혀졌으나 아무것도 해결되지 않기는 마찬가지였다. 다들 당황스러운 시선을 교환할 때였다.

"근데 좀 묘하네. 사실 주인공이 엘퀴네스를 아버지라고 부르는 거랑 친구가 된 백마가 사람으로 변하는 건 내가 던져준 소재거든."

"……뭐라고요?"

"아니, 그냥. 지나는 길에 우연히 글 쓰고 있는 걸 발견했는데 재밌어 보여서. 이런 설정도 넣으면 어떻겠냐고 했더니 흔쾌히 응하더라고. 근데 어떻게 딱 그 부분들만 실렸지?"

혼란스러워하던 엘과 시벨리우스의 표정이 바로 떨떠름해졌다. 트로웰 역시 범인이 너였냐는 시선으로 그를 응시했다. 그 반응들을 어리둥절하게 여기던 라미아스가 퍼뜩 자각한 얼굴로 입을 벌렸다.

"응? 아? 설마 이거 진짜 있었던 일이야? 엘퀴네스가 전대 엘퀴네스를 아버지라고 불렀었어? 헐, 잠깐. 사람이 되는 백마는 재인가? 유니콘? 내가 무의식적으로 걜 생각하고 던진 소재였던 건가?"

"아무래도 그런 것 같은데요."

"헐, 뭐야! 내 잠재의식 무슨 일이야!"

생각지 못한 반전에 가장 놀란 건 반전을 일으킨 본인이었다. 충격으로 얼룩진 얼굴에 식은땀이 흘렀다.

"그러고 보니 그 소설이 세상에 나온 것도 세피온 공작일 때였어. 양자 놈한테 작위 물려주고 은퇴하던 시기였을 거야."

"허……."

"와, 이거 진짜 미치고 팔딱 뛰겠네. 기다려 봐. 나 그 소설 초본 갖고 있거든? 지금 바로 찾아올게!"

허둥지둥 사라진 라미아스는 그리 오래 걸리지 않아 다시 나타났다. 손에 제법 두툼한 두께의 책 한 권을 쥐고 있는 채였다. 푸른색 표지에 은박으로 된 무늬가 화려하게 새겨져 있었다.

"이거야."

보존마법으로 관리된 책은 지금 막 발행된 새것처럼 깨끗했다. 상태만 보면 4천 년의 것이라곤 전혀 생각할 수 없을 정도였다. 하지만 현대의 인쇄와 제본 기술로는 아직 이만큼 세련된 책을 만들어내지 못했다. 일단 종이의 재질부터가 달랐다. 고대어로 적혀 있기도 하지만, 당대를 알지 못하는 사람도 이건 고대의 서적이라고 인정할 수밖에 없을 터였다.

"대중 소설이라 좀 허황된 설정도 많지만 재밌게 잘 썼어. 출간되자마자 초대박을 쳐서 인쇄소가 주문량을 따라가질 못할 정도였어. 이 책의 인기가 정령사의 인지도를 높이는 데 아주 크게 기여했지."

초판본은 부르는 게 값이었다면서 라미아스는 한껏 뿌듯해했다. 마지막 장에 저자의 사인도 있다는 자랑도 잊지 않았다. 상사의 특권을 알차게 활용한 모양이었다. 책을 건네받은 엘이 조심스럽게 살피다 겉면에 박힌 표제를 확인하고 멈칫했다.

"……제목이 '엘'이에요?"

"어, 맞아. 주인공 이름이 엘이거든."

우연치고는 참 공교로운 제목이었다. 이 순간엔 트로웰만이 아니라 모두가 같은 생각을 했다. 그 생각을 알아차린 라미아스가 얼른 고개를 저었다.

"아냐, 그건 저자가 지은 거야. 난 관여 안 했어."

"작가도 정령사라고 했죠?"

"맞아, 물의 정령사였어. 그래서 자기 로망을 잔뜩 담았다고 하더라고. 아마 읽어보면 헛웃음이 절로 나올걸? 주인공인 정령사가 신관으로 위장 잠입해서 왕실과 얽힌 위험한 음모들을 파헤치고 세상을 구하는 내용이거든."

순간 엘의 표정이 멍해졌다. 믿어지지 않는 얼굴로 눈을 깜빡인 그가 서둘러 시선을 내리고 책을 펼쳤다. 천천히 읽어가는 눈동자가 조금씩 젖어 들기 시작했다.

"에, 엘퀴네스?!"

"대부?"

"엘, 왜 그래!"

당황한 일행들이 안절부절못하며 그를 살폈다. 트로웰 역시 엘의 모습을 가만히 주시했다. 앞장을 얼마간 살피던 엘이 책의 마지막 장을 들췄다. 가장 하단에 적혀 있는 저자의 서명을 확인하곤 더 먹먹한 얼굴이 됐다.

"작가 필명이…… 물망초네요?"

"어? 어, 맞아. 제일 좋아하는 꽃이라고 자기 필명도 그렇게 붙였어."

"혹시 이 사람, 본명이 랑시 아니었어요?"

"헐, 그걸 어떻게 알았어?"

라미아스가 눈을 휘둥그렇게 떴다. 숨을 삼킨 엘의 얼굴이 결국 젖어 들기 시작했다.

"아는 사람이었어?"

조용히 지켜보고 있던 트로웰이 물었다. 급히 손등으로 눈가를 훔친 엘이 웃으며 고개를 끄덕였다. 그제야 모두가 탄성을 흘렸다. 잠재의식이 남아 있던 건 라미아스만이 아니었던 듯했다.

"랑시가 세피온 공작가에서 일했구나. 신기한 인연이네요. 그 애가 제국으로 이주했나요?"

"어어, 내 후계자도 물의 정령사였거든. 정령사들을 위주로 한 특별대를 구성했는데, 그 소문을 듣고 찾아왔었어."

"다비안 말이죠?"

"헉, 그 녀석도 알아?"

"다비안의 친구인 크리스를 더 잘 알지만요."

"크리스? 라케인 크리스? 대륙 3대 헌터 길드였던 여명의 길드 마스터 말이야?"

"와, 길드가 그렇게나 성장했구나. 내가 그 헌터 길드 창립 멤버였어요. 길드원의 자격으로 라미아스와 처음 만났고요."

"허얼? 진짜?"

"네, 진짜요. 하하, 이런 얘기들 하니까 진짜 기분 이상하다. 그래도 여기선 숨겨야 한다는 제약은 없어서 좋네요."

엘은 당시의 이야기를 잘 언급하는 편이 아니었다. 떠올리는 게 힘들어서 그런 거라 생각했지만, 그동안 지닌 제약 때문에 습관이 된 걸 수도 있겠다는 생각이 들었다. 조금 어색한 듯 후련하게 웃는 얼굴을 트로웰은 애달픈 기분으로 바라보았다. 다른 이들도 모두 표정이 비슷했다.

"말이 나온 김에 말인데요, 라미아스."

"어어, 말해."

"나 실은 라미아스한테 묻고 싶은 거 되게 많았거든요. 다비안도 그렇고 크리스도요. 다들 어떻게 살았는지 너무 궁금해요. 기억하는 거, 알려줄 수 있어요?"

간절히 올려다보는 얼굴에 라미아스는 허를 찔린 것처럼 짧은 신음을 흘렸다. 마른침을 꿀꺽 삼킨 그가 이내 그윽한 표정을 지은 채 엘의 두 손을 부여잡았다.

"명령만 내려줘, 내 귀여운 엘퀴네스. 널 위해서라면 난 뭐든지 할 수 있어."

저런 짓만 안 하면 훨씬 호감을 살 텐데. 언제 훈훈했냐는 듯 한순간에 무너진 분위기에 트로웰은 나직이 혀를 찼다. 엘이 질색하며 물러나는 것과 동시에 시벨리우스와 아스모델이 그를 제압해 바닥에 패대기치는 광경이 이어졌다. "이거 놔! 난 엘퀴네스의 계약자라고! 내가 내 정령왕과 교감하겠다는데 왜 방해하는 거야!" 꽥꽥거리는 소리가 울려 퍼졌지만 모두가 무시했다.

"아무튼 방심을 못 하겠네. 라피스 녀석도 이 정도는 아니었어."

"대부, 이거 버리고 와도 돼?"

황당해하는 시벨리우스에 이어 아스모델이 생긋 웃으며 물었다. 어지간하면 계약자를 챙기는 엘도 굳이 그의 편을 들지 않았다. 트로웰은 다시금 라미아스의 미래를 예감했다.

"최대한 멀리 갖다 버려. 다시 들어오지 못하게 주변에 결계도 좀 치고."

"응! 금방 끝내고 올게!"

"아앗, 안 돼! 이거 놔! 엘퀴네스! 엘퀴네스으으!"

끌려나간 라미아스가 빠르게 퇴장했다. 그동안 시벨리우스는 주섬주섬 수납장에서 소금을 꺼내 문 앞에 뿌렸다. 주술에서 소금을 뿌리는 건 악귀를 쫓아내는 행위였다. 내심 이런 상황이 안타까웠던 트로웰이 참견의 말을 얹었다.

"엘, 그건 그냥 페르데스한테 물어봐. 명계에서 일하니까 영혼의 생전 기록 정도는 확인해 줄 수 있을 거야."

"아, 그래야겠다. 좋은 방법 알려줘서 고마워, 트로웰."

"별말씀을."

물론 그가 안타깝게 여긴 건 끌려나간 라미아스가 아니라 상황 판단 못 하고 주접을 부린 드래곤 때문에 들어야 할 이야기를 제대로 듣지 못한 엘 쪽이었다. 이윽고 손을 털어내며 들어온 시벨리우스가 트로웰을 향해 물었다.

"차라도 마실래? 마침 좋은 찻잎을 구했거든."

"나한테 한 말이야?"

"그럼 너지 누구야. 정령왕도 차 맛은 즐길 수 있잖아."

"……그래."

고개를 끄덕이니 시벨리우스는 콧노래를 흥얼거리며 화덕에 주전자를 올렸다. 지금 자신의 모습이 어떻게 보일지는 조금도 생각지 않는 듯한 모습을 응시한 채, 트로웰은 문득 이곳에 오기 전에 했던 생각을 떠올렸다. 인간 사회에 아무렇지 않게 섞여 있는 자신의 모습을 확인하며 그간 꽤 물러졌다고 여겼었다. 그러나 물러진 건 자신만이 아닌 듯했다.

왠지 모를 머쓱한 기분으로 고개를 돌리자 눈이 마주친 엘이 장난스럽게 웃었다. 트로웰도 어쩔 수 없이 따라 웃고 말았다. 혹한을 거친 땅은 얼어붙은 상흔들로 가득하지만, 그럼에도 꽃은 피어났다. 평화로운 시간이었다.

* * *

화제의 작가 '물망초' 단독 인터뷰!

올해는 이 사람의 해라고 해도 과언이 아니었다.

취미 삼아 펴낸 한 권의 책이 입소문을 통해 퍼지면서 출간 세 달 만에 30만 부라는 경이적인 판매량을 기록했다. 현재까지 판매량은 무려 천만 부. 매일같이 쏟아지는 주문량에 인쇄소는 밤낮없이 가동하고 있지만 지금까지도 물량을 따라잡지 못하고 있다.

올해의 작가상, 독자 투표 인기 작가상, 장래가 기대되는 신예 작가상을 동시 수상했으며 제국의 이름을 드높인 인물에게 수여되는 영예로운 세이크 상도 수상했다. 잡혀 있는 강연만도 수십 개. 사방에서 쏟아지는 인터뷰 요청들만으로도 눈코 뜰 새 없이 바빠서 자는 시간도 줄일 정도라고. 다름 아닌 모험 소설 작가 물망초의 이야기다.

본명은 랑시 락테어. 물망초가 필명인 이유는 단순히 좋아하는 꽃이어서다. 정령사라는 독특한 이능자의 이야기를 재밌게 풀어내어 제국에 신선한 충격을 선사한 그는 장르의 새 지평을 열었다고 평해지는 대형 신예다. 얼마 전엔 그 자신도 정령사라는 사실이 밝혀져 화제가 된 적이 있었다. 오늘은 등단과 함께 저명 작가의 반열에 오른 화제의 물망초 작가를 만나본다.

안녕하세요, 물망초님. 바쁘신 중에도 이렇게 인터뷰에 응해주셔서 감사드립니다. 독자님들께 간단한 자기소개를 부탁드립니다.

안녕하세요, 소설 <엘>의 저자 물망초입니다. 이렇게 만나뵙게 되어 반갑습니다.

올해는 물망초 님의 해라고 표현해도 과언이 아닐 정도로 대단했습니다. 물의 정령사 엘의 일대기를 담은 소설 '엘'은 환상적이고 풍부한 상상력이 돋보이는 이야기로 큰 사랑을 받았는데요. 인기를 실감하시나요?

사실 계속 얼떨떨하기만 합니다. 큰 사랑 보내주셔서 감사드립니다.

얼마 전엔 작가님도 물의 정령사라고 밝히셔서 큰 화제가 되었습니다. 소설을 구상하신 계기였을까요? 혹시 작가님의 경험담이 들어 있지는 않은지 궁금합니다.

아무래도 영향이 전혀 없다고는 할 수 없을 것 같습니다. 하지만 제 경험담은 전혀 없습니다. 애초에 주인공 엘은 정령왕의 계약자니까요. 전 하급 정령사라서 엘처럼 하고 싶어도 못 합니다(웃음). 사실 진짜 정령왕의 계약자라고 해도 가능한 일인지도 잘 모르겠습니다.

거의 허구라는 말씀이시군요.

네, 맞습니다. 그렇지 않아도 소설 내용처럼 가능하냐고 질문하시는 분들이 많아져서 정령사 분들의 고초가 크다고 들었습니다. 이참에 이 자리를 빌려 말씀드리겠습니다. 엘에 등장하는 상황들은 허구이고, 실제로는 거의 불가능한 일입니다. 엘은 소설이라는 점을 명심해주시길 바랍니다.

허구라는 건 아쉽지만, 정말 멋진 이야기들이었습니다. 내용 구상은 어떻게 하셨나요?

이렇게 말씀드리면 다들 믿지 않으시던데요, 사실 엘은 꿈에서 봤던 이야기였습니다. 꿈에서 아주 아름다운 물의 정령사가 나왔는데, 너무 생생해서 깨고 나서도 한동안 꿈이라는 걸 실감하지 못할 정도였죠. 소설 엘은 그 이야기를 토대로 구성했습니다. 지인의 조언을 받아 몇 가지 재밌어 보이는 설정을 추가하기도 했습니다만, 대부분은 꿈에서 봤던 내용입니다.

꿈에서 본 이야기라니, 더욱 특별하게 느껴집니다. 덕분에 저희가 이런 재밌는 소설을 접하게 되었으니 꿈속의 정령사에게 감사해야겠습니다.

저 역시 감사하고 있습니다. 사실 저는 제가 그런 꿈을 꾼 것이 우연이 아니라고 생각합니다. 아까는 전부 소설이고, 허구라고 말씀드리긴 했는데요, 어쩌면 다른 세계에 존재하는 정령사의 이야기를 접한 건 아닌가 싶기도 합니다. 어딘가에는 정말 엘이 실존하는 인물일지도 모릅니다.

그렇다면 정말 근사할 것 같습니다. 생각만 해도 무척 즐거워집니다. 올 한해 제국인들을 아름다운 환상의 세계로 안내한 작가다운 답변이었습니다. 인터뷰에 응해주셔서 감사드립니다.

나중에 알고 봤더니 라미아스는 은퇴한 후에 곧바로 사망한 걸로 위장하고 세피온 공작의 삶을 접었다. 그때가 다비안이 막 삼십 대에 접어들었을 무렵이었다. 이후로는 수백 년간 인간 사회에 나가지 않았고 관련 소식도 접하지 않았다. 당연히 그들의 말년에 대해선 아는 바가 전혀 없었다. 왜 굳이 명령을 내려달라는 거창한 소리를 하나 했더니, 본인도 수소문해야 해서 그런 거였다.

물론 별다른 소득은 없었다. 그 시절은 미네르바가 배신당한 직후라, 인간 사회에 나가 있던 드래곤들이 전부 귀향하던 시점이었다. 인간에게 치를 떨던 시대인데 하물며 누가 어떻게 살았는지 관심을 가졌을 리가 없었다. 기가 죽은 라미아스는 그 대신이라며 신문 하나를 들고 왔다. 그가 은퇴하기 직전에 수집했던, 랑시의 인터뷰 전문이 실린 신문이었다. 그 후로 이미 몇 번이나 읽었던 내용을 다시 또 읽었다. 마지막 문단까지 꼼꼼히 다 읽고 나니 긴 숨이 절로 흘러나왔다.

'어딘가에는 정말 엘이 실존하는 인물일지도 모릅니다.'

유난히 눈에 밟히는 문장 하나를 손가락으로 조심스럽게 매만졌다. 라피스는 전부 꿈일 뿐이라고 했지만, 현대의 지인들만큼이나 그들과의 인연 또한 각별했었다. 이미 끝나버린 세계라고 생각했는데, 랑시가 남긴 이 한마디가 그들과 나의 세계를 연결해 주고 있는 것 같았다. 조금 멀리 떨어져 있을 뿐, 각자의 세상에서 살아가고 있는 거라고.

"엘, 따뜻한 유자차야."

"아, 고마워."

시벨리우스가 건네준 잔에선 달콤한 향이 풍겼다. 한 모금 마시자 몸속에 따뜻한 기운이 퍼져나갔다.

"맛있다. 역시 과일은 지금이 더 맛있는 거 같아."

"그렇지? 문명은 4천 년 전이 더 발전했지만 채소와 과일의 품종 연구는 지금이 더 활발하니까. 쿠키도 구웠는데, 먹을래? 따끈따끈해서 지금 가장 맛있을 거야."

"앗, 먹을래!"

얼른 대답하니 그럴 줄 알았다는 듯 싱긋 웃은 시벨리우스가 쿠키가 담긴 접시를 가져왔다. 한눈에도 먹음직스럽게 잘 익은 빛깔을 보니 문득 그와 헤어지고 생존으로 요리를 익히던 시절이 떠올랐다. 슬슬 자신감이 붙던 참에 제과에도 도전해본답시고 쿠키를 구워봤는데 몽땅 태워 먹고 장렬히 실패했었다. 겉은 탔는데 속엔 반죽이 그대로 남아 있는 신기한 쿠키였다.

그 뒤로 웬만하면 제과 종류는 그냥 사 먹기로 하고 다시는 돌아보지 않았다. 하지만 그 어떤 제과점의 것도 시벨리우스가 만든 것보다 맛있진 않았다. 항상 그리웠었는데 지금은 언제든 그가 만든 쿠키를 먹을 수 있다는 사실이 감동적이었다. 비록 다른 문제가 생기긴 했지만.

"근데 시벨, 나 이거 세 개 정도가 한계일 거 같아."

"괜찮아. 남은 건 아스한테 먹으라고 하면 되니까 무리하진 마."

"응, 미안. 하아, 인간일 땐 마음껏 먹을 수 있는 거 하나는 참 좋았는데 말이야. 정령의 몸은 이게 참 문제야. 조금만 먹어도 과식한 느낌이 드는 거. 이 맛있는 걸 고작 한두 개로 만족해야 한다니.”

언젠가의 이프리트처럼 입에 넣자마자 분해해서 없애버리는 방법도 쓸 순 있겠지만 굳이 그러고 싶진 않았다. 정성스럽게 만든 걸 그렇게 없애는 건 너무 아깝기도 하고. 투덜거리는 나를 안쓰럽게 바라보던 시벨리우스가 탁자 위에 놓아둔 신문에 시선을 보냈다.

“그건 또 읽고 있는 거야?”

“아, 응. 볼 때마다 뭔가 실감이 나지 않아서.”

“하긴 나도 꽤 놀랐으니까.”

그 시절의 나에 관해 사라진 건 단지 기억만이 아니었다. 당시에 날 취재한 기사들이며 관련 문서 기록들도 전부 다 지워졌다. 그래서 더욱 이런 식으로 흔적이 남았다는 게 믿기지 않았다.

“뭔가 신기해. 날 기억하지 못하는데도 여전히 연결되어 있다는 점이. 반대의 상황이었다면 난 어땠을까 싶기도 하고.”

“당연히 엘도 똑같을 거야. 내가 그 증거잖아. 아무것도 모르는 채로 만났는데도 친구가 됐는걸.”

“하하, 그게 그렇게 되나?”

“당연하지. 네가 나와도 친구가 되자고 손을 내밀어줬을 때, 난 네가 진짜 엘이라는 걸 확신했어. 기억이 없는데도 약속을 지켜줘서 정말 고마웠어. 정작 난 널 제대로 알아보지 못했는데도.”

그날의 시벨리우스가 떠올랐다. 모든 게 카노스의 장난이었다는 걸 알아차린 후였다. 넋이 나간 얼굴로 망연자실한 그를 보니 가만히 내버려 둘 수가 없어서 다가갔었다. 친구가 되자고 손을 내밀었는데 갑자기 눈물을 뚝뚝 떨어트려서 당황했었다. 미안하다고 연거푸 사과하는 말을 이해할 수 없었지만, 아직 혼란스러워서 그렇겠거니 했다.

"네가 분명히 말했는데. 내가 널 알아보지 못하게 돼도 친구일 거라고. 분명 그렇게 말했었는데……."

그땐 대수롭지 않게 넘겼던 말이라 미처 의식하지 못했는데, 생각해 보니 정말로 내가 그런 말을 하긴 했었다. 시벨리우스가 쪽지만 남겨두고 떠나기 직전, 그 전날 밤의 일이었다.

그날 저녁엔 라미아스가 잠시 들렀었다. 황제가 또 무슨 패악을 부렸는지 잔뜩 화가 난 채였다. 그때쯤 그는 올 때마다 야반도주한 주방장에 대한 원망을 늘어놓는 게 레퍼토리였는데, 그날은 유독 더 심했다. 처음에 오죽 힘들어서 그러나 싶어서 받아줬더니 틱틱대고 빈정거리는 게 한도 끝도 없었다. 정작 시벨리우스는 무시로 일관했지만 내가 참기가 어려웠다. 결국 검을 뽑아 들었고, 그제야 조용해졌다.

"다음엔 경고로 안 끝나요."

"너 점점 날 너무 막 대한다고 생각하지 않니?"

"동대문에서 뺨 맞고 한강에 와서 화풀이하니까 그렇죠. 동대문 건 동대문에서 해결합시다. 오케이?"

"동……뭐? 지명이야? 처음 들어보는 발음인데?"

"뜻에 집중해요, 뜻에."

누가 정보국 국장 아니랄까 봐 아무튼 뭐 하나를 그냥 넘기는 법이 없었다. 이후엔 저녁 식사를 하며 세상 동향에 관한 이야기를 나눴다. 그러다 유니콘 일족이 신계로 이주한다는 소식까지 이르게 됐는데, 시벨리우스는 남을 생각이라는 말을 들은 그는 심각한 표정을 지었다. 그가 심각해지니 시벨리우스도 긴장했다.

"무슨 뜻으로 묻는 말이야?"

"말 그대로의 의미지. 유니콘도 인간만큼이나 사회적인 동물이잖아. 동족이 없는 땅에 너 혼자 덜렁 남는다는 게 생각만큼 가벼운 문제는 아닐걸?"

"그건……."

"지금 당장이야 엘이 있으니까 괜찮겠지. 근데 너, 엘이 인간이라는 건 제대로 인지하는 거지? 너만큼 살기는커녕 당장 백 년 뒤도 기약할 수 없어. 그때도 지금 결정을 후회하지 않을 수 있겠어?"

그 말에 불만스러운 표정을 짓고 있던 시벨리우스의 눈동자가 흔들렸다. 생각지 못했다기보다는 이미 고심하던 부분을 지적당해 뜨끔한 반응에 더 가까웠다.

"네가 사교적이고 친구를 쉽게 만드는 성향이면 또 몰라. 내가 그동안 지켜봤는데 딱히 엘 외에는 다른 친구를 만들지도 못하더만. 인간 사회에 섞이지도 못하면서 여기서 살아갈 수 있겠어? 넌 룬이니까 정체를 드러내는 것도 특히 조심해야 하잖아. 그런 부분들을 전부 충분히 고려했냐는 거야."

"……."

시벨리우스는 선뜻 답하지 못했다. 일렁이는 시선이 나를 향했다가 슬픈 생각을 떠올린 듯이 와락 흐려졌다.

"뭐, 정 안 되면 내가 좀 도와줄 수도 있지만. 의외로 가까운 곳에 너 같은 존재가 또 있을 수 있다는 건 아는지 모르겠네."

라미아스가 노골적으로 헛기침을 내뱉었다. 그 딴에는 정체를 드러내려는 시도였던 것 같은데, 그때쯤엔 시벨리우스는 아예 그의 말은 듣고 있지도 않았다.

"내가 이런 호의를 선뜻 베푸는 사람이 아닌데 말이야. 원하면 친구가 되어 줄 수도……어, 야! 아직 말하는 중인데 어디가!"

"나 잠깐, 혼자 생각 좀 할게."

굳은 얼굴로 몸을 일으킨 시벨리우스는 라미아스가 황당해하든 말든 그대로 밖으로 나갔다. 그리곤 늦은 밤이 될 때까지 돌아오지 않았다. 기다리다 지친 라미아스가 떠난 후에도 여전히 돌아오지 않자 내가 먼저 그를 찾았다. 엘뤼엔이 일러준 방향으로 가니 해변에 멍하니 앉아 밤바다를 구경하고 있는 시벨리우스를 발견할 수 있었다.

"밤에 보는 경치도 좋네."

다가가 말을 걸자 그가 움찔해서 돌아보았다. 조금 기가 죽어 있는 얼굴을 보고 쓰게 웃었다.

"전혀 생각하지 않은 부분은 아니었을 거 아냐. 그것도 전부 감수하고 남으려던 거 아니었어?"

"……응, 맞아."

"그럼 뭘 고민하는 거야?"

"우리가 다시 만날 수 있을까 하는 생각."

뜻밖의 대답이라 조금 멈칫했다. 물끄러미 바라보니 시벨리우스는 머리칼을 쓸어 넘기며 고개를 숙였다.

"나도 알아. 엘은 인간이고, 나보다는 먼저 죽을 거야. 환생하겠지만 중간계는 아크아돈 외에도 많잖아. 다행히 여기서 다시 태어나더라도 환생한 너를 내가 알아보지 못할 수도 있겠지. 그런 생각들을 했더니 조금 우울해졌어."

"벌써 하기엔 너무 이른 생각 아니야? 나 아직 많이 어려. 그리고 검성이라 평범한 인간보다는 오래 살걸?"

"하하, 맞아. 그렇지. 그냥, 얼마 전에 네가 죽을 수도 있다는 걸 실감해서 그런가 봐. 아직 멀다고만 생각했던 일인데, 그렇게 갑작스럽게 헤어질 수도 있겠구나 싶었거든."

음, 이거야말로 인과응보였다. 할 말이 없어서 시선을 피하니 시벨리우스가 급하게 손을 저었다.

"아, 그냥 그렇다는 얘기야. 너무 무거운 주제였네. 미안해, 내가 괜한 말을……."

"다시 만날 거야."

파도치는 바다에 시선을 둔 채로 입을 열었다. 허둥거리던 시벨리우스의 동작이 멎는 게 느껴졌다. 다시 돌아본 그의 눈동자는 수많은 감정이 뒤섞여 있었다. 그 눈을 마주하며 웃었다.

"설령 다른 모습이 돼도, 네가 날 알아보지 못하게 돼도. 그래서 서로의 모든 게 생소해지더라도. 우린 여전히 친구일 거야."

"……지금 생각하니 참 무책임한 말이었지."

사실 그때까지만 해도 4천 년 후의 재회만 생각한 대답이었다. 이곳에 돌아온 후로 시간이 이렇게나 지났을 줄은, 그래서 내가 아는 이들이 사라졌을 줄은 꿈에도 몰랐기 때문에 아무런 의식 없이 가볍게 할 수 있었던 대답.

각자 다른 시간의 선. 남겨지는 삶의 무게를 실감한 지금의 나라면 그렇게 선뜻 말할 수 없었을 거다. 모두를 다시 만날 수 있다고 믿고 있긴 하지만, 그것과는 별개의 부분이었다.

"하지만 그때 엘이 그렇게 말해줘서 난 기뻤어. 그리고 틀린 말도 아니었는걸."

그래도 시벨리우스의 다정한 말이 위안이 되는 건 어쩔 수 없었다. 솔직히 말하면 그렇게 대답한 걸 후회하진 않았다. 아마 시간을 다시 돌려도 난 같은 말을 하겠지. 그게 희망 사항이기도 하니까.

"근데 아스는 어디 갔어?"

"아, 그 녀석은 결계를 손보고 있을 거야. 세피온…… 아니 라미아스라고 했지. 그 녀석이 계속 근처에서 알짱거리고 있잖아. 신문 전해 줄 때 잠깐 들여보내 줬더니, 그새 회로 하나를 파악했다는 것 같더라고. 그걸로 파괴는 못 하겠지만 혹시 모르니 더 강화하려는 거 같아.”

“아하하. 열심이네. 그래도 설마 아스의 결계가 장로급 드래곤도 못 뚫을 정도일 줄은 몰랐어. 마왕이라지만 아직 3백 세밖에 안 됐는데.”

“그 녀석 주특기야. 전체적으로 다 뛰어나긴 하지만 진법이랑 결계식은 타의 추종을 불허할 정도지. 근데 칭찬은 하지 마. 부하들 따돌리고 놀 궁리하느라 잔머리만 늘어서 그래.”

라피스의 피를 받은 영향도 있으려나. 덕분에 밑에서 일하는 부하들만 죽어 나가고 있다고 투덜거리는 시벨리우스는 한이 많아 보였다. 알고 보니 아스가 도망칠 때마다 주위에서 그를 달달 볶았던 모양이다.

“내가 계약자지 보모는 아니잖아? 대체 왜 그 녀석이 사고를 칠 때마다 다들 나한테 하소연하는 거냐고. 지들이 통제하지 못하는 마왕을 나더러 어쩌라고. 걔가 내 말을 들으면 또 몰라.”

계약자 때문에 고통받는 존재가 이곳에도 있었다. 동병상련의 마음으로 듣고 있다가 문득 떠오르는 것을 물었다.

“근데 아스는 계속 중간계에 내려와 있어도 돼? 지금 굉장히 바쁘다고 하지 않았나?”

“어, 음. 아마 안 될걸. 마계에서 계속 연락은 오고 있는 것 같던데. 결계 친 거 아마 그거 피하려는 목적도 있을 거야."

"……그거 괜찮은 거야?"

대답은 듣지 않아도 뻔했다. 그야 당연히 안 괜찮겠지.

그 순간 온몸에 소름 돋는 감각이 느껴졌다. 쿠웅, 동시에 묵직한 소음과 함께 땅이 크게 흔들렸다.

"뭐, 뭐야?"

당황한 시벨리우스가 자리에서 벌떡 일어났다. 나도 서둘러 몸을 일으켰다. 황급히 밖으로 나가니 멍하니 서 있는 아스의 뒷모습이 보였다. 온 사방에 미세한 마력의 파편들이 흩어지고 있었다. 결계를 친 이후로는 계속 무언가가 주위를 둘러싸고 있다는 감각이 있었는데 지금은 아무것도 느껴지지 않았다. 이곳을 감싸고 있던 결계가 사라졌다는 증거였다.

"결계가 파괴된 거야?"

같은 것을 느꼈는지 시벨리우스가 헛숨을 삼켰다.

"설마 라미아스가?"

"……음, 아니. 이건 다른 쪽 개입 같은데."

"다른 쪽?"

결계가 깨지기 전에 느꼈던 감각이 착각이 아니라면, 분명 내가 알고 있는 기운이었다. 숨어 있는 마왕을 단번에 찾아내고, 내가 인지하는 것보다 빨리 결계를 파괴할 수 있는 이가 애초에 평범한 존재일 리도 없지만.

"와, 새 마신 님! 진짜 너무해!"

아스가 하늘을 향해 소리쳤다. 역시나 크로아첸 그 녀석이 맞았다. 한숨을 내쉬려니 누군가가 우물쭈물 걸어 나왔다. 눈에 띄게 창백하게 질려 있는 남자는 머리 색과 눈동자 색만 봐도 마족이었다. 그를 발견한 아스가 한달음에 다가섰다.

"너야? 네가 마신님한테 나 찾아달라고 기도했어?"

"마, 마왕 전하. 제때에 돌아오지 않으셔서 모두의 염려와 근심이 큽니다. 전하께서 계시지 않아서 처리되지 않는 사안이 너무 많습니다. 부디 저희의 사정을 헤아려 주십시오."

"그래서 데르온한테 대행 맡겼잖아."

"그 데르온 님이 이걸 보내셨습니다."

힘겹게 답한 마족이 덜덜 떨면서 품 안에서 무언가를 꺼냈다. 겉보기엔 평범한 편지처럼 보였는데, 왠지 손에 쥐는 것조차 두려워하는 것 같았다.

"뭐야, 편지? 대체 이게 뭐라고……."

혀를 차며 편지를 낚아챈 아스가 아무렇지 않게 봉투를 개봉했다. 순간 펼쳐지는 내용물에 모두가 숨을 삼켰다.

존경하옵고 친애하는 마왕 전하. 강대한 마계의 군주이신 전하께서 공사다망하신 줄은 제가 익히 알고 있는 바이옵니다. 충실한 수하이자 보필자로서 전하의 깊고도 고귀한 뜻을 누구보다 잘 헤아려드리는 것이 제 마땅한 소임인 줄도 누구보다 잘 알고 있사옵니다. 허나 심히 송구하옵게도 제 선에서 처리할 수 있는 업무 영역은 한계가 있었나이다. 아무쪼록 하루빨리 본성으로 귀환해주시길 간곡히 바라고 또 바라옵나이다.

전하를 누구보다 흠모하는 데르온 드림.

말투가 너무 극진하긴 했지만 데르온답게 정중하고 온건한 편지였다. 문제는 그 편지를 잉크가 아니라 피로 썼다는 거였다. 편지 전체에 짙은 마력과 피비린내가 진동했다. 이제 보니 전달한 마족의 옷자락에도 피가 튀어 있었다. 그가 왜 편지를 꺼내면서 덜덜 떨었는지 알 것 같았다. 그 앞에서 피를 내고(대체 무슨 방법으로 피를 쏟았는지는 알고 싶지 않다) 즉석에서 편지를 쓴 게 분명했다.

추신, 돌아오지 않으시면 다음엔 제 시체를 보시게 될 겁니다.

하단에 적힌 추신은 더 노골적이었다. 그래도 혈서의 분위기와는 어울린다는 점에서 차라리 이쪽이 더 낫긴 했다.

'……그래, 이런 마족이었지.'

정중하긴 하지만 좀 많이 이상한 마족이었다. 지금은 더 이상해진 것 같고. 이런 그가 육아를 맡은 게 역시 문제였던 걸까.

"대부, 데르온이 나 협박해."

아스가 울상이 된 얼굴로 돌아보았다. 분명 이젠 인간이 아니라 정령왕일 텐데, 왜 두통이 느껴지는 건지 모르겠다. 전에도 이런 생각한 적 있지 않았나? 어쨌든 한 가지는 분명했다. 안 보던 사이에 내 귀여운 대자가 상당한 사고뭉치로 성장했다는 것.

한숨과 함께 이마를 짚었다. 아무래도 이번 여행은 여기서 접어야 할 모양이었다.

외전 2화 일상 한 자락

신족은 크게 두 가지 의미로 쓰인다. 하나는 천신 이오웬이 창조한 신성 종족을 뜻하는 말이고, 다른 하나는 신수를 비롯하여 그밖에 신계에 사는 거민들을 통칭하는 용어였다. 하지만 거민들은 일족마다 따로 불리는 호칭이 있었으므로, 그냥 신족이라고만 호칭하는 건 주로 천신의 아이들을 뜻했다. 다른 말로는 사자(使者)라고 불리기도 했다.

지금은 완전히 분리됐으나 한때는 마족과 드래곤도 신계의 거민에 해당하는 신족이었다. 수명이 존재하고 생산활동이 필요한 거민들과는 달리 천사의 직분을 받는 신족은 오직 신의 신력으로만 탄생하며, 주인과 생명을 공유했다. 타고나는 성향 또한 주인의 영향을 받아 형성되기에 여러모로 거민들과는 차이가 있었다.

영혼 또한 마찬가지였다. 대체로 신족은 정결한 혼으로 태어나지만, 그중에서도 사자가 될 수 있는 건 첫 삶에서 꽃피지 못하고 죽은 아이들의 혼뿐이었다. 그래서 다정한 신일수록 제 천사들을 애틋하게 여기고 자식처럼 아끼는 경우가 많았다.

그런 차이들이 신족 간 갈등을 일으키고, 결국 천마대전이 발발하는 계기로까지 이어졌지만, 이 체계는 변하지 않고 여전히 그대로 유지되고 있었다. 그 시절처럼 격렬하진 않아도 사소한 갈등 역시 여전히 존재했다.

"루세프 님을 뵙고 싶습니다."

창공에 지어져 하늘 정원이라 불리는 정의의 신 루세프의 궁처. 그 성문 앞에 한 무리의 사람들이 몰려와 있었다. 가장 선두에 대표로 서 있는 초로의 남자를, 천사 가이엘은 건조한 시선으로 바라보았다. 백발인 머리에 색이 있을 때부터 봤던 사이였으나 서로가 좋은 관계였던 적은 거의 없었다. 정확히는 그들이 신계에 정착한 이후부터 계속 악화하기만 하는 중이었다.

"주인님은 바쁘신 분입니다. 매번 이렇게 불시에 찾아와 알현을 청하면 곤란합니다."

천군 사령관 중 하나이자 신계의 수호지기이기도 한 루세프는 궁처에 있는 날보다 없는 날이 더 많았다. 그걸 뻔히 알면서도 당연하다는 듯 찾아온다는 점이 주인을 무시하는 것 같아 가이엘은 가장 불쾌했다. 원칙적으로는 그들은 이곳에 와서도 안 되는 자들이었다.

“특히 귀환 1세대는 속계의 오염을 전부 정화하기 전까진 거주 구역을 벗어나면 안 된다고 누누이 말씀드렸을 텐데요. 계속 이러면 징계 조처가 내려질 수밖에 없습니다.”

“저희가 귀환한 것도 벌써 4천 년 전입니다. 대체 언제까지 기다려야 하는 겁니까?”

“당연히 모든 정화가 끝날 때까지입니다.”

“저희는 그분의 자녀들입니다!”

남자가 반발하며 외치는 말에 가이엘은 눈썹을 찌푸렸다. 성마 유니콘. 신도들도 신의 자녀임을 자청하는데, 루세프가 직접 창조하고 존재를 부여한 그들 일족이 루세프의 자녀라고 하는 건 엄밀히 말하면 틀린 표현은 아니었다. 단지 신족이 할 말로는 어울리지 않는 것뿐.

어차피 한때의 삶, 환생하면 달라질 육신에 저렇게 집착한다는 점이 이상했으나 중간계에서 오랜 지낸 여파라고 생각하면 이해하지 못할 것도 아니었다. 아니, 오히려 한때인 걸 너무 잘 알기 때문인가. 어느 쪽이든 역시 정화가 끝나려면 멀었다는 점만은 분명했다. 그래서 어쩌라는 거냐는 시선에 오히려 항의하던 유니콘 대표—아르단이 더 주춤했다.

“그냥 넘어가는 것도 이번이 마지막입니다. 돌아가서 자중하십시오.”

엄중한 경고는 단지 말로만 끝나지 않았다. 가이엘이 무기를 꺼내든 것에 당황한 유니콘들이 주춤 물러섰다. 분한 표정으로 입술을 악문 그들은 이내 어쩔 수 없다는 듯이 몸을 돌렸다. 그 처량한 뒷모습들을 보며 가이엘은 한숨처럼 중얼거렸다.

"룬이 있었다면 정화도 훨씬 수월했을 것을. 오히려 업을 쌓았으니 자업자득이지. 가장 성결하고 근원이라 할 수 있는 힘을 스스로 버렸으면서 그분의 자녀들이라고 지껄이다니, 염치없기는."

딱히 감추려고 하지도 않았기에 충분히 들릴 만한 거리였다. 발끈한 유니콘들이 가던 걸음을 멈추고 굳은 얼굴로 돌아보았다. 아르단 역시 참지 않았다.

"아무리 루세프 님의 천사라지만, 말씀이 너무 심하시군요."

"제가 못 할 말이라도 했습니까?"

"룬의 힘을 버린 건 저희가 아닙니다! 그걸 결정한 게 누군지는 당신도 잘 아시잖습니까? 그 추악하고 더러운 배신자가……!"

"아르단, 제가 말한 버렸다는 의미를 이해하지 못하는군요."

"무슨……."

"당신이 주인님의 힘으로 룬을 봉인했을 때, 이미 당신들은 룬을 버린 겁니다."

룬을 잃었다고만 알고 있을 때에도 그를 제대로 지키지 못한 유니콘 일족은 책임을 면할 수 없었다. 하물며 일족을 지키라고 하사한 힘으로 그들의 상징과도 같은 존재를 폐했다. 루세프에겐 반역이나 다름없는 행위였다. 그의 성정이 관대하여 너그럽게 넘어갔지만, 이게 얼마나 용납받을 수 없는 행위인지는 신계의 모두가 다 알았다. 솔직히 말하면 가이엘은 그런 천인공노할 짓을 저지른 유니콘이 여전히 뻔뻔하게 궁처를 찾아오는 것 자체를 용납할 수 없었다.

"그, 그건, 이유가 있습니다! 그 배신자가 날개를 꺾는다고 했단 말입니다! 그래서 어쩔 수 없이……!"

"애초에 그가 날개를 꺾을 마음을 왜 갖게 됐습니까? 그렇게 되도록 한 건 문제가 아니라는 겁니까? 설령 막기 위해 어쩔 수 없이 봉인했다 해도 그 사실을 루세프 님께 솔직히 고했어야 했습니다. 그런데 당신은 그가 죽었다며 거짓말까지 했습니다."

싸늘히 쏘아붙인 말에 아르단은 더 말을 잇지 못했다. 그런데도 억울한 표정인 건 여전해서 가이엘은 더 불쾌해졌다.

"착각하지 마십시오. 룬을 봉인한 것만이 문제가 아닙니다. 당신들은 선대 룬이 날개를 꺾게 만든 책임도 져야 합니다. 후생이 괴롭지 않으려면 삶이 남아 있는 동안 최선을 다해 혼을 정화하는 게 좋을 겁니다. 그래도 다시 신족으로 태어날 수는 없겠지만 말입니다."

확인하고 싶지 않았던 사실 앞에 모든 유니콘의 얼굴이 절망으로 일그러졌다. 아르단은 아예 허물어지듯 주저앉은 채였다. 그 창백한 얼굴을 똑바로 응시한 채, 가이엘이 마지막으로 입을 열었다.

"그리고 경고하는데, 루세프 님이 강신했던 그를 감히 더럽다거나 추악하다고 하지 마십시오. 또다시 이런 소리가 들려올 경우

엄중하게 조치할 겁니다."

넋이 나가 있던 얼굴이 크게 흔들렸다. 다시 한숨을 내쉰 가이엘은 당신들이 배신자라고 부르는 그 유니콘은 오히려 다음 생도 고결한 삶을 살 거란 말을 굳이 덧붙이지 않았다. 대신 이만 떠나라는 눈짓을 보냈다. 우물쭈물하던 유니콘들이 주저앉아 있는 아르단을 부축해 걸음을 옮겼다. 그러자 단숨에 눈빛이 돌변한 아르단이 표독하게 소리쳤다.

"우린 단지 루세프 님의 곁에 있고 싶을 뿐이었어! 늘 루세프 님의 곁에 있을 수 있는 너희가 뭘 알아!"

"우리도 신족이야! 우리도 신과 함께하는 걸 허락받은 상서로운 일족이라고! 처음부터 신계에서 살았다면 아무런 문제도 없었단 말이야!"

발악하듯 외치는 소리는 일족들이 그를 끌어가다시피 데려가는 도중에도 쩌렁쩌렁 울려 퍼졌다. 상대할 가치를 느끼지 못한 가이엘은 그대로 몸을 돌려 궁처 안으로 들어갔다. 소음을 듣고 확인하러 나온 다른 천사가 가이엘의 뒤를 쪼르르 따라왔다.

"어휴, 대체 저게 무슨 일이래요?"

"유니콘이 또 유니콘 한 거지, 뭐."

"정말 질린다. 누가 들으면 억지로 내보냈던 건 줄 알겠네요. 걔넨 자기들이 신계를 떠나고 싶어 해서 떠난 거라는 건 기억을 하고 있을까요?"

"못하니 저러겠지. 선대의 일은 자신들과 상관없다고 여기니까.

애초에 선대의 유지를 제대로 이어갔다면 룬을 그런 식으로 대할 수도 없었겠지만. 신경 쓰지 마. 그래도 쓴소리 제대로 했으니 한동안은 잠잠할 거야."

"그러길 바라야죠. 언니도 신경 쓰지 말아요. 그보다 외출할 준비 하셔야죠. 이제 곧 회동 시간이잖아요."

"아, 벌써 시간이 그렇게 됐네."

신들의 연회가 있는 것처럼 수행 천사들에게도 단체로 모이는 자리가 있었다. 오늘은 몇 년에 한 번 주기로 찾아오는 천사들의 회동날이었다. 회담의 성격을 띠고 있지만 일종의 단체 야유회에 더 가까워서 그날만 기다리는 이들도 있는 한편, 귀찮아하는 이들도 있었다. 가이엘은 명백히 후자에 속했으나 기대하는 동료 앞에 선 굳이 내색하지 않았다.

"이번 회동엔 거기서도 오겠죠?"

"어디?"

"새 마신 님의 궁처 말이에요."

"초대장에 참석으로 회신했다니, 아무래도 그렇겠지."

"협조적인 게 의외예요. 카노스 님때는…… 으음, 이건 그냥 넘어가고요. 어쨌든 다들 기대도 안 했잖아요. 아직 첫 번째 천사만 있다고 하던데, 그래서 그런가? 어떤 분일지 너무 궁금하지 않아요?"

"그러게. 궁금하네."

무심히 반응하긴 했지만 사실 가이엘도 많이 놀라긴 했다. 엘퀴네스 출신의 신들은 단체 활동에 비협조적인 경향이 있어서 그들의 천사 또한 그랬다. 지옥의 신 크라제의 천사들은 내킬 때만 참석하는 편이었고, 형벌의 신 엘뤼엔의 천사들은 총무가 매일같이 애원하고 애원한 끝에 저번 회동에서야 처음 참석했다. 그마저도 가장 어린 천사가 가보고 싶다고 말해서 성사된 거였다.

설명이 생략된 전 마신의 천사들은 아예 단 한 번도 참석하지 않았다. 이번 마신도 엘퀴네스 출신이다 보니 다들 어느 정도는 체념하고 있었다. 그렇다고 초대장을 안 보낼 수는 없어서 그냥 의례적으로 보냈다고 했다. 그런데 대뜸 참석하겠다는 답변이 돌아온 것이다.

"새 마신님은 성격이 사교적인 분인가 봐요. 얼마나 무서운 분일까 싶었는데 오해였는지도 모르겠어요."

아니, 오해일 리가. 그 엘퀴네스 출신, 심지어 전쟁과 파괴를 관할하는 신이었다. 애초에 평범한 성격이 마신이 될 수 있을 리도 없지 않은가. 가이엘은 그렇게 지적하고 싶은 기분을 간신히 삼켰다. 오늘 회동이 파국에 이르지 않기만을 바랄 뿐이었다.

*　　*　　*

이번 천사들의 회동은 지난 회동 이후로 7년 만에 열리는 것이었다. 오랜만에 열리는 단체 야유회는 시작부터 분위기가 밝았다. 참석자들은 각자 소속된 궁처가 표시된 자리에 앉아 주최단이 준비한 다과를 즐겼다. 그러면서도 눈길은 계속 한 자리를 향하고 있었다. 아직 비어 있는 그 자리는 새 마신 크로아첸의 천사를 위해 마련된 자리였다.

"정말 자리가 마련되어 있네요. 참석한다는 말이 사실인가 봐요."

"기대되네요. 어떤 분이려나요?"

사방에서 수군거리는 소리가 커져 가는 가운데, 한 모금 마신 찻잔을 우아하게 내려놓은 신족 하나가 입을 열었다.

"루미나엘 님이 오늘 나오신다고 해서 정말 의외였어요. 얼마 전까지만 해도 관심 없다고 하셨거든요."

발언한 이는 네 장의 날개를 지닌 상급 신족이었다. 주변 이들의 시선이 단숨에 그쪽을 향해 몰려들었다.

"쥬엘 님, 그분을 만나보셨어요?"

"네, 아시다시피 제 주인이신 펠마 님이 분쟁의 신이라 전쟁신 계열이잖아요. 같은 마속성 중에서도 좀 더 직계라 할 수 있죠. 그래서 상급자인 크로아첸 님께 인사드리러 가시는 길을 수행했었어요. 이후로 서신을 전해드리면서도 자주 찾아뵙고 있고요."

"오, 그럼 혹시 크로아첸 님도 뵈셨을까요?"

"그야 물론이죠."

온 사방이 술렁거렸다. 새 마신 크로아첸은 지금까지 제대로 얼굴을 드러낸 적이 없었다. 행간의 소문에 의하면 형벌의 신에게 끌려가 감금당한 채로 일하고 있다는 이야기도 있었다. 형벌의 신도 워낙 신비주의다 보니 관련된 농담으로 여겼으나, 얼마 전 지옥의 신 크라제가 감금 장소에서 간신히 탈출한 뒤 쌍욕을 했다는 소문까지 돌면서 신빙성이 더해진 상황이었다. 어쨌든 지금까지 아무도 새 마신의 얼굴을 보지 못했다. 그런 와중에 처음으로 그를 봤다는 이가 나왔으니 다들 흥분할 수밖에 없었다.

“남신이시죠? 어떻게 생기셨어요?”

“진짜, 진짜 굉장해요. 입이 떡 벌어질 만큼 잘생기셨어요.”

“헉, 정말요?”

“뵙는 순간 눈이 머는 줄 알았지 뭐예요? 상급신들은 원래부터 존재감이 강렬하시지만, 그분은 정말이지, 그냥 차원이 달라요. 제가 보기엔 형벌의 신만큼 잘생기신 것 같아요.”

“세상에!”

워낙 두문불출하여 한때는 괴물처럼 생겼다는 오해가 있었던 형벌의 신은 3백 년 전의 그 사건을 통해 모습이 드러나면서 재평가를 받은 지 오래였다. 지금은 엘뤼엔이란 이름이 신계에서 가장 잘생긴 남신의 대명사로 통했다. 그런 형벌의 신만큼이나 잘생긴 신이 태어났다고 하니 신족들은 더욱 술렁거렸다.

“쥬엘 님이 너무 부러워요. 저도 뵙고 싶어요.”

“저희 주인님은 왜 전쟁신 계열이 아니신 거죠?”

다들 농담 반 진담 반으로 부러운 감정을 표출했다. 덕분에 주목을 한데 받은 상급 신족 쥬엘의 어깨가 한껏 으쓱여졌다.

“그분의 성격은 어떠셔요? 많이 무서우신가요?”

"저는 인사만 드리고 밖에서 대기한지라 어떠신지는 잘 모르겠어요. 하지만 그분의 천사이신 루미나엘 님을 보면 조금 무뚝뚝하긴 하지만 그렇게 무서우신 분은 아니세요."

"정말요?"

"네, 자주 뵌 제가 장담해요. 제가 자매처럼 지내고 싶다고 말씀드리니 그러자고도 하신걸요."

다시금 부러움의 탄성이 터져 나왔다. 인간들의 사회만큼은 아니지만 신계에서도 연줄은 아주 중요했다. 특히 상급신과의 친분은 쌓을수록 좋았다.

"허풍일 거예요."

한구석에 조용히 앉아있던 한 하급 신족이 옆에 있던 이에게 속삭였다. 안정의 신 슈레이의 천사였다. 주인들끼리 사이가 별로 좋지 않다는 걸 아는 신족들은 어색하게 웃었다. 쥬엘도 그 소릴 들었다. 그 역시 자신이 허풍이 좀 있는 편이라는 건 알고 있었다. 평소라면 발끈했겠지만 이번엔 아무렇지도 않았다.

'왜냐면 이번엔 진짜거든.'

정확히는 그러든지 말든지, 라고 하긴 했지만 어쨌든 거절하진 않았다. 쥬엘이 당당하게 고개를 치켜들 때였다.

"뭔데? 내 이야기?"

"……!"

불쑥 들려온 음성에 무심코 돌아본 신족들이 모두 흠칫했다. 언제 온 건지 알 수 없는 신족이 그들을 내려다보고 있었다. 회청색의 눈동자에 아래로 내려갈수록 짙어지는 보라색 머리칼을 편하게 늘어트린 그는 숨을 절로 삼킬 만큼 아름다웠다. 심지어 여섯 장의 날개를 지닌 고위 신족이었다.

'왜 고위 신족이 이쪽에…….'

참석자가 많다 보니 회동 장소는 모시는 신의 계층에 따라 그룹이 나뉘어 있었다. 이쪽은 중급신과 하급신의 천사들 위주로 마련된 자리였다.

"루미나엘 님!"

그 순간 쥬엘이 외친 소리에 신족들은 다시금 화들짝 놀랐다. 루미나엘이라면 조금 전까지 쥬엘이 언급하던 마신의 천사 이름이었다. 그제야 외모에 가려져 미처 발견하지 못했던 이마의 문장이 눈에 들어왔다. 포식의 기회를 노리듯 아래로 날카롭게 다리를 뻗은 거미의 문양. 마신 크로아첸의 문장이었다.

안 그래도 주목받고 있던 공간에 더욱 시선이 몰려들었다. 온 사방을 가득 채운 술렁거림에 쥬엘은 기분이 날아갈 것 같았다. 이렇게 유명한 존재가 자신에게 아는 척을 해 온다는 건 정말 멋진 일이었다.

"지금 도착하신 거예요? 갑자기 나타나셔서 깜짝 놀랐어요."

"내 이야기 중인 거 같길래."

"마신께서 워낙 신묘한 분이시잖아요. 다들 궁금해하시더라고요. 혹시 기분 상하신 건 아니죠?"

"글쎄."

"저 칭찬밖에 안 했단 말이에요. 진짜예요."

애교 섞인 말투에 빤히 바라보던 마신의 천사—루미나엘이 피식 웃었다. 그림 같던 얼굴에 미소가 번지니 절경이 따로 없었다. 주변에 있던 신족들이 모두 심장을 움켜잡았다. 그동안 슈레이의 천사는 합이 맞는 다른 신족들과 숙덕거렸다.

"별일이 다 있네요."

"어떡해요. 이번엔 허풍이 아닌가 봐요. 진짜 친한 사이 같은데요?"

"뭐, 냅둬요. 저분이 보는 눈이 없나 보죠."

이번에도 타격을 전혀 받지 않은 쥬엘은 무시했다. 오히려 패자의 발악이라고 생각하니 기분만 더 좋아졌다.

"그런데 루미나엘 님이 참석하시다니 정말 의외였어요. 회동에 관심 없다고 하셨잖아요."

"아, 특명을 받아서."

시큰둥하게 대답하는 루미나엘은 이 상황 자체가 짜증 난다는 표정이었다. 덕분에 무슨 특명이냐고 물을 수가 없었던 쥬엘이 살짝 눈치를 살폈다. 고위 신족인 그에게 명을 내릴 수 있는 건 주인인 크로아첸뿐일 텐데, 신인 그가 천사들의 회동에서 알아보려는 일이 뭐가 있을까 싶었다.

그때 한 곳에서 웃음소리가 들렸다. 상위 그룹에서 이제 막 도착한 신족들을 맞이하는 소리였다.

"저길 봐요, 형벌의 천사들이에요."

누군가 탄성을 내뱉었다. 상급신의 천사들은 대체로 신족의 계급이 높지만, 전원이 고위 신족으로 이뤄진 궁처는 형벌의 신이 유일했다. 아름다운 신의 위명에 걸맞게 천사들의 외모 또한 아름다웠으므로 모두가 훈훈한 표정이 되었다.

"루미나엘 님이 훨씬 멋있어요."

관심을 빼앗긴 쥬엘은 툴툴거렸지만 그 역시 시선은 연신 그쪽을 살피기 바빴다. 지난 회동에는 참석하지 못했기 때문에 형벌의 천사들을 직접 보는 건 처음이었다. 과연 그 엘뤼엔의 천사들답게 다들 존재감이 대단했다. 하지만 한 가지 이상한 점이 있었다.

"저분만 외모가 다르네요?"

주인의 영향을 받아 형성되다 보니 한 궁처의 천사들은 대체로 다들 비슷한 외모를 지니는 편이었다. 지금 나타난 형벌의 천사들도 마찬가지로 다들 성숙하고 우아한 분위기였다. 그런데 유독 혼자만 소녀처럼 귀여운 외모를 지닌 이가 있었다. 저분은 형벌의 신족이 아닌가? 쥬엘이 궁금해하려니 근처에 있던 신족 하나가 끼어들었다.

"아, 나드엘 님을 말하시는 건가요? 쥬엘 님은 저번 회동 때 나오지 못하셨죠? 그게 그렇다더라구요."

"아, 그럼 혹시?"

"네, 저분은 성향이 다르시대요. 탄생하는 과정에서 사고가 있었던 것 같더라구요."

쥬엘의 표정이 묘해졌다. 신족이 모시는 신과 성향이 다른 경우는 대표적으로 세 가지에 해당했다. 신력을 주입할 때 신이 의도적으로 다른 성향을 부여하는 경우, 이미 주인이 있는 천사를 다른 신이 강제로 탈취한 경우, 그리고 마지막으로 신족의 탄생 과정에 다른 존재가 개입한 경우였다.

성향이 다른 신족은 신들도 반기지 않았다. 일단 주인과 온전한 교감을 나누기가 어렵다는 게 가장 컸다. 동료들과도 잘 어울리지 못해 무리에서 동떨어진다는 문제도 있었다. 때문에 아무나 할 수 있는 일도 아니지만, 웬만해선 시도조차 하지 않았다. 특히 마지막은 정말 흔치 않은 상황이었다. 철저하게 단속하는 청공의 방에서 어쩌다가 그런 사고가 일어난 건지는 모르겠지만 운이 정말 나쁘다고밖에 볼 수 없었다.

'뭐야, 그럼. 고위 신족이면 뭐해. 그래 봤자 반쪽 짜리인 거잖아.'

그럴 바엔 날개가 네 장이라도 주인과 온전히 연결된 자신 쪽이 더 나았다. 그런 생각으로 쥬엘이 왠지 모를 승리감을 느끼고 있을 때였다.

돌연 생각지 못한 광경이 눈에 보였다. 루미나엘이 어느새 형벌의 천사들에게 다가가고 있었다. 그제야 그가 옆에서 사라졌다는 걸 깨달은 쥬엘이 매우 당황했다.

"야, 너."

불쑥 들려온 말에 주변인들과 인사를 나누고 있던 형벌의 천사들이 돌아보았다. 그들 역시 루미나엘을 알아보고 놀란 표정을 지었다. 루미나엘은 그들을 돌아보지도 않고 오직 한 곳만 응시했다.

"너 말이야. 분홍 눈."

"저요?"

지목당한 분홍색 눈동자의 신족, 나드엘이 눈을 동그랗게 떴다.

"네가 나드엘이야?"

"앗, 네. 마신의 천사님이시죠? 언니들한테 말씀은 들었어요. 저랑은 처음 만나네요. 나드엘이에요. 앞으로 잘 부탁드려요."

활짝 웃으며 답하는 것에 루미나엘이 잠시 입을 다물었다. 어딘지 불만스럽게 살피는 듯한 눈길이라 나드엘이 고개를 갸웃거렸다.

"왜 그러세요?"

"아, 이건 좀 생각지 못했네."

"네? 뭐를요?"

"너 다시 언니라고 해봐."

"언니요?"

반사적으로 따라 한 말에 루미나엘의 표정이 더 심각해졌다. 보다 못한 다른 형벌의 천사들이 나드엘을 보호하며 나서려고 할 때였다.

"루미나엘 님, 무슨 일인지 모르겠으나 문제가 있다면 저와 먼저 이야기를……."

"역시 귀엽잖아."

"……네?"

"확인하길 잘했어. 주인님이 괜찮은 일을 시키실 때도 다 있네."

나드엘은 물론 모두의 눈이 휘둥그렇게 떠졌다. 하지만 루미나엘은 처음부터 그러했듯이 나드엘만 바라보고 있었다.

"난 루미나엘이야. 그냥 루나라고 불러. 야, 너 내 동생 할래? 아니다, 그냥 동생 해라."

"네에?"

"따라 해봐, 루나 언니."

"루, 루나 언니요?"

"오, 좋아, 좋아. 그럼 난 그렇게 알고 간다! 다음에 보자, 나드엘."

"네? 예? 지금 막 오셨잖아요?"

"너 보러 왔던 거야."

경쾌한 답변에 그들을 지켜보던 모든 신족이 꿀 먹은 벙어리가 됐다. 형벌의 천사들은 이마를 짚으며 한숨을 내쉬었다. "이럴 줄 알고 계속 숨겨왔는데." "설마 회동에 나타날 줄은." 그들이 낮게 탄식하는 소리가 이어졌다.

회장의 분위기가 엉망이 되든 말든 제 용건만 마치고 유유히 돌아선 루미나엘은 가는 길에 얼어붙어 있는 쥬엘과 마주쳤다. 쥬엘은 지금 돌아가는 상황이 전부 믿기지가 않아서 그저 얼떨떨했다. 자매처럼 지내자고 한 건 자신이 먼저였는데, 막상 그가 동생으로 삼은 건 다른 쪽이라니, 이게 무슨 일인가 싶었다.

"루, 루미나엘 님. 저분에게 동생을 하라니……."

그럼 저는요? 라는 질문이 목구멍까지 치솟아 올랐다. 그러든지 말든지, 라는 답변엔 여러 의미가 포함되어 있었다. 네가 그러거나 말거나 난 신경 안 쓴다는 해석도 가능했다. 루미나엘은 새삼 발견했다는 얼굴로 쥬엘을 바라보았다.

"어, 넌 이름이 뭐였지?"

"쥬, 쥬엘인데요."

"아, 그래? 여튼 잘 지내라. 아, 근데 너한테 말해 둘 거 있었다."

까무룩 죽어가던 쥬엘의 눈동자에 희망의 빛이 돌았다. 너도 내 동생 같은 아이야, 또는 그래도 재보다 너랑 더 친해, 이런 말을 해주길 기다렸다. 하지만 부질없는 꿈이었다.

"앞으론 칭찬이라도 내 이야기 하고 다니지 마. 나 그런 거 좀 안 좋아해."

"……."

"그리고 너네 주인님한테는 그만 연락하시라고 해. 우리 주인님 안 그래도 바빠 죽겠는데 귀찮게 한다고 심기가 너무 불편하셔. 이제 인내심이 한계에 달하신 거 같거든. 네가 제대로 된 수행천사라면 주인님의 목숨도 잘 챙겨야지? 알아서 자중하시게 하자. 알았지?"

목소리는 나긋했지만 시선은 얼음장 같았다. 겁에 질린 쥬엘이 얼른 고개를 끄덕였다. 그제야 살벌한 시선이 풀렸다. 루미나엘이 훌쩍 사라지고 난 후에 쥬엘은 멈췄던 숨을 간신히 내쉬었다. 고위 신족이 내뿜는 위압을 온몸으로 받은 탓에 몸이 덜덜 떨렸다.

"거봐요, 허풍 맞다니까."

슈레이의 천사가 옆 신족에게 말했다. 내내 아무렇지 않았던 수군거림이 드디어 가슴을 찔렀다. 쥬엘이 노려보는 것에 모두가 서둘러 시선을 피했다. 본격적인 회동은 시작하지도 않았는데 이미 파장 분위기였다. 오늘을 위해 몇 년간 공을 들였던 주최단이 허망한 표정을 지었다.루세프의 천사 중 한 신족이 이럴 줄 알았다며 한숨을 내쉬었다. 마치 한바탕 폭풍이 지나간 것 같은 시간이었다.

"근데요. 제가 먼저 태어났는데요오……."

울상이 된 나드엘이 호소하는 말은 아무도 듣지 못했다.

*　　*　　*

전쟁과 파괴의 신 크로아첸. 마신이기도 한 그의 궁처는 짙은 밤 속에서 황금빛으로 빛나는 화려한 궁전의 형태였다. 멀리서 보면 찬란하고 아름답지만, 가까이 다가가면 빛에 가려져 보이지 않던 건물의 진짜 모습을 알게 된다.

우아한 조각장식이라고 여겼던 부분들이 사실은 절규하는 인간들의 머리를 바글바글하게 묘사한 것이라거나, 황금인 줄 알았던 외벽이 실제론 폐건물처럼 거무죽죽하다는 것이 그런 것들 중 하나였다. 덕분에 아름다움에 홀려 가까이 다가갔다가도 막상 궁처 앞에 이르면 차마 걸음을 더 옮기지 못하고 발길을 돌리는 이들이 부지기수였다. 한눈에도 주인의 성정이 보통이 아니라는 걸 짐작하게 한다는 점에서 여러 의미로 마신의 궁처답다는 평을 받고 있었다.

"설계가 참 직관적이네."

크로아첸은 맞은편에 삐딱한 자세로 앉아 있는 이를 바라보았다. 진주 같은 피부에 맑은 물색의 눈동자가 선명할 정도로 강렬했다. 빛이 감도는 푸른 머리칼 또한 청명한 여름 바다를 그대로 옮겨놓은 듯했다. 선뜻 성별을 구분하기 어려운 외모조차 종족의 특징을 그대로 표현하고 있는 듯한 이는 물의 정령왕 엘퀴네스였다.

차기 상급신인 정령왕은 쉽게 주목받기 마련이지만, 특히 이번 엘퀴네스는 탄생의 과정에서부터 지금까지 온갖 특이한 선례는 다 만들고 있어서 더 유명했다.

한때는 계약자이기도 했던 이를 전혀 다른 입장에서 마주하게 되는 건 참 묘한 기분이었다. 많은 것이 바뀌고 달라진 지금도 그를 대하는 감정은 변하지 않았다는 점 또한 그랬다. 아마 자신을 대하는 그의 태도가 변하지 않았기 때문일 것이다. 지금만 해도 머리에 품은 생각이 훤히 다 읽혔다. 마음에 들지 않은 소리를 할 게 뻔했지만 크로아첸은 그냥 물었다.

"무슨 소리야?"

"네 궁처 말이야. 화려한 외모에 그렇지 않은 네 더러운 성격을 표현한 거 아냐? 의외로 자기 객관화가 잘 되어 있구나 싶어서 내심 감탄했어."

"그렇겠냐?"

역시 얄미운 소리나 할 줄 알았다. 알아도 짜증이 나는 건 마찬가지라서 크로아첸은 시큰둥하게 쏘아붙였다.

"아니라고? 그럼 왜 이 모양이야?"

"네가 온종일 서류에만 시달려봐. 머리가 안 이상해지나. 거지 같은 기분을 표현할 방법이 이런 거밖에 없다고."

"와, 머리가 이상하다는 자각은 있구나. 역시 자기 객관화의 현시였네."

"까불지 또."

"납치범한테 듣고 싶은 말은 아니거든?"

뚱하게 내뱉는 말 그대로였다. 원래 정령왕은 아크아돈 외의 다른 차원으로는 이동하지 못한다. 그런 엘이 마신의 궁처에 있을 수 있는 건 크로아첸이 조금 전에 그를 직접 데려왔기 때문이었다.

설명도 하지 않고 그냥 무작정 데려온 거다 보니 당사자에겐 납치처럼 느껴질 수도 있긴 했다. 하지만 크로아첸은 조금도 미안하지 않았다. 대차원 밖에선 시간 제약이 가해지는 신은 함부로 움직이기가 어려웠다. 이런 방법이 아니면 항상 빨빨거리고 돌아다니는 그와 느긋하게 대화할 시간을 마련하기가 어려웠다.

"정령계에 가도 네가 돌아올 생각을 안 하는 걸 어쩌라고. 아직 신전도 안 세웠고, 마땅히 연락할 방법이 없는데."

"그렇다고 다짜고짜 납치하냐. 정령왕이 자리를 비우면 어떻게 되는지 뻔히 알면서. 그쪽도 엘퀴네스 출신이라면서요. 직속 선배가 뭐 이래?"

"오히려 잘 아니까 이러지. 대차원은 시간 흐름 똑같잖아. 몇 시간 정도론 어떻게 안 돼. 아무 지장도 없거든?"

"그래도, 갑자기 사라지면 다들 놀란단 말이야."

"미네르바한테는 말해놨어. 알아서 전달했을 거야."

짜증 낼 걸 예상해 그 정도는 대비해놨었다. 이제 어쩔 거냐는 시선에 말문이 막힌 엘이 입술을 삐죽거렸다.

"내 개인 일정에도 지장이 생기거든?"

"무슨 개인 일정."

"그야 뭐. 여관에 말해둔 귀환 시간도 그렇고. 저녁때 가려고 봐뒀던 식당도 그렇고. 원래 하려던 걸 못 하게 된 거면 그게 지장인 거지."

"아, 그래. 참 대단한 일정이네. 말 나온 김에 묻자. 너 요즘 대체 뭐 하고 다니는 건데?"

"뭐 하긴. 그냥 여행 다니는데."

"누구랑? 마왕 꼬맹이랑 퍼런 엘프 놈은 마계로 돌아온 거 이미 확인했고. 그 이후로는 한동안 본계에 있었잖아. 갑자기 어디서 누굴 알게 돼서 여행을 다시 시작한 건데?"

"내가 아는 사람이 그 둘뿐인가. 그리고 넌 언제까지 그런 호칭이야? 아스는 그렇다 쳐도 시벨은 이제 블루 엘프 아니거든?"

"됐고. 솔직히 말해. 너 뭐 숨기는 거 있지?"

"아니야. 내가 뭘 숨긴다고 그래."

눈동자가 떨리는 게 다 보이는구만 아니기는. 어디서 되지도 않는 수작인가 싶었지만 크로아첸은 굳이 다그치지 않았다. 겁 많고 예민한 동물을 다루려면 조급해선 안 된다. 어차피 저 성격에 평생 비밀은 불가능하니, 가만히 있어도 조만간 알려질 것이다. 괜히 건드렸다가 긁어 부스럼을 만드느니 지금은 느긋하게 지켜보는 게 더 나았다. 그래야 방심한 그가 틈을 내기도 더 쉬울 테니까.

"아, 근데 저건 뭐야? 휘장에 웬 거미 문양을 박아놨어? 강렬하긴 한데 좀 무섭지 않나?"

그래서 뻔히 말을 돌린다는 걸 알면서도 그냥 넘어가 주기로 했다. 스스로 여기기에도 자신은 참 관대한 신이었다.

"거미가 무섭다는 게 금시초문인데. 그게 왜 무서워? 거미형 마수도 손가락 하나로 죽일 수 있는 녀석이."

"……실제 위협이 문제가 아니야. 그냥 다리가 많이 달린 생물에 거부감이 드는 거지."

"아직도 전생 습관 못 고쳤냐?"

"아무튼! 왜 거미 문양을 썼냐고."

"내 문장이야."

"헐, 진짜?"

"뭐가 문젠데."

"아니 문제랄 건 아닌데…… 박쥐 날개 다음은 거미라니, 좀 당황스럽네. 마신은 히어로물을 따라가는 법칙이라도 있나? 근데 왜 세계관은 다르지?"

"뭔 소리야."

대충 예상은 됐다. 엘이 알아들을 수 없는 말을 하는 건 대부분 전생의 영향이었다. 하고 많은 중간계 중에서도 하필 주신의 땅인 지구에서 태어났다고 했던가. 특수 구역인 지구는 고위 신일수록 함부로 관여하지 못하는 장소였다. 엘을 찾기 어려웠던 것엔 그 영향도 없지는 않았을 것이다.

일이 좀 한산해지면 언제 한번 지구의 문화를 알아보긴 해야 할 거 같다는 생각이 들었다. 일이 언제 한산해질지 모른다는 게 문제였지만.

"근데 너 안 바빠? 요즘 쉴 틈 없다고 하지 않았어? 이렇게 시간 보내도 괜찮아?"

그에게 일이 많다는 건 엘도 잘 알았다. 외면하고 있던 부분을 지적받은 크로아첸은 얼굴을 찌푸렸다.

"안 괜찮아. 그렇다고 일만 하고 살 순 없잖아."

"그야 이해는 하지. 근데 너 이렇게 노는 동안 우리 아버지만 힘들어지는 거 아냐?"

"차라리 그러면 좋겠네. 엘뤼엔은 이제 인수인계 끝냈다고 손 거의 다 뗐거든? 그 지독한 자식이 그동안 얼마나 굴려댔는지 알기나 해? 야, 그리고 호칭 정확히 해. 우리가 아니라 네 아버지겠지."

"한국 출신은 어쩔 수 없어. 네가 이해해야 해."

젠장, 내가 진짜 지구에 대해 공부하고 만다. 크로아첸은 한숨을 내쉬었다.

"어쨌든 연락 안 되는 거 불편해. 매번 찾아가는 것도 귀찮은데 내 문장 받아라."

"하하, 싫은데?"

"엘뤼엔이랑 전 마신 건 받았잖아. 심지어 엘뤼엔한테는 네가 먼저 요청까지 해놓고선. 내 문장은 왜 싫은데?"

"거미 문양 같은 거 갖고 다니고 싶지 않아."

생각지도 못한, 하지만 합리적인 사유라 크로아첸은 잠시 할 말을 잃었다. 문장의 형태 같은 건 한 번도 신경 써 본 적이 없었는데 왜 하필 거미의 형태인가 불만도 솟았다. 직접 정한 거면 억울하지나 않지, 이름과 함께 받는 거라 선택권도 없었다.

"넌 나중에 얼마나 좋은 문장 받나 보자."

"난 신 안 될 건데."

"누군 되고 싶어서 됐냐? 그런 거 함부로 속단하면 안 되는 거야."

그 말엔 반박할 수 없었는지 엘이 얌전히 입을 다물었다. 불안한 표정을 짓는 걸 보니 이제야 남의 얘기가 아니라는 경각심을 갖게 된 것 같았다.

"여하튼 그럼 그건 내가 양보할게. 대신 다른 거 협조해."
"다른 거 뭐?"
"너 엘뤼엔의 궁처도 가봤지? 내 궁처 보면서 뭔가 허전한 점 느끼지 못했어? 엘뤼엔의 궁처랑 비교해봤을 때 뭐가 부족한 거 같아?"
"화사함과 우아함?"
"……그래, 그거 말고 또."
잠시 고민하던 엘이 천천히 주위를 둘러보았다. 그러다 뭔가를 깨달은 듯 눈을 크게 깜빡였다.
"어…… 천사가 없나?"
이 한마디를 듣기 위해 참 먼 길을 돌아온 기분이었다. 내가 지금 뭘 하는 건지. 크로아첸은 약간의 자괴감을 느끼며 미간을 가볍게 문질렀다.
"뭐야, 넌 왜 천사가 없어? 신이 태어날 때 수석 천사도 같이 태어난다고 알고 있는데. 그럼 한 명이라도 있어야 하잖아. 설마 너무 괴롭혀서 사표라도 냈어? 근데 천사도 사임할 수 있나?"
"다른 신한테 가거나 자결하면 가능…… 아냐, 일단 있거든? 지금 일하고 있어서 그래."
탓하는 시선이 더 험악해졌다.
"진짜 너무하네. 천사는 일 시키고 넌 놀고 있냐? 인원이라도 충원해주든가. 역시 괴롭히는 거 맞네!"
"그 유일한 천사가 인원 충원을 반대하는데 어쩌라고."

“왜 반대해?”

“기다려 봐. 보면 알아.”

“그게 무슨…….”

그 순간 문이 벌컥 열리며 여섯 장의 날개를 지닌 천사가 안으로 들어섰다. 크로아첸의 수석 천사이자 첫 번째 천사인 루미나엘이었다. 손님이 있다는 걸 확인한 루미나엘이 엘을 향해 살짝 고개를 숙여 보였다. 같이 고개를 꾸벅인 엘은 천사의 화려한 외모에 매우 감탄한 얼굴이었다.

“주인님, 크라제의 천사들 좀 패도 돼요?”

물론 그 감탄은 그리 오래 가지 않았다. 웃는 얼굴 그대로 얼어붙은 엘이 자신의 귀를 의심하는 표정을 짓는 동안, 이럴 줄 알았던 크로아첸은 대수롭지 않게 어깨를 으쓱였다.

“무슨 일인데?”

“아니, 자꾸 빡치게 하잖아요. 마계 개편 상황 공문 보내놨더니 읽어볼 시간 없으니까 변경된 부분만 요약 정리해서 다시 보내달래. 내가 지들 부하예요? 난 뭐 시간이 남아돌아요? 아무튼 그것들이 절 호구로 본 거 같아서 경고 좀 하려고요.”

“뭐, 상관은 없는데. 죽이진 마라. 그럼 귀찮아지니까.”

“네, 그럴게요. 아무튼 성격들은 다들 빳빳해 가지고! 아, 진짜 신족들은 왜 다들 그 모양 그 꼴인지 모르겠어요. 그중에서도 고위 신족은 제일 최악이에요.”

투덜거리던 루미나엘은 곧 아무렇지 않은 얼굴로 돌아와 엘에게 꾸벅 고개를 숙이고 밖으로 나갔다. 그때쯤 엘은 이미 질린 얼굴이었다.

"……방금 뭐였어? 신족으로 변장한 마족?"

"아니, 그냥 신족 맞아. 좀 동족 혐오가 있어서 그렇지."

"참 누구의 천사답네. 근데 널 닮아서 저런 거면, 동족 혐오가 아니라 타인 혐오 아냐?"

"맞아, 잘 아네. 걘 그냥 자기 외엔 다 싫어해."

황당해하던 표정이 떨떠름하게 변했다. 책망하는 시선이 느껴졌지만 크로아첸은 늘 그렇듯이 무시했다. 자신의 성격이 어떤지는 누구보다 자신이 제일 잘 알았고, 딱히 그게 잘못됐다고 여긴 적도 없었다. 단지 그로 인해 불편해지는 것들이 있다는 정도는 인정하고 있었다.

"새로 충원해 봤자 걔도 저런 성격일 거라 서로 싫어할 게 뻔하고. 원만한 업무를 위해선 충원은 해야겠고. 나름 해결 방법을 고심해봤는데 마침 특이한 소문이 들리더라고?"

"무슨 소문?"

"엘뤼엔의 궁처에 성향이 다른 천사가 하나 있는데, 걔가 탄생의 과정에서 네 영향을 받아서 순하다는 얘기."

말 그대로 우연히 알게 된 사실이었다. 처음엔 헛소문이라고 여겼다. 인수인계를 치르는 동안 서로 수시로 얽혔지만 그런 천사는 한 번도 본 적이 없었기 때문이었다. 알고 보니 엘뤼엔과 그 천사들이 작당해서 소문의 천사를 꽁꽁 숨긴 거였다. 잠시 얼빠진 얼굴이 된 엘이 곧 어색하게 웃었다.

"와, 나 지금 좀 불길한 예감이 들었어."

"그 예감 맞을걸."

빙긋 웃는 것에 사색이 된 엘이 몸을 뒤로 뺐다. 그래 봤자 소파를 벗어나진 못했지만 피하는 동작을 본 크로아첸은 기분이 나빠졌다.

"난 성격 좋은 천사가 필요해. 협조 좀 해주지?"

"아니, 내 성격 좋다고 해주는 건 고마운데. 아버지 땐 어디까지나 사고였고. 딱히 누군가의 삶에 그런 식으로 영향을 미치고 싶진 않거든? 성격 문제라면 나 말고 다른 사람도 있잖아. 천의 계열 쪽은 다 좋지 않나?"

"성격이 좋기는. 천마대전에서 마신의 천사들을 제일 집요하게 죽인 놈들이 바로 그 천의 쪽이거든? 그리고 다른 녀석은 싫어. 현재까지 내가 친구로 인정한 건 너밖에 없어."

"누적된 나이가 몇인데 그게 자랑이냐? 설령 내가 도와준다 쳐도 네 천사가 그것도 용납을 못 하면 어쩌려고?"

"아, 그건 괜찮아. 이미 확인해 봤어. 마침 천사들 모임에 엘뤼엔 쪽 애들이 전부 참석한다길래 만나보고 오라고 했지. 걘 괜찮다더라. 역시 날 닮은 건 맞나 봐."

황당해하던 엘이 곧 한숨과 함께 고개를 절레절레 흔들었다. 한눈에도 불쾌한 생각을 하는 얼굴이라 크로아첸은 눈을 가늘게 떴다.

"무슨 생각인데 그런 표정이야?"

"아니, 역시 과거의 기억은 미화되는구나 싶어서. 누가 더 기분 나쁜지 라미아스와 우열을 가려보고 있어."

"나라고 하기만 해봐."

"재평가를 시급하게 한 건 너야."

단호한 태도에 크로아첸도 뚱해졌다. 그냥 동의를 구할 것도 없이 바로 청공의 방부터 데려갈 걸 그랬나. 엘이 알면 기함할 생각을 속으로 중얼거리고 있을 때였다.

"아무튼 헛소리 그만하고. 너 중간계에서 얼마나 오래 머물 수 있어?"

"헛소리 아니고. 한 30분쯤. 왜."

"진짜 짧네. 30분 더 시간 내는 건 괜찮아?"

"아마?"

"그럼 나랑 잠깐 어디 좀 가자."

생각지 못한 제안을 받은 크로아첸이 의아한 시선을 보냈다. 그 시선을 받은 엘의 얼굴에 의미심장한 미소가 떠올랐다.

"헉! 이게 누구야? 엘이잖아?"

도착한 곳은 아름다운 호수를 배경으로 지어진 작은 저택 앞이었다. 울타리 안에서 한창 텃밭을 돌보고 있던 작업복 차림의 남자가 다가오는 두 사람을 발견하고 놀란 표정을 지었다. 황급히 맞이하는 흑발의 남자는 크로아첸도 잘 아는 사람이었다. 젠장,

속으로 투덜거리는 그와는 다르게 이 상황을 만든 엘은 마냥 즐거운 얼굴이었다.

"디아곤, 오랜만이야."

"그러게. 진짜 오랜만이네. 다시 돌아왔단 얘기는 들었어. 이렇게 얼굴 보니까 좋다. 그런데 여긴 어쩐 일이야?"

"란타샤…… 반려가 깨어났단 얘기를 들었어. 둘이서 전원생활을 시작했단 얘기를 듣고 축하해주려고."

"와, 진짜? 너무 감동이야."

눈을 휘둥그렇게 뜬 디아곤은 감격한 표정을 감추지 않았다. 어서 들어오라며 수선을 피운 그가 곧 엘 옆에 있는 크로아첸을 발견하고 고개를 갸웃했다.

"그런데 이쪽은 누구?"

"아, 내 친구야. 같이 왔는데 괜찮지?"

"물론 손님은 무조건 환영이지. 자자, 어서 들어와."

흔쾌한 답변과 함께 요란한 손짓이 이어졌다. 그 손길을 따라 마지못해 걸으며 크로아첸은 은근히 엘을 흘겼다. 시선을 받은 엘이 어깨를 으쓱였다.

란타샤가 깨어났으니 보러 가자는 말을 들었을 때 크로아첸은 단숨에 거절했었다. 한때 혈육이었다 해도 이제 전생일 뿐. 라피스의 삶이 끝나면서 그쪽의 모든 인연도 함께 종결된 거였다. 역시 죽으면 다 끝나는 거냐며, 씁쓸해하는 엘을 보다 못해 자신의 정체를 가리는 조건으로 응하긴 했지만 여전히 내키지 않기는 마찬가지였다.

“란타샤, 소개해줄 사람이 있어!”

하지만 그의 기분이 어떻건 간에 이미 상황은 벌어지고 있었다. 문을 열고 들어서자 아기자기하게 꾸며진 거실이 들어왔다. 란타샤는 이런 취향이 아니니 전부 디아곤 취향이었다. 뒷마당과 연결된 테라스 쪽, 안락의자에 앉아 있던 붉은 머리칼의 여인이 발랄한 목소리를 듣고 고개를 들었다.

“소개해 줄 사람?”

차분한 목소리에 엘이 긴장했는지 숨을 삼켰다. 어쩌면 마지막으로 본 4천 년 전의 모습에서 조금도 변하지 않은 모습이라 그런지도 몰랐다. 란타샤 역시 이채 어린 눈으로 엘을 응시했다.

“아, 혹시?”

“누군지 바로 알겠지? 전에 말했던 엘이야. 이번 정령왕 엘퀴네스.”

“안녕하세요, 란타샤.”

엘이 조심스럽게 건넨 인사에 란타샤는 의외라는 듯 눈을 깜빡이다 희미하게 웃었다.

“이번 엘퀴네스는 무척 정중하네. 당신 얘기는 많이 들었어. 그 아이와 계약해줬다면서? 웬일인가 했는데 이런 성격이라 그랬구나?”

“하하, 우여곡절은 있었지만요.”

“늦었지만 고맙다는 말을 하고 싶었어. 그 애가 너무 귀찮게 굴었지?"

"아니에요. 라피스는 좋은 친구였어요."

이어진 말에 크로아첸은 내심 흐뭇해했다. 하지만 그 순간은 그리 오래 가지 못했다.

"미안해요. 제가 계약자를 제대로 지키지 못했어요."

"야, 너……."

바로 얼굴을 찌푸린 크로아첸이 엘을 돌아보았다. 한마디 하려는 찰나, 란타샤가 먼저 입을 열었다.

"아니. 그 정황도 전부 들었어. 하지만 그건 당신 탓이 아니야. 악신 때문에 드래곤 하트가 망가진 거잖아. 그걸 어떻게 막을 수 있었겠어."

"하지만……."

"신경 쓰지 마. 솔직히 말하면 난 그 얘기를 듣고 안심했어."

"……네?"

당황한 엘이 고개를 들었다. 란타샤의 표정은 여전히 담담했다. 하지만 오랫동안 잘 알고 지낸 탓에 본의 아니게 그 표정을 읽어내는 데도 능숙한 크로아첸은 란타샤가 자조하고 있다는 걸 알아차렸다.

"그 애가 화기 때문에 단명한 게 아니라서. 악신을 막으려는 과정에서 사고로 사망한 거라서. 차라리 다행이라고 생각했어."

"란타샤."

"그거 알아? 라피스가 지나친 화기를 타고난 건 전부 내 탓이야.”

“그게 무슨…….”

“어릴 때부터 꾸준히 힘을 강화하는 실험을 했었거든. 내 몸에 직접 시험하는 방법도 서슴지 않았지. 이프리트가 계속 위험하다고 경고했는데 듣지 않았어. 레드 드래곤은 낳으면 안 된다고 했는데, 그 경고도 듣지 않았어. 그 이기심이 그 아이를 날 때부터 죽음으로 몰아간 거야.”

엘이 놀란 얼굴로 눈을 크게 떴다. 역시 이곳에 오는 게 아니었는데. 다시금 이 자리에 발을 들인 걸 후회한 크로아첸은 한숨을 내쉬었다. 그도 관련 사정을 모르고 있던 건 아니었다. 아무리 쉬쉬해도 알려질 얘기는 알려지게 되어 있었다. 하물며 그는 예전부터 눈치가 빨랐다.

그래도 딱히 신경 쓰지 않았기 때문에, 자신이 탓하지 않으면 다른 이들도 괜찮을 거라 생각했다. 정작 스스로가 자신을 탓하고 있을 거라곤, 그렇게 쌓인 마음의 독이 깊은 수면에 이르게 할 거라곤 아무도 예상하지 못했던 일이었다. 평소 란타샤가 워낙 당차고 활기찬 성격이었다 보니 더욱 그랬다. 어느 기점에서 갑자기 더 나빠진 것만은 분명했다. 아마 형제처럼 의지하던 이프리트의 소멸이 원인이었을 것이다.

어쩌다 보니 그는 경험할 기회를 갖지 못하게 됐지만, 정령왕 쪽이 소멸하거나 계약을 파기하면 엄청난 상실감을 느낀다고 들었다. 세상에서 버려진 것 같은 감각이라던가. 딱히 들어도 온전히 이해할 수 없는 부분이었는데, 지금은 대강 짐작할 수 있게 됐다. 그날, 끓어오르는 울음을 참지 못하던 엘을 본 이후부터였다.

“참 우습지. 그런 주제에 지금은 내 탓으로 죽은 게 아니라는 점에 안심하고 있어. 참 이기적이고 못난 모친이야.”

“그럼 그냥 끝까지 이기적으로 살아. 어울리지 않게 불쌍한 척 하지 말고.”

툭하고 내뱉은 말에 모두의 시선이 크로아첸을 향했다. 엘이 기겁해서 그의 옷깃을 붙잡았다. 그만두라는 뜻이 역력한 행동이었으나 크로아첸은 아랑곳하지 않았다.

“어떤 이기적인 녀석이 죄책감을 이기지 못하고 수면기까지 들어가? 그래도 다시 깨어난 걸 보니 살려는 의지는 있나 보네. 그럼 그냥 쉽게 좀 살아. 다 지난 일을 이제 와서 뭘 어쩔 거야.”

“야, 너 진짜. 말을 그렇게밖에 못 해?”

“엘, 너도 마찬가지야. 이제 그만해.”

낮게 경고한 말에 입을 다문 건 엘 쪽이었다. 침묵이 흐르면서 잠시간 어색한 공기가 흘렀다. 반대로 속이 시원해진 크로아첸은 아무렇지 않게 엘의 어깨를 쳤다.

“안부는 충분히 확인한 거 같고. 이제 됐지? 얼른 그거나 주고 용건 끝내.”

“……내가 널 왜 데리고 왔는지 모르겠다.”

엘이 볼멘소리로 중얼거리는 말은 전혀 타격이 없었다. 누구보다 그 자신이 그렇게 생각했다.

"아무튼 끝내라고."

"알았으니까 기다려. 란타샤, 이거 받아요."

한숨을 내쉰 엘이 준비해 둔 것을 건넸다. 얼결에 받아든 란타샤가 의아한 표정을 지었다. "열어봐요." 그래도 권하는 말은 거절하지 않고 순순히 겉면을 감싸고 있는 비단을 풀었다. 이윽고 그 안에서 나온 것에 란타샤가 놀란 표정으로 고개를 들었다.

"……거울?"

"기억을 비추는 거울이에요. 보고 싶은 과거의 장소나 사람의 모습을 볼 수 있을 거예요. 그래 봬도 마신 크로아첸이 만든 신물이에요."

마신의 신물이란 말에 디아곤과 란타샤가 눈을 크게 떴다. 크로아첸은 그래 봬도라는 말은 왜 들어가는 거냐며 투덜거렸다.

"드래곤은 기억력이 좋다지만, 그래도 직접 눈으로 보는 거랑은 차이가 있잖아요. 뭐, 만들기는 마신이 다 만들긴 했는데, 아이디어는 제가 제공한 거니까. 제 지분도 있긴 해요."

"왜 이런 걸……."

"결혼 선물이에요. 많이 늦었지만."

거울을 살피고 있던 두 드래곤이 다시금 당황한 표정이 됐다. 이미 4천 년도 훌쩍 지난 결혼 선물을 한다니 황당하기는 할 터였다. 잠시간 말을 잇지 못하던 란타샤가 곧 거울을 천천히 들여다보았다. 일렁이는 눈동자가 거울 속에서 무엇을 발견한 건지 물기를 품었다.

"고마워. 정말 특별한 선물이네."
"마음에 들었으면 해요."
"정말 마음에 들어. 나 예전에도 이런 비슷한 거울이 있었어. 그땐 하이든의 신물이었는데."
"그래요? 우연이네요."
우연이긴, 아무튼 저런 거짓말은 참 잘하지. 크로아첸은 속으로 툴툴거렸다. 그러다 문득 자신을 바라보는 란타샤와 눈이 마주쳤다. 기이할 정도로 강렬한, 불꽃이 타오르는 듯한 눈동자였다.
"당신에게도. 정말 고마워."
"……."
아무래도 제가 마신인 걸 알아차린 모양이었다. 어쩌면 그 너머의 정체까지 알아봤을지도 모르지만, 크로아첸은 그냥 신경 쓰지 않기로 했다. 고개를 대강 끄덕이니 곧 란타샤의 얼굴에 환한 미소가 번졌다. 크로아첸도 피식 웃었다. 적어도 또다시 수면기에 들어가겠다고 난리 칠 것 같지는 않았다.
"난 이만 간다."
"어? 잠깐만!"
엘의 머리를 한 번 쓸어주곤 그대로 몸을 돌렸다. 당황한 엘이 부르는 소리가 들렸으나 손을 한 번 흔들어주기만 했다. 궁처로 돌아온 후에서야 뒤늦은 자괴감이 미쳤다.
"젠장, 그 자식, 결국 나만 또 부려먹었잖아."
분명 엘의 협조를 얻어낼 생각이었는데 정작 협조한 건 자신밖에 없었다. 처음부터 짜인 판에 뛰어든 느낌마저 들어서 찜찜하기까지 했다. 왜 그 녀석한테는 유독 무르게 되는 건지. 신이 된 후에도 알차게 부려 먹히고 있는 제 신세가 어처구니없었다. 이런 중에도 기분은 딱히 나쁘지 않다는 게 더 문제였다.

'하지만 천사의 형성에 엘의 도움을 받는다는 작전은 보류해야겠어.'

자신이 엘에게 휘둘린다면, 그 성격을 닮은 천사에게 수석 천사도 휘둘릴 가능성이 컸다. 그렇게 결론을 내리고 있을 때 문이 열리고 루미나엘이 들어섰다.

"주인님, 저 다녀왔어요."

"손은 잘 봐줬어?"

"그냥 그만뒀어요."

"왜?"

"가는 길에 나드엘을 만났는데 걔가 그러지 말래서요."

"아, 그래?"

역시 보류해야겠다. 크로아첸은 다시금 고개를 끄덕였다. 저지르기 전에 깨달아서 정말 다행이었다. 아주 큰 깨달음이었다.

외전 3화 그들의 첫 만남

"상급신이 너무 부족합니다."

신계의 정무 회의. 한자리에 모인 신들의 표정은 몹시 심각했다. 매번 회의 때마다 언급되지만 늘 마땅한 방안을 마련하지 못하는 안건이 이번에도 화두에 오르고 있었다.

어떤 세계든 제대로 잘 굴러가기 위해선 관리자의 역할이 중요하다. 규모가 크고 관리가 까다로울수록 상급자의 힘이 필요한 것도 당연했다. 하지만 그런 차원이 넘쳐나는 것에 비해 상급신의 숫자는 이십 명도 채 되지 않는 게 신계의 현실이었다. 원래는 정령왕의 세대교체와 함께 자연스럽게 충원이 이뤄져야 하지만, 소멸하는 정령왕마다 신의 길을 거부하는 탓에 벌써 몇만 년째 인원에 변동이 없었다.

“중하급신들이 아무리 늘면 뭐합니까? 상급신만이 감당할 수 있는 영역은 따로 있는데요. 보다 근본적인 부분이 해결되어야 한단 말입니다.”

“하지만 어쩔 수 없잖아요. 상급신이 될 수 있는 신의 영혼들이 선택의 시기에 자꾸만 속계로 향하니까요.”

“그걸 어떻게든 잘 구슬려서 신이 되게 해야죠! 명계에선 대체 뭘 하길래 설득 하나 못 하는 겁니까?”

“우리도 최선을 다하고 있거든? 본인이 거부하는 걸 어쩌란 거야?”

“한번 인세로 가면 설득하기가 더 힘들어진다는 게 문제야. 인연에 얽힐수록 신이 되는 것에 더 회의적으로 군단 말이지.”

“이러다 다음 순번도 신이 되는 걸 거부하면 어쩌죠?”

한탄하는 목소리, 탓하는 목소리, 발끈하는 목소리들이 뒤섞인 회장은 몹시 어수선했다. 하지만 누구 하나 마땅한 대책 방안을 내놓지는 못했다. 지난 회의도 이러기만 하다 끝난 참이라 다들 막막한 한숨만 내쉬었다.

“그럼 이제 선택권을 안 주면 되겠네.”

그때 돌연 나른한 목소리가 들려왔다. 당황한 이들이 모두 그쪽을 바라보았다. 회의가 진행되는 내내 책상 위에 다리를 올려둔 채로 나태하게 늘어져 있던 남자였다.

한눈에도 훤칠한 그는 먹물보다 짙은 흑발을 지니고 있었다. 슬며시 떠지는 눈꺼풀 사이로 드러난 눈동자 또한 빛마저 삼켜버릴 듯이 검었다. 다리를 내린 그가 자세를 바로 하고 앉았다. 단지 그뿐인데도 모두가 숨을 죽였다.

마신 카노스. 가장 강한 상급신이자 마족의 창조신. 천신과 운명의 신, 명계의 신과 더불어 신계의 태초부터 존재한 최고신 중 하나.

정무 회의 때 최고신들은 대표로 돌아가면서 참석했다. 의장이나 다름없는 위치라 참석하는 최고신이 누구인지에 따라 그날 회의의 방향이 결정되는 거나 다름없었다.

그런 의미에서 마신의 차례에 열리는 회의는 늘 망한 회의였다. 자신의 차례일 때 카노스는 자리만 채울 뿐 회의에 관여하는 일이 거의 없었다. 참석이라도 해주면 다행이었다. 오늘 회의도 다들 처음부터 체념한 참이라 그의 존재를 아예 없는 걸로 치부하고 있었다. 그런데 그 마신이 웬일로 나선 것이다. 한껏 긴장한 이들을 돌아본 카노스가 씩 미소 지었다.

"다음 선택의 시기를 갖는 게 누구야?"

"예? 아, 그게……."

뒤늦게 질문을 이해한 총무가 들고 있던 자료를 허둥지둥 넘겼다.

"시기적으로 봤을 때, 아마도 현 엘퀴네스일 가능성이 가장 높습니다."

주위가 잠시 술렁거렸다. 현 엘퀴네스는 타고나기를 완성형으로, 역대 최강의 엘퀴네스라는 평을 받는 이였다. 그가 신이 되면 최고신의 힘도 넘볼 수 있을 거라는 평이 이미 공공연했다. 카노스의 검은 눈동자에도 이채가 서렸다.

"아, 드디어 그가 소멸할 때인가? 그만한 거물이 신이 안 되고 인간 세상을 유람하고 다니기는 너무 아깝지. 딱 좋네. 그냥 신계로 보내."

"하, 하지만 명계에선 소멸한 정령왕에게 주어지는 모든 권리를 설명해야 하는 의무가 있습니다. 설명을 들은 그가 내세를 택할 생각이라면 크게 반발할 텐데요."

"장사 한두 번 해봐? 선택권 주는 척하고 적당히 속여넘겨. 어차피 처음 소멸해봐서 명계 구조도 모를 때잖아. 세상 순진할 때인데 뭐가 문제야."

아니, 이런 걸 장사라고 하지 말라고.

신들은 울 것 같은 기분이 들었지만 차마 불만의 표정을 짓지 못했다. 그래도 매번 결론이 나지 않던 문제가 해결된 덕분에 전체적으론 밝은 분위기였다. 그들이라고 강제로 진행하는 걸 생각해 보지 않았겠는가. 단지 후환이 두려워서 실행으로 옮기지 못했을 뿐이다.

하지만 카노스가 지시한 거라면 상황이 크게 달라졌다. 마신은 워낙 안 해서 그렇지, 일단 한번 관여한 부분에선 일 처리 하나는 확실했다. 오히려 나서기 시작하면 최고신 중에서 그만큼 든든한 존재가 없었다.

그렇게 한 정령왕의 운명이 자신도 모르는 사이에 결정됐다.

*　　　*　　　*

눈을 떴을 때 그는 본능적으로 뭔가 이상하다는 걸 느꼈다. 가장 먼저 보인 건 짙은 잿빛이었다. 한 치 앞도 보이지 않을 만큼 어두운 안개가 온 사방을 뒤덮고 있었다. 감각기능엔 이상이 없는 거 같은데 어디서부터 어디까지가 시작이고 끝인지 가늠할 수가 없었다. 하지만 이런 장소에 있다는 것보다 더 이해되지 않는 건 자신이 이 상황을 인지하고 있다는 그 자체였다.

분명 환생의 궤도에 올랐을 텐데, 여전히 모든 기억이 다 선명했다. 정령왕의 삶을 마치고 명계에 도착한 것이며 그 안에서 새로운 삶에 관한 설명을 들은 것, 그리고 결정을 내렸던 순간까지도. 어느 하나 사라지거나 바래진 부분이 없었다. 물론 지금 상황도 중간계에서 태어난 것으로 보기는 어려웠다.

혹시 어디에서 문제가 생긴 건가, 그게 아니면 이 또한 환생 과정의 일부인가. 긴 삶을 통해 축적된 지식은 많았지만 그에게도 명계는 미지의 세계였다. 환생 자체는 처음 경험하는 일이다 보니 원인을 짐작할 수 없었던 그는 우선 차분히 기다렸다. 사고가 벌어진 것이든 누군가가 의도한 상황이든, 계속 이런 상태일 리는 없었다. 가만히 있어도 어떻게 된 일인지 알 수 있을 터였다.

"어서 오십시오, 엘뤼엔 님."

예상대로 곧 안개 속에서 모호한 울림이 들렸다. 어디서 들리는 건지 알 수 없는, 성별조차 분간할 수 없는 음성이었다.

"엘뤼엔? 그건 나를 부르는 말인가?"

"그렇습니다, 엘뤼엔 님. 주신께서 하사하신 당신의 새 이름입니다."

"……주신?"

생각지 못한 존재가 언급된 것에 그의 얼굴이 찌푸려졌다. 정령왕이 신이 될 수 있다는 건 그도 명계에 와서 알게 된 사실이었다. 신계와 내세, 두 가지 길 중에서 고를 수 있다고 했고, 그는 분명 내세를 택했다. 육체를 가진 평범한 일원 중 하나가 된다는 뜻이었다. 그런데 왜 주신이 그 삶에 관여한단 말인가. 설마가 확신으로 굳어지기 시작하며, 불쾌한 감각이 밀려들었다.

"네 모습을 드러내라."

"그건 제가 할 수 있는 일이 아닙니다."

"무슨 뜻이지?"

"이곳은 온전한 당신의 영역. 당신이 뜻하는 의지에 따라 모든 것이 이루어집니다. 엘뤼엔 님께서 보시고자 하시면 보시게 될 겁니다."

"……."

아직 형태조차 구현하지 못한 의식체에 불과했던가. 그는 한숨을 내쉰 후 거칠게 머리를 쓸어 넘겼다. 그리고 이번엔 '의지'를 담아 천천히 주변을 돌아보았다. 자욱하던 안개가 빠르게 걷히기 시작하면서 주변의 기류가 사납게 휘몰아쳤다. 들썩이는 공간들이 눈앞에서 차례로 형태를 이루어나갔다.

이윽고 완성된 건 상앗빛으로 우뚝 솟은 거대한 성채였다. 중앙의 기둥 위엔 반짝이는 문양이 새겨져 있었다. 두 개의 추를 이고 있는 천칭을 새하얀 뱀이 휘감고 있는 형태였다.

문양을 잠시간 주시한 뒤 그—엘뤼엔은 앞으로 천천히 걸어 나갔다. 활짝 열린 성문 앞엔 긴 금발을 지닌 여인이 공손한 자세로 서 있었다. 그녀가 조금 전까지 자신과 대화하던 존재라는 건 굳이 확인하지 않아도 알 수 있었다. 그 등에 달린 새하얀 여섯 장의 날개를 보며 자신의 판단이 맞았다는 것도 다시금 확인했다. 더불어 지금 자신이 무엇을 해야 하는지도 알았다.

"네 이름은 유리엘이다. 네가 할 일을 시작해라."

명이 떨어지는 순간 주인이 인지한 존재에 숨이 깃들었다. 인형처럼 굳어 있던 육신에 생기가 감돌기 시작하며 텅 비어 있던 눈동자의 초점이 선명해졌다. 생명을 얻은 신족이 정중하게 고개 숙여 제 주인을 맞이했다.

"천사 유리엘이 존귀한 주인님을 뵙습니다. 모시게 되어 영광입니다."

"확인하는 차원에서 한 가지 묻겠다."

"예, 하문하십시오."

"내가 신이 된 건가?"

주인에게서 서늘한 분노를 느낀 유리엘이 몸을 살짝 떨었다. 그러나 신족은 두려운 감정보다 주인의 명을 따라야 한다는 본능이 더 앞서는 이들이었다. 곧 차분한 답변이 이어졌다.

"네, 그렇습니다. 엘뤼엔 님께선 오늘부터 형벌과 저주를 관장하는 신이 되셨습니다."

하— 엘뤼엔은 차게 웃었다. 짐작한 사실을 재확인한 것뿐이라 해도 이 순간이 기가 막히지 않은 건 아니었다. 이런 일을 벌일 거라곤 의심조차 하지 못했기에 더욱 그랬다. 그야말로 완벽하게 농락당했다. 그가 삶에서 처음으로 느껴본 굴욕이었다.

*　　*　　*

"이건 뭐지?"

엘뤼엔은 책상 위에 놓여 있는 서류 더미에 시선을 보냈다. 집무실 안엔 수많은 서류가 쌓여 있었지만 그가 기존의 것과 착각할 리는 없었다. 분명 어제까지만 해도 존재하지 않던 서류였다. 긴장한 천사들 사이에서 유리엘이 조심스럽게 답했다.

"바이톤의 생태계 변동에 관련된 보고서입니다."

"생태계 변동?"

쌓여 있던 서류들이 공중에 떠올라 그 앞에 펼쳐졌다. 빠르게 스치는 문자들의 향연을 전부 읽어낸 엘뤼엔이 눈썹을 살짝 찌푸렸다. 기록된 내용 모두가 동일 사건에서 발생한 피해목록이었다.

"한 왕국이 몰살됐군."

죽은 건 주민만이 아니었다. 가축을 비롯하여 풀 한 포기조차 살아남은 게 없었다. 고작 몇 시간 사이에 벌어질 규모도, 인간의 무력으로 할 수 있는 일도 아니었다. 서류들을 다시 원래의 자리로 되돌린 엘뤼엔이 앞에 선 유리엘에게 시선을 보냈다. 기다리고 있던 유리엘이 담담히 입을 열었다.

"마족 셋이 사제들이 세운 방벽을 무시하고 침범했습니다."

"놈들은 지금 어딨지?"

"죄송합니다. 신병을 확보하지 못했습니다. 저희가 사태를 파악했을 땐 이미 마계로 숨은 후였습니다. 마왕은 모르쇠로 일관하고 있고 마신의 인가 없이는 내어줄 수 없다는 입장입니다. 마신 측에도 범인 인도 요청을 보냈습니다만……."

이어지는 말은 듣지 않아도 뻔했다. 또 무시했을 것이다. 이미 이런 일이 한두 번이 아니었다. 대차원 중 하나면서도 속계에 더 가까운 마계는 여러모로 특수한 차원이었다. 주 군림신인 마신 카노스 외에는 아무도 마계의 일에 관여할 수 없었다. 또 다른 관리자인 지옥의 신 크라제조차 가벼운 보조만 할 뿐이었다. 그 점을 악용한 마족들이 다른 차원에서 사고를 치고 본계에 숨는 일이 허다했다.

엘뤼엔이 담당하게 된 차원 바이톤은 한 인간의 어리석은 욕망 때문에 마계와 연결되어 버린 비운의 세계였다. 시간대마저 마계와 묶인 덕분에 마족들이 제집 드나들 듯 드나드는 휴양지가 됐다. 그만큼 마족이 일으키는 사건 사고도 잦았다.

하지만 아무리 수많은 범죄를 저질러도 현장에서 처리하지 않으면 놓치는 일이 부지기수였다. 일단 한번 마계로 숨으면 끌어낼 방도가 없다는 점이 가장 문제였다. 이에 관련하여 마신 쪽에 수차례 공문을 보냈지만 마신은 아무런 반응도 하지 않았다. 애초에 공문을 보기는 하는 건지도 미지수였다.

마신이 나다니기 좋아해서 궁처에 머무르는 일이 거의 없다는 말은 들었지만 업무까지 소홀히 할 줄은 생각지 못했다. 아니면 이제 갓 신의 자리에 오른 애송이의 항의 따윈 무시하겠다는 의미인가.

"……어느 쪽이든 재수 없는 놈이군."

"예?"

"아니, 됐다. 어쨌든 이대로 놔두면 끝이 없겠어."

호구가 돼준 건 지금까지로 충분했다. 그가 깃펜을 내려두고 자리에서 일어나자 한창 업무 중이던 천사들이 당황한 얼굴로 고개를 들었다. 하던 일을 계속하라는 지시를 남긴 뒤 엘퀴엔은 문을 열고 걸어 나갔다. 주인의 뒤를 다급히 따라나선 유리엘이 질문했다.

"엘퀴엔 님. 어디를 가십니까?"

"마신의 궁처에 간다."

유리엘의 눈이 크게 떠졌다. 신이 된 후로 그의 주인이 외출한다고 말한 건 오늘이 처음이었다. 엘퀴엔의 푸른 눈동자가 서늘하게 빛났다.

"반응을 보이지 않으면 직접 찾아가는 수밖에. 어떤 낯짝인지 면상은 확인해야겠다."

확인하는 김에 그 낯짝을 후려치겠다는 소리로 들렸으나 유리엘은 아무 말도 하지 않았다. 속은 참 후련할 거 같았다.

"마신께선 지금 출타 중이십니다."

엘뤼엔은 한껏 긴장한 얼굴로 눈치를 살피는 검은 날개의 천사를 내려다보았다. 몸에 흐르는 신력은 마신의 것이 분명한데, 다른 신의 기운도 함께 느껴졌다. 누군가에게서 빼앗은 천사라는 소리였다. 하물며 날개가 여섯 장인 고위 신족이었다. 마신의 성미가 고약하다는 소문은 들었지만 짐작했던 것보다도 질이 나빴다.

"예정 귀환 시간은?"

"죄송합니다. 저희도 알지 못합니다."

"그럼 안에서 기다리지."

"네? 그, 하지만……."

"그래도 제 궁처인데, 언제고 한번은 돌아오지 않겠나?"

엘뤼엔은 당황한 천사를 무시하고 그대로 안으로 들어섰다. 홀에 있던 다른 마신의 천사들이 그를 발견하고 술렁거렸다. 엘뤼엔도 다른 의미에서 잠시 황당해했다. 천사의 수가 한눈에도 열은 넘었는데, 그들 모두 다른 신의 기운이 섞여 있었다.

"갈수록 더 가관이군."

이쯤 되면 온전히 마신의 기운만 지닌 천사가 있기는 한 건지 궁금할 정도였다. 엘퀴엔은 지켜보는 눈길들을 무시한 채 홀에 있는 의자에 걸터앉았다. 조용히 뒤따라온 유리엘이 그 뒤를 지키고 섰다. 문 앞에서 미처 막아설 틈을 놓친 천사가 하얗게 질린 얼굴로 허둥지둥 들어왔다.

"이러시면 정말 곤란합니다."

"뭐가 곤란하지?"

"예, 예?"

"수십 번 공문을 보내도 개무시 당하는 나보다 더 곤란한가? 그게 아니면 하루아침에 개죽음을 당하고도 규명조차 하지 못하는 인간들보다 곤란한가."

"그, 그게……."

"너희에게 따질 일이 아니니 너희 주인을 불러와라."

다른 신에게서 탈취한 천사와는 온전한 교감이 이뤄지지 않는다. 그래도 마신의 소유이긴 하니 주인에게 응급 신호 정도는 보낼 수 있을 터였다. 천사들의 얼굴이 더욱 창백해졌다. 그들이 서로 어쩔 줄 모르는 시선을 교환할 때였다.

"카노스 님은 이런 막무가내 방식으로 뵐 수 있는 분이 아닙니다."

안쪽의 어둠 속으로부터 한 천사가 걸어 나왔다. 선명한 산호색 머리칼을 단정히 늘어트린 여인은 피처럼 붉은 눈동자를 지니고 있었다.

"유비아 님!"

돌아본 천사들의 얼굴에 화색이 돌았다. 엘뤼엔의 눈에도 이채가 감돌았다. 지금 나타난 천사는 온전히 마신의 신력만 지니고 있었다. 한눈에도 천사들을 통솔하는 존재로 보였다.

"형벌의 신을 뵙습니다. 유비아라고 합니다."

"네가 마신의 수석 천사인가?"

"그렇습니다. 노여우신 마음은 충분히 알겠사오나, 마신께선 최고신이십니다. 사전에 정한 약속도 없이 이렇게 일방적으로 알현을 청하실 순 없습니다. 부디 예우를 갖춰주십시오."

"그쪽이야말로 지나친 무례군요."

유리엘의 얼굴이 굳어졌다. 알현이란 만나려는 이가 더 지체가 높은 대상일 경우에 쓰는 표현이었다. 아무리 최고신이라 해도 직급 자체는 마신 또한 엘뤼엔과 같은 상급신이다. 걸맞지도 않을뿐더러 이쪽을 완전히 무시하는 처사였다. 하지만 유비아는 아랑곳하지 않았다.

"마신은 신계의 태초부터 존재하신 분. 갓 태어난 상급신과 존귀를 비교할 수 없습니다."

"그게 무슨……!"

"지금 존귀라 했나?"

재차 항의하려는 유리엘에게 물러나란 손짓을 보낸 엘뤼엔이 입을 열었다. 유비아가 살짝 눈을 내리깔았다.

"일 처리조차 제대로 하지 못하는 놈이 태어난 시기가 빠르단 이유로 존귀하단 평을 듣는군. 살아온 세월이 가치를 증명하는 전부라면, 마신도 꽤 볼 것 없는 놈이겠어."

노골적인 빈정거림에 유비아의 얼굴이 굳어졌다. 그 모습을 느릿하게 훑은 엘퀴엔이 겹치고 있던 다리를 내리고 의자에서 몸을 일으켰다.

"이제 보니 만날 가치도 없는 놈이었군. 아까운 시간을 낭비했다. 그래도 여기까지 왔으니 할 말은 해두지. 가서 네 주인에게 전해라."

"듣겠습니다."

"지금부터 일주일의 시간을 주겠다. 그 안에 범인 인도에 협조하라고 해라. 그러지 않을 시엔 내가 직접 마계로 가서 놈들을 죽여버릴 테니까."

물론 그 과정에서 발생할 사상자가 이번 일의 관련자에만 국한될 리는 없었다. 마신의 관할 영역에 침범하겠다는 건 그와 전쟁도 불사하겠다는 의미이기도 했다. 눈빛이 흔들린 유비아가 입을 열려는 때였다.

"이야, 제법 화끈한 선전포고인걸?"

웃음기를 담은 경쾌한 음성이 들려왔다. 엘퀴엔은 고개를 틀어 언제부터 그곳에 있었는지 알 수 없는 남자를 바라보았다. 어깨를 살짝 덮는 짙은 흑발에 그보다 더 새카만 눈동자. 그와 대비되는 흰 피부 때문인가. 그저 희고 까맣기만 한 단순한 조합임에도 유난스럽게 화려한 느낌이 드는 사내였다. 그가 마신이라는 건 보는 순간 알 수밖에 없었다. 이만큼 강렬한 존재감을 가진 이가 마신이 아니라면 그게 더 말이 되지 않았다.

드디어 잘난 면상을 보는군. 단조로운 감상을 내린 엘뤼엔은 무심한 시선으로 마신을 마주했다. 의외라는 표정을 지은 카노스가 가볍게 웃었다.

"내 기운을 정면으로 받고도 표정 하나 안 변하는 애는 처음이야. 자신감 넘칠 만하네. 조금 자극해 보려다가 내가 된통 당했어."

"자극이라고?"

"아, 조금 전 유비아가 한 말은 진심이 아니니까 용서해 줘. 그거 전부 내가 시킨 거야. 쟤 원래 그런 식으로 말 안 해."

시선을 받은 유비아가 꾸벅 고개를 숙였다. 자신의 반응을 떠보기 위해 천사를 시켜 일부러 무례한 말들을 하게 했다는 사실에 엘뤼엔은 잠시 할 말을 잃었다. 이상할 거라는 건 알았지만 예상보다 더 제정신이 아니었다. 이어지는 말들 또한 그랬다.

"그래도 생각보다는 빨리 왔네. 꽤 오래 걸릴 줄 알았는데. 의외로 인내심이 짧은가? 아니면 그만큼 성실한 건가. 앞으로 뭘 더 해 보면 좋을지 궁리 중이었는데 조금 맥 빠졌어. 하지만 이런 반전이 있는 것도 나쁘진 않아. 난 허를 찌르는 애들이 좋더라."

"……내가 찾아오길 기다렸다는 말인가?"

"그 귀한 얼굴을 보고 싶었거든."

"무슨 소리지?"

"일대에 네 소문이 자자한데 몰랐어? 역대 최강의 엘퀴네스. 최고신과 견줄 만큼 강대한 신력을 타고난 형벌의 신. 게다가 신이 된 이후로는 궁처에 틀어박혀서 모습을 드러내지도, 만남에 응하지도 않는 신비주의라지? 그러면 밖으로 끌어내 보고 싶어지는 게 당연한 심리잖아?"

엘뤼엔은 지끈거리는 미간을 문질렀다. 자신에 관해 무슨 소문이 어떻게 도는지는 알 바가 아니었지만, 그는 일부러 은거하는 게 아니었다. 단지 신이 된 이후로 매일같이 쏟아지는 업무들에 쉴 틈 없이 바빴을 뿐이다. 그리고 그 과중한 업무의 원인 대다수는 눈앞의 마신에게 있었다.

"근데 정말 마속성인 거 맞아?"

"무슨 뜻이지?"

"이런 식으로 햇빛을 담아 만든 듯한 머리칼, 이쪽 계열에서는 흔치 않거든."

엘뤼엔은 제 머리카락을 그러쥐는 손길을 바로 쳐냈다. 너무하다는 표정을 짓는 마신을 보니 일정을 쪼개어 여기까지 온 것에 회의가 일었다.

"난 매우 바쁘다. 이런 시시껄렁한 장난질에 어울려줄 시간 따위 없어. 네가 만든 그 미친놈들 관리 똑바로 해라. 이번이 마지막 경고다. 최소한의 범죄인 인도 조치에도 협조를 못 하겠다면 나도 더는 그냥 지켜볼 생각 없다."

"지켜보지 않으면? 진짜 마계로 직접 쳐들어가려고?"

"못 할 거 없지. 이참에 마계를 대차원에서 지워버리는 방법을 쓰는 것도."

"우와, 무섭네. 점점 더 마음에 들려고 해."

"닥쳐."

"정말인데. 앞으로 친하게 지내자, 엘뤼엔. 내가 아무래도 너한테 한눈에 반한 것 같거든."

"그건 네 사정이고. 난 너랑 친하게 지낼 생각 없다. 확실히 말해 두지. 나와 대화하고 싶다면 예우를 갖춰라. 네 일부터 제대로 해."

싸늘히 대꾸한 뒤 엘뤼엔은 그의 멱살을 틀어잡고 확 끌어당겼다. 갑작스러운 거친 행동에 주위에서 지켜보던 천사들은 물론 카노스조차 놀란 표정을 지었다. 그러거나 말거나 엘뤼엔은 코앞에 둔 검은 눈을 싸늘히 노려보았다.

"그때까진 내 이름도 부르지 마라. 태생부터 존귀한 놈에게 불리자니 부담스러워서 몸 둘 바를 모르겠으니까."

멱살을 놓은 후 휙 떠밀었다. 그리곤 벙쪄 있는 마신을 돌아보지도 않고 발길을 돌렸다.

"유리엘, 이만 돌아간다."

"예, 엘뤼엔 님."

엘뤼엔은 처음 들이닥쳤던 태도 그대로 당당하게 마신의 궁처를 떠났다. 뒤쪽에서 미친 듯이 웃는 소리가 들렸지만 무시했다. 그는 원래 자신이 내린 결정을 후회하는 편이 아니었다. 하지만 마신의 궁처를 찾아온 것만은 드물게 후회했다. 대면 항의에 따른 일말의 성취감도 없이, 그저 오물을 밟았다는 불쾌감뿐이었다.

하지만 마신의 생각은 달랐던 모양이다. 그로부터 얼마 후, 마신의 궁처에서 범죄를 저지른 마족의 신병 인도에 협조한다는 공문이 도착했다. 앞으로 형벌의 신이 요청하는 마족 인도 요청은 무조건 수락하며, 마계에서 직접 체포해도 상관하지 않겠다는 파격적인 허가서까지 실린 공문이었다.

이제 엘뤼엔이라고 불러도 되지?

"미친놈인가."

하단에 적힌 장난스러운 글을 보며 엘뤼엔은 서류를 와락 구겼다. 그와 카노스의 본격적인 악연이 시작된 건 그때부터였다.

*　　*　　*

최근 엘뤼엔에겐 고민이 있었다. 그의 하나뿐인 아들, 엘에 관해서였다. 서로 사는 세계가 다른 데다가 일정이 바쁜 탓에 그가 엘과 만날 수 있는 날은 그리 많지 않았다. 최근 들어서는 통신하는 시간도 겨우 낼 정도였다. 그걸 잘 아는 엘도 연락하면 어떤 상황에서건 늘 반겼다. 그런데 요즘은 당황하는 반응이 더 앞섰다.

〈미안해, 아버지! 내가 지금 너무 바빠서 말이야! 나중에 다시 연락할게! 내가 사랑하는 거 알지? 나중에 봐, 아버지!〉

"엘? 잠깐만, 아들?"

오늘도 역시 일방적으로 끊긴 통화를 돌아보는 엘뤼엔의 표정이 자못 심각해졌다. 원인을 헤아리던 그의 머릿속이 이내 하나의 결론에 이르렀다.

"……사춘기인가?"

"그렇겠냐?"

맞은 편에 있던 크로아첸이 황당해하며 쏘아붙였다.

"네가 생각해도 멍청한 말인 거 알지? 농담이어도 정상으로 보이진 않지만 진심으로 그렇게 생각하는 거면 치유의 신에게 가봐. 너 지금 아픈 거야."

"닥쳐."

"조언을 해줘도 난리야. 어쨌든 너 이럴 때마다 좀 무섭기까지 하거든? 천하의 형벌의 신이 자기 아들한텐 이런 팔불출이라니 누가 믿어."

"그게 뭐가 문제지?"

아버지가 아들을 사랑하고 아끼는 건 지극히 당연한 일이었다. 그 대답에 잠시 할 말을 잃은 듯한 크로아첸이 씩 웃었다.

"너 근데 그건 기억나? 4천 년 전에는 걔한테……."

"닥치라고 했다."

트로웰이 지금도 종종 옛 기억을 떠올리는 것에 비해 엘뤼엔은 그 당시 일이 거의 기억에 없었다. 축제를 구경하다 머리끈을 사줬던 광경이 스치듯 떠오르긴 했지만 그뿐. 그렇기에 더 미안한 마음이 컸다.

그 시절이 잠재의식에 남아 엘을 아들로 삼게 된 건지는 알 수 없다. 단지 처음 엘을 봤을 때 미묘한 끌림이 있었다는 건 부정할 수 없는 사실이었다. 다른 때였다면 무시하고 넘어갔을 부분을 그냥 넘기지 못했다. 확실히 자신답지 않은 일이었다.

하지만 언젠가 언급했던 것처럼, 엘을 아들로 삼은 후에 아끼게 되었다는 것도 사실이었다. 그 선후 관계를 고려해 봤을 때, 4천 년 전의 자신은 아마 그리 좋은 계약자는 아니었을 것이다. 자신의 성격을 잘 아는 만큼 어떤 식으로 대했을지도 훤히 읽혔다. 그렇다고 그걸 제삼자가 거론하는 건 또 다른 문제였다.

"넌 엘에게 뭔가 들은 말 없나? 요즘 어떻게 지내는지."

"없어, 아무것도. 물어보는 족족 피하기 바쁘던데? 걔 지금 뭐 숨기는 거 있다니까?"

쓸데없는 사족에 엘뤼엔의 미간이 구겨졌다. 몇 년 새 부쩍 성장한 아들은 이제 정령왕의 능력을 더 능숙하게 활용할 수 있게 됐다. 예전이었다면 문장을 통해 그의 모습을 들여다볼 수 있었겠지만, 지금은 아무것도 보이지 않았다. 그가 문장을 제어하고 있는 것이다. 아무 때나 자신을 들여다보는 걸 내버려 둘 사람이야 없겠지만, 이렇게까지 감추려고 하니 오히려 더 수상했다. 설마 그럴 리 없다고 여기면서도 생각의 방향이 안 좋은 쪽으로 튀었다.

"아직 엘은 아무것도 모르지? 말이라도 해두는 게 좋지 않아?"

이어진 크로아첸의 말에 엘뤼엔은 잠시 멈칫했다.

"무슨 말이지?"

"알면서 뭘 물어. 너도 지금 그거 신경 쓰고 있는 거 아냐?"

"주어를 분명히 해라."

"마신 카노스 말이야."

서늘한 푸른 눈동자가 더 낮게 가라앉았다. 크로아첸은 어깨를 으쓱였다.

"명계에서 그의 혼을 추적한 기록은 나도 봤어. 아크아돈에서 태어났을 확률이 가장 높다던데. 엘과 마주치기라도 하면 곤란해지지 않겠어?"

"……."

"그 녀석 성격에 모르는 척할 수 있을 리도 없고. 안 그래도 마신을 잘 따랐잖아. 미리 주의를 줘야……."

"그래서, 뭘 설명하라는 거지?"

"뭐냐니."

"악신을 위해 소멸하는 신은 그를 대신해 모든 죄업을 짊어지고 저주받게 된다는 것? 망각의 자유도 없이, 누구에게도 환영받지 못하는 출생으로 태어나 정처 없이 떠도는 삶을 살다 죽는 것을 영원히 반복해야 한다는 것? 옆에 있는 것만으로도 악운이 미치는 저주 덩어리나 다름없다는 것?"

이에 관해선 신계에서도 최근에서야 알게 된 사실이었다. 얼마 전 악신과 관련된 자료를 정리하던 중 섀넌이 당시 해석에 잘못된 부분이 있다는 걸 알아냈다. 문자로 된 기록이 아닌 주신이 남긴 의지를 읽어내는 형식이라 여러 갈래로 해석될 수 있었던 탓이었다.

악신의 소멸에 상급신 하나의 목숨이 필요한 건 맞았지만, 필요한 건 단지 생명만이 아니었다. 존재 그 자체가 필요했다. 희생하는 신은 그의 죄업을 온전히 받아내는 제물의 역할이었다. 단순히 신적에서 지워지는 것만이 아니라, 악신에게 향하던 모든 저주와 업을 대신 받아내고 끝없는 고통의 굴레에 떨어지도록 되어 있었다. '악신을 위해' 소멸한다는 말 그대로였다. 모든 걸 다 잊고 평범하게 살아가는 삶 같은 건 처음부터 불가능했다.

그래서 알았다. 왜 카노스가 운명의 시계를 부수면서까지 강제성을 막았는지. 마신을 잃은 후의 파장이 클 거라는 걸 알면서도 굳이 자처해서 그 길에 들어갔는지. 그는 처음부터 전부 다 알고 있었을 것이다. 엘뤼엔은 불쾌해지는 기분을 억지로 가라앉혔다. 힘이 들어간 주먹에 뼈대가 하얗게 일었다.

"그걸 말해서 뭘 어쩔 거지? 사실을 밝히면 달라질 거라도 있나? 그 이야기를 들으면 넌 엘이 어떻게 나올 거라고 생각하지?"

"그야……."

굳이 상상해 볼 것도 없는 일이었다. 크로아첸의 얼굴이 와락 찌푸려졌다.

"……그 오지랖에 오히려 더 찾으려고 하겠지."

"그걸 안다면 너나 쓸데없이 입 놀리지 마라. 아니, 애초에 엘한테 상관 마. 남의 아들에게 신경 꺼라."

"내 친구이기도 하거든?"

"납치범이겠지."

안 그래도 그 일 때문에 다시 업무 지옥에 끌려온 크로아첸이 살짝 혀를 찼다. 그를 노려보는 엘뤼엔의 시선은 흉흉했다. 쭉 성실하게 일하는 게 기특해서 잠시 풀어줬더니 그새 사고를 쳤다. 지금도 그 순간을 생각하면 기가 막혔다.

"한 번만 더 내 아들을 멋대로 신계로 데려오면 그 대가를 치러야 할 거다."

"웃기시네. 네가 뭘 어쩔 건데?"

"지금 처리하는 서류 양을 두 배로 늘려줄 순 있지."

"……."

지극히 현실적인 협박은 크로아첸을 바로 조용하게 만들었다. 코웃음을 친 엘뤼엔이 옆에 있던 천사에게 눈짓을 보냈다. 고개 숙여 화답한 천사들이 들고 온 서류들을 우르르 그의 책상 앞에 올려두기 시작했다. 무섭게 쌓이는 양에 크로아첸의 표정이 굳어졌다.

"젠장, 잠깐 기다려! 이 분량은 다 뭐야? 분명 다 끝냈잖아?"

"그건 오전 치 분량이고. 오후엔 오후의 서류가 있는 법이지."

"그새 이렇게 쌓였다고?"

"이유는 네 마족들에게 물어봐라."

"젠장! 어제도 죽을 만큼 일했잖아! 내가 서류랑 전쟁하려고 전쟁신인 줄 알아? 대체 언제까지 이러란 말이야!"

“죽을 때까지다.”

뭘 그런 당연한 질문을 하냐는 시선에 크로아첸은 절규했다. 이건 사기라는 둥, 이럴 줄 알았으면 마신 같은 건 절대 안 됐을 거라는 둥, 항상 하던 발악들이 오늘도 줄기차게 이어졌다.

다시 업무에 들어가기에 앞서 엘뤼엔은 그 모습을 잠시간 응시했다. 어깨를 덮는 새카만 머리카락, 밤을 담아낸 눈동자. 눈에 아프도록 익숙한 색이었지만, 그 색을 지닌 사람은 자신이 아는 이가 아니었다. 그 사실이 그는 아직도 가끔은 이상하게 느껴졌다. 지금도 역시 그랬다. 한숨을 푹푹 내쉬는 모습에 본래 그 색을 지니고 있던 이의 모습이 겹쳐지면서, 엘뤼엔은 문득 언젠가 했던 대화를 떠올렸다.

“악신을 소멸시키려면 상급신이 희생해야 한다더군.”

악신이 아직은 마왕이었을 때, 그를 봉인한 후 처참한 몰골로 돌아온 카노스가 그의 궁처에서 정양하고 있을 무렵이었다. 멋대로 침범한 불청객이었지만 그럴 만한 상황이다 보니 머무는 걸 그냥 내버려 뒀다. 그래도 자신의 침대에서 온종일 뒹굴거리고 있는 남자를 볼 때면 살심이 치미는 건 어쩔 수 없었다.

“아, 정말? 상급신이 희생해야 해? 이야, 들어가는 재료 한번 비싸네.”

놀란 듯 눈을 동그랗게 뜨고 있었지만 엘뤼엔은 그가 연기하는 중이라는 걸 한눈에 알아차렸다. 못마땅하다는 시선을 보내니 그의 눈이 사르르 휘어졌다.

"이미 알고 있었군."

"내가 또 모르는 게 없는 신이잖아."

"알아봤자 막지도 못한다면 의미 없는 거 아닌가."

"냐하하, 너무 완벽하면 재미없지."

태평하게 팔을 뻗고 드러눕는 모습을 엘뤼엔은 가만히 내려다보았다. 그가 다 알면서도 모르는 척하려던 이유는 하나밖에 떠오르지 않았다.

"그게 네 선택인가?"

"응? 무슨 말이야, 엘뤼엔?"

"모든 걸 놓아봤자 후련해지진 않을 거다. 너도 그걸 모르진 않겠지만."

"……정말 무슨 소린지 모르겠네."

빙긋 웃는 얼굴은 너무도 태연해서 동요의 감정은 전혀 찾아볼 수 없었다. 처음부터 그런 점이 싫은 녀석이었다. 늘 웃는 얼굴로 아무렇지 않게 뒤통수를 치고, 모든 걸 혼자 계획하고, 혼자 실행하고, 혼자서만 감당하는 빌어먹을 자식.

악신을 위해 죽는 자.

악신의 죄업을 받으리라.

마지막 인사는 엘로부터 전해 들었다. 점점이 흩어져 소멸해가는 상황에서도 태연하게 미소지었다고 했다. 고맙다는 말을 전해 달라고 했단다.

그야 물론 고맙기는 했을 것이다. 그간 그를 대신해 처리한 일들이 얼마나 많았던가. 그가 소멸한 이후의 파장을 수습하기 위해 처리한 업무들도 만만치 않았다. 그것만 생각하면 이미 환생해 태어나 있을 놈을 붙들어 와서라도 다시 신계에 눌러 앉히고 싶은 심정이었다.

'희생 같은 소리.'

그는 전부 버렸을 뿐이다. 자신을 둘러싼 인연과 쌓아온 모든 것을. 그런데도 마음 놓고 탓할 수가 없는 건 그로 인해 신계가 얻은 이득이 더 컸기 때문이었다. 그에 비해 그는 아무것도 얻은 게 없었다. 오히려 잃기만 했을 뿐.

모든 걸 버리고 모든 걸 잃었다. 다시는 안주하지 못한 채 영원히 방황하는 길을 택했다.

"그게 네 선택인가?"

그날 마지막으로 건넸던 질문이 다시금 머릿속에 떠올랐다. 무엇을 묻는 건지 다 알고 있으면서 의아하게 바라보던 표정도. 사실은 그 외에도 한 가지 더 묻고 싶었던 것이 있었다. 모든 것이 끝났음을 알게 된 그때에도 엘뤼엔은 그에게 같은 질문을 하고 싶었다. 이미 질문을 들을 수 있는 상대는 더는 그 자리에 없었지만.

"그게 네 선택인가?"
"……후회하지 않을 자신이 있는 거냐."

하지만 들을 수 있었다 해도 그는 끝까지 대답하지 않았을 것이다. 주어진 결말 또한 달라졌을 리가 없었다. 흘러내리는 머리를 쓸어 넘기며, 엘뤼엔은 옅게 한숨을 내쉬었다.

정말 최악의 친우였다.

*　　*　　*

"너 때문이야!"

노엘은 자신을 향해 소리치는 소년을 무심히 바라보았다. 울면서 똑바로 노려보는 눈동자엔 분노와 원망이 가득했다. 소년을 보호하듯 둘러싸고 있는 다른 아이들도 다 비슷한 표정이었다.

"다짜고짜 그렇게 말하면 무슨 말인지 모르겠는데."

"셀라가 나무에서 떨어졌어!"

"저런, 어쩌다가? 다치진 않았어?"

"당연히 다쳤지! 셀라를 걱정하는 척하지 마! 다 너 때문이잖아!"

셀라가 나무에서 떨어진 그 시각에 노엘은 근방에 있지도 않았다. 하지만 아이들은 마치 노엘이 일부러 셀라를 나무에서 떠민 것처럼 여기고 있었다. 노엘도 그저 어깨를 으쓱이기만 했다. 이런 행동이 더 오해를 불러일으킨다는 걸 알면서도 너무 습관이 돼버린 탓에 어쩔 수가 없었다. 아이들을 위해선 차라리 이편이 더 낫기도 했다.

"셀라는 너한테 잘해줬는데! 어떻게 그런 셀라를 다치게 할 수 있어? 넌 진짜 끔찍한 자식이야!"

"말이 심하네, 형님."

"누가 네 형님이야!"

일단은 같은 핏줄이니 어쩔 수 없는데. 노엘이 중얼거린 말에 발끈한 소년이 그에게 덤벼들려 했다. 기겁한 아이들이 그런 소년을 가까스로 붙잡아 말렸다. 친구들 품에 꼭 끌어안긴 상태에서 소년은 악에 받쳐 소리쳤다.

"난 너 같은 거 핏줄로 인정 못 해! 네가 어떻게 그딴 말을 입에 담아? 엄마 아빠가 돌아가신 것도! 조부모님이 병을 앓는 것도 전부 다 너 때문이야! 너만 태어나지 않았으면 이런 일 없었어! 전부 다 너 때문이라고!"

"정말 끔찍하고 혐오스러워! 네 옆에 있으면 좋은 일이 없어! 그 예언 그대로야! 네가 우리 일족을 망칠 거야! 우리를 전부 다 죽일 거라고!

울며불며 외치는 말은 너무 처절해서 되레 가련할 정도였다. 한숨을 내쉰 노엘이 몸을 일으키자 소년을 비롯한 아이들이 몸을 움찔 떨었다. 노엘은 쓴웃음을 지었다. 그렇게 분노하면서도 막상 자신을 무서워하는 것조차 가련했다.

"이게 대체 무슨 소란이냐!"

그때 소란을 느낀 어른들이 호통을 치며 나타났다. 그들은 노엘과 대치 중인(실상은 그저 멀리 떨어져 있을 뿐인) 아이들을 발견하고는 다그쳐 떠나도록 했다. 일견 다수가 한 명을 따돌리는 걸 막는 것처럼 보였지만 노엘은 그들의 본심을 잘 알았다. 사실은 아이들을 자신에게서 보호하려는 행동이었다.

"네가 이해하거라. 다들 아직 나이가 어린 탓이다."

어른 중 하나가 찜찜한 얼굴로 말했다. 아이들의 어린 나이를 탓하는 그는 노엘도 그 또래라는 건 알지 못하는 것처럼 굴었다. 오히려 나이는 노엘이 가장 어렸지만, 노엘은 그걸 지적하는 대신 그저 싱긋 웃었다.

"딱히 신경 안 써요. 어른들이 수군거리는 말을 듣고 저러는 건데요."

저 꼬마들이 뭘 보고 배웠겠냐는 타박이었다. 움찔한 어른들이 불편한 기색으로 시선을 피했다.

"……네 주위에서 끊임없이 기이한 일들이 일어나는 것도 사실이지."

"제가 저주받았다면서요. 그래서 그런가 보죠."

애써 평온을 가장하던 낯빛들이 대번에 굳어졌다. 어떻게 저런 말을 아무렇지 않게 입에 담을 수 있는지 경악하는 시선이 닿았으나, 노엘은 여전히 아무렇지 않았다.

혼탁한 어둠을 품었으니, 몰락으로 이끄는 저주의 씨앗이라.

노엘이 잉태되었을 때, 예언가이자 제사장인 원로가 예지했다는 말이었다. 노엘을 품은 어미는 그것을 증명하는 것처럼 아이를 낳자마자 죽었다. 다들 찜찜하게 여겼지만 그래도 갓 태어난 아기가 무슨 죄인가 싶어 처음엔 다들 신경 쓰지 않았다.

아무리 나쁜 운명이라도 좋은 방향으로 개선하고자 노력하면 바꿀 수 있었다. 다들 노엘도 그렇게 될 것이라 믿었다. 노엘의 남은 가족들도 태어나자마자 어미를 잃은 아이를 그저 안타까워하기만 했다. 그게 거북함과 증오심으로 뒤바뀌기까지는 그리 오랜 시간이 걸리지 않았다.

시작은 부친의 사망이었다. 마물이 나오는 곳도 아니었는데 갑작스럽게 습격을 당해 시신조차 남기지 못했다. 평생 건강하게 잘 지냈던 조부모들은 처음 보는 병을 앓기 시작했다. 어쩔 수 없이 노엘을 돌봐주기 시작한 친척마다 사고를 당하거나 죽었다. 이웃도 마찬가지였다. 심지어 노엘에게 동정심을 느끼고 잘해주려는 사람일수록 더 처참하게 죽었다. 결국 나중에 가선 아무도 노엘을 가까이하지 않게 되었다.

머리로는 아이의 잘못이 아니라는 걸 알고 있었다. 하지만 미지의 힘 앞에 느껴지는 절망적인 두려움은 어쩔 수 없었다. 아이가 사랑스럽다면 미안하기라도 할 텐데, 찜찜할 정도로 묘한 분위기를 지닌 것도 원인이었다.

"너도 우리가 원망스럽겠지. 하지만……."

"아뇨, 원망 안 하는데요. 그냥 차라리 날 죽이는 게 더 나을 텐데 싶긴 하지만."

"……뭐?"

"역시 엘프라 그런가, 아직 어린애를 죽이는 건 좀 그런가 봐요? 그런 예언까지 받고 이미 실태도 확인도 했으면서. 기껏해야 욕만 하지 굶기지도 않고 돌팔매질도 안 하잖아. 하다못해 멀리 쫓아내지도 못해. 참 너무들 고상하시다니까."

"너, 너란 아이는 도대체……."

"뭐, 나도 선뜻 죽어줄 생각이야 없지만요. 어쨌든 딱히 피해를 주고 싶어서 주는 건 아니거든요? 그러니 서로 조심합시다. 앞으로도 쭉 이렇게 거리를 두고 대하자고요. 애꿎은 귀한 생명 일찌감치 반납하지 말고요."

바라보는 시선에 적대감과 혐오감이 떠올랐다. 하지만 그러면서도 그들 중 누구도 노엘과 눈을 똑바로 맞추지는 못했다. 그들은 곧 서둘러 자리를 떠났다.

혼자 남게 된 후에야 노엘은 살짝 한숨을 내쉬었다. 그는 자신 옆에 놓인 빵 바구니를 응시했다. 오전에 우물쭈물 다가왔던 셀라가 후다닥 건네주고 간 거였다.

"받지 말 걸 그랬네."

아니, 고맙다는 말을 하지 말 걸 그랬나.

앞으론 더 조심해야겠다. 그는 조금 후회했다.

"……스! 카노스!"

어깨를 흔들어 깨우는 손길에 노엘은 문득 눈을 떴다. 흐릿한 시야 속에서 누군가가 자신을 내려다보는 것이 보였다. 그를 이루고 있는 새파란 물의 색을 확인하고서야 뒤늦게 상황을 인지했다.

"엘?"

아직 공기가 차분한 걸 보니 새벽이었다. 왜 벌써 깨웠지? 의아해서 눈을 깜빡이니 자신을 가만히 살피던 엘이 조심스럽게 물었다.

"괜찮아요?"

"응? 뭐가?"

"악몽을 꾸는 것 같았어요."

"……어? 그래?"

그제야 노엘은 자신의 몸을 내려다보았다. 몸이 유난히 무거운 느낌이 든다 싶더니 온몸에 식은땀이 흥건했다.

"오, 왜지? 딱히 악몽 같은 건 안 꿨는데."

"몸이 어디 안 좋은 거 아니에요? 그러게 숲 엘프가 자꾸 고기 같은 걸 먹으니까 그렇죠."

"참나. 네가 뭘 모르는데, 숲 엘프의 채식은 그냥 종교 생활 같은 거거든? 먹어도 되는데 자기들이 몸 정결하게 하려고 안 먹는 거라고."

"어휴, 어쨌든요. 치유술 써줄까요?"

"아냐, 아냐. 뭘 이런 걸 가지고. 찝찝하니까 그냥 가볍게 씻기만 할래."

"하지만……."

"진짜 괜찮아."

웃으며 손을 저으니 치유술에 미련을 두던 엘이 마지못한 듯 고개를 끄덕였다. 상쾌한 감각이 몸을 감싸고 나자 시야도 한결 더 맑아지는 것 같았다.

"정령 친구가 참 좋네. 이래서 다들 정령과 계약하려고 하는 건가 봐."

"그러고 보니 엘프는 어릴 때 정령 계약 많이들 하던데. 카노스는 왜 지금껏 안 했어요? 정령왕과 계약해서 한큐에 해결하려고?"

"음, 그건 아닌데. 사실 나도 그냥 해 본 거라. 진짜 네가 소환될 줄은 몰랐거든."

"헐, 진짜요?"

노엘은 당시의 상황을 떠올려봤다. 저주받은 아이는 정령 소환도 못 하지 않겠냐고 누군가가 빈정거리는 말에, 그런가? 하고 호기심이 든 것뿐이었다. 진짜 정령이 소환되면 그건 그것대로 곤란할 것 같아 일부러 실패를 노리고 정령왕을 택했다. 소환 의식이 어떤 식으로 작동하는지만 확인할 생각이었다. 그런데 정말로 덜컥 엘이 소환되는 바람에 오히려 그가 더 놀랐다. 덕분에 떠날 기회만 노리고 있던 엘프 마을을 생각보다 더 빨리 나오게 됐으니 차라리 잘된 일이긴 했다.

“나야 좋은 거지만, 넌 이렇게 운이 없어서 어떡하냐.”

“……? 뭐가 운이 없는데요?”

“글쎄? 아무튼 뭐 먹을 거 없어? 자다 깼더니 배고파.”

“지금 새벽인데요. 아직 열린 식당도 없을 텐데.”

“하지만 배고픈데.”

“어휴, 잠깐 기다려 봐요. 가벼운 취사는 할 수 있는 방으로 잡길 잘했네요. 뭐 좀 만들어 볼게요.”

“와, 엘이 직접 만들어주는 거야? 너무 좋긴 한데 먹을 수는 있는 거지?”

“저 이래 봬도 시벨한테 칭찬도 받은 실력이거든요?”

툴툴거리며 요리할 재료들을 꺼내기 시작하는 엘을 보면서, 노엘은 문득 하늘에 있는(?) 친우의 얼굴을 떠올렸다. 언젠가 나눴던 대화의 끝에서, 그가 자신을 향해 보냈던 미묘한 눈빛이 새삼 마음에 걸렸다.

아마도 후회하지 않겠냐고 묻고 싶었을 것이다. 냉정하고 무신경해 보이지만 사실은 누구보다 외로운 사람을 알아봐 주는 자였다. 엘퀴네스를 아들로 삼은 것도 그 때문이겠지. ……그리고 자신을 끝내 밀어내지 않은 것도.

“후회할지도 모르지.”

그것 보라며 얼굴을 찌푸리는 친우의 모습이 눈앞에 선했다. 외롭다고 온몸으로 비명을 지르면서도 스스로 더 고독한 길을 택하는 이들이 있다. 아마 그의 눈에 비친 자신이 바로 그런 어리석은 모습일 것이다.

하지만 어쩔 수 없었다. 원래부터가 자신은 글러 먹었다. 지독한 공허에서 벗어날 수만 있다면, 그는 뭐가 됐든 아무래도 좋았다. 섶을 지고 불로 뛰어들어서라도 살아 숨 쉬는 감각을 느껴보고 싶었다.

엘뤼엔은 아마 평생 자신을 이해할 수 없을 것이다. 그는 강하다. 한 번도 자신이 절대자라는 사실을 의심하지 않았다. 타인의 본질을 단숨에 꿰뚫어 보고, 그릇된 것과 옳은 것을 구분하는 것을 망설이지 않는다. 고립되는 것을 두려워하지 않고, 다가오는 것을 거부하지 않는다. 맡은 바 일은 하되, 책임에 얽매이지는 않는다.

그가 바라본 엘뤼엔은 자유롭게 살아 숨 쉬고 있었다. 그래서 더욱 그가 부러웠다. 그렇다. 그 감정이 맞을 것이다. 그는 엘뤼엔이 부러웠다. 그렇기에 오히려, 그와 같은 방식을 취할 수는 없었지만.

"카노스, 매운 거 먹을 수 있어요?"

"이제 노엘이라니까."

"아무튼요. 이거 좀 매콤한 요리인데 괜찮겠어요?"

"음, 아마 괜찮을걸?"

"진짜죠? 나중에 뭐라 하기 없기에요?"

고춧가루를 집어 드는 엘은 왠지 신이 난 얼굴이었다. 초롱초롱

한 눈빛을 보니 무슨 생각을 하는지가 뻔히 보였다. 저런, 진짜 괜찮을 텐데 아쉽겠네. 전직 마신을 골탕 먹이려고 들다니 아직 멀었다. 피식 웃은 노엘은 턱을 괴고 앉아 엘이 요리하는 모습을 구경했다.

운은 나빴지만 태생이 축복 그 자체인 정령왕이니 한동안은 괜찮을 것이다. 조금만 평화를 누릴 생각이었다. 아주 조금만. 이 몸에 속한 저주가 그를 갉아먹으려 들기 전에. 노엘은 희미하게 미소 지었다. 오랜만에 즐거운 시간이라 그런가. 신기할 정도로 아늑한 기분이었다. 그날 엘뤼엔이 끝내 묻지 못하던 질문에 대한 대답을, 지금이라면 할 수 있을 것 같았다.

그래도 괜찮아, 엘뤼엔.

이게 바로 내가 선택한 길이니까.

외전 4화 Tame me to you

네가 날 길들인다면 내 삶은 햇빛처럼 밝아질 거야.
난 다른 모든 발걸음과는 다르게 들리는 소리를 알게 될 거야.
다른 발자국 소리는 날 땅속에 숨게 하겠지만,
네 발자국 소리는 음악처럼 날 굴에서 불러낼 거야.

네가 날 길들인다면 정말 멋질 거야.
금빛 밀이 너의 금발을 생각나게 해줄 거야.
난 밀밭에 부는 바람 소리까지 사랑하게 되겠지.

네가 날 길들인다면 우리는 서로를 필요로 하게 될 거야.

서로가 이 세상에서 하나뿐인 존재가 되는 거야.

〈어린 왕자 中〉

"으음……."

태진은 덥수룩하게 내려앉은 머리칼을 쓸어 넘기며 몸을 일으켰다. 지난밤 마신 술 때문인지 머리가 깨질 듯이 아팠다. 습관적으로 진통제부터 찾으려던 그는 문득 자신의 모습을 내려다보곤 얼굴을 찌푸렸다. 셔츠와 청바지, 손목에 찬 시계까지. 모두 어제 입었던 옷차림 그대로였다. 아무리 평소 주량을 넘겼다지만 옷을 갈아입지도 않고 그대로 쓰러지다니. 체력이 어지간히도 떨어졌다 싶어 한숨이 흘러나왔다.

내친김에 확인한 손목시계는 정확히 오전 8시를 가리키고 있었다. 오늘이 평일이었다면 꼼짝없이 지각을 면하지 못할 시각이다. 태진은 낮게 혀를 찬 다음 몸에 걸친 것들을 차례로 벗어 던졌다. 갑갑하게 죄이던 감각이 사라지자 한결 숨통이 트였다.

디링. 그대로 욕실에 직행하려는데 머리맡에 있던 휴대폰에서 소리가 울렸다. 태진은 닫힌 케이스 안에서 하얀 빛을 요사하게 뿜어내고 있는 액정을 들어 올렸다. 평면의 화면 속엔 주로 사용하는 메신저 어플의 표시가 떠 있었다. 발신자 이름은 김규현, 중학교 시절부터 질기게 이어온 십년지기 친구이자 어젯밤 그의 술

동무였다.

[어젠 무사히 들어갔냐?]

귀찮은데 이걸 대답해야 하나 말아야 하나. 태진은 표정 없는 얼굴로 휴대폰을 심각하게 노려보았다. 그러자 망설이는 걸 어떻게 눈치챘는지 화면이 까맣게 꺼지기 무섭게 다시 번쩍 빛이 터졌다.

[봤으면서 왜 대답 안 해. 잘 들어갔냐고.]

집요한 새끼.

태진은 낮게 욕설을 내뱉으며 빠르게 화면을 눌렀다.

[ㅇ]

[아씨, 좀 성의 있게 대답해라. 너 오늘 뭐 해? 일 있냐? 아니다. 그냥 일 있어도 시간 내라.]

[왜.]

[너 진수 알지? 고등학교 동창 박진수 있잖아. 걔 다음 달에 결혼한댄다. 완전 초스피드 대박사건! 우리 중 첫타를 설마 걔가 끊을 줄 누가 알았겠냐? 아무튼 부인 될 사람 소개해 준다고 애들 다 불러 모으래. 특히 하태진, 너 꼭 데려오라고 신신당부하더라.]

[안 가.]

[야, 그러지 말고. 너 어제 만난 것도 장장 몇 달 만이었는지 알아? 새끼가 왜 갈수록 점점 더 무심해지냐?]

[야, 하태진 진짜 안 가?]

[야아아아~~~~!!]

항의하듯 연달아 울리는 알림음을 무시하고 태진은 몸을 일으켰다. 그러나 아직 술기운이 남은 탓인지 제대로 균형을 잡지 못한 다리가 가까이에 있던 선반을 건드리고 말았다. 아차 할 사이도 없이 위에 있던 물품들이 와르르 쏟아져 내렸다.

아, 진짜 되는 일이 하나도 없네.

태진은 한숨을 내쉬며 바닥에 엉망으로 굴러다니는 물건들을 천천히 집어 올렸다. 그러다 문득 떨어져 있는 것들 중에서 작은 탁상 달력을 발견했다. 스마트폰이라는 편리한 기계가 생긴 뒤로 잘 들여다보지 않게 된 것들 중 하나였지만 그래도 달이 지날 때마다 장을 넘기는 건 잊지 않는 편이었다. 무심코 훑게 된 달력 안에서 자연스레 오늘 날짜를 확인한 태진은 왜 자신이 평소보다 과음했는지를 상기했다.

4월 26일.

그 녀석이 죽은 날이었다.

1.

네가 4시에 온다면 난 3시부터 행복해지기 시작할 거야.

살아가면서 누구나 한 번은 과거로 돌아가고 싶을 때가 있다. 태진에게는 8년 전 4월 26일이 바로 그런 날이었다. 그날 그는 가장 친한 친구를 잃었다.

"너 이 영어점수 아무리 생각해도 심하지 않냐?"

빗금이 소나기처럼 내리고 있는 시험지를 들이밀자 지훈은 머쓱하게 웃었다. 공부를 그리 잘하는 편은 아니었지만 그래도 어느 정도는 평균을 맞추던 그는 영어만은 유독 취약했다.

"대체 관사를 묻는 문제에 왜 명사를 집어넣냐? 해석은 하면서 쓴 거야?"

"……그냥 찍었다."

"그럴 줄 알았다. 너 이런 실력으로 나중에 해외여행 갈 수 있겠냐? 졸업하면 같이 유럽 여행 가자며. 어? 강지훈 씨. 말씀 좀 해보세요."

"내가 알아봤는데 의외로 유럽권에선 영어 잘 안 쓴다더라. 그러니까 배워봤자 소용없지 않을까?"

"그래도 관광지에선 다 써. 세계 공용어를 무시하냐?"

"아하하, 괜찮아. 넌 영어 잘하잖아."

"됐거든? 이게 어딜 나 같은 고급인력을 날로 부려먹으려고."

한껏 노려보자 지훈은 맹한 얼굴로 배시시 웃었다. 태진은 순간 마음이 약해지려는 자신을 얼른 추슬렀다. 사내놈의 미소 따위에 무너진다면 천하의 하태진 자존심이 용납하지 않았다.

"내기하자."

"무슨 내기?"

"이번 영어 시험에서 평균 넘으면 유럽여행 경비 내가 다 쏜다."

"헐? 님 진심임?"

"이 형님 그런 걸로 농담은 안 한다. 대신 호텔 같은 호사스러운 숙박은 꿈도 꾸지 마라. 가끔은 노숙도 해야 할 거다."

웃으며 대답하자 지훈의 바둑알처럼 까만 눈동자가 흔들린다. 솔깃했다는 증거였다. 하지만 판돈이 너무 큰 탓인지 그는 이내 고개를 설레설레 흔들었다.

"야, 됐어. 그게 어디 한두 푼도 아니고. 네가 무슨 돈이 있다고."

"네가 이 형님의 위력을 아직 모르는구나. 너 하나 책임질 돈은 충분히 벌 수 있단다."

"됐다니까. 괜히 부담 주기 싫어."

"전혀 부담 안 되는데? 사실 딱히 내가 질 것 같진 않거든. 내가 언제 손해 보는 내기 하는 거 봤냐? 내가 보기엔 네 영어 성적이 오르는 건 하루아침에 한국어가 세계 공용어가 되는 것만큼이나 기적에 가까운 일이라고 본다."

"허, 잠깐만요, 하태진 님. 그건 왠지 절 무시하는 발언으로 들립니다만?"

"세상에, 그걸 아직도 모르셨어요? 이제 이해하셨다니 유감입니다."

“……젠장, 그러다 진짜 내가 이기면 어쩌려고?”

“그땐 닥치는 대로 알바 해서 돈 모으는 거지.”

싱글싱글 웃으며 답한 말에 지훈의 눈동자에 오기가 맺히는 것이 보인다. 태진이 원하던 반응이었다.

“좋아, 까짓거 한다. 내기에 이겨서 하태진 통장을 텅장으로 만들어주지.”

“오올, 패기는 좋은데. 진짜 가능하시겠어요?”

“이거 왜 이러셔. 나도 한다면 하는 놈이거든?”

사나운 시선을 교류하길 잠시간, 두 사람은 이내 서로 마주 보며 웃었다.

그때까지만 해도 그에게 죽음이라는 건 TV나 신문에서만 보던 남의 이야기였다. 그게 그리 멀리 있는 일이 아니라는 것, 자신에게도 얼마든지 일어날 수 있는 일이라는 걸 그는 가장 지독한 방법으로 깨달았다. 개인의 비극이 아무리 커도 세상은 아무것도 변하지 않는다는 것도.

“단어장 보느라 차가 오는 걸 못 본 모양이야.”

망연하게 서 있던 영안실 앞에서 사람들이 수군거리는 소리가 들렸다. 누군가가 그에게 유품이라는 걸 건네주었다. 떨리는 손으로 그것을 받아든 태진은 얼굴을 한껏 일그러트렸다. 지훈이 마지막까지 손에서 놓지 않고 있었다는 그것은, 깨알 같은 글씨가 적힌 영어 단어장이었다.

그날부터 태진은 매일 악몽을 꿨다. 자신은 늘 같은 장소 같은 시각에 있었고, 지훈만이 홀로 걸어가 암흑 속으로 사라졌다. 아무리 소리치고 불러도 지훈은 돌아보지 않았다. 이쪽의 소리는 조금도 들리지 않는 것 같았다.

내가 그때 영어 성적을 올리라고 하지 않았더라면. 내기를 걸지 않았더라면. 아니, 처음부터 여행 따위 가자고 하지 않았더라면. 하루에도 수십 번씩 부질없는 후회가 가슴을 쳤다.

아무것도 변하지 않은 일상도 그를 힘들게 했다. 자신의 세계는 하루아침에 모든 것이 뒤바뀌었는데, 주변의 풍경은 똑같았다. 그와 함께 슬퍼하고 울던 친구들도 어느덧 본래의 자리로 돌아가 이전처럼 아무렇지 않게 웃고 떠들었다. 오히려 그들은 시간이 흘러도 여전히 방황하는 태진을 이해할 수 없다는 듯 불편하게 응시했다. 그 평온한 삶에서 이질적인 존재는 오직 하태진, 그 하나뿐이었다.

"친구 하나 죽는다고 세상 끝나는 거 아니다."

그의 상태를 늘 걱정하던 담임 선생은 태진을 불러다 놓고 그렇게 말했다. 다른 친구들도 비슷한 말을 했다. 네가 이러면 죽은 지훈이 오히려 힘들어할 거라고, 하늘에서 잘 살고 있는 친구는 그만 생각하고 이제 다시 행복해지라고 했다.

하지만 그들은 아무것도 몰랐다. 적어도 지훈이 죽었을 때, 그날부터 태진의 평범한 일상은 끝났다. 그는 예전처럼 마음 편하게 웃을 수가 없었다. 무엇을 봐도, 어떤 걸 경험해도 예전처럼 즐겁지 않았다. 색채로 가득하던 세상이 하루아침에 흑백으로 변했다. 아무것도 느끼지 못하는 빈 껍데기가 된 것 같았다. 그 녀석이 이런 날 보면 하늘에서 힘들어할 거라고? 오히려 잘됐다. 나만 괴로우면 그게 더 억울하잖아.

미안해, 강지훈. 난 이렇게 이기적이야. 네가 슬퍼하는 모습은 보고 싶지 않지만, 그래도 난 네가 날 잊는 것보다는 기억하면서 아파했으면 좋겠어. 바로 내가 지금 그렇거든.

그거 알아? 지금도 길을 걷다가 우르르 몰려다니는 고등학생들을 보면 그 속에서 무의식적으로 너를 찾아. 혹시 그들 중에 네가 있을까 봐. 너와 함께 찾던 골목길의 분식점, 자주 걷던 거리, 주로 나누던 화제들. 우연히 길에서 너와 즐겨듣던 음악 소리라도 들리면 미친 듯이 눈물이 쏟아져서 그날은 하루 종일 아무것도 못 해. 댄스 곡을 듣고 우는 사람은 이 세상에 나 하나밖에 없을걸?

비가 내리는 날에도 널 생각해. 네가 유난히 좋아하는 날씨였잖아. 일기 예보에 비 표시가 뜨면 네가 좋아하겠다고 실없이 생각하다가 미친놈이라고 욕한 게 한두 번이 아니야.

넌 이런 거 하나도 모르겠지. 떠난 세상은 뒤로하고 나 따위는 이미 까맣게 잊어버렸겠지. 난 이렇게 지독하게 네게 길들여져 버렸는데.

2.

봄이 사라진 한국 날씨는 4월에도 여전히 겨울처럼 쌀쌀했다. 뉴스에서는 벚꽃의 개화시기가 예년보다 빠를 거라고 예측했지만, 만개할 거라고 여겼던 날짜가 찾아들었음에도 아직 개화조차 하지 못한 꽃이 태반이었다. 기상청의 예측에 맞춰 꽃놀이 이벤트를 준비하던 회사들마다 줄줄이 죽을 쑤고 있다는 얘기가 심심치 않게 들렸다. 심지어 오늘은 유난히 춥다 싶더니 아침부터 펑펑 함박눈이 내렸다. 순식간에 쌓인 눈덩이가 그나마 푸릇하게 돋아나던 거리의 가로수를 하얗게 묻어버렸다.

미친 날씨 같으니. 태진은 코트의 앞섶을 여미고 머플러를 둘러맸다. 외출하기 싫은 날이었지만 약속 때문에 어쩔 수가 없었다. 주차를 마친 다음 차에서 내리자 싸늘한 한기가 뺨을 찔렀다. 그가 부득이하게 내키지 않은 걸음을 옮긴 건 전날에 걸려온 규현의 전화 때문이었다.

—정말 미안하다!

전화를 받자마자 규현은 다짜고짜 사과를 건넸다. 일전에 모임에 나오라는 걸 일방적으로 무시했던 참이었기 때문에 단단히 화가 났을 줄 알았는데 오히려 사과를 받으니 태진은 어리둥절했다.

—그날이 지훈이 놈 기일이라는 걸 깜빡했지 뭐냐? 진수 놈도 그 얘기 듣고 아차 하더라. 그래서 날을 다시 잡기로 했어.

"아……."

—다음 주 토요일 괜찮지? 미안해, 태진아. 날 봐서 한 번만 얼굴 좀 비춰주라. 응?

"……."

사실은 날짜가 바뀌든 말든 나갈 생각은 없었다. 그래도 아직 지훈을 기억해주는 사람이 있다는 사실에 마음이 좀 누그러졌다. 적어도 그의 친구들은 죽은 친구의 기일 날 축하 행사를 할 정도로 양심을 상실한 놈들은 아닌 듯했다.

그러나 모임 장소를 선택하는 센스만은 없었다. 주위에 펼쳐진 낯익은 풍경을 돌아본 태진이 쓴 한숨을 삼켰다.

젠장, 왜 하필이면 여기야.

모임 장소는 태진이 졸업한 고등학교와 가까운 위치였다. 연락을 받은 사람들이 대부분 동창이다 보니 일부러 옛 추억의 장소로 불러들인 것 같았다. 물론 태진에게는 외면하고 싶은 악몽에 불과했지만.

그동안 의식적으로 피하던 장소에 스스로 걸어 들어오고 나니 숨이 턱 막혔다. 습관적으로 담배를 찾던 태진은 어느새 갑이 텅 빈 것을 보고 한숨을 쉬었다. 이 시기엔 유독 흡연과 음주량이 늘었지만 그런 것을 감안하더라도 너무 많이 피웠다. 곱게 죽긴 틀렸군, 중얼거리는 소리가 절로 흘러나왔다. 그러면서도 담배를 안 살 생각은 들지 않았다.

'어디 보자. 이 근처에 편의점이…….'

주위를 살피기 위해 고개를 든 태진은 이내 멈칫 굳었다. 근처에 있던 건물의 상호가 눈에 박혔기 때문이다. 〈무지개 떡볶이〉 단순한 글자만 박힌 간판은 세월이 훌쩍 지났는데도 여전히 그대로였다. 강지훈이 제일 좋아하던 분식집이었다.

"……."

태진은 휴대폰을 꺼내들어 통화 버튼을 눌렀다. 신호가 울리기 무섭게 저편에서 활기찬 음성이 들려왔다. 주위가 시끌거리는 것을 보니 이미 상당수 모여 있는 듯했다.

—어, 태진이냐? 어디까지 왔어?

"야, 나 도저히 안 되겠다."

—뭐?

"미안한데 그냥 돌아갈게. 나중에 보자."

—뭐?? 야! 너, 지금 어딘데! 야! 하태진!

꽥꽥거리는 소리를 무시한 채 통화를 종료한 태진은 황급히 몸을 돌렸다. 누가 붙잡으러 달려오는 것도 아닌데 이상하리만치 마음이 초조했다. 얼른 이곳을 벗어나고만 싶었다. 다시 운전하고 싶은 기분도 아니라서 주차장에 세워둔 차를 내버려 둔 채 가장 가까운 정류장으로 뛰듯이 걸었다. 이런 기분에 운전했다간 대형 사고를 칠지도 모른다.

하지만 그건 오히려 최악의 선택이었다. 정류장에 이르자마자 태진은 그 자리에서 얼어붙었다. 그날 이후로 단 한 번도 잊을 수 없는 광경이 눈앞에 펼쳐져 있었다. 정류장은 예전보다 세련되어졌지만 구조는 전혀 달라지지 않았다. 학교 앞과 이어진 4차선의 도로와 횡단보도. 바로 그 앞에서 지훈이 죽었다.

"……!"

태진은 반사적으로 입을 틀어막았다. 주위의 모든 것이 빙글빙글 돌기 시작했다. 울렁거리다 못해 토하고 싶은 기분이었다.

내가 그때 영어 성적을 올리라고 하지 않았더라면. 내기를 걸지 않았더라면. 처음부터 여행 따위 가자고 하지 않았더라면.

과거로 돌아갈 수만 있다면.

"저기요, 괜찮으세요?"

희미한 의식 저편으로 웅성거리는 소리가 들렸다. 그제야 태진은 자신이 주저앉아 있다는 것을 깨달았다. 심하게 어지럽다 싶더니 아주 잠깐 정신을 잃었던 모양이다.

간신히 고개를 들자 흔들리는 시야 속에서 교복을 입은 한 소년의 모습이 들어왔다. 먹물을 머금은 것처럼 까만 눈동자, 조금은 부스스 해 보이는 검은 머리칼은 누군가와 꼭 닮아 있었다. 이젠 이 자리에 있을 리가 없는 바로 그 녀석과.

이제 환상까지 보는 건가. 진짜 가지가지 한다, 하태진. 스스로 생각해도 어이가 없어서 태진은 허탈하게 웃었다. 그 모습이 더 심각해 보였는지 소년이 더 가까이 다가왔다.

"열이 있으신 것 같은데."

소년은 조심스럽게 손을 내밀어 그의 이마를 덮었다. 따스한 촉감이 기분 좋았다. 소년처럼 지훈도 늘 체온이 높았다. 그러고 보니 목소리도 조금은 닮은 것 같다. 아마 그마저도 그의 환상이 만들어낸 착각이겠지만.

"……난 괜찮아, 강지훈."

그래서 자기도 모르게 중얼거렸다. 그런데 당연히 의아해할 거라 생각한 소년이 조금 놀란 듯이 그를 바라보았다.

"어? 제 이름을 어떻게 아세요?"

"……뭐?"

"아, 명찰을 보신 거구나. 아무튼 식은땀이 엄청난데 정말 괜찮으신 거예요? 일단은 병원에 가보시는 게 좋을 것 같은데요. 아니면 구급차를 불러드릴까요?"

종알종알 떠드는 목소리가 점점 선명하게 와닿기 시작했다. 들을수록 똑같은 목소리였다. 소년의 상체를 바라본 태진은 흡 하고 짧게 숨을 삼켰다. 강지훈. 노란색 자수로 새겨진 이름이 똑똑히 보였다.

"잠깐 기다리세요. 제가 휴대폰이 없어서요. 도와줄 사람을 부를……."

소년이 일어나려는 순간, 태진은 반사적으로 그의 팔을 붙잡았다. 돌아본 얼굴에 의아한 표정이 서렸지만 그런 것은 하나도 눈에 들어오지 않았다. 중요한 건 그의 모습이 변하지 않는다는 사실이다. 소년은 여전히 바둑알처럼 까만 눈동자를 지닌 강지훈이었다. 환상이 이렇게 오래 지속될 수 있는 건가? 아니면 내가 이제 정말 미치기라도 한 건가?

"……정말로 강지훈?"

"네?"

"너 정말 강지훈이야?"

"아, 네. 맞는데요."

낯선 일이 벌어지면 순해 빠진 녀석은 화를 내는 대신 난처하게 웃었다. 그것마저 똑같았다. 말도 안 돼. 이건 뭔가 잘못된 거야. 그는 혼란스러워진 머리를 짚으며 시선을 내렸다. 그때 마치 정해진 수순처럼 소년의 손에 들린 것이 그의 눈에 들어왔다. 그것을 본 순간 태진은 다시 얼어붙었다. 알아보지 못할 리가 없었다. 지훈을 죽음으로 몰고 간 바로 그 영어 단어장이었으니까.

내가 그때 영어 성적을 올리라고 하지 않았더라면. 내기를 걸지 않았더라면. 처음부터 여행 따위 가자고 하지 않았더라면.

과거로 돌아갈 수만 있다면.

태진은 멍하니 물었다.

"……미안한데, 오늘이 날짜가 며칠이야?"

"네? 오늘요?"

소년은 고개를 갸웃하다가 배시시 웃으며 대답했다. 날짜를 들은 태진은 그대로 숨을 삼켰다. 8년 전 4월 20일이었다.

3.

과거로 돌아왔다.

태진이 그 사실을 받아들이기까지는 굉장히 오랜 시간이 걸렸다. 그 사이 지훈은 학교에 지각한다며 날듯이 사라졌다. 그대로 홀리듯이 어기적어기적 따라가다가 교문 앞에 서 있던 낯익은 선생에게 이상한 오해를 받고 쫓겨날 뻔했다. 그 선생이 몇 년 전에 다른 학교로 전근 갔다는 사실은 학교에서 멀찍이 떨어진 뒤에야 깨달았다.

주위의 모든 것들이 예전의 것으로 돌아가 있었다. 그럼에도 그가 실감하지 못한 건 휴대폰 때문이었다. 이 시점에서는 분명 미래의 물건이어야 하는 최신형 스마트폰. 그것이 여전히 멀쩡히 구동되고 있었다. 혹시나 싶어 규현에게 전화를 걸었더니 씩씩거리며 받기까지 했다.

—왜 이 새꺄! 토낀다더니 왜 전화질이야!

"……야, 김규현. 내가 지금 어디에 있는지 아냐?"

—그걸 내가 어떻게 알아?

"그치? 나도 그게 궁금해."

—뭐? 그게 뭔 소리야, 대체! 너 미쳤냐?

"그러게. 나도 내가 미친 것 같다."

—야, 하태진? 하태진!

다급하게 부르는 음성을 무시하고 통화를 끊었다. 그대로 설렁설렁 주차장으로 가봤더니 그곳에도 자신이 세워둔 차가 그대로 있었다. 달라진 것은 훨씬 협소해진 주차장 환경과 낯선 복장을 한 안내원뿐이다.

"진짜 미친 건가……."

도대체 뭐가 어떻게 된 건지 모르겠다. 태진은 주머니 안에서 열쇠를 만지작거렸다. 이대로 차를 몰고 집으로 돌아가면 정신을 차릴 수 있을지도 모른다. 하지만 그는 그렇게 하지 않았다. 이유야 어쨌건 지훈을 다시 만났다. 이런 이상한 세계라도 그의 얼굴을 다시 볼 수 있다면 얼마든지 머물러 줄 것이다.

만약 모든 것들이 허상이라도 상관없었다. 가짜라면 또 어떻단 말인가. 살아 있는 지훈을 만날 수 있는데. 이 세상이 환상이라면 자신이 만들어낸 가장 완벽한 환상일 게 틀림없었다. 다시는 깨어나지 않아도 좋았다. 오히려 바라는 바였다.

"안녕."

해가 저물기 시작한 길목에서 태진은 지훈을 다시 만났다. 그가 하교할 때까지 끈기 있게 기다린 결과였다. 낯선 남자의 인사에 어리둥절해하던 지훈이 곧 그를 알아보았는지 눈을 동그랗게 떴다.

“어! 오늘 아침에 정류장에서 봤던 형 맞죠?”

“맞아, 기억하는구나.”

아무렇지 않게 대답하는 것과는 다르게 손안엔 식은땀이 맺혔다. 얼굴을 보는 것만으로도 눈물이 날 것 같은데, 당장이라도 살아 있다는 실감을 하고 싶은데 무서워서 잡아볼 수도 없었다. 이러다 갑자기 사라져 버리게 될까 봐.

불현듯 꿈에서 깨어나서, 갑자기 모든 것이 다 원래대로 돌아가면 어떡하지? 그럼 난 어떻게 해야 하지, 강지훈? 또 너를 잃은 상실감에 빠져 빈 껍데기로 살아가야 하는 걸까? 이번에도 그 끔찍한 일을 견딜 수 있을까?

잠시간 수많은 생각의 파도처럼 태진의 머릿속을 휘저었다. 그러나 그의 불안한 속내를 알 리가 없는 지훈은 해맑게 웃었다.

“여기서 또 만나다니 우연이네요. 몸은 좀 괜찮으세요?”

“어, 그땐 고마웠어.”

“아니에요. 괜찮으시다니 정말 다행이에요.”

“저녁은 먹었어?”

“네? 아뇨, 아직…….”

“그래? 그럼 같이 밥 먹으러 갈래? 아침 일에 대한 감사 인사도 할 겸, 내가 살게. 아, 혹시 부모님이 저녁 차려두고 기다리시려나?”

담배를 사면서 현금 사용도 문제가 없다는 건 이미 확인했다. 태진은 부정적인 반응을 예상하고 질문했다. 지훈은 한 번도 자신의 가정환경을 제대로 얘기하지 않았지만 태진은 그의 부모가 막내 아들을 학대하고 있다는 걸 알고 있었다. 용돈을 주기는커녕 알바비까지 갈취하는 모양인데 따뜻한 저녁 밥상이란 게 있을 리가 없었다. 예상대로 지훈은 빨개진 얼굴로 고개를 저었다. 이쪽이 자신의 사정까지는 알 리가 없다고 생각하면서도 속내를 들킨 것 같아 껄끄러운 게 분명했다.

"으음, 아니, 그건 아니지만……."

"그럼 잘됐네. 가자, 마침 나도 혼자 먹기 따분한 참이었거든."

"아뇨, 저 진짜 괜찮은……."

"저긴 어때? 얼마 전에 가봤는데 저기 분식이 꽤 맛있더라고."

태진이 가리킨 곳을 본 지훈이 입을 꾹 다물었다. 그것 역시 이미 예상하고 있던 일이었다. 무지개 분식점. 지훈이 꿈에서조차 찾을 정도로 좋아하는 분식점이다. 오전에 봤을 때만 해도 그의 숨을 막히게 했던 그 장소를 이렇게 이용하게 되다니 기분이 미묘했다.

"떡볶이랑 김말이랑 주먹 만두, 그리고 꼬마 김밥."

메뉴를 하나씩 읊을 때마다 지훈의 어깨가 흠칫흠칫 떨렸다. 태진은 지훈에 대해서라면 무엇이든 알았다. 그가 어떤 노래를 즐겨 듣는지, 좋아하는 가게가 무엇인지, 그곳에서 또 무슨 메뉴를 가장 좋아하는지.

힐끔 보니 망설임이 가득한 얼굴이 들어왔다. 역시 낯선 사람이랑 밥 먹는 건 거북한 건가? 이럴 거라 짐작하지 못한 건 아니었다. 결국 태진은 히든카드를 내밀었다.

"쫄면도 사줄게."

"……잘 먹겠습니다."

드디어 원하던 반응이 떨어졌다. 태진은 빙긋 웃었다.

"그래."

*　　*　　*

그날 이후 태진은 종종 등교 시간이나 하교 시간에 맞춰 우연인 척 지훈과 만났다. 초면엔 낯을 가리되 한번 친해지면 쉽게 마음 문을 여는 지훈은 금세 태진을 친근하게 대하게 되었다. 더불어 사람을 잘 믿는 성격답게, 그와 이상할 정도로 자주 마주치는 걸 의심하지도 않았다. 아마도 하릴없이 동네를 전전하는 한가한 백수 정도로 생각하는 듯했다.

"자."

"매번 감사합니다."

지훈은 그가 건네는 햄버거를 소중하게 받아들었다. 몇천 원짜리 싸구려 햄버거지만 수제 햄버거보다 지훈이 좋아하는 것이었다. 어차피 비싼 건 사주려고 해봤자 부담스러워할 게 뻔해서 지훈이 좋아하는 것 위주로만 공략하고 있었다.

“진짜 신기해요. 형은 제가 좋아하는 음식은 다 아는 것 같아요. 취향이 이렇게 겹칠 수도 있나?”

“좋은 거 아냐? 이렇게 맛있는 음식을 서로 공유할 수 있잖아.”

“항상 형이 사주니까 문제죠. 저도 사드리고 싶은데…….”

“이게 뭐 얼마나 한다고. 그리고 얌마. 내 나이가 몇인데. 고딩한테 얻어먹어서야 체면이 서겠냐?”

“그래도 담엔 제가 사드릴게요.”

“……그래. 그럼 나중에.”

스스로 내뱉은 말에 조금 감동스러웠다. 다음을 기약할 수 있다는 관계란 것이 얼마나 소중한 것인지, 잃기 전에는 아무것도 알지 못했었다. 태진은 울고 싶은 기분을 감추기 위해 햄버거를 입에 억지로 깨물어 삼켰다. 그러자 옆에서 빤히 지켜보는 시선이 느껴졌다. 지훈이 그를 유심히 바라보고 있었다.

“왜?”

“형, 혹시 태진이 몰라요?”

“……어?”

순간 당황한 나머지 태진은 바보같이 반응했다. 다행히 지훈은 그것을 눈치채지 못한 듯 신나서 말을 이었다.

“저랑 제일 친한 친구예요. 전부터 생각했는데 형이랑 되게 닮았거든요. 태진이한테 친형이 있으면 딱 형처럼 생겼을 것 같아요. 음, 근데 그 녀석은 외동이라서…… 혹시 사촌이라든가, 그런 거 아니죠?”

"……아냐, 그런 거."

"흠, 역시 그렇구나. 전혀 다른 타인이 이렇게 닮을 수도 있다니 처음 알았어요. 되게 신기하네요."

"……그래, 그거 진짜 신기하네. 내 친구도 너랑 닮았는데."

"어? 정말요? 저랑 닮은 친구가 있어요?"

"어, 나랑 제일 친한 친구."

"와, 그것도 똑같네? 진짜 신기하다. 하하, 근데 전 좀 흔한 얼굴이긴 해요. 한국인 표준 얼굴이잖아요. 지나가는 사람 열에 일곱은 저처럼 생겼을걸요."

"아냐, 안 흔해."

"우와, 그렇게 말해주는 사람은 태진이랑 형뿐이에요. 이제 보니 성격도 닮은 것 같아요."

태진은 무표정한 얼굴로 지훈을 응시했다. 지금 여기서 내가 바로 그 태진이라고 말하면, 넌 무슨 표정을 지을까? 그리고 이 세계는 어떻게 변할까? 넌 이 자리에서 또 사라져 버리게 될까?

태진은 충동적으로 입을 열려고 했다. 하지만 그가 말하는 것보다 지훈의 푸념이 이어지는 것이 더 빨랐다.

"그보다 정말 큰일이에요. 내일이 모의고사거든요."

"……모의고사?"

"태진이랑 영어시험 성적을 갖고 내기했어요. 하지만 머리가 나빠서 그런지 아무리 공부를 해도 무슨 소린지를 하나도 모르겠단 말이죠."

그 순간 태진은 자신도 모르게 자리에서 벌떡 일어섰다. 지훈이 깜짝 놀라 그를 쳐다보았다.

"형?"

행복한 꿈에 취해 잠시 잊고 있었다. 지금이 4월이고, 그가 죽었던 날짜에서 불과 얼마 전이라는 것을. 애초에 자신이 과거로 가고 싶어 했던 단 하나의 이유를.

극심한 충격 때문에 태진은 자신의 얼굴이 얼마나 무섭게 굳어져 있는지 잘 몰랐다. 지훈이 겁먹은 걸 알았지만 쉽게 평소대로 돌아올 수가 없었다.

"……그런 내기 하지 마."

"아, 역시 좀 그렇죠? 사실 저도 제가 이길 거라고 생각하고 하는 건 아니에요. 그냥 태진이를 실망시키고 싶지 않아서요. 그 녀석, 제 성적 때문에 걱정 많이 하거든요."

"실망 안 해. 그러니까 그냥 공부하지 마."

"에이, 그런 게 어딨어요?"

"정말이야. 해외여행 같은 거…… 그냥 영어 필요한 건 다 태진이 시켜. 괜찮아. 그래도 돼. 네가 무리해서 공부할 필요 없어."

"에이, 꼭 그것 때문에 하려는 게 아니라요…… 어, 근데 제가 해외여행 내기라는 걸 말했던가요?"

"……."

태진은 아무 대답도 하지 못했다. 이상한 분위기를 감지했는지 지훈은 바로 몸을 털고 일어났다.

"으음, 시간이 너무 늦은 것 같아요. 전 이만 가볼게요, 형. 다음에 또 볼 수 있으면 봐요."

"지훈아."

얼른 인사를 하고 사라지려는 걸 태진이 불렀다. 지훈은 걸음을 내딛다 말고 엉거주춤 돌아보았다.

"네?"

"공부는 그냥 학교에서만 해. 괜히 단어장 같은 거…… 들고 다니면서 외우지 말고."

"……?"

지훈은 여전히 이해할 수 없는 표정이었지만 어색하게 고개를 끄덕였다. 멀찍이 사라지는 뒷모습을 보며 태진은 주먹을 꾹 움켜쥐었다. 사고가 났던 장소는 이미 알고 있다. 시간과 위치까지 전부 정확히 기억하고 있었다. 8년 전 4월 26일, 언제나 다시 돌아가기를 간절히 바라왔던 날이다. 바로 그 기회가 자신에게 주어졌다. 지금이라면 그를 구할 수 있을지 모른다. 이걸 위해 이 세상에 떨어졌다고 생각하니 모든 게 다 이해됐다.

"강지훈, 널 구할 거야."

태진은 자신의 두 손을 내려다보았다. 자기만족이라도 상관없었다. 이 손으로 지훈을 구할 수만 있다면, 운명을 바꾼 죄로 벌을 받더라도 기쁠 것 같았다.

4.

이른 새벽 버스 정류장은 첫차를 기다리는 학생들과 직장인들로 길게 줄지어 있었다. 여느 때와 변함없는 풍경이었지만 한 가지 이색적인 광경도 있었다. 벤치에 앉아 있는 훤칠한 청년의 모습이었다.

쭉 뻗은 키, 보기 좋게 단련된 체구를 지닌 청년은 언제부터였는지 알 수 없지만 계속 한자리에 앉아 무언가를 기다리고 있었다. 그게 타고 가야 할 버스가 아니라는 것쯤은 그 자리에 있던 사람들은 모두 알았다. 이미 몇 번이나 같은 번호의 버스들이 연달아 도착했지만 한 번도 반응하지 않았기 때문이다.

입에는 담배 대신으로 삼은 듯한 막대 사탕을 문 채였다. 그마저도 거의 다 먹었는지 막대 부분 끝만 잘근잘근 씹고 있었다. 다른 사람이 했다면 조금 못나게도 보일 행동이 그는 그린 듯이 멋있어서 근처의 여자들이 모두 얼굴을 붉혔다. 진짜 잘생겼다. 혹시 모델인가? 뭐야, 연예인이라고? 추측이 확신으로 순식간에 번져가면서 작은 소란도 일었지만 그마저도 청년에겐 관심 밖의 일인 듯했다.

"저기요. 버스 안 타세요?"

그때 용감한 학생들이 청년에게 다가가 조심스럽게 물었다. 무감하게 바라보는 시선에 긴장했던 소녀들은 빙긋 미소 짓는 얼굴에 심장을 와락 부여잡았다.

"응, 안 타. 너흰 학교 가는 길이니?"

"네, 네! 오, 오빠는 어디 가는 길이세요?"

"난 기다리는 사람이 있어서."

"호, 혹시 여자친구?"

"아니, 남자친구."

"에이, 그게 뭐예요~"

소녀들은 별 농담을 다 한다는 듯이 깔깔거렸다. 그게 그렇게 재밌는 말인가? 낙엽만 굴러가도 웃는 나이라더니, 그게 사실이라고 생각하며 태진은 피식 웃었다.

"한 가지만 확인해도 될까? 오늘 4월 26일 맞지?"

"네, 맞아요. 근데 진짜 친구 기다리는 거예요? 친구는 언제 오는데요?"

"음, 아마 이제 곧 올 거야."

태진은 손목시계의 시간을 느긋하게 확인하며 대답했다. 현재 바늘이 가리키고 있는 시간은 7시 42분. 지훈의 사망추정시간이 이쯤이었으니 정말 곧 도착할 시각이었다.

짐작하기 무섭게 인파 속에서 낯익은 모습이 잡혔다. 제대로 정돈하지 않은 차림으로 허둥지둥 걸어오고 있는 강지훈이었다. 졸음이 가득한 얼굴이면서도 눈으로는 연신 손에 들린 단어장을 뚫어지게 바라보고 있는 채였다.

저러니까 사고가 나지. 단어장 보면서 걷지 말라고 그렇게 말했건만. 태진은 속으로 혀를 찼다. 툭하면 비꼬아대는 부모에 익숙해진 지훈은 때때로 남의 말을 곧이곧대로 듣지 못하는 경향이 있었다. 아마 그가 한 충고 역시 그렇게라도 공부하라는 뜻으로 인식했을 게 분명했다. 쓰게 웃던 태진은 다음 순간 미친 생각에 얼굴을 다시 굳혔다.

'잠깐, 그럼 설마 지금의 내가 녀석의 사고에 일조했다는 건가?'

불현듯 불길한 상상이 엄습하기 시작했다. 만약 내가 그런 말을 하지 않았다면, 그래도 강지훈은 단어장을 보면서 걸었을까?

'아냐. 그럴 리가 없어.'

태진은 혼란스러운 얼굴로 자리를 털고 일어났다. 사고만 막으면 된다. 그를 구하기만 하면 아무래도 상관없었다. 그 사이 지훈은 횡단보도 앞에 멍하니 서 있었다. 신호가 바뀌려는 것을 보고 태진은 서둘러 걸음을 옮겼다.

"어? 오빠 가려고요?"

"어, 너희도 등교 잘해. 항상 차 조심하고."

"어어? 잠깐만요~!"

아쉬운 듯 소녀들이 뒤따라오는 것이 느껴졌다. 태진은 상관하지 않고 빠르게 지훈에게 다가갔다. 그는 자신에게 다가오는 기척조차 느끼지 못한 채 무서울 정도로 단어장에 집중한 상태였다. 그 순간 비어 있던 차선에서 갑자기 자동차가 빠르게 돌진해오기 시작했다. 앞쪽에 박힌 차량 넘버가 익숙했다. 그게 지훈의 목숨을 앗아갔던 차라는 것을 깨닫자마자 태진은 힘껏 내달렸다. 아무것도 모르고 있는 지훈을 향해 손을 뻗었다.

'바로 지금!'

이 손만 닿으면 구할 수 있다. 악몽이었던 시간들을 바꿀 수 있었다!

"그러면 안 돼."

순간 속삭이는 소리와 함께 시야가 덜컥 멈췄다. 누군가가 뒤에서 자신을 붙잡았다는 걸 인지한 건 조금 후였다.

"뭐……!"

끼이이익—!

콰앙!

흠칫 몸을 굳힌 그 짧은 사이에 요란한 소음이 울려 퍼졌다. 태진은 눈앞에서 날아가는 지훈의 모습을 망연히 응시했다. 맥없이 허공에 떠오른 몸이 도로 위에 아무렇게나 철퍽 쓰러지는 것이 슬로 모션처럼 천천히 이어졌다.

"꺄아악!"

호흡이 돌아온 건 바로 옆에서 터진 비명을 듣고 났을 때였다. 태진은 멍하니 고개를 돌렸다. 비명을 지른 사람은 조금 전 태진에게 말을 걸었던 소녀 중 하나였다. 그걸 인식하자 그때부터 한꺼번에 주위의 웅성거리는 소리가 쏟아져 들어오기 시작했다.

"사고다! 학생이 차에 치였어!"

“누가 구급차를!”

멍하니 서 있는 태진을 제치고 사람들이 서둘러 사고 현장으로 달려 나갔다. 급브레이크를 밟았던 운전자가 혼비백산하여 차에서 내리는 것이 보였다. 쓰러져 있는 지훈에게 다가가 말을 걸어보는 사람도 있었다. 그때까지 지훈에게선 아무런 미동이 없었다.

현장에서 즉사.

태진은 언젠가 의사에게서 들었던 소견을 상기했다. 그러자 다리에서 한꺼번에 힘이 풀려나갔다. 그는 비틀거리다 털썩 자리에 무릎을 꿇었다. 현장을 둘러싼 사람들 때문에 지훈의 모습은 이미 보이지 않게 된 지 오래였다.

막지 못했다.

내 눈앞에서 지훈이 죽었다.

단 한 번뿐이었던 기회를 날려버렸다.

난 이번에도…… 그를 구하지 못했다.

현실을 깨닫자 온몸이 부들부들 떨렸다. 눈앞에 일어난 일들을 믿을 수가 없었다. 도대체 내게 무슨 일이 일어난 거지? 왜 지훈을 구하지 못한 거야? 난 그를 구하기 위해 과거로 돌아온 게 아니었나? 꿈일 뿐이라도 좋으니까, 일어나고 나면 다 사라져도 좋으니까, 그래도 그를 구하고 싶었는데.

망연자실한 태진은 소리 내어 신음을 흘리지도 못했다. 그때 누군가가 그의 어깨를 가볍게 짚으며 물었다.

"괜찮아?"

"……!"

태진은 본능적으로 그 목소리의 주인을 깨달았다. 그였다. 지훈을 구하려던 그때, 그를 뒤에서 붙잡은 그 사람!

모든 것이 이 사람 때문이었다! 이 녀석이 날 붙잡지만 않았더라면……! 치솟는 살의를 느끼며 태진은 고개를 들었다. 당장 주먹을 날리지 않으면 속이 역겨워 견딜 수 없을 것 같았다. 그런데 그 순간 눈에 들어온 광경에 태진은 모든 행동을 멈췄다. 그 자리에 서 있는 건 인간이 아니었다. 분명 사람의 형상을 하고 있었지만, 본능적으로 이 세계의 존재가 아니라는 걸 알았다.

어깨 아래까지 흘러내린 긴 푸른색의 머리칼, 선명하게 반짝이는 물빛의 눈동자. 마주친 시선이 흔들리자 조금은 어색한 듯, 난처하게 웃는다. 그러면서도 금방이라도 울 것처럼 두 눈 가득 눈물이 차올라있었다.

"내가 진짜 미쳐. 너 지금 뭐 하는 거야? 누가 이런 짓 하래?"

눈앞의 아름다운 이가 책망하듯이 그를 바라보며 투덜거렸다.

"친구가 사고 치기 전에 얼른 가서 막으라고 하기에 그게 대체 뭔 소린가 했더니……. 나 참, 아주 잘하는 짓이다, 하태진. 설마 그 이상한 형이 너였을 줄이야. 너 때문에 시공간이 완전히 엉켜 들었잖아. 신계가 발칵 뒤집혔다고. 하긴 지금은 이게 뭔 소린지도 모르지? 아무튼 여기서 멈춰서 정말 다행이야. 너 진짜 엄청난 사고를 칠 뻔했다고. 알아?"

쏟아지는 말들을 태진은 정말로 하나도 이해할 수 없었다. 그런데 타박하는 소리를 들으니 그리운 감정이 솟았다. 태진은 멍하니 그를 바라보다 가만히 심호흡했다.

"……강지훈?"

왜 그런 생각을 했는지는 모른다. 하지만 분명 어느 것 하나 닮은 구석이 없음에도, 태진은 그가 지훈인 것 같았다. 그 말에 푸른 색의 눈동자가 조금 놀란 듯이 깜빡거리더니 이내 부드럽게 웃었다.

"오랜만이다, 하태진."

"……!"

멈춰 있던 심장이 뛰기 시작했다. 태진은 손을 내밀어 눈앞의 얼굴을 천천히 감쌌다. 그는 조금 당황한 듯했으나 태진이 하는 대로 가만히 내버려 두었다. 거친 손바닥 안에 부드러운 피부의 느낌이 와닿았다. 마치 잔잔한 물의 표면을 매만지는 것 같았다.

"너 정말…… 지훈이야?"

"그래, 내가 강지훈이다. 죽어서 귀신이 된 친구를 본 소감이 어떠냐?"

장난스럽게 묻는 말에 태진은 울고 싶어졌다. 그는 여전히 떨리는 손으로 지훈의 얼굴을 더듬었다.

"지훈아."

"응."

“강지훈…….”

“그래, 하태진.”

와락 끌어안자, 지훈은 짧게 웃으며 어쩔 수 없다는 듯이 그의 등을 다독였다.

“혼자 외롭게 둬서 미안해.”

따스한 품이 너무도 선명해서, 귓가에서 속삭이는 음성이 믿을 수가 없어서 태진은 그대로 눈을 감고 눈물을 터트렸다.

One runs the risk of weeping a little, if one allows himself to be tamed.

누군가에게 길들여진다는 건 눈물을 흘릴 것을 각오하는 것이다.

지훈은 아무것도 설명하지 않았다. 단지 언젠가 다 알게 될 거라는 말만 했을 뿐이었다. 자세한 이야기를 꺼리는 기색을 읽었기에, 태진도 더는 아무것도 묻지 않았다. 모습이 변하든, 무슨 일을 하고 있든, 그딴 건 아무래도 상관없었다. 지훈이 살아서 그 앞에 있다는 사실만이 중요했을 뿐.

“이제 그만 가봐야 해.”

딱 한 시간만 허용됐다며 설명하는 얼굴이 시무룩했다. 애초에 죽은 사람이 눈앞에 다시 나타나는 과정에 제약이 없을 리가 없었다. 담담히 받아들인 태진은 피식 웃으며 그의 머리에 가볍게 꿀밤을 먹였다.

"왜 네가 더 울 것 같은 표정이야?"

"그치만……."

"됐어. 언젠가 다시 만날 수 있다며."

"그거야 그렇지만."

"어, 난 그거면 돼."

선뜻 뱉은 말을 이해할 수 없는지 지훈은 더 미안한 표정을 했다. 그 모습에 태진은 다시 웃었다.

"자책할 필요 없어. 네가 날 길들인 게 아니라, 내가 네게 길들여진 거니까."

"뭐야, 그게……."

"즉, 이 기다림에 대한 책임 역시 온전히 나한테 있다는 거야."

비록 아주 많이 지루하겠지만, 이전처럼 고통스럽진 않을 것이다. 다음을 기약할 수만 있다면 일생이라는 시간도 얼마든지 기다릴 수 있었다.

"나중에 보자, 강지훈."

그 말에 잠시 멈칫한 지훈이 곧 환하게 웃었다.

"그래. 나중에 보자, 하태진."

말간 대답과 함께 지훈의 모습이 스러지듯 사라졌다. 연기처럼 희뿌옇게 변한다 싶더니 수증기가 되어 사방으로 퍼져나갔다.

태진은 잠시간 눈을 감았다가 떴다. 그는 여전히 정류장 앞에서 있었다. 단지 조금 전까지와는 광경이 완전히 달랐다. 교통사고로 웅성거리던 공간은 어느새 사라지고, 도로 위엔 빠른 속도로 자동차가 달리고 있었다. 옛 건물들 사이에서 최신식으로 지어진 건물들이 여기저기 우뚝 솟아 있는 것도 보였다. 정류장에서 버스를 기다리는 사람들은 모두 그와 비슷한 기종의 스마트폰을 들고 있었다.

뒤엉켰던 시간의 흐름이 돌아왔다. 멈췄던 그의 시간도 다시 흘렀다. 분명 며칠이 지났을 텐데, 휴대폰에 떠올라 있는 날짜는 여전히 그대로였다. 새로 사서 갈아입었던 옷도 사라지고 다시 코트 차림으로 돌아왔다. 과거에 떨어지기 직전과 하나도 변하지 않은 광경을 확인하니 지금까지 경험했던 일들이 전부 꿈이었던 것 같았다. 실제로 꿈이었을지도 몰랐다. 그래도 아무렇지 않았다. 다시 만날 거라는 확신은 조금도 변하지 않았다.

놀라울 정도로 마음이 가벼웠다. 태진은 그대로 휴대폰을 들어 마지막 통화기록이 남아 있는 상대에게 전화를 걸었다. 안 올 거면서 왜 자꾸 전화질이냐는 규현의 신경질에 갈 거라고 답했다.

—진짜지? 또 변덕 부리지 않고 진짜로 오는 거지?

"그래, 정말 간다니까."

—그래, 믿는다, 너! 기다린다!

통화를 끊은 후 숨을 내쉰 태진은 흐트러진 머플러를 가볍게 정돈했다. 모임 장소를 향해 걸음을 옮기는데 왠지 눈물이 났다. 손수건을 꺼내 급히 닦아 내는데도 좀처럼 멈추지 않았다. 그날 태진은 친구의 장례식에서조차 흘리지 않았던 눈물을 아주 오래도록 흘렸다.

"아, 나 울 것 같아."

출발할 시간이 다가오니 여우는 슬픈 얼굴로 말했다.

"네가 잘못한 거야. 난 널 슬프게 할 생각이 없었어. 하지만 네가 길들여 달라고 했어."

"그 말이 맞아."

"그런데도 넌 울려고 해."

"그래."

"그럼 넌 아무것도 얻은 게 없구나."

어린 왕자의 말에 여우가 답했다.

"있어. 밀 빛깔을 얻었잖아."

*　　*　　*

엘이 그 장소를 발견한 건 어디까지나 우연이었다. 꽃이 피는 계절도 아닌데 어디선가 좋은 향기가 났다. 홀린 듯이 따라가 봤더니 작은 오솔길 너머로 새하얀 건물이 모습을 드러냈다.

"이런 곳에 신전이 있었네."

얼마 전까지만 해도 없던 건물이었다. 누군지는 몰라도 최근에 영업(?)을 개시한 모양이었다. 신기한 마음에 엘은 주위를 기웃거렸다. 때마침 마당을 쓸러 나오던 젊은 사제가 서성이는 엘을 발견하고 다가왔다.

"어떻게 찾아오셨습니까?"

"아, 여기에 신전이 있는 줄 몰라서요. 어느 분의 신전인가요?"

"축복과 은사의 신 라세크 님의 신전입니다."

'라세크?'

처음 들어보는 신이었다. 기운을 봐선 상급신 같은데, 그런 이름이 있었던가? 엘은 사제의 하얀 옷에 새겨진 붉은 문양을 확인했다. 네 장으로 펼쳐진 꽃잎 문양은 아름다웠지만, 역시 생소했다.

'축복과 은사라니. 굉장하네.'

듣기만 해도 굉장히 다정하고 따뜻한 신일 것 같았다. 굳이 알아볼 것도 없이 천의 속성의 신인 건 확실했다. 축복 계열 신은 언제 어디서나 인기가 높다. 심지어 상급신이라니. 지금이야 한산하지만 곧 수많은 방문객으로 문전성시를 이뤄 발 디딜 틈도 없어질게 분명했다. 고즈넉한 신전을 구경할 기회는 지금뿐이라는 소리였다.

"안에 들어가 봐도 될까요?"

"물론입니다."

축복의 신이라 그런지 사제의 성격도 자애로웠다. 흔쾌히 고개를 끄덕인 사제는 친절하게 엘을 신전 안으로 안내했다. 신전 밖에서도 느꼈던 은은한 꽃 향기가 안으로 들어가니 더 진해졌다.

따로 장식된 생화나 향초가 없는 걸 보면 신전 자체에 배인 기운이었다. 라세크라는 신의 기운일 터였다. 그 증거로 안내하는 사제에게서도 미세하지만 같은 향기가 느껴지고 있었다.

아마 실제 향기는 아닐 것이다. 꽃의 신전에서도 사시사철 향기가 나지만, 거기서 느껴지는 것과는 차이가 있었다. 유니콘들이 영혼의 기운을 향기로 느낀다고 했던가. 그게 이런 식이겠구나 싶으니 신기한 기분도 들었다.

“여기서부터 본당들입니다. 전부 편히 돌아보셔도 괜찮습니다.”

“네, 고맙습니다.”

물러나는 사제에게 감사 인사를 한 후, 엘은 본격적으로 신전 안을 돌아보았다. 정결하게 잘 꾸며진 예배당을 확인하고, 상담실과 휴게실도 둘러봤다. 신전은 대체로 다 비슷한 구조지만 그래도 각 신전만의 특징은 있었다. 라세크의 신전은 유리 질감으로 이뤄진 조각 장식들이 많았다. 창문 역시 색유리를 이어붙여 만든 화려한 판유리로 이뤄져 있었다.

전시회를 구경하는 기분으로 돌아보던 엘이 마지막으로 향한 건 기도실이었다. 정숙한 기도를 위한 공간은 다른 장소보다 조금 어두웠다. 대신 은은한 조명들이 별처럼 흩뿌려져, 이세계에 발을 들인 것처럼 신비로운 분위기를 연출했다. 그 공간을 돌아보며 엘은 아까부터 느껴지던 묘한 위화감을 정의했다.

“……조금 지구식인가?”

아크아돈에서도 조명을 활용한 장식 연출이 없는 건 아니었다.

하지만 조금 더 지구에서 봤던 방식에 가까운 것 같았다. 어쩌면 지구를 잘 알거나 관심이 많은 신일 수도 있겠다는 생각이 들었을 때였다.

"아, 그게 티가 나?"

"……!"

불쑥 들려온 음성에 엘은 깜짝 놀라 몸을 돌렸다. 기척을 느끼지도 못했는데 뒤에 누군가가 서 있었다. 제법 키가 큰 남자였다. 엘은 조금 숨을 삼킨 채 그 모습을 바라보았다. 은색과 녹색이 반씩 섞인 눈동자가 무척 다채로웠다. 섬세한 장식으로 꾸며 내린 은발 또한 꽃물을 들인 것처럼 중간부터 붉은색이었다. 입고 있는 옷은 고전풍 동양 복식에 가까웠는데, 그래서 더 전체적으로 화려한 분위기였다.

정령왕인 그의 이목을 속일 수 있는 존재는 그리 많지 않았다. 장소가 장소이다 보니 상대의 정체를 유추하기도 어렵지 않았다. 짙어지다 못해 온 공간을 장악한 듯한 향기만 해도 뻔했다. 하지만 남자의 얼굴이 익숙하다는 건 예상 밖의 일이었다. 맙소사, 엘은 자기도 모르게 신음을 흘렸다.

"이프리트……."

무심코 중얼거린 것을 들은 남자가 눈을 살짝 크게 떴다 웃었다.

"내가 이프리트였던 건 어떻게 알았대?"

경쾌한 대답에 엘은 다시금 숨을 삼켰다. 장난스러운 말투도,

웃는 표정도 전부 익숙한데 익숙하지 않았다. 이프리트의 얼굴이지만, 표정을 짓는 버릇은 다른 친구를 더 많이 떠올리게 했다. 그렇기에 이 순간이 더 믿겨지지 않았다.

"너…… 진짜 태진이야?"

간신히 내뱉은 질문에 상대의 웃음이 진해졌다. 이어진 말을 들었을 땐 엘은 왠지 울고 싶어졌다.

"형님이 오셨다. 잘 지냈냐, 강지훈?"

얼마 전 엘은 갑자기 신계에서 연락을 받은 적이 있었다. 시공간에 오류가 생겼다면서 다급히 찾아온 신들은 그 원인이 엘의 친구라고 말했다. 그러면서 그와 깊은 인연이 있는 엘이 이번 일을 해결할 수 있을 거라고도 했다.

상황이 시급하다는 말에 당황한 엘은 자세한 상황은 듣지도 못하고 얼결에 수락할 수밖에 없었다. 그렇게 떨어진 장소는 매우 눈에 익은 곳이었다. 건물들이며 도로 위를 달리는 버스들까지. 한때는 매일 같이 오가던 등굣길이었다. 강지훈이 죽었던 사고 현장이기도 했다. 그곳에 태진이 있었다.

마지막으로 알던 모습보다 훌쩍 크고 어른스러워졌지만 한눈에 알아봤다. 강지훈일 땐 왜 깨닫지 못했는지 이상할 정도로. 태진이가 분명했다. 더불어 이게 무슨 상황인지도 알아차렸다. 그가 강지훈을 살리려고 하는 거였다. 그래서 두고 볼 것도 없이 막아섰다.

자신이 죽는 모습을 지켜보는 건 참 기묘한 기분이었다. 살릴 수 있는 기회를 자신이 놓치게 한 상황이라 더욱 그랬다. 하지만 태진을 막지 못했다면 더 큰 재앙이 벌어졌을 게 뻔했기에 안도감이 더 컸다.

나중에 알고 보니 과거를 바꾸고 싶다는 그의 염원이 너무 강렬한 나머지 무의식적으로 시공간에 영향을 준거였다. 신의 영혼들은 가끔 터무니없는 기적을 일으키곤 하는데, 그중에서도 가장 골치 아픈 사례였다.

강지훈이 죽은 지는 이미 몇백 년이나 지났는데 지구에선 아직도 태진이 살아가고 있다는 게 어이가 없었지만, 시공간은 워낙 변칙적이니까 그러려니 했다. 아크아돈이 멸망하기 전에 자신이 무사히 귀환했던 게 정말 운이 좋았던 거였다. 악운과 행운을 동시에 거머쥐었다는 평을 괜히 듣는 게 아니었다.

어쨌든 덕분에 보고 싶던 친구와 재회할 수 있던 건 좋았다. 볼 수 없을 거라고 생각했던, 그가 성인이 된 모습을 확인하게 된 것도 기뻤다. 그만큼이나 긴 시간이 지났는데도 여전히 못난 친구를 잊지 못하고 애도하고 있다는 게 안타깝기도 하고 또 고맙기도 했다. 그 친구가 다시 눈앞에 있었다. 이번엔 또 다른 익숙한 모습을 지닌 채로.

"와, 너, 진짜. 이게 뭐야. 네가 왜 여깄어? 얼마 전에 만났는데, 그새 죽은 거야?"

"뭔 소리야. 아, 너한텐 그게 얼마 전이었나 보네. 나한텐 엄청 오래전 일인데.”

“그, 그래? 아무튼 갑자기 이러는 게 어딨어? 사람 놀라게 할래?”

“그건 내가 할 말이거든? 네가 놀라도 나보다 더 놀랐겠어?”

기가 차단 얼굴로 웃은 태진이 엘의 모습을 천천히 훑어내렸다. 푸른 빛을 머금은 머리칼과 눈동자하며 풍기는 기운까지. 영락없는 물의 정령왕이었다.

“다시 봐도 당황스럽네. 그때 그건 그냥 꿈인 줄 알았는데, 그게 진짜였다니. 허참, 네가 어떻게 엘퀴네스야? 누가 비만 내리면 똥강아지처럼 신나던 강지훈 아니랄까 봐.”

“그러는 넌 왜 이렇게 화려해졌어? 축복과 은사의 신이라니, 완전 출세했네.”

“아, 맞아! 나 여기에 대해서도 할 말 있어! 아무튼 책임져, 너. 네가 환생한 곳으로 가고 싶다고 했다가 뒤통수 제대로 맞았잖아.”

“그건 또 무슨 말이야?”

이어진 설명에 엘은 대강의 상황을 이해했다. 하태진의 삶을 끝내고 명계로 도착한 그는 아레히스를 만나자마자 강지훈이 어디서 태어났는지 물었다고 한다. 그리곤 자신도 거기로 보내달라고 요구했다. 묘한 표정을 짓던 아레히스는 웃으며 고개를 끄덕였다. 당연했다. 원래 하려던 절차를 본인이 자청하는데 들어주지 않을 이유가 있을 리가.

"아니, 아무리 그래도 최소한의 설명은 해줘야 하는 거 아니야? 눈 떠 보니까 내가 신이라잖아. 사기 당한 줄 알고 처음엔 얼마나 황당했는데."

"아레히스 전적이야 원래 화려하지."

"뭐야, 설마 너도 당했어?"

"아니, 아버지가."

"아버지? 그건 또 뭐야? 정령왕이 아버지가 어딨어?"

태어난 지 얼마 안 된 신은 아직 아는 게 별로 없었다. 동기였던 엘퀴네스가 신이 되었다는 것도, 그가 엘의 아버지가 됐다는 것도, 이프리트였던 시절에 그들 셋이 이미 인연을 맺었다는 것 역시 모르는 상태였다. 또 한바탕 폭풍이 일겠구나, 엘은 훤히 보이는 미래를 짐작하며 웃었다. 이유를 모르는 태진도 엘이 웃으니 따라 웃었다.

"아무튼 진짜 신기하다. 널 이런 식으로 다시 만나게 되다니. 우리가 인연은 인연인가 봐."

"그러게 말이야. 다시 봐서 너무 좋다, 태진아. 아 이제 새 이름으로 불러야겠네. 라세크라고 했지?"

"난 태진이라고 불러도 상관없는데. 새 이름은 라세크 맞아. '라세크 마네 에테르니타스'라는 엄청 긴 이름인데, 보통 첫 이름을 주 이름으로 쓴다더라고. 그냥 편한 쪽으로 불러."

"어, 그럼 나도. 지훈이라고 불러도 돼. 원래 애칭은 엘인데, 너한텐 특별히 지훈이라고 부르는 걸 허락할게."

"와, 그거참 영광이네요."

키득거리며 웃은 둘은 새삼스럽게 악수를 나눴다. 전혀 다른 모습에 전혀 다른 기운을 품고 있었지만, 어제 만났던 사람을 보는 것처럼 신기할 정도로 서로의 모든 게 여전히 익숙했다. 아무것도 모르는 채로 어울리던 시절과 조금도 달라진 게 없었다.

"다시 잘 부탁해."

얽히고설켰던 인연 하나가 다시 서로를 향해 맞닿았다. 잃었던 단짝을 되찾은 날이었다.

외전 5화 In the future

1.

신계의 시간은 균일하지만, 각 궁처에 주어진 환경은 저마다 다르다. 시간대와 날씨는 물론 계절까지 전부 주인의 취향에 따라 정할 수 있었다. 일례로 태양신의 궁처는 언제나 화창한 대낮이며, 반대로 밤의 신의 궁처는 늘 짙은 어둠을 유지했다. 주인이 느끼는 그날의 기분, 취향, 변덕에 따라 한순간에 해가 뜨거나 밤이 되기도 하고, 봄처럼 따스한 날씨였다가도 갑자기 폭설이 쏟아지기도 했다.

하지만 그런 가지각색 궁처들 속에서도 신계의 흐름에 그대로 맡겨둔 유일한 궁처가 있었다. 달빛처럼 은은하게 빛나는 새하얀 성채. 가장 높은 곳에 새겨진 천칭과 뱀의 문양. 형벌의 신 엘뤼엔의 궁처였다.

“엘뤼엔 님.”

자신을 부르는 음성에 엘뤼엔은 서류에서 눈을 떼고 고개를 들었다. 조각처럼 섬세한 얼굴에 시린 물색의 눈동자가 똑바로 응시하자 그를 불렀던 수행 천사는 자기도 모르게 긴장했다.

“지시하신 부분을 알아보았습니다.”

“그래, 어땠지?”

“물의 정령왕 엘퀴네스 님은 최근 새로운 계약자를 맞이하신 듯했습니다.”

그제야 엘뤼엔은 들고 있던 깃펜을 책상 위에 내려놓았다. 명백한 관심의 표현에 보고하던 수행 천사는 한층 더 긴장했다.

“엘이 새로운 계약을 했다고?”

“예, 현재 그 계약자와 동행 중이신 걸로 파악됩니다.”

“……계속 계약자가 하나뿐인 걸 불만스러워하긴 했었지. 새 계약자가 누군지는 알아냈나?”

“죄송합니다. 아직 그에 관한 정보는 얻지 못했습니다.”

“소환된 시기는?”

“한 달쯤 된 것으로 보입니다.”

엘뤼엔은 눈을 가늘게 떴다. 엘의 행동이 부쩍 수상해진 시기와 정확히 일치했다. 한 달이라는 시간이면 동행인의 정보가 어느 곳이든 퍼졌을 시기였다. 그런데도 수행 천사가 아무것도 파악하지 못했다는 건 모습을 철저히 감추고 있거나, 외출을 극도로 삼가고 있다는 의미이기도 했다. 물론 둘 다 해당할 수도 있었다.

엘은 첫 계약자와 다닐 때도 숨어다녔다. 이번에 만난 계약자에게도 그런 사정이 있는 걸 수도 있었다. 하지만 아무리 생각해도 느낌이 좋지 않았다.

"아들, 나다. 대답해."

손짓으로 천사를 물린 엘뤼엔은 곧장 그의 아들에게 신호를 보냈다. 그러자 약간의 시간을 두고 맑은 목소리가 화답했다.

〈앗, 아버지! 또 무슨 일이야?〉

또라니. 달갑지 않은 표현에 엘뤼엔의 눈이 한층 더 가늘어졌다. 매번 연락할 때마다 당황하는 게 섭섭해서 더 자주 연락한 건 사실이지만, 그렇다고 이런 말을 들을 정도는 아니었다. 일단 엘뤼엔은 그렇게 생각했다.

"새로운 계약을 맺었다는 말은 들었다. 대체 요즘 뭘 하고 지내기에 행적을 감추고 다니는 거지?"

〈어? 아, 아니. 내가 언제. 난 그런 적 없는데?〉

"그런 적이 없다? 그럼 내가 그저 무능해서 네 모습을 볼 수 없게 됐다는 건가?"

〈아니, 그런 건 아니겠지만…… 아, 근데 뭐야, 아버지. 아직도 내 뒤를 캐고 다녀?〉

"뒤를 캐다니, 불쾌한 표현이군. 아버지가 아들의 일과를 알아보는 게 뭐가 잘못됐지?"

〈그치만 내가 어린애도 아닌데. 너무 과보호야.〉

"내게 넌 늘 어린애다."

그리고 실제로도 어린애가 맞았다. 몸의 시간은 삼백 년이 지났다지만, 엘이 실제로 살아온 시간은 지구에서 머문 시간까지 다 합쳐도 삼십 년조차 되지 않았다. 하물며 어디서 무슨 일을 저지를지 모르는 사고뭉치가 과보호에 토를 다는 건 얼토당토않은 일이었다.

"어쨌든 지금 중요한 건 그게 아닐 텐데. 그래서 네 새로운 계약자는 누구지? 행적을 감추는 건 그 계약자와 관련된 일인가?"

〈으음, 그게, 그렇긴 한데…….〉

"그런데?"

〈으으, 아니야. 아버진 그냥 몰라도 돼.〉

"……내가 그 말을 어떻게 받아들여야 하지?"

엘뤼엔의 표정이 더욱 살벌해졌다. 이럴 때의 그는 동급의 신들조차 똑바로 마주 보기 힘들어했다. 예전이었다면 엘 역시 그의 기분이 상했다는 걸 바로 알아차리고 말을 바꿔보려 했을 것이다. 하지만 충분한 애정으로 다져진 아들은 아버지의 분노 앞에서도 용감했다.

〈에잇, 몰라! 내가 알아서 한다니까? 아무튼 당분간은 연락하지 마! 알았지? 이제 불러도 대답 안 할 거야!〉

"뭐? 그게 무슨 소리……. 이봐, 엘! 대답해! 엘?"

그러나 당황한 엘뤼엔의 부름과는 달리, 돌아오는 대답은 없었다. 엘 쪽에서 일방적으로 연락을 끊은 것이다. 연거푸 울리는 목소리가 신경 쓰일 텐데도 아무런 반응이 없는 것을 보면 신호를 완전히 차단한 것이 분명했다.

"이 녀석……."

역시 사춘기가 아닐까.

엘뤼엔은 이번에야말로 심각해졌다.

2.

"우와, 용감한데. 아버지한테 그렇게 대들어도 돼?"

이마 위에 새겨진 문양이 뜨거운 열기를 품었다. 일방적으로 신호를 차단한 탓에 엘뤼엔 쪽에서 보내온 기운이 강제로 역류했기 때문이었다. 그만큼 엘뤼엔의 통신이 계속 들어오고 있다는 뜻이기도 했다.

이쯤이면 포기할 만도 한데 그만두지 않는 걸 보면 단단히 화가 난 게 틀림없었다. 나중에 사과하면 풀어지긴 하려나? 이마의 열기를 문지르며 한숨을 내쉰 엘은 생글생글 웃고 있는 낯을 노려보았다. 이 모든 사태의 원흉이자, 그의 계약자이기도 한 사람. 카노스의 환생체인 노엘이었다.

"이게 다 누구 때문인데요?"

"음, 나 때문이던가?"

"알면서 그런 소리가 나와요?"

낮게 이를 가는 소리에 배시시 웃는 얼굴이 화답했다. 열이면 열 용서하고 말 것 같은 순진한 웃음이라 엘은 다시금 한숨을 내쉬었다. 원래도 그에게 휘둘리는 편이라는 건 알고 있었지만 그걸 새삼 확인한 기분이었다.

'외모까지 어려지니까 더 화를 못 내겠네.'

파스텔로 칠한 것 같은 연녹색의 머리칼과 황금빛 눈동자. 길쭉하게 솟은 특이한 형태의 귀. 한때 전 차원을 호령했던 검은 머리칼의 마신은 이젠 영락없이 아름다운 엘프로밖에 보이지 않았다. 소년과 청년의 경계에 서 있는 부드러운 선을 지닌 얼굴도, 마르고 가는 편인 체구도. 무엇하나 예전의 모습을 떠올릴 만한 게 없었다.

그런데도 엘의 눈엔 그가 그냥 카노스로 보였다. 특유의 장난스러운 눈빛이라든가, 사람을 골리는 듯한 방만한 말투 때문인지도 몰랐다. 사실 외모가 아닌 다른 부분들은 전부 다 그대로였다. 억양은 물론 사소한 습관도 똑같아서 대화하다 보면 그가 환생했다는 사실조차 잊을 때가 있었다. 그냥 여느 때의 그처럼, 잠시 다른 모습으로 변해서 나타난 것 같았다.

"근데 정말 의외네. 엘뤼엔을 피하면서까지 비밀을 지켜주다니. 난 바로 고자질할 줄 알았는데 말이야."

"처음엔 그러려고 했죠."

"그런데?"

"생각해 보니 후환이 두렵더라고요."

"하하! 정령왕이 고작 엘프의 눈치를 본다고? 사람들이 들으면 웃을 소리인데."

"카노스가 어디 그냥 평범한 엘프예요?"

"또 그 이름으로 부르네. 지금은 노엘이라니까."

"하나도 안 어울려요."

"왜? 귀엽잖아?"

……여기서 뭐라고 대답하든 평범한 반응이 돌아오진 않겠지. 아니라고 하면 귀엽다는 말을 들을 때까지 드러누울 게 틀림없었고, 마지못해 그렇다고 하면 더 말해보라며 귀찮을 정도로 채근할 게 분명했다. 차마 입을 열 수 없던 엘이 아예 침묵하는 쪽을 택하자 노엘은 사악하게 웃었다.

"현명해졌네. 피할 줄도 알게 되고."

"……부탁이니 제발 일부러 괴롭히지 좀 마세요."

"매정해라. 이것도 다 애정 표현인데."

노엘이 서운한 표정을 지으며 눈시울을 붉혔다. 그래 봤자 명백하게 웃고 있는 입술 때문에 전혀 그렇게 보이진 않았지만.

그냥 엘뤼엔에게 전부 다 실토해버릴 걸 그랬나? 밀물처럼 밀려드는 후회 속에서, 엘은 아직도 갈피가 잡히지 않는 판단을 보류했다. 예나 지금이나 사서 고생하는 성격은 버리질 못하는 것 같았다.

현재 그들은 이름도 알 수 없는 어느 숲에서 노숙하는 중이었다. 근처에 작은 마을이 있긴 하지만 들어갈 생각은 하지 못했다. 노엘이 엘프인 탓이었다.

이종족들이 다시 인간 사회에 진출하기 시작하면서 새로운 국면도 발생했다. 몇천 년간 각자의 영역을 지키며 살아왔던 종족들은 개방의 시대가 열린 후에도 선뜻 어울리지 못했다. 이종족만이 아니라 인간 쪽도 마찬가지였다. 엔딜이 살던 마을처럼 자연스럽게 받아들여 섞이게 된 영지도 있었지만, 결사적으로 거부한 영지도 있었다.

지금 두 사람이 머무는 영지가 그 대표적인 곳이었다. 완고하고 보수적인 성격의 영주는 제 영지 안에 이종족이 들어오는 것조차 거부했다. 높은 방책을 세우고 불시 검문까지 거쳐 발견하는 족족 내쫓을 정도였다. 적어도 이 근방에서만큼은 폐쇄 정책을 펼치기 전보다 종족 간 사이가 더 나빴다. 물론 두 사람은 이 모든 사실을 알면서도 굳이 이 지역을 택했다. 적어도 이곳에선 살벌한 추격을 받을 위험이 적었으니까.

'그래. 살해 위협보다야 노숙이 백번 낫지.'

고향을 떠났지만 노엘을 향한 엘프 일족의 증오심은 사라지지 않았다. 아니, 오히려 더욱 집요하고 섬뜩한 형태로 변했다. 그들은 저주의 증거가 엘프 일족을 파멸시키기 전에 죽여야 한다고 주장하며 곧장 살수대를 조직했다. 심지어 다른 엘프 마을에까지 협력을 요청해서 연계 작전을 펼치고 있었다.

우습게도 이제 갓 성인이 된 엘프 하나를 죽이기 위해 백 명이 넘는 엘프 전사들이 끊임없이 찾아들었다. 온순하고 평화롭다고 알려진 엘프들은 일족을 위한다는 명분 앞에선 죄 없는 이도 아무렇지 않게 죽일 수 있는 잔혹한 살육자였다. 덕분에 엘은 벌써 한 달이 넘는 시간 동안 뜬 눈으로 주변을 감시하는 중이었다.

정령인 그에겐 수면이 필요하지 않았다. 한 달이든 일 년이든 잠을 안 자도 아무런 문제가 없었다. 하지만 정신적인 피로까지 무시하긴 힘들었다. 무엇보다 그 고결한 마신이, 모두를 구하고 소멸한 카노스가, 환생한 이후엔 이런 처참한 대접을 받는다는 걸 받아들이기가 어려웠다.

"아, 그거. 내가 너무 놀아서 그래."

한번은 투덜거렸더니 노엘이 아무렇지 않게 웃으며 이유를 설명한 적이 있었다. 본연의 업무에 방만했던 신이 내세로 들어가면 그게 전부 업이 되어 삶이 고달파진다고. 그래서 게을렀던 신일수록 어지간하면 신의 삶을 포기하지 못한다고도 했다.

"그러니 자업자득인 거지."

하지만 그렇게 말해도 엘은 수긍하기가 어려웠다. 들어주기조차 역겨운 저주의 말을 내뱉으며 공격하는 엘프들을 볼 때마다 붙잡고 소리치고 싶었다. 너희가 뭔데! 너희가 지금 이 땅에서 멀쩡히 숨 붙이고 살아 있는 게 누구 덕분인데! 너희가 감히 어떻게 그를 원망하고 저주할 수 있느냐고.

하지만 머릿속에서 맴돌기만 할 뿐 끝내 내뱉을 수는 없었다. 그 광경을 지켜볼 카노스의 표정을 돌아볼 자신도 없었고, 그렇게 말함으로써 그가 정말로 소멸했단 사실을 새삼 재확인하는 것도 싫었다. 이런 생각들만 하니 피곤이 쌓일 수밖에 없지, 엘은 한숨과 함께 자조했다.

"비품이 거의 다 떨어져서 내일은 다시 이동할 거예요. 어디 가고 싶은 곳은 없어요?"

"음, 글쎄. 아무 데나 상관없긴 한데, 바다가 보고 싶긴 하네."

"바다요?"

"숲에서만 살아서 바다 구경한 지 오래됐거든."

그럼 다음 장소는 해안 마을로 정해볼까. 엘은 근방에 가볼 만한 해안 마을과의 거리를 가늠했다. 그렇게 어느 정도 계획을 세우고 나니 어느새 밤이 깊은 시각이었다. 피워둔 모닥불을 살피는 엘에게 침낭째로 굴러온 노엘이 투정을 부렸다.

"엘, 나 심심해."

"잠이나 자요."

"별로 안 졸린데."

"졸리지 않아도 억지로라도 자둬요. 내일 이동하려면 체력이 필요할 거예요. 지구력 단련에 방해된다고 치유술 받는 것도 싫다면서요."

"어머, 너무해. 이 시간까지 잠도 못 자게 한 사람이 누군데. 그렇게 무책임하게 말하기야?"

"……그러니까 그런 모호한 말투 좀 쓰지 말라고요."

두 손으로 얼굴을 받친 채 귀여운 척 두 눈을 깜빡이는 노엘을 보며 엘은 머리를 짚었다. 예전의 카노스완 다르게 저런 행동이 외모와도 어울린다는 게 문제였다.

노엘의 이런 행동은 딱히 장소를 가리지도 않았다. 마을에 있을 때도 이런 식으로 말해서 묘한 눈길을 받은 적이 한두 번이 아니었다. 이러다가 누가 정말 오해하기라도 하면 어쩌지? 심란해진 엘의 얼굴에 근심이 내려앉았다. 물론 눈치 빠른 노엘이 그걸 못 알아차릴 리가 없었다.

"걱정 마, 걱정 마. 네가 워낙 헷갈리게 생겨서 잘 어울리는 한 쌍으로 보일 테니까."

"……그것참 친절하신 위로 감사한데요. 바로 그게 싫은 거거든요?"

"아직도 나를 모르는구나? 싫어하니까 하는 거야."

생긋 웃는 얼굴엔 대꾸할 기력조차 나지 않았다. 어쩌자고 이 남자를 말로는 당할 사람이 없다는 걸 잊었을까. 엘은 자신의 학습 능력이 부족하다는 점을 인정했다.

"좋아요. 당장 잘 생각이 없다면 앞으로의 계획이나 짜요."

"지금까지 짠 게 계획 아니야?"

"그건 단기 계획이고요. 더 장기적인 계획이요. 계속 이렇게 다닐 순 없잖아요."

목적지 없이 유람하는 거야 상관없었다. 하지만 매번 추격자들에게 쫓겨 다니는 형국이라는 게 문제였다. 마음 같아선 오는 족족 처리해버리고 싶은데 그러면 정말 그들의 주장대로 카노스가 일족을 파멸시키는 존재가 돼버릴 것 같아 차마 그러지도 못했다. 그래서 그냥 적당히 따돌리거나 기절시키는 방법만 썼더니 상대도 추격을 그만두지 않았다. 여러모로 악순환이었다. 그렇지 않아도 엘프는 수명이 긴 종족인데, 그리 넓지도 않은 대륙에서 평생 도망만 다니며 살 수는 없었다. 그러나 심각한 엘과는 달리 노엘은 그저 느긋하기만 했다.

"음, 난 이런 것도 나름 나쁘지 않은데. 스릴 있고 재밌잖아. 누가 열심히 지켜주는 모습에 감동도 받고 말이지."

"카노스."

"노엘."

"네에, 노엘. 아무튼 저 지금 농담할 기분 아니에요."

그제야 장난기를 거둔 노엘이 진지한 얼굴로 응시했다.

"좋아, 엘. 넌 어떻게 하고 싶은데?"

"글쎄요, 일단 노엘의 외모부터 바꿔야 할 것 같아요. 외형만 달라져도 추격에 큰 혼선을 줄 거예요."

외모를 바꾸는 건 이사나 때도 썼던 방법이었다. 제법 효과가 좋았다는 엘의 설명에 노엘은 심드렁히 고개를 끄덕였다.

"난 바꿔도 상관없어. 그런데 어떻게 바꾸려고?"

"으음. 가장 좋은 방법은 드래곤에게 마법을 걸어 달라고 부탁하는 거겠지만……."

"겠지만?"

"제 드래곤 계약자가 지금 잠들어 있거든요. 완전히 잠든 건 아니고, 가수면이지만요."

"그럼 깨우면 되잖아?"

"하하, 그렇긴 한데 말이죠……."

엘은 차마 웃지 못하는 얼굴로 말끝을 흐렸다. 머릿속에선 언젠가 라미아스가 외쳤던 말이 떠오르고 있었다.

"엘퀴네스가 왕자님의 키스로 날 깨우기 전까진 절대 일어나지 않겠어!"

그건 대화 중에 벌어진 작은 헤프닝이었다. 랑시의 소설을 계기로 책 수집에 흥미를 느끼게 된 라미아스는 특히 동화에 관심을 보였다. 기존에 출간된 것들을 전부 쓸어모은 건 물론이고, 아직 책으로 엮이지 않은 이야기들까지 조사하고 다니기 시작했다.

혹시 알고 있는 동화가 있다면 뭐든지 좋으니 알려달라는 말에 엘은 강지훈일 때 읽은 동화들을 떠올렸다. 그리고 그중에서 '잠자는 숲속의 미녀'의 이야기를 알려주었다. 설마 그 이야기에 라미아스가 완전히 반해버릴 줄은, 그것도 모자라 어처구니없는 선언까지 하게 될 줄은 전혀 생각지도 못한 일이었다.

다 큰 고룡이 정령왕의 키스를 받겠다며 억지를 부리는 꼴이라니. 당연히 엘은 그 뒤로 라미아스를 찾아가지 않았다. 찾아가지 않는 이유를 설명하는 것조차 창피해서 어디 가서 사실대로 말하지도 못했다. 그래도 처음엔 얼마간 외면하고 있으면 그쪽에서 먼저 항복할 거라고 생각했다. 하지만 몇 달이 지난 지금까지도 아무런 소식이 없었다. 정말로 그 방식으로 깨우기 전까진 일어날 생각이 없는 것이다.

'그냥 영원히 그대로 있으라지.'

잠자는 숲속의 미녀가 깨어난 게 백 년 후였던가. 물론 엘은 백 년이든 천년이든 굳이 깨울 생각이 없었다. 그래도 막상 이런 상황이 생기니 속이 쓰리긴 했다. 차라리 아예 수면기에 들어간 거면 편하게 무시할 수 있을 텐데, 그건 또 싫다고 모든 감각을 열어두고 상황을 주시하고 있다는 게 더 얄미웠다.

"……아무튼 그런 사정이 있어요. 그 드래곤이 독점욕도 좀 강해서, 다른 드래곤한테 부탁하는 것도 어려울 것 같아요. 차라리 화를 내면 상관없는데 울며불며 징징거리는 쪽이라 좀 감당이 안 돼요."

"왜 그러고 살아? 그런 애랑은 그냥 계약을 끊어."

"어떻게 그래요……."

예전이었다면 엘도 고려해봤을 것이다. 하지만 계약이 끊기면 어떤 기분을 느끼는지를 알아버리는 바람에 웬만해선 그런 방법은 택하고 싶지 않았다. 노엘이 제 팔자를 제가 꼰다는 표정으로 바라봐도 어쩔 수 없었다.

"아무튼 그래서 말인데요. 우선 지금 당장은 머리 모양이랑 색만 바꿔도 어느 정도 눈속임은 될 거라고 생각하거든요?"

"머리 색?"

"네, 어차피 모든 엘프가 노엘의 얼굴을 아는 건 아니니까요. 게다가 지금 머리 색이 튀는 편이기도 하고요."

봄날의 새순을 연상시키는 노엘의 연녹색 머리칼은 엘프들 사이에서도 흔치 않은 색이었다. 지금까지는 두건 등을 이용해 가려왔으나, 그것만으론 완벽한 변장이 될 수 없었다. 시선을 완전히 분산시키려면 완전히 새로운 머리 색으로 바꾸는 게 더 나을 거란 의견이었다. 하지만 돌아온 건 의외의 대답이었다.

"아, 내가 말 안 했나? 이 머리칼 염색 안 돼."

"네? 왜요?"

"하이 엘프는 나름의 고귀한 피랍시고 체질적으로 변질되는 걸 거부하거든. 그래서 염색약이 안 들어."

"……카노스, 하이 엘프였어요?"

"응."

엘은 염색이 안 된다는 것보다 그가 하이 엘프라는 사실에 더 경악했다. 그렇다는 건 마을에서 본 그 살벌한 엘프들도 전부 다 하이 엘프라는 소리였다. 그러고 보니 엔딜 남매를 쫓아낸 일족도 하이 엘프였다. 이쯤 되면 종족 특성이라고밖에 볼 수 없었다. 마신이 엘프로 태어난 게 이상하다 싶더니, 다 그럴 만한 이유가 있었잖아?

"방금 상당히 무례한 생각을 한 것 같은데."

"아하하, 그, 그럴 리가요. 오해십니다."

"그래?"

"그럼요. 맹세코. 절대로. 이상한 생각은 하지 않았어요."

빤히 바라보던 노엘이 생긋 웃으며 '그럼 그런가 보지' 하고 고개를 끄덕였다. 물론 믿어주는 척을 하는 거였고, 그걸 엘도 모르진 않았다. 이거 절대 그냥 넘어가진 않을 텐데. 조만간 어떤 식으로든 골탕 먹일 거라 생각하니 좀 아득해졌지만, 엘은 애써 현실을 외면했다.

"그보다 이런 경우는 전혀 생각을 못 했네요. 염색이 안 되는 체질이라니. 그럼 마법도 안 되는 거예요?"

"아니, 그건 가능해. 단, 마법사의 등급이 좀 높아야 할 거야. 하이 엘프의 기운을 억누를 수 있을 정도는 되어야 하니까."

"그게 어느 정도죠?"

"역시 드래곤 정도?"

그렇다는 건 결국 해답이 라미아스에게 있다는 소리였다. 엘은 암담한 기분으로 눈가를 쓸어내렸다. 이럴 줄은 알았지만 뭐든 쉽게 가는 게 없었다. 한눈에도 피로해 보이는 엘의 모습을 노엘 역시 안쓰럽다는 얼굴로 바라보았다.

"굳이 무리할 거 없는데."

"……아니에요. 방법이 하나밖에 없다면 어쩔 수 없죠. 갑시다. 일단 가보자고요."

그래, 일단 찾아가면 어떻게든 되겠지. 정 안되면 억지로 깨우는 방법도 있었다. 물론 깨어난다 해도 순순히 협조해줄 거란 보장은 없지만. 오히려 다른 계약자에게 맹렬한 질투심을 느낀 라미아스가 노엘을 해코지하려고 들 확률이 매우 높았지만. 그것도 그 때 가서 생각하기로 했다. 설마 자신이 보는 앞에서 수를 쓰진 못할 테니 어떻게든 잘 보호하면 괜찮을 것이다.

하지만 엘이 여기서 간과하고 있는 점이 하나 있었다. 지금 눈앞에 있는 엘프도 만만치 않은 계약자라는 점 말이다.

"아, 생각해 보니 머리를 물들일 수 있는 또 다른 방법이 있었어."

"앗, 그래요? 뭔데요?"

반색하며 고개를 드는 엘을 향해 노엘이 방긋 웃었다.

"드래곤의 피엔 마력이 있다는 거 알아?"

"그야 당연히 알지만요?"

"그럼 그 피로 웬만한 건 다 염색할 수 있다는 건?"

"……네?"

이어질 말을 예상한 엘의 얼굴이 굳어졌다. 노엘은 더 환하게 웃었다.

"괜찮지 않아? 넌 계약에서 해방되고 난 머리칼을 염색하는 거야. 덤으로 드래곤 슬레이어라는 명성도 얻게 되는 거지. 이런 걸 보고 일타삼피라고 한다지?"

아니, 대체 그런 말은 어디서 배운 거야. 울고 싶어진 엘은 두 손으로 얼굴을 덮었다. 항상 느끼는 거지만, 자신은 정말 계약자 운이 없었다.

3.

라미아스가 사는 곳은 드마티시라 불리는 거대한 산맥 안이었다. 원래는 심해에 터전이 있었는데 육지로 옮긴 거였다. 그 이유를 본인도 정확히 설명하지 못했는데, 그냥 어느 날 문득 누구나 쉽게 찾아올 수 있는 장소에서 살고 싶었다고 했다. 어느 종족이든 아무 때나 선뜻 찾아올 수 있을 만한 곳이었으면 했다고.

엘은 그것도 어쩌면 4천 년 전의 영향일 수도 있겠다고 생각했다. 그때의 '엘'을 레어로 초대했던 경험이 무의식중에 이사할 마음을 들게 한 건지도 몰랐다. 물론 이상한 감동에 빠질까 봐 굳이 말해주진 않았다.

어쨌든 그런 이유로 그의 둥지는 접근이 수월한 평 지대에 자리 잡고 있었다. 다른 드래곤들이 흔히 걸어두는 위험한 함정이나 마법 장치 같은 것도 깔아두지 않았다. 오히려 누구든 쉬어가도록 의자도 놓고 과일나무와 꽃도 심었다. 그 나름대로 자신이 인간에게 호의를 갖고 있음을 표현한 거였다.

그가 미처 생각지 못한 건 드래곤의 둥지 주변엔 몬스터가 몰린다는 사실이었다. 조무래기들도 아니고 굵직한 상급 몬스터 위주로 몰렸다. 덕분에 엘은 산맥으로 향하는 입구에서 다음과 같은 표지판을 발견할 수 있었다.

※주의※

매우 흉포한 드래곤이 살고 있음.

접근 시 목숨 보장 못 함.

라미아스가 봤다면 피눈물을 흘리며 애통해할 문구였다.

물론 이렇게 된 것엔 자초한 부분이 큰 만큼 엘은 동정하지 않았다. 오히려 목숨을 걸고 표지판을 제작해서 세워두었을 어느 이름 모를 용자를 더 안타까워했다. 아마도 그는 저 표지판을 세워둔 뒤 드래곤의 복수를 두려워하며 잠을 이루지 못했을 것이다. 그 증거로 '흉포한 드래곤'이라는 글자 옆에, 나중에 쓴 것이 분명해 보이는 '님'이라는 글자가 작게 덧붙여 있었다. 저렇게라도 써두면 그의 분노를 조금이라도 덜지 않을까 싶었던 모양이다.

"흉포한 드래곤이라……."

간판을 바라보는 노엘의 눈빛은 예리하게 빛나고 있었다. 그 불길한 표정을 보면서, 엘은 이곳으로 오기 전에 잠깐 있었던 실랑이를 떠올렸다.

"쓸데없는 생각 하지 마세요."

"에잉."

아직도 드래곤의 피로 머리를 물들인다는 해괴한 계획을 포기하지 못한 모양이었다. 엘은 두 계약자를 만나게 해도 괜찮은 건지를 다시금 진지하게 고심했다. 설마 엘프가 장로급의 드래곤을 해칠 순 없겠지만, 그 속에 들어있는 존재가 카노스라면 얘기가 좀 많이 달랐다.

"그치만 순순히 부탁하러 가는 건 마음에 안 들어. 강제로 쟁취하는 기쁨이 얼마나 큰데 그걸 포기해?"

"지금 대사 되게 악당 같다는 건 알고 있죠?"

"아니지, 엘. 여전히 순진하긴. 악당과 영웅의 차이가 뭔지 알아? 그게 사실 알고 보면 옳고 그른 문제가 아니야. 대중이 원하는 걸 이뤄주는 쪽이 영웅인 거지. 수단과 방법은 그냥 이차적인 문제야. 그런 의미에서 대중에게 드래곤의 인식이 어떻게? 드래곤 슬레이어의 인식은?"

전자는 위험, 후자는 영웅이었다. 무슨 말을 하려는지 파악한 엘이 입을 다물었다. 반대로 노엘의 눈동자는 별처럼 빛났다.

"하이 엘프이자 드래곤 슬레이어 노엘! 그리고 그 계약자인 물의 정령왕! 이 얼마나 멋진 조합이야? 안 그래? 그 드래곤 하나만 없어지면 우리가 세상의 영웅이 되는 거라고!"

그래, 이제 알았어. 파이어 버스터한테 이상한 사상들을 주입한 게 바로 당신이었지! 엘은 정령계에서 지내는 지금도 툭하면 용사를 모시고 싶다고 징징거리는 불의 검을 떠올리며 깊은 한숨을 내쉬었다.

"대중의 바람이 전부 옳은 건 아니죠. 수단과 방법을 가리지 않았던 영웅들의 말로가 어땠는지도 알려드려요?"

"앗, 그렇게 나오면 할 말이 없는데. 알았어, 알았어. 안 하면 되잖아. 그런 표정 하지 마."

"제가 무슨 표정을 지었다고 그래요."

"마족들이 괜히 그런 성격이 아니었구나, 새삼 깨달은 표정?"

그렇게까지 티가 났던가. 차마 아니라고 답하지 못한 엘은 먼 산만 응시했다. 노엘이 피식거리는 게 느껴져서 어쩐지 더 민망했다.

"이 안으로 쭉 들어가면 되는 거야?"

"네, 근데 좀 오래 걸어야 해요. 산세가 험한 편은 아니지만 비탈진 길이라 금방 지칠 거예요. 피곤하면 언제든 말하세요."

"괜찮아, 괜찮아. 공기도 좋고 햇살도 좋고. 딱 걷기 좋은 날씨잖아. 내가 그래 봬도 엘프인데, 이 정도 산도 못 타면 말이 안 되지."

그렇게 대답하는 노엘은 천하 태평한 얼굴이었다. 하지만 엘프라도 단련하지 않은 일에 처음부터 적응할 수는 없었다. 스쳐 들었던 말에 의하면 그는 마을에서 살 때 거의 집안에서만 지내던 편이었다. 멀리 나와본 것도, 오래 걸어보는 것도 다 처음이었다. 그래서 여행 초반엔 자주 지쳐 있곤 했다.

'그러면서도 굳이 치유술은 안 받으려고 한단 말이지.'

편한 것에 익숙해지면 안 된다며 단련해서 체력을 키우겠다는 이유였지만 왠지 껄끄러운 기분이 들었다. 워낙 본심을 잘 숨기는 성격은 지금도 여전해서, 그냥 가볍게 하는 말도 곧이곧대로 들을 수가 없었다.

"음? 이건 나무 형태가 좀 특이하네. 오, 저기 봐, 엘. 다람쥐가 있어! 헉, 저건 벌집인가? 건드리면 안 되겠지?"

하지만 그러다가도 평범하게 즐거워하는 모습을 보면 아무래도 좋지 싫었다. 쓰게 웃은 엘은 자신이 유난히 그한테 약하다는 점도 인정하기로 했다. 얄미울 땐 한없이 얄미운데, 도저히 미워할 수만은 없었다.

"이야, 산에도 재밌는 게 참 많네. 내가 그동안 너무 실내에서만 지냈나 봐."

"근데 카노스는 이미 오래 살았잖아요. 이런 건 익숙하지 않아요?"

"음? 아아, 그렇긴 한데, 신일 때와는 와닿는 느낌이 좀 달라. 같은 것도 더 재밌게 느껴지거든."

"예를 들면요?"

"이렇게 시야가 좁을 수가 있다니 신기한 느낌? 투시도 되지 않고, 멀리 있는 건 잘 보이지도 않고. 하다못해 눈앞에 있는 벌레들도 유심히 보지 않으면 전혀 눈에 띄지 않잖아. 심지어 그런 작은 벌레의 독에도 다칠 수 있어서 몸이 본능적으로 긴장한다니까? 정말 굉장해."

"……그건 전부 다 단점이잖아요."

어이없어하는 엘을 향해 노엘은 그래서 재밌는 거라며 다시 즐거워했다. 엘은 그 모습을 묘한 기분으로 바라보았다. 육체를 바꿔본 경험이라면 그에게도 있었다. 인간이었다가 정령이 되기도 했고, 그 반대의 경험도 해봤다. 그래서 중간계의 육신이라는 게 얼마나 불편한지는 누구보다 잘 알았다. 신기함보다는 분명 답답함이 더 클 것이다. 그런데도 현 상황을 편하게 즐기고 있는 그가 무척 대단하게 느껴졌다. 그리고 그만큼 속이 상했다.

“그것 말인데요.”

“음?”

“카노스가 다시 신이 될 방법은 없는 건가요?”

돌아본 노엘이 의외라는 얼굴로 두 눈을 깜빡였다.

“갑자기 그런 건 왜 물어봐?”

“그냥, 아무리 생각해도 억울한 것 같아서요. 카노스가 잘못한 것도 아니고, 악신 때문에 희생한 거잖아요. 그런데 신의 자격까지 박탈당하는 건 너무 가혹한 거 아닌가요?”

“억울하니까 ‘희생’이라고 하는 거야. 대가가 있다면 그건 희생이 아니지.”

“그거야 그렇지만…….”

“게다가 난 지금 생활이 별로 나쁘지 않아. 신의 삶은 좀 지루하거든.”

“……만날 놀러 다녔으면서.”

“바보구나. 당연히 지루하니까 놀러 다닌 거지.”

“…….”

묘하게 설득력이 높은 말이라 엘은 더는 반박할 수 없었다. 당장 엘뤼엔이나 크로아첸만 봐도 온종일 주야장천 일만 했다. 그런 게 신계의 삶이라면 확실히 지루해 보였다. 어쩌면 카노스도 처음부터 그러진 않았을지도 모른다. 너무 오랫동안 일했기 때문에 지루해진 것이고, 그로 인해 놀러 다니게 되었을 가능성이 컸다. 하지만 엘뤼엔도 나중에 그렇게 될 것 같냐면, 그건 또 아니었다.

"일을 하는데 왜 지루하지?"

본인은 아니라고 말하지만 일 중독자인 엘뤼엔이라면 이렇게 대꾸할 것 같긴 했다. 엘은 그냥 생각을 멈췄다. 하려던 말은 이게 아니었는데, 자꾸만 쓸데없는 흐름으로 가고 있었다.

"아무튼 전 카노스가 다시 신이 됐으면 좋겠어요."

정말은 이 말을 하고 싶었다. 멈칫한 노엘이 그를 돌아보았다.

"왜?"

"그야…… 그 모습이 가장 잘 어울리니까."

노엘의 얼굴에 놀란 표정이 떠올랐다가 사라졌다. 설마 이런 대답을 내놓으리라곤 생각지도 못했다는 듯 얼떨떨한 표정이었다. 하지만 엘은 진심으로 그렇게 생각했다.

첫 번째 엘퀴네스이자 태초의 마신. 가만히 서 있기만 해도 숨막힐 듯 강렬한 존재감을 풍기던 이였다. 마치 신으로 살기 위해 존재하는 것 같았다. 그건 지금도 마찬가지였다. 지금 이렇게 뻔히 엘프가 된 그를 눈앞에 두고 있으면서도, 신이 아닌 그를 상상하기가 힘들 정도로.

"제법 기특한 소리를 하네. 뭐, 그만큼 나를 좋아했다는 말 같아서 기분은 나쁘지 않은걸.”

“그냥 하는 소리가 아니에요. 저는 정말로…….”

“알아. 나도 그렇게 생각하니까.”

“……!”

이번엔 당황한 건 엘 쪽이었다. 무심결에 흘려들었다가 뒤늦게 뜻을 이해하고 고개를 번쩍 들었다. 노엘도 그를 바라보고 있었다. 장난스럽게 미소 짓는 얼굴 그대로였지만 눈은 웃고 있지 않았다. 어딘지 공허한 것 같은 그 눈동자를 보며 엘은 마른침을 삼켰다. 그의 본 모습을 조금이나마 엿보게 된 것 같았다.

그건 일말의 희망이기도 했다. 엘은 노엘이 지금 이렇게 된 걸 후회하고 있기를 바랐다. 자신만 아쉬워하는 게 아니길, 그에게 돌이키고 싶다는 생각이 조금이라도 있었으면 했다.

그가 좋은 환경에서 태어났다면, 그래서 행복하게 지내고 있었다면 비록 아쉽다 해도 이렇게까지 극단적으로 생각하진 않았을 것이다. 카노스는 이런 삶을 바랐구나, 그가 이제야 온전히 평온해졌구나, 오히려 안도감을 느꼈을지도 몰랐다. 하지만 지금 이건 아니었다. 이럴 수는 없었다.

“다시 신이 될 방법은 정말로 없는 거예요?”

그가 다시 빛나는 곳에 서 있는 모습을 보고 싶었다. 지극히 태평하고 제멋대로지만 진지할 땐 누구보다도 진지한. 그래서 의지할 수밖에 없는, 그 드높은 위치에 다시 서기를 바랐다. 염원을 품게 된 엘의 눈동자가 일렁였다. 그 눈을 가만히 바라보던 노엘이 희미하게 웃었다.

"자꾸 뭔가 기대하는 것 같아서 좀 미안한데, 현재까진 없는데 어쩌지?"

"현재까지라는 건, 나중에는 생길 수도 있다는 건가요?"

"이런, 그렇게 나오는 거야?"

그가 못 말리겠다는 얼굴로 고개를 저었다. 그럼에도 엘이 물러날 기미가 없자 한숨처럼 대답했다.

"언젠가는 가능할지도 모르지."

"……! 정말요? 그게 정말이에요?"

"응, 뭐. 아마 지금의 내가 죽고, 너도 죽고, 세대가 몇십 바퀴쯤 빙글빙글 돌고 나면?"

"……그게 뭐예요."

"그러니까 언젠가라고 했잖아."

웃음기를 머금은 목소리는 깃털처럼 가벼웠다. 처음부터 진지하게 응할 생각이 없었던 것이 분명했다.

"엘."

"……왜요."

또 농락당했다는 생각에 엘은 일부러 불퉁하게 대꾸했다. 서로 바라는 점이 극명하게 다른 이상 어차피 무슨 대화를 하건 평행선을 이룰 게 뻔했다. 그러니 그가 무슨 말을 하건 흔들리지 않을 생각이었다. 그러나 이어진 건 전혀 상상도 하지 못한 말이었다.

"드래곤의 도움을 받고 나면 넌 다시 정령계로 돌아가."

“……네?”

“나를 만났다는 사실 같은 건 잊어버리고, 그냥 원래의 일상으로 돌아가. 그렇게 하는 게 좋겠다.”

노엘의 말투는 차분했다. 하지만 조곤조곤 이어지는 목소리에도 엘은 그의 말을 제대로 알아들을 수가 없었다. 새하얗게 변한 머릿속이 온통 혼란하게 일그러지는 것 같았다.

“그게…… 대체 무슨 말이에요?”

한참 만에야 엘이 힘겹게 입을 열었다. 그때까지도 노엘은 여전히 느긋하게 주변의 경치를 감상하고 있었다. 그 모습이 너무 평화로워서 엘은 자신이 들은 말이 환청이 아니었는지 의심했다. 물론 부질없는 착각이었다. 다시 이어지는 노엘의 대답이 그 현실을 일깨웠다.

“한마디로 말해서, 우리 계약을 해지하자는 거야.”

“카노스.”

“내가 생각을 잘못했어. 그냥 잠깐 어울리는 정도는 괜찮을 줄 알았거든. 설마 네가 나한테 이렇게까지 마음을 쓰는 줄은 몰랐어.”

“그게 무슨…….”

그 순간 마주친 노엘의 눈빛이 슬퍼 보여서 엘은 더는 말을 이을 수가 없었다. 노엘은 망연자실하게 서 있는 엘의 어깨를 가볍게 두드린 다음, 천천히 길을 앞질러 나갔다. 쓸쓸한 뒷모습 위로, 그의 연녹색 머리칼이 바람에 흐트러졌다.

"넌, 나와 너무 가까이 지내면 안 돼."

4.

"이해할 수 없어요!"

엘의 외침에 노엘은 심드렁한 표정을 지었다.

"아직도 그 소리야?"

"아직도라뇨! 카노스 혼자 일방적으로 선언한 거잖아요! 계약을 해지하다니! 멋대로 소환해서 계약하자고 할 땐 언제고, 이제 와서 이러는 법이 어딨어요?"

"그래서 내가 잘못했다고 하잖아. 그냥 만나지 않은 거로 하자니까."

"말도 안 돼요! 카노스라면 이미 만난 사람을 만나지 않은 거로 치부할 수 있겠어요?"

"응."

"이익! 아무튼 전 싫어요! 불가능하다고요!"

단지 감정적인 문제만이 아니었다. 계약 해지는 그의 생명과도 직결하는 문제였다. 지금 노엘은 쫓기는 처지였고, 자연과의 교감이 뛰어난 엘프는 추적에 월등했다. 그가 지금까지 붙잡히지 않았던 건 엘이 비호한 덕분일 뿐, 계약이 해지되면 발각되는 건 말 그대로 시간문제였다. 머리칼을 염색해봤자 오래 버티지 못할 게 뻔했다. 그건 누구보다 노엘 본인이 더 잘 알았다.

"전 무슨 일이 있어도 카노스 옆에 있을 거예요!"

노엘은 '그린 듯이' 곤란한 얼굴을 했다. 누가 보더라도 만들어진 표정이라 엘은 더 갑갑해졌다. 그가 무슨 생각을 하는지 도저히 이해할 수가 없었다.

"좋아, 그럼 할 수 없지."

마침내 노엘이 한숨과 함께 고개를 끄덕였다. 엘은 그가 마음을 돌린 거라고 생각하고 안도의 한숨을 내쉬었다. 하지만 노엘은 단념한 게 아니었다. 그가 자신의 주머니 속에서 단검 하나를 꺼내 들었다.

"카노스?"

"응?"

"죄송하지만, 지금 뭘 하려는 건지 물어봐도 될까요?"

설마 저걸로 위협하려는 건 아니겠지. 어처구니없는 짓이지만 카노스라면 그러고도 남을 자라서 엘은 떨떠름한 표정을 감추지 못했다. 노엘 역시 생긋 웃었다.

"네가 아직 상황을 실감하지 못하는 것 같아서. 직접 보여주려고."

"……네?"

무슨 말인지는 굳이 물을 필요가 없었다. 다음 순간 노엘이 들고 있던 검으로 자신의 팔을 내리그었다. 피부가 찢기는 소리와 함께 붉은 피가 사방으로 튀었다. 잠시간 멍해 있던 엘이 곧 무슨 일이 벌어진 건지를 깨닫고 경악했다.

"카노스!"

"아야야. 좀 아프네……."

"미쳤어요? 지금 대체 무슨 짓을!"

단검을 빼앗을 정신도 없이 엘은 다급히 상처부터 살폈다. 하얀 팔에 모질게 그어진 상처는 척 보기에도 상당히 깊었다. 동맥을 건드렸는지 쏟아지는 피도 상당했다. 그대로 놔두면 출혈 과다로 죽을 수 있을 양이었다. 보통 자해를 하면 마지막 순간 조금이라도 힘을 빼기 마련인데, 이 전직 마신이자 무자비한 엘프에게는 그런 감정도 없었던 것 같았다. 울컥한 나머지 손에 힘이 들어가자 노엘이 앓는 소리를 내뱉었다.

"아파, 엘. 너무 세게 쥐는 거 아니야?"

"그러게 누가 이런 짓 하래요? 자해공갈도 아니고, 이런 식으로 나오면 기겁해서 물러날 줄 알았나 본데! 미안하지만 이런 협박 전혀 안 통하거든요?"

"어머나~ 무서워라. 화났어?"

"그럼 화가 안 나겠어요? 일단 가만히 있어요. 바로 치료할 테니까."

노엘은 얌전히 지시에 따랐다. 어차피 이런 짓을 할 수 있는 것도 결국은 말끔히 나을 수 있다는 걸 알기에 가능한 거였다. 그걸 알면서도 치료해야 한다는 사실이 화가 났지만 엘은 묵묵히 환부에 손을 얹었다. 이윽고 치유력이 스며든 그의 팔에 새하얀 물거품이 일어났을 때였다.

"엘."

"왜요."

"미안해."

처음엔 자해한 것에 대한 사과라고 생각했다. 그런데 뭔가 이상했다. 엘의 얼굴이 바로 굳어졌다. 갑자기 반발력이 느껴지는가 싶더니, 어마어마한 기운이 쏟아져 들어오기 시작했다. 역한 느낌과 함께 속이 불타는 것처럼 뜨거워졌다. 시야가 빠른 속도로 흐려지고 있었다. 엘은 본능적으로 자신에게 무슨 일이 일어나고 있는지 알아차렸다. 이건 역소환의 징후였다.

"이게 뭐……."

왜 갑자기 역소환이 되는 거지? 이해할 수 없는 현상에 당황하던 엘은 눈을 크게 떴다. 원래대로라면 치유력을 불어넣자마자 나았어야 할 노엘의 팔이 여전히 그대로였다. 피부가 아물기는커녕 피조차 멈추지 않았다. 반사적으로 고개를 든 그는 씁쓸하게 웃고 있는 노엘과 시선을 마주쳤다.

"가서 머리나 식히고 와."

의식을 잃기 전 마지막으로 들은 말이었다.

* * *

"……엘."

깊게 잠긴 의식 속에서 엘은 누군가가 자신을 부르는 음성을 들었다. 차분하면서 낮은 호흡. 조심스럽게 살피는 듯한 목소리. 어디선가 느껴본 듯한, 무척 낯익은 기분이었다.

"……어나, 엘."

거듭되는 부름에 엘은 무거운 눈꺼풀을 천천히 들어 올렸다. 뿌연 시야 사이로 걱정스럽게 바라보는 익숙한 얼굴이 들어왔다. 햇볕에 그을린 듯한 피부, 흐트러진 검은색 머리카락. 그리고 황금을 섬세하게 조각한 듯한 눈동자.

"엘! 정신이 들어?"

"트로웰……?"

환한 웃음에 반사적으로 따라 웃으려던 엘은 뭔가 이상하다는 걸 깨닫고 주위를 돌아봤다. 푸른 빛으로 일렁이는 공간에서 깊은 물 속 특유의 질감이 느껴졌다. 물의 영역이었다.

'맞아. 나 방금 역소환 된 거였지…….'

물론 이 상황 자체가 이해가 안 되기는 여전히 마찬가지였다. 공격을 받은 것도 아니고, 그저 상처를 치료했을 뿐인데 역소환이 일어났다. 상식적으로 말도 안 되는 일이었다. 하지만 자신이 정령계에 있다는 것 자체가 부정할 수 없는 증거였다. 찌르는 듯한 온몸의 격통도 생생했다.

"괜찮아? 잠깐 본계에 와 있었는데 네가 갑자기 역소환 돼서 돌아오기에 깜짝 놀랐어."

"아, 괜찮아. 좀 놀랐을 뿐이야."

엘은 신음을 삼키며 몸을 일으켰다. 당황한 트로웰이 곧바로 부축했다.

"더 누워 있어. 아직 회복되지 않았어."

"그치만…… 계약자가 다쳐서 치료해야……."

"이 몸으로 중간계에 내려가겠다고? 말도 안 돼."

"하지만……."

"한 시간, 아니 몇 분이라도 좋으니까 좀 더 회복한 후에 가. 어차피 이 상태로는 내려간다고 해도 금방 다시 역소환 될 거야. 정령왕이 역소환 되면 계약자한테도 타격이 커. 지금도 내상을 크게 입었을 텐데, 오히려 더 악화시킬 생각이야?"

그 말은 사실이었기에 엘은 입술을 가만히 악물었다. 겨우 얌전해진 걸 확인한 트로웰이 안도하며 그 앞에 자리를 잡았다.

"대체 어쩌다 이렇게 된 거야? 네가 역소환이 되다니. 중간계로 소환되었다는 말은 들었는데, 계약자의 신변에 무슨 문제라도 생긴 거야?"

"그게…… 좀 이상해."

"이상하다니?"

"상처가 나서 그냥 치료하려고 했을 뿐이거든. 그런데 갑자기 이렇게 됐어."

"자세히 말해봐."

트로웰의 표정이 진지해졌다. 엘은 그에게 자신이 경험한 일들을 털어놓았다. 계약자가 크게 다쳐서 상처를 치료하는데 강한 반발력을 느꼈다는 것. 그와 동시에 역소환의 징후가 일어나기 시작했다는 것. 정작 상처는 하나도 치료되지 않았다는 것. 본인이 설명하면서도 믿기지 않는 이야기였다. 트로웰의 얼굴도 같이 심각해졌다. 그는 조금 어이없다는 얼굴로 엘을 바라보았다.

"……엘, 너 대체 뭐랑 계약한 거야?"

"뭐라니. 그냥 평범한……."

아무 생각 없이 답하려던 엘은 천천히 말끝을 흐렸다. 생각해보니 엘프와 계약한 것 자체가 이미 평범한 게 아니었다. 입을 다문 엘의 모습에서 동요를 감지한 트로웰의 시선이 진득해졌다.

"평범한…… 그다음 말은?"

"펴, 평범한 계약이었다는 뜻이지. 그거 말고 뭐가 있겠어. 하하하."

"그래, 그렇구나."

웃는 얼굴로 고개를 끄덕이지만 전혀 믿는 눈치가 아니었다. 조금 전보다 더 짙어진 눈길에 엘은 필사적으로 시선을 피했다. 결국 먼저 물러선 건 피식 웃은 트로웰 쪽이었다. 뚫어질 듯한 시선이 사라진 것에 엘은 안도의 한숨을 내쉬었다. 하지만 이어진 말엔 다시 얼굴이 굳었다.

"엘, 아무래도 지금 계약은 해지하는 게 낫겠어."

"어? 그게 무슨 소리야?"

당황한 엘이 고개를 들었다.

"넌 평범하다고 말했지만, 내가 보기엔 그자는 절대 평범하지 않아. 치유술을 썼는데 역소환이 됐다는 건 그자의 육체가 네 힘을 거부하고 튕겨냈다는 소리야. 엘, 너도 알겠지만, 이건 절대 정상이 아니야."

냉정한 말이었으나 부정할 수 없었다. 엘퀴네스의 치유는 신관의 신성력보다 상위 능력이다. 체질이나 종에 관계없이, 살아 숨쉬는 이라면 모두가 누릴 수 있는 축복이기도 했다.

"그치만 우연일 수도 있지 않을까? 평소엔 전혀 이상한 거 못 느꼈거든. 애초에 내 힘에 반발한다면 소환할 수도 없잖아."

"나도 그게 이상하긴 해. 하지만 엘, 우연히 기연이 닿을 순 있어도, 역소환은 결코 우연히 일어날 수 없어."

이번에도 엘은 아무 말도 하지 못했다. 사실 그도 이게 우연일 리가 없다는 건 알고 있었다. 적어도 이렇게 될 걸 카노스는 알고 있었을 거라는 것만은 분명했다. 평소에 치유 받는 걸 거부했던 것도. 치료하던 순간 사과하던 것도. 아무것도 모르는 사람이 할 행동은 아니었다.

"느낌이 너무 좋지 않아. 엘퀴네스의 치유력에 반발한다는 건 주신의 체제에서 벗어났다는 의미이기도 해. 도저히 정화할 수 없을 만큼 혼이 더러운 거야. 이런 존재는 권능이 없어도 질 자체는 거의 그것에 가까워."

"그것?"

"악신 말이야."

"……!"

"그날의 일을 기억해봐, 엘. 악신에게 당한 상처는 치유되지 않았잖아."

맞아, 그랬었다. 엘은 주먹을 꾹 움켜쥐었다. 인간이 됐을 때도 그 순간만큼은 잊지 못했다. 눈앞에 피투성이가 된 엘뤼엔이 쓰러져 있는데, 아무리 치유력을 써도 상처를 조금도 낫게 할 수가 없었다. 악신의 힘이 정령왕보다 상위였던 것도 있었지만, 그 기운 자체가 정화되지 않는 '부정한 독'이었기 때문이었다. 단순히 기운이 스며든 것만으로도 그럴진대, 독 그 자체인 악신이라면 치유력을 쓰는 순간 강력히 반발했을 것이다. 송두리째 기운이 역류해서 치유하려던 쪽이 오히려 큰 타격을 받았을 게 분명했다. 바로 지금처럼.

'하지만 왜? 어째서 카노스가?'

악신과 함께 소멸하면서 뭔가 문제가 생긴 걸까. 불안해진 엘은 입술을 깨물었다. 그 모습을 차분히 바라보던 트로웰이 말을 이었다.

"그만큼 부정한 존재라는 소리야. 어쩌다 그런 존재와 계약하게 된 건진 몰라도 너무 깊게 얽히는 건 좋지 않아. 그건 이미 주위에도 안 좋은 영향을 주고 있을 거야."

"안 좋은 영향?"

"가까이 지내기만 해도 병에 걸린다든가, 사고를 당하는 것 같은 악운이 끊임없이 일어났을 거야. 그런 존재는 살아 움직이는 재앙이라고 보면 돼."

"그건 혼돈과 재앙의 씨앗입니다! 태어나서는 안 되는 더러운 것이 육신을 입었습니다!"

"나와 너무 가까이 지내면 안 돼."

머릿속이 멍해지는 가운데, 엘은 그동안 들었던 말들을 떠올렸다. 이해할 수 없었던 의미를 드디어 깨달았지만 속은 조금도 후련해지지 않았다. 오히려 의문만 더 깊어졌다.

"말도 안 돼. 대체 왜 그런……."

"믿고 싶지 않은 이야기라는 거 알아. 하지만 자칫하면 너에게도 나쁜 영향을 미칠지 몰라. 그만큼 위험한 존재야. 그러니까 하루라도 빨리 계약을 해지하는 편이……."

"아니, 그건 싫어."

"엘."

"본인이 원해서 그렇게 된 게 아니야. 그건 확실해. 그렇다면 해결할 방법을 찾아야지. 위험하다면 더더욱, 그런 걸 혼자 감당하게 내버려 둘 순 없어."

분명 어떻게든 해결할 방법이 있을 거다. 설령 그렇지 않더라도 엘은 그와 헤어질 생각이 전혀 없었다. 그 단호한 표정을 본 트로웰은 할 말을 억지로 삼키는 얼굴로 고개를 끄덕였다.

"그래, 네 뜻대로 해. 어차피 결정은 네가 하는 거니까."

"미안해, 트로웰. 날 생각해서 해준 말인데."

"아냐, 난 너만 무사하다면 아무래도 상관없어. 하지만 이게 무슨 뜻인지는 알지, 엘? 네가 위험해진다면 그땐 그냥 지켜만 보지 않을 거야."

단호한 말에 엘은 천천히 고개를 끄덕였다. 가볍게 한숨을 내쉰 트로웰이 씁쓸한 미소를 지었다. "엘은 참 평범한 계약을 못 하는구나." 착잡한 시선으로 건네는 말엔 엘도 같이 착잡해졌다.

"아, 그보다 한 가지 알려줄 것이 있는데."

"응? 뭔데?"

"실은 조금 전에 엘뤼엔이 찾아왔었어. 네게 꼭 알려야 할 일이 있는데 연락이 안 된다면서. 혹시 네 위치를 알고 있느냐고."

"헉! 그, 그래?"

엘은 낭패감을 숨기지 못했다. 그간 너무 연락을 피하긴 했었다. 아무리 아들에게 관대한 엘뤼엔이라도 슬슬 인내심이 마모할 때였다. 그래도 설마 정령계까지 찾아올 거라곤 생각지 못했다.

"그래서 미네가 정령들을 풀어서 너를 찾았거든. 그러니까, 네가 역소환 되기 직전까지 있었던 바로 그 장소 말이야."

"……어?"

이어진 말은 예상보다 더 나빴다. 멀뚱히 눈을 깜빡인 건 잠깐이었다. 들키면 곤란하니 행적을 가려두긴 했지만 같은 정령왕이 작정하고 찾으려면 피하기 힘들다. 상대가 바람의 정령왕이라면 더욱 그랬다. 엘은 곧 그가 한 말의 의미를 깨닫고 멍하니 입을 벌렸다.
"그럼 설마……."
트로웰이 조금 난감한 얼굴로 대답했다.
"지금 엘뤼엔이 거기로 갔을 거야."

5.

무모한 행동을 벌인 대가는 상당히 컸다.
노엘은 바위에 등을 기댄 채 가쁜 숨을 내쉬었다. 본인이 저지른 일이긴 하지만 정령왕의 역소환은 계약자인 그에게도 영향을 미쳤다. 외상에 이어 내상까지 더해진 탓에 그는 지금 약간의 기력도 내기가 어려웠다.
고통도 고통이었지만 그보다 아린 현기증이 그를 더욱 괴롭혔다. 제때 지혈하지 못한 팔은 지금도 대량의 혈액을 끊임없이 쏟아내고 있었다. 엘이 역소환 되면서 한 움큼 토해낸 피 때문에 입가부터 상체도 전부 엉망이었다. 지나가는 누구라도 본다면 기함할 만큼 처참한 모습이었다. 그러나 정작 쓰러져 있는 당사자는 태연하게도—
'오, 피를 많이 흘리면 바로 이런 느낌이구나. 이거 제법 묘하게 힘이 쭉쭉 빠지는 것이 기분이 좀 이상한데? 이런 게 바로 빈혈? 우와, 신. 세. 계~'

따위의 생각을 속으로 중얼거리고 있었다. 천성이 가벼운 성격은 목숨이 긴박한 순간에도 여지없이 진가를 발휘했다.

'역시 너무 많이 찢었나. 하지만 이 정도 상처가 아니면 역소환시키기 힘드니까 할 수 없지.'

지금쯤 정령계로 돌아간 엘은 자신을 향해 이를 갈고 있을 것이다. 아니, 어쩌면 바보같이 마냥 걱정만 하고 있을지도 모른다. 그 아이는 엘퀴네스답지 않게 착하니까. 노엘은 희미하게 미소 짓다가 다시 울컥 피를 토해냈다. 콧속의 점막에도 문제가 생겼는지 숨을 쉴 때마다 피 냄새가 타고 들어왔다. 역하고 비릿한 냄새에 머리가 울리는 것 같았다.

'피 냄새가 이렇게 역한 거였다니.'

고작 이런 거에 영향받는 자신을 예전에는 상상도 한 적이 없었다. 노엘은 자조하며 웃었다. 생명을 품고 있는 혈향은 신이었을 땐 향기에 더 가까웠다. 하지만 엘프가 된 지금은 빠져나가는 생명만큼 틈타 들어오는 죽음을 더 크게 느꼈다. 피 냄새를 거북하게 느끼는 건 살기 위한 본능이 발동한 탓이었다. 그런다고는 알고 있었지만 그걸 직접 실감하는 기분은 남달랐다.

머리로 알고 있는 신의 지식과 그렇지 않은 육체에서 생겨나는 괴리감은 생각보다 더 컸다. 마치 깊은 땅속에 파묻혀 작은 구멍 틈으로 간신히 하늘을 바라보는 기분이었다. 그나마 인간보다 뛰어난 하이 엘프의 몸을 가지고 있으면서도 이런 꼴이라니. 한때 그와 대적했던 신들이 이 모습을 본다면 기가 막혀서 웃지도 못할 것 같았다.

크르르.

그때쯤 노엘은 낮게 울리는 짐승의 신음을 들었다. 피 냄새를 맡은 몬스터들이 몰려들고 있는 것이었다. 두 눈을 흉흉하게 빛내며 접근하는 괴수를 보면서도 노엘은 피할 생각은 하지 않았다. 그저 가만히 웃기만 했을 뿐.

"그래. 이번엔 이렇게 죽는 것도 나쁘진 않겠네."

어차피 태어난 순간부터 평화로운 죽음은 기대하지 않았다. 오히려 이 정도면 싸게 치는 게 아닌가. 그는 속으로 태연히 그렇게 중얼거렸다.

악신을 위해 희생하는 자.

그 죄업을 대신 받으리라.

엘과 계약을 맺을 당시, 왜 전생을 기억한 채 태어났냐고 묻는 것에 모른다고 대답했던 건 거짓말이었다. 그건 이미 약속된 저주의 증거였다.

그에게 걸려 있는 저주는 그를 위하는 모든 이들을 불행으로 빠트리며, 종래에는 본인까지 고통스럽게 하는 지독한 저주다. 그 어떤 정화나 축복으로도 풀리지 않는, 악신을 향한 징벌이자 절대자 주신이 내리는 저주.

그는 앞으로 영원히 모든 기억을 가진 채 떠돌며, 불행한 삶을 반복하게 될 것이다. 그를 낳아준 부모를 죽이고, 친우를 고통스럽게 하며, 그가 태어난 나라와 일족을 불행하게 만들면서 끊임없이 피로 얼룩지는 삶.

물론 자처한 일인 만큼 그에 대한 불만은 전혀 없었다. 늘 단조로운 신의 삶에 익숙해져 있다가 새로운 육체, 새로운 환경에 적응하면서 지내는 게 아직까지는 재미있기도 했다.

'……그리고 언젠가 이런 삶에도 미치게 되는 날, 드디어 완전히 소멸하게 되겠지.'

그때는 정말로 쉬게 될 수 있을지도 모른다. 이왕이면 그날이 조금 빨리 오면 좋을 것 같다고, 노엘은 속으로 단조롭게 중얼거렸다.

괴수의 기척은 이제 바로 지척까지 닿아있었다. 가까이 이른 괴수의 숨결에서 고약한 악취가 풍겼다. 늑대를 닮은 주둥이가 피 냄새를 맡고, 옅게 내쉬는 노엘의 숨소리를 확인했다.

"크르르……."

괴수가 송곳니를 드러내며 목울대를 울렸다. 표적에 저항의 의지가 없다는 것을 확인한 만족스러운 신음이었다. 하이 엘프는 맛보기 힘든 최상위 식량이니 그럴 만도 했다.

노엘은 다가올 통증을 얌전히 기다렸다. 이제 곧 우악스러운 손톱이 피부를 찢고, 날 선 이빨이 뼈를 씹어 부술 것이다. 가능하면 괴수의 취향이 고상해서 단번에 목을 꿰뚫었으면 좋겠다. 그래야 빨리 죽을 테니까. 하지만 아무리 기다려도 예상된 통증은 없었다. 그 대신 이어진 건 기척이 단숨에 걷히는 감각이었다.

"키엑!"

"……?"

날카로운 비명에 노엘은 영문을 놀라 눈을 떴다. 주변엔 한때 몬스터였을 것으로 추정되는 형체가 흩어져 있었다. 절단된 단면에서 흘러내리는 녹색 액체만 봐도 방금 일어난 일임을 모를 수가 없었다. 그러나 그보다 더 눈에 들어온 건 그 앞에 꼿꼿이 서 있는 한 남자의 모습이었다. 그를 발견한 노엘의 눈동자가 크게 요동쳤다.

남자는 빛을 담아낸 듯한 백금발과 물처럼 시린 눈동자를 지니고 있었다. 세상엔 수많은 금발 벽안이 존재하지만 그 어떤 이도 그와 같지는 않았다. 같을 수가 없었다. 아무리 존재감을 감추고 평범함을 가장하고 있어도 한눈에 알아보는 게 당연했다. 엘뤼엔, 틀림없는 그였다.

"뭐야, 이건."

엘뤼엔은 발치에 늘어진 몬스터의 시체를 돌아보았다. 아들을 만나기 위해 온 장소인데 정작 찾는 아들은 안 보이고 엉뚱한 것들만 있었다. 바람의 정령왕이 직접 알아내서 알려준 위치니 장소가 틀렸을 리는 없었다. 하지만 아무리 돌아봐도 이곳에 있는 건 조금 전 그가 처리한 몬스터 하나와 피투성이가 된 엘프가 전부였다.

설마 그새 길이 엇갈린 건가. 짧게 혀를 찬 엘뤼엔은 바위에 기대어 앉아 있는 엘프를 향해 걸어갔다. 지금으로선 저 엘프만이 아들의 행방을 알려줄 유일한 이였다.

"하이 엘프로군."

"……."

엘뤼엔은 굳어 있는 엘프의 모습을 천천히 훑어 내렸다. 붉은 피로 범벅이 된 그는 의식을 유지하고 있는 것이 신기할 정도로 처참한 상태였다. 상당히 고통스러울 텐데 신음은커녕 가쁘게 몰아쉬는 숨조차 조절하려 애쓰고 있었다. 정신력 하나만은 좋아 보였다.

"이봐, 내 말 들리나?"

"……."

말을 걸자 시선을 든 엘프가 창백한 얼굴로 그를 응시했다. 차분한 표정이었으나 눈빛에선 숨기지 못한 동요가 엿보였다. 조금 전 상황으로 봐선 분명 목숨을 구제받은 것일 텐데, 생명의 은인을 대하는 반응은 아니었다.

기묘한 위화감을 느끼던 엘뤼엔은 이내 얼굴을 찌푸렸다. 엘프의 이마에 새겨진 물의 인장을 발견한 탓이었다. 자연과 친화적인 엘프가 정령과 계약한 건 특별한 일이 아니지만 문제는 그 인장의 등급에 있었다. 별처럼 흩뿌려진 다수의 눈꽃 결정. 물의 정령왕만이 새길 수 있는 엘퀴네스의 증표였다.

"……너 설마 엘의 계약자인가?"

돌아올 답을 뻔히 알면서도 물었다. 예상대로 엘프는 천천히 고개를 끄덕였다. 조화의 종족이 정령왕을 소환하다니. 엘뤼엔은 낮게 탄식했다. 그동안 엘이 자신을 피한 이유를 알 수밖에 없었다. 더불어 엘이 이 자리에 없는 이유도 짐작했다.

'상태가 안 좋군. 엘은 역소환 된 건가?'

그는 짧게 혀를 차며 만신창이에 가까운 몸을 살폈다. 이제 갓 성년이 되어 보이는 엘프는 한눈에도 죽어가고 있었다. 팔의 상처도 상처지만 내상을 크게 입은 상태였다. 기운이 역류한 흔적이 역력한 걸 봐선 계약자가 역소환되면서 얻은 내상이 분명했다.

'하지만 이상한데. 누가 엘을 역소환 시킨 거지?'

정령왕이 역소환 되는 건 흔한 일이 아니었다. 엘프의 상태도 그렇고, 누군가로부터 공격을 받기는 한 것 같은데 아무리 봐도 그럴 만한 존재가 보이지 않았다. 주위에 몬스터가 있긴 했으나 고작 그런 것들이 정령왕의 상대가 될 리는 없었다. 조금 전 엘프 앞을 기웃거리고 있던 몬스터도 그저 피 냄새를 맡고 찾아온 것뿐이었다. 좀 더 깊이 파고들면 자세히 알아볼 수 있겠지만 지금은 중간계에 머무는 시간을 최대한 벌기 위해 모든 감각을 극도로 제어하고 있는 상태다 보니 여의치가 않았다.

"쯧, 어쨌든 일단 치료부터……."

"……놔두십시오."

치료하려고 뻗은 손을 피투성이가 된 손이 붙들어 제지했다. 엘뤼엔은 미간을 좁히고 치료를 거부하는 엘프를 바라보았다.

"부상이 심하다. 이대로 죽을 생각인가?"

"어차피…… 치료되지 않습니다. 당신만…… 다칠 겁니다."

"뭐?"

뜻밖의 대답에 엘뤼엔은 눈을 크게 떴다가 다시 상처로 시선을 내렸다. 치료되지 않는다니, 뭔가 특이한 체질인 건가? 엘뤼엔은 시험 삼아 약하게 신성력을 불어넣었다. 그 순간 반발하듯 날카롭게 튀어나온 기운이 곧바로 그의 팔에 붉은 상흔을 남겼다. 따끔한 통증에 엘뤼엔은 살짝 얼굴을 찌푸렸다. 그러자 당황한 엘프의 입에서 거친 고성이 터져 나왔다.

"이 바보가! 다친다고 했잖아!"

"했잖아?"

"……아, 아뇨. 죄송합니다. 그러게 다치신다고 했잖습니까."

엘뤼엔은 급히 사과하는 엘프를 가만히 노려보았다. 무례한 언사에 기분은 상했지만 어쨌건 엘의 계약자였다. 벌을 줄 땐 주더라도 지금은 살리는 것이 먼저였다. 게다가 이 육체가 지닌 특이한 반발력에도 흥미가 일었다. 그는 품 안에서 맑은 액체가 담긴 병을 꺼내 들었다.

"무슨……."

"천상수라는 거다. 일종의 성수라고 생각하면 될 거다."

신의 몸까지 회복시키는 천상수는 인간이 마시면 영원한 생명을 얻게 되는 것으로도 알려져 있다. 실제로 그 정도까진 아니어도 불사에 가까운 몸으로 만들기는 했다. 함부로 남용해서는 안 되는 거지만 몸에 바르는 것뿐이라면 상관없었다. 안심시키기 위한 설명이었으나 엘프의 얼굴은 더 파랗게 질렸다. 엘뤼엔이 알 리가 없지만, 그의 육체에 천상수는 가장 치명적인 액체였다. 상처를 치료하기는커녕 더욱 악화시킬 것이 뻔했다.

"아, 잠깐…… 큭!"

역시나 예상했던 대로, 생명수는 닿자마자 그의 피부를 벌겋게 태웠다. 엘뤼엔은 혀를 차며 곧장 병의 마개를 닫았다.

"아, 미안하군. 이것도 아닌 것 같다."

"……."

말과는 달리 전혀 미안한 얼굴은 아니었다. 졸지에 실험 대상이 된 엘프가 눈으로 욕설을 뱉었지만, 그 정도쯤은 상처의 고통 때문이라 생각한 엘뤼엔은 너그러이 넘어가 주기로 했다.

'신성력도, 천상수도 안 통하다니, 골치 아픈 체질이군. 설마 축복의 기운에 전부 다 반발하는 건가.'

이제 보니 엘도 그를 치료하려다 역소환 된 모양이었다. 크레아의 제사장 일족인 하이 엘프가 축복에 저항하는 체질이라니. 이 정도로 혼이 더럽다는 건 전생의 업보가 너무 크거나, 강력한 신의 저주를 받았다는 소리였다. 업보라면 엘프로 태어나지도 못했을 테니 후자일 가능성이 더 컸다. 그런 주제에 정령왕을 소환한 것도 어이가 없었다. 자신의 하나밖에 없는 아들은 왜 걸려도 이런 골치 아픈 놈들에게만 걸리는 건지 모르겠다. 엘뤼엔은 한숨을 내쉬며 고개를 들었다.

'이도 저도 안 되면 다른 방법을 쓸 수밖에.'

치료할 최후의 수단으로 그는 신의 능력을 쓰기로 했다. 중간계에 머무는 시간이 단축되긴 하겠지만, 계약자를 잃고 서글퍼하는 아들의 얼굴을 보는 것보다는 나았다.

그는 엘프가 지닌 육체의 시간을 부상을 입기 이전으로 되돌렸다. 이 방법은 효력이 있었는지 엘프의 몸이 빠른 속도로 나아지기 시작했다. 피가 멈추고 다쳤던 내장이 복원되며, 찢긴 피부가 멀쩡한 상태로 돌아왔다. 엘뤼엔은 그의 몸이 완전히 원상태를 되찾는 것을 확인하곤 말했다.

"이제 됐나?"

"……."

엘프는 담담했다. 한순간에 멀쩡해진 몸을 보고도 놀라기는커녕 당황하지도 않았다. 마치 당연한 일이 일어난 것처럼, 그저 물끄러미 그를 응시하기만 했다. 그 뚜렷한 시선에 엘뤼엔은 조금 기분이 나빠졌다. 왠지 그가 싫어하는 누군가를 연상시키는 눈빛이었다. 거기까지 떠올렸을 때, 멀뚱히 바라보고 있던 엘프의 얼굴에 꽃 같은 미소가 떠올랐다. 그리곤 수다가 폭포수처럼 쏟아지기 시작했다.

"우와아~ 나았다! 정말 고맙습니다! 진짜 아파서 죽는 줄 알았거든요! 성수를 부으실 땐 이제 정말 죽었구나 했었죠. 그런데 이렇게 말끔하게 낫게 하시다니! 굉장해요! 대체 어떻게 하신 거예요?"

갑자기 달라진 분위기에 엘뤼엔은 얼굴을 찌푸렸지만 곧 평정을 되찾았다. 흔히 경험할 수 있는 일이 아닌 만큼 상황 파악이 다소 느렸던 걸 수도 있었다. 그래도 왠지 모르게 찜찜한 기분을 버릴 수가 없었다.

“네 몸의 시간을 뒤로 돌렸다. 내게 감사할 필요 없으니 인사라면 엘에게 해라. 네가 엘의 계약자가 아니었다면 그냥 버리고 갔을 거다.”

“그래도 정말로 감사합니다! 저 정말 감격했어요! 평생의 은인으로 여길게요!”

“필요 없다고 했다. 그보다 평생이란 말을 입에 담기 전에 넌 오래 살 연구부터 해라.”

“네?”

“얽힌 기운이 한둘이 아니군. 내가 읽어내지도 못할 만큼 깊은 원한이 사무친 저주다. 빠른 시일 내에 해결하지 않으면 멀쩡한 꼴로 죽지 못할 거다.”

엘프의 표정엔 그다지 변화가 없었다. 그 또한 제 상태를 알고 있다는 소리였다. 엘뤼엔은 두 눈을 가늘게 뜨고 그를 바라보았다. 아까부터 이상할 정도로 위화감이 들었다. 그러고 보니 이 발칙한 엘프는 자신을 살린 은인에게 정체가 뭐냐고 묻지도 않았다. 머리가 있다면 시간을 돌려 치료하는 방법이 평범하지 않다는 것쯤은 이미 깨달았을 텐데도.

심지어 엘과의 관계를 궁금해하는 눈치도 아니었다. 관심이 없는 게 아니라, 자신이 누군지 이미 짐작하고 있음이 분명했다. 게다가 이 방정맞은 성격도, 어디서 많이 본 것 같지 않은가?

"너……."

엘뤼엔은 차마 떨어지지 않는 입을 벌렸다. 굉장히 싫은 예감이 들었다. 물론 성격이야 겹칠 수 있었다. 상태가 저렇다고 해서 전부 그쪽으로 단정 지을 수만도 없었다. 하지만 그렇기에 더더욱 확인해야 했다.

"네? 왜 그러시죠?"

"이건 정말 진심으로, 아니길 바라지만……."

"네에, 말씀하세요."

"……혹시 카노스냐?"

그러자 아주 잠깐 엘프의 눈동자가 흔들렸다. 물론 눈치 빠른 엘뤼엔은 그걸 놓치지 않았다.

"너……."

"아하하하! 누구를 말씀하시는 건지 잘……. 그게 누구죠? 저는 노엘이라고 하는데요?"

"노엘?"

"네! 보시다시피 평범한 하이 엘프 일족의 노엘이라 합니다. 당신은 형벌의 신 엘뤼엔 님이시죠? 엘에게 이야기 많이 들었거든요. 뵙는 순간 딱 한눈에 알아봤어요! 설마 직접 뵙게 될 줄은 몰랐는데 이렇게 뵈다니, 정말 영광입니다!"

능청스러운 대답에 엘뤼엔은 가만히 미간을 좁혔다. 속을 들여다본 것처럼 해명하는 것이 마음에 걸리긴 했지만, 꽤 그럴 법한 변명이기도 했다. 하지만 잘못 짚었다기엔 조금 전 카노스의 이름에 반응한 것도 사실이었다.

"저어, 엘뤼엔 님?"

어리둥절하게 바라보는 순진한 엘프의 얼굴에 엘뤼엔은 속으로 생각하던 것을 중단했다. 그래, 설마 카노스가 엘프가 됐을 리가 없지. 설령 그렇다 해도 엘을 소환해서 계약할 생각 따윈 하지 않을 것이다. 그놈에게 양심이란 게 있다면 말이다.

"아버지!"

그 순간 갑자기 허공의 기류가 뒤틀리더니 푸른 머리칼의 소년이 튀어나왔다. 엘뤼엔이 이곳에 있다는 것을 알고 허겁지겁 달려온 엘이었다.

"엘, 너……."

"안 돼, 아버지! 카노스는 아무 잘못도 없어! 내가 계약하자고 한 거야! 그러니까 죽이지 마!"

"……."

짧은 정적이 그들 사이를 휘몰아쳤다. 시리도록 차갑고, 섬뜩하도록 고요한 공기였다.

"……어, 어라?"

갑자기 달라진 분위기에 엘은 입을 다물었다. 그는 당연히 엘뤼엔이 노엘을 만나면 그 즉시 알아보고 죽일 것이라 여겼다. 그래서 최악의 사태를 막기 위해 아직 다 회복되지 않은 몸을 무릅쓰고 달려온 거였다.

그러나 외치는 순간 갑자기 스산해지는 엘뤼엔의 표정을 보니 무언가 느낌이 이상했다. 슬쩍 고개를 돌리자 노엘이 낭패한 얼굴로 이마를 짚고 있는 것이 보였다. 그제야 일이 잘못되었다는 걸 깨달았지만, 이미 엎질러진 물이었다.

"……카노스?"

"냐하하, 저, 저기……. 그, 그게 말이지, 엘뤼엔……."

주춤 뒷걸음친 엘프, 노엘이 어색하게 웃으며 식은땀을 흘렸다. 그 모습을 가만히 바라보던 엘뤼엔의 얼굴에 찬란한 미소가 떠올랐다. 보는 사람이 넋을 잃게 만드는, 그야말로 달콤한 천상의 미소였다.

"죽여 버리겠어."

물론, 그 끝은 전혀 달콤하지 못했지만.

6.

"흑흑흑……."

순간의 실수가 불러들인 결과는 참혹했다. 엘은 구석에 쪼그리고 앉은 채 울고 있는(정확히는 우는 척을 하는) 노엘을 바라보았다. 잠깐 사이 피멍이 든 그의 몸은 다행히 부러진 곳은 없었지만, 여기저기 보기 흉하게 부어 있는 상태였다.

"죄송해요, 카노스. 괜찮으세요?"

노엘이 무릎 사이에 묻은 얼굴에서 힐끗 눈만 들어 올렸다. 그리곤 뭐라고 말을 건네기도 전에 다시 얼굴을 파묻고 서러운 울음소리를 터뜨렸다.

"어흑! 어흐흑! 흐그그극! 어흐흑!"

"으으, 정말 죄송해요. 설마 일이 이렇게 될 줄 몰랐어요."

"엘, 그 망할 놈은 신경 쓰지 말고 이리 와라."

쩔쩔매는 엘을 향해 차가운 목소리가 이어졌다. 엘은 노엘 쪽은 조금도 신경 쓰지 않는 엘뤼엔을 나무라는 눈길로 바라보았다.

"너무해, 아버지. 이제 신도 아닌데 꼭 저렇게 심하게 때려야겠어?"

"저런 놈은 맞아야 정신 차린다."

"그래도 그렇지. 인간으로 치면 이제 막 성인이 된 나이란 말이야."

"그게 무슨 상관이지?"

흉흉한 눈빛에선 분이 풀리지 않은 기색이 역력했다. 사실 엘이 말리지 않았으면 이 정도 선에서 끝냈을 리가 없었다. 대체 이 둘의 사이는 왜 이런 걸까. 엘은 무거운 한숨을 내쉬었다. 반가워하는 건 기대하지 않았어도 애틋한 감정은 있을 줄 알았는데, 오히려 예전보다 더 싫어하는 것 같았다. 지금도 울고 있는 노엘을 바라보는 시선이 살벌하기만 했다.

"잔망한 놈. 엘프로 태어났으면 그대로 얌전히 살다 죽을 것이지, 어딜 남의 귀한 아들을 소환해? 네 저주받은 삶에 엘까지 끌어들일 생각이었나?"

"윽, 그러지 마, 아버지. 무슨 말을 그렇게 해?"

"말리지 마라, 엘. 넌 이 사태가 얼마나 심각한지 모르니까 저놈을 두둔할 수 있는 거다. 주신의 대항자는 그 자체로 세계를 좀먹는 역병 같은 거다. 네가 아무리 정령왕이라도 영향을 피하지는……."

"주신의 대항자라니?"

순간 엘뤼엔의 얼굴에 낭패감이 스쳤다. 그는 살짝 혀를 차고는 다른 쪽으로 시선을 피했다.

"카노스에게 문제가 있다는 건 알고 있어. 트로웰이 말해 줬어. 그가 악신……에 가까운 상태일 거라고."

"……."

"말해줘, 아버지. 왜 카노스가 그런 상태가 된 건데? 카노스가 왜 주신의 대항자야?"

"그런 게 있다. 넌 몰라도 되는 일이야."

"하지만……."

"그래, 맞아. 넌 몰라도 돼, 엘."

어느새 곁에 다가온 노엘이 스리슬쩍 대화에 끼어들었다. 엘뤼엔은 불만스러운 표정을 지었지만 그가 자리 잡고 앉는 것을 저지하진 않았다.

"으~ 너무해, 엘뤼엔. 좀 살살 때려주지. 진짜 아팠다고."

"닥쳐. 더 패고 싶은 걸 참았으니까."

"네에, 그저 죽이지 않으신 것만으로 감사하고 있습니다."

천연덕스럽게 웃으며 대꾸하는 얼굴엔 역시나 울고 난 흔적이 전혀 없었다. 하지만 다친 건 사실이라 흉한 상처가 덕지덕지 달라붙은 채였다.

"치료 안 해도 되겠어요?"

"응? 아아, 그냥 내버려 둬. 치료술 쓰다간 서로 다치기만 한다?"

"……그게 카노스가 주신의 대항자라서 그렇다는 거죠?"

"뭐, 그렇지."

"대체 왜 그렇게 된 건데요?"

"넌 몰라도 된다니까."

"아뇨, 알고 싶어요. 알아야겠어요!"

"엘."

"아무리 생각해도 이해가 안 되잖아요! 카노스는 우리를 위해 희생한 존재인데, 왜 이렇게 돼요? 오히려 가장 큰 공헌자니까 축복을 받아야 하는 거 아니에요?"

"그 반대야, 엘."

"네?"

생각지 못한 대답을 들은 엘의 눈이 크게 떠졌다. 노엘이 씁쓸하게 웃으며 대꾸했다.

"그렇게 궁금해하니까 말해줄게. 악신의 소멸을 위해 희생하는 신은 세상을 구원하는 쪽으로 여겨지지 않아. 굳이 따지자면 오히려 악신을 위해 죽는 거지."

"그게 무슨……."

"일단 이거부터 짚어볼까? 악신의 소멸에 상급신이 왜 필요한 거 같아?"

이어진 질문에 엘은 선뜻 대답하지 못했다. 그리 깊이 생각해보지 않은 부분이었지만 지금까지는 일종의 제물로 이해하고 있었다. 큰 병엔 강한 약을 써야 하는 것처럼, 악신이라는 종양을 제거할 수 있는 치료제가 상급신의 생명인 게 아닐까 하고. 노엘이 대견해하는 얼굴로 고개를 끄덕였다.

"대충 그거 맞아. 정확히 말하면 그릇의 역할에 가깝지만."

"그릇이요?"

"악신의 힘을 전부 옮겨 담을 만한 튼튼한 그릇이 상급신밖에 없거든."

마주한 그들 사이에 공허한 바람이 스쳤다. 엘은 조금 전에 들은 말을 다시 정리하기 위해 애썼다. 굉장히 이상한 말을 들은 것 같았다.

"각성한 악신은 주신 외에는 소멸시킬 수 없어. 중간에 정화하면 기회가 있었겠지만 카류안은 그 단계조차 지나버렸지. 그 시점에선 우리가 저지할 방법이 단 하나밖에 없어."

"그게, 뭔데요?"

"누군가 한 명이 그의 힘을 받아들인 후에 소멸하는 거야."

언젠가의 잔상이 스치며 눈앞이 잠시 캄캄해졌다. 엘은 떨리는 숨을 억지로 삼켰다.

"악신의 힘을 받아들인다는 건……."

"말 그대로야. 이쪽이 악신이 되는 거지."

주변의 공기가 급격하게 식었다. "아, 물론 지금은 소멸한 후라서 괜찮아. 그냥 평범한 엘프야." 노엘이 웃으며 덧붙였지만 그 말을 듣는 누구도 웃지 못했다.

"다른 애들은 그런 구조까진 몰랐지만 말이야. 어쨌든 이게 쉽게 설명하면 남이 진 빚을 대신 갚는다고 나선 거거든. 이에 응하는 일 자체가 채무자를 위한 게 돼. 그래서 악신을 위해 죽는 거라고 한 거야."

"주신의 대항자라는 것도……."

"맞아, 전부 같은 원리지."

대답하는 목소리는 발랄했지만 담고 있는 내용은 그렇지 못했다. 엘은 자기도 모르게 엘뤼엔을 응시했다. 그가 고개를 끄덕이는 것을 보고 나서야 이 말도 안 되는 상황이 정말이라는 걸 받아들였다.

"……알았어요. 솔직히 이해는 안 되지만 그렇다 쳐요. 그래도 소멸했으면 다 끝난 거 아니에요? 소멸했잖아요. 그런데 왜 환생해서까지……."

"악신의 모든 걸 다 가져온 거라서 그래. 그의 죄업은 물론이고 악신에게 내려지는 주신의 저주까지. 이건 혼에 남는 거라 신적이 소멸해도 사라지지 않아. 이 또한 갚아야 하는 빚의 일부라고 보면 돼."

하, 엘은 탄식인지 뭔지 모를 신음을 내뱉었다. 정작 빚을 만든 당사자는 완전히 소멸해서 사라졌는데, 다른 이가 그 죄업을 대신 갚고 있었다. 지금도 웃으며 사라지던 카노스의 모습이 눈에 선했다. 그 처참한 절망의 끝에 더한 절망이 기다리고 있을 거라곤 상상도 해본 적이 없었다. 뒤통수를 맞은 것처럼 머리가 다 얼얼했다.

"하지만, 그건 어쩔 수 없는 거였잖아요. 애초에 주신이 잠들어 있으니 소멸시키려면 다른 방법이 없었잖아요."

"맞아, 어쩔 수 없었지. 하지만 상황이 거기까지 이르기 전에 막지 못한 책임도 있으니까."

엘은 얼굴을 일그러트렸다. 카노스는 그를 막기 위해 수차례 시뮬레이션 해봤다고 했다. 그런데도 막을 수 없었다. 이런 상황에서도 그가 책임을 다하지 못한 게 되는 건지 묻고 싶었다. 그러나 이어진 노엘의 말이 그 질문을 가로막았다.

"내가 그 녀석을 위한 건 사실이기도 하고."

작은 중얼거림이었지만 듣지 못한 사람은 아무도 없었다. 이번에야말로 할 말을 찾지 못한 엘은 고개를 떨궜다. 엘뤼엔이 그의 아들을 지키기 위해 몸을 던졌던 것처럼, 카노스 역시 제 자녀를 위하는 아버지였다. 그런 건 처음부터 알고 있었다. 그러나 돌아온 결과가 너무 아팠다.

"한심한 놈."

엘뤼엔이 싸늘하게 쏘아붙였다.

"아이, 너무한다, 엘뤼엔. 나도 내가 한심하다는 건 알지만 말이야."

"멍청이."

"그렇게 말하기야? 아무리 나라도 상처받는다고."

"닥쳐."

옥신각신하는 모습이 과거의 평화롭던 그 시절을 떠올리게 해서 엘은 더 숨이 막혔다.

"그럼…… 정말로 카노스가 다시 신이 될 방법은 없는 거예요?"

다툼을 멈춘 두 사람이 엘을 돌아보았다. 그런 방법은 없다고, 헛된 꿈은 꾸지 말라고 말할까 봐 겁이 난 엘은 옷자락만 꾹 움켜쥐었다. 그런데 뜻밖의 대답이 돌아왔다.

"방법이 있긴 하다."

"어? 정말로?"

"이 녀석이 다시 악신이 되면 된다."

희망의 꽃이 피어오르기도 전에 꺾였다.

"알다시피 순전한 아이들을 죽여서 그 생피를 마시면 신이 되지. 어차피 이 녀석은 여기서 더 받을 저주도 없을 테니, 막 나가자는 심보로 저지르면 충분히 가능할 거다."

"……그런 거밖에 없어?"

차라리 신이 될 방법이 없다고 단언한 쪽이 더 나았을 것 같았다. 실망감을 감추지 못한 엘의 표정이 절로 불퉁해졌다. 그와 함께 엘뤼엔의 다음 말이 이어졌다.

"또는, 잠들어 있는 주신을 깨우든가."

"……어?"

스치듯 속삭이는 목소리에 고개가 번쩍 들렸다. 그제야 엘은 그의 입술이 미소짓고 있다는 걸 발견했다.

"주신을 깨우다니?"

엘뤼엔이 가볍게 어깨를 으쓱였다.

"네 말대로 이번 일은 어쩔 수 없었던 거니까. 주신이 깨어난다면 모든 일을 무효로 돌릴 수도 있겠지. 믿을 수는 없지만 주신이 이 녀석을 가장 사랑했다고 하니 그런 사정쯤은 충분히 참작할 거다."

"저, 정말?"

"그래. 나로선 왜 이런 녀석을 아끼는지는 모르겠지만."

"아니, 그게 아니라…… 정말로 그게 가능해? 주신을 깨우는 게?"

"불가능하진 않아. 그가 잠들어 있는 장소를 찾아가면 되니까."

"그 장소가 어딘데?"

"글쎄. 그건 카노스가 알고 있겠지."

"카, 카노스가?"

모두의 시선이 한곳을 향했다. 난처한 미소를 지은 노엘이 머리를 긁적였다.

"엘뤼엔, 너……."

"왜? 내 말이 맞지 않나? 주신이 잠들기 전에 너에게만 장소를 알려주었다고 들었는데 말이야."

"아니, 어떤 의미에선 틀린 말은 아닌데……. 근데 갑자기 이렇게 나오니까 좀 이상한데? 설마 너도 내가 다시 돌아가길 바라는 거야?"

"당연한 소릴 하는군."

순순한 긍정은 아무도 예상하지 못했던 일이었다. 오히려 웃고 있던 노엘이 놀라서 눈을 깜빡였다.

"엘뤼엔! 나 지금 감동했어! 역시 너도 나를 사……."

"헛소리하지 마라."

혀를 찬 엘뤼엔이 다가온 노엘의 얼굴을 한 손으로 밀어냈다. 돌격한 반동을 고스란히 돌려받은 노엘은 콧등을 세게 부딪힌 고통에 그대로 엎드려졌다. 끙끙 앓는 소리에 엘은 안절부절못했지만, 엘뤼엔은 조금도 개의치 않았다.

"인정하고 싶진 않지만 네놈의 공백이 상당히 크더군. 다들 아직도 마음을 잡지 못한 채 방황하고 있다. 덕분에 신계 전체의 업무가 제대로 돌아가질 않아. 전부 네놈 하나 때문이다."

"큽, 아파라. 그런 거였어? 그치만 새로운 마신은 이미 정해졌잖아."

노래하듯이 대꾸한 노엘이 바닥에 벌렁 드러누웠다. 그 태평한 모습에 엘뤼엔의 눈길이 사나워졌다.

"닥쳐. 단순한 관할 영역의 문제가 아니다. 오히려 성실한 면으로 치면 넌 크로아첸과 비교할 수도 없어."

"하하, 그 정도야?"

"그래. 지금 이렇게 널 설득하고 있는 내 자신에게 화가 치밀어 오를 정도다. 하지만 어쩔 수 없지. 넌 잠든 주신의 대리인과도 같은 존재였으니까."

"……."

"그러니까 돌아와라, 카노스. 신계엔 네가 필요해."

숨을 삼킨 엘이 긴장한 얼굴로 노엘을 주시했다. 그가 무슨 반응을 보일지 초조했다.

"음, 글쎄. 별로 내키지 않는데."

"카노스!"

다급해진 엘이 소리쳤다. 엘뤼엔의 시선도 더 낮게 가라앉았다. 그 모든 걸 외면한 채 하늘만 바라보는 노엘은 심드렁한 얼굴이었다.

"그치만 주신을 깨우는 게 말처럼 쉬운 일은 아니야. 내가 아는 방법이라는 것도 정확히 말하면 주신의 의식에 닿는 열쇠를 찾는 방법일 뿐이고. 무엇보다 주신이 괜히 잠든 게 아니라서 강제로 깨우면 전혀 좋을 게 없거든? 그게 더 후폭풍이 클걸? 고작 나 하나 때문에 감수할 일은 아니지."

"카노스가 왜……!"

"네가 왜 고작이지?"

발끈한 엘이 소리치는 말을 가르고 엘뤼엔의 목소리가 이어졌다. 이번에야말로 예상하지 못한 말을 들은 노엘이 눈을 멀거니 깜빡였다. 자신이 끼어들 자리가 아니라는 걸 직감한 엘도 두 손을 입에 모은 채로 조심히 뒤로 물러났다.

"음? 어?"

"내가 조금 전에 한 말은 어디로 흘려들은 건지 모르겠군. 신계에 네가 필요하다는 말은 그 알량한 머릿속에 들어갈 자리가 없는 건가?"

"아아, 뭐. 그야 한동안은 혼란이 있겠지. 하지만 그런 건 시간이 지나면 다 괜찮아지는 거잖아. 대리인 역할이라면 다른 최고신도 있고. 내가 아니라도 누구든 채우게 될 거야."

"그럼 친우의 빈자리는 누가 해결하지?"

"뭐?"

"네 말대로 주신의 대리인은 다른 누군가가 채울 수도 있겠지. 하지만 내 친우의 빈자리는 대체하는 게 불가능하다. 이에 대한 책임은 져야 하는 거 아닌가?"

"……나한테 하는 말이야?"

"내 친우가 또 있던가?"

서로의 시선이 마주 닿았다. 당혹감에 멀뚱거리던 노엘의 눈매가 장난기를 담고 휘어졌다.

"와, 엘뤼엔. 엄청난 말을 아무렇지 않게 하네. 그러다 후회하면 어쩌려고.”

“후회라면 이미 널 알게 된 순간부터 지겹게 했다. 네놈과는 시작부터 악연이었지. 날 신으로 만든 것도 네 짓 아닌가?”

“아…….”

동그래진 눈을 깜빡이던 얼굴이 난처한 미소를 머금었다.

“알았어?”

“그럼 그걸 계속 모르고 있었을 것 같았나?”

“아니, 뭐. 언젠가 알게 될 줄이야 알았지.”

“안다면 더더욱 할 말은 없겠군. 남의 계획을 다 망쳐 놨으면서 혼자서 제멋대로 살겠다고? 어림없으니 꿈도 꾸지 마. 내가 그 꼴은 안 볼 거다. 그러니 같은 말 두 번 하게 하지 마라.”

다시금 시선이 맞닿았다. 이번엔 누구도 웃지 않았다.

“돌아와.”

노엘은 한동안 아무 말도 하지 않았다. 멀거니 하늘을 응시하다 천천히 눈을 감았다. 표정 없던 얼굴에 곧 희미한 미소가 그려졌다.

이윽고 카노스가 자리에서 몸을 일으켰다. 무언가를 털어버린 홀가분한 얼굴이었다. 두 팔을 뻗어 기지개를 켜는 그의 모습 위로 눈 부신 햇살이 쏟아져 내렸다.

“할 수 없지. 그렇게 날 원한다면 돌아가 줄까.”

“정말이에요, 카노스?”

“……이 재수 없는 자식.”

곧바로 얼굴이 환해지는 엘 옆에서 엘뤼엔의 음산한 목소리가 퍼졌다. 카노스는 항복하는 것처럼 얼른 손을 들어 보였다.

"그렇게 노려보지 마. 나도 쉽게 결정한 거 아니야. 말했지만 정말 어려운 과정이라니까. 이번 생에서 성공할지도 자신 없고, 몇 번을 시도해야 할지도 알 수 없어. 그건 너도 알잖아?"

굳은 표정을 푼 엘뤼엔이 가볍게 혀를 찼다. 엘은 벅차오르는 기분을 감추지 못한 채로 두 사람을 바라보았다. 카노스가 돌아오기로 결정한 것도, 그 결심을 끌어낸 사람이 다른 이도 아닌 엘뤼엔이라는 것도. 이 모든 과정이 꿈을 꾸는 것처럼 믿기지 않았다.

"그나저나 너야말로 괜찮겠어, 엘뤼엔?"

"뭐가 말이지?"

"내게 돌아오라고 한 책임은 져야지. 앞으로 꽤 신세를 질 것 같거든. 아마 지금까지와는 비교가 되지 않을 정도로 귀찮을걸? 시작하면 무를 수 없을 텐데, 감당할 수 있겠어?"

빙긋 웃는 카노스의 얼굴에 여느 때와 같은 장난기가 담겼다. 엘은 한껏 기대하며 엘뤼엔을 돌아보았다. 이런 도발에 물러서는 그는 상상도 되지 않았다. 예상대로 엘뤼엔은 당연한 소리를 들은 얼굴이었다. 너나 잘하라며 타박하는 듯한 표정 위로 도전적인 미소가 떠올랐다.

"얼마든지."

그 당당한 대답에 엘은 웃음을 참을 수가 없었다.

새로운 막이 열리고 있었다. 모두가 행복해지는 결말일 게 분명했다.

그리고, 어느 날의 이야기

후드를 깊게 눌러쓴 아이는 정신없이 거리를 걸었다. 오늘은 일 년에 한 번 있는 마신의 탄신제였다. 세상이 본격적인 어둠에 잠들기 전, 절기를 기념하며 열리는 대규모 축제. 이날을 위해 몇 달을 준비해 왔다는 행사는 기다렸던 보람이 느껴질 만큼 화려하고 아름다웠다. 말을 탄 성기사들과 신관들의 거리 행진, 수시로 뿌려지는 금종이와 꽃가루들. 폭죽이 수놓은 다채로운 불꽃들이 대낮인데도 노을에 물든 듯한 붉은 하늘을 장식하는 광경은 그야말로 장관이었다. 그 행렬을 넋 놓고 따라가느라 어느 순간 보호자를 놓쳤다는 건 깨닫지도 못했다.

"에밀! 저길 봐! 교황청 행렬이야!"

신나서 소리치던 아이가 제 옆에 아무도 없다는 걸 깨달은 건 이미 한참의 시간이 지난 후였다.

"에밀?"

당황한 아이는 인파를 가까스로 빠져나왔다. 호위기사와 떨어지면 안 된다며 신신당부하던 유모의 목소리가 떠올랐다. 하지만 아무리 주위를 둘러봐도 에밀의 모습이 보이지 않았다.

동행을 잃어버렸을 땐 돌아다니지 말고 그 자리에 있어야 한다는 말을 기억한 아이는 일단 얌전히 기다렸다. 그렇게 얼마간 있었을까. 갑자기 눈앞에 천 자락이 덮이더니 누군가가 뒤에서 입을 틀어막았다. 힘껏 바둥거렸지만 붙잡은 힘을 조금도 이길 수 없었다. 오히려 그대로 들어 올려진 아이는 어디론가 끌려가기 시작했다.

한참 만에 멈춰섰을 땐 퀴퀴한 냄새가 풍겼다. 그제야 자신을 붙잡은 힘에서 풀려난 아이는 엉거주춤 넘어진 상태에서 주위를 둘러보았다. 어딘지는 알 수 없지만 인적이 전혀 없는 후미진 골목 안이었다. 아이는 이번엔 자신을 끌고 온 쪽을 확인했다. 인원은 전부 다섯. 모두 후드를 쓰고 있어서 얼굴이 보이지 않았다. 그에 비해 아이가 쓰고 있던 후드는 이미 벗겨진 후였다. 솜사탕처럼 보송보송한 은발과 별 조각처럼 화려한 금안이 선명히 드러났다.

"너희는 누구야? 나한테 왜 이러는 거야?"

침착한 아이의 질문에 납치범들이 휘파람을 불었다.

"거 꼬마답지 않게 되게 침착하네. 그 핏줄인 건 맞나 봐."

"그러게. 굳이 확인할 필요도 없겠는걸?"

"은발에 금안. 외모만 봐도 딱이잖아."

나누는 대화가 이미 범상치 않았다. 아이는 마른 침을 삼켰다. 차라리 우연히 미아가 된 꼬마를 발견한 불량배들의 소행이길 바랐는데, 아무래도 그런 것과는 거리가 멀어 보였다. 호위기사와 떨어지게 된 것도 단순한 우연만은 아닐 터였다.

"꼬마, 리솔트 가문의 도련님 맞지?"

짐작이 맞다는 걸 알게 된 아이의 얼굴이 굳어졌다. 그 표정에서 정답을 읽어낸 납치범들이 히죽 웃었다.

"미안하지만 도련님이 어른이 되는 걸 원하지 않는 분이 계셔서 말이야. 도련님은 오늘 여기서 죽어주셔야겠어. 꼬마를 죽이는 취미는 없는데, 도련님 목에 걸린 돈이 워낙 거금이라 말이지. 미안하게 됐어."

"누구야? 대체 누가 시킨 거야?"

날 때부터 귀한 별을 타고났다는 아이는 친황파의 수장인 리솔트 공작 가문의 장자이기도 해서 사방에 적이 많았다. 정적 가문들은 물론 제국을 경계하는 나라에서도 아이를 제거하려고 혈안이었다. 그래서 평소엔 엄중한 보호를 받아왔는데, 하필 조르고 졸라 간신히 허가를 받아낸 외출에서 이런 문제가 생길 줄은 꿈에도 생각하지 못했다. 평범한 옷을 입고 수행원을 단출하게 하면 오히려 눈에 띄지 않을 거란 계산이 완전히 어긋난 셈이었다.

"그거까진 알 거 없고. 최대한 빨리 끝내줄게."

앞으로 성큼 나선 남자가 장검을 뽑아 들었다. 아이는 주춤거리고 뒤로 물러섰다. 닿지 않는다는 걸 뻔히 알면서도 마음속으로 호위기사의 이름만 계속 불렀다. 아이는 또래보다는 명석한 편이었고 타고난 재능도 뛰어난 편이었다. 하지만 아직 어른을 상대할 무력은 없었다.

"그럼 잘 가라."

남자가 검을 들었고, 아이는 눈을 질끈 감았다. 그런데 한참을 기다려도 아무 일도 일어나지 않았다. 당황해서 눈을 뜬 아이는 이내 자신의 앞에 누군가가 서 있는 걸 발견했다. 긴 망토에 후드까지 덮어쓴 차림이었다.

'에밀?'

호위기사인가 싶어 얼굴이 밝아진 아이는 상대가 그의 기사치고는 체구가 작다는 걸 알아차렸다. 아마도 지나가던 길에 누군가가 상황을 목격하고 끼어든 것 같았다. 납치범들도 갑자기 나타난 상대가 당황스러웠는지 주춤거리고 있었다.

"넌 뭐야?"

"내가 묻고 싶은 말인데. 너흰 뭔데 앨 죽이려고 해?"

이어진 음성은 청량한 기분이 느껴질 만큼 맑았다. 그리 낮지도, 높지도 않은 음색이라 목소리만으론 성별을 가려내기 어려웠다.

"이렇게 어린애가 뭘 잘못했다고. 아주 나쁜 사람들이네."

"상관하지 말고 죽어!"

검을 들고 있던 남자가 곧바로 덤벼들었다. 목격자를 제거할 겸 같이 처리할 작정인 것 같았다. 하지만 오히려 쓰러진 건 덤벼든 쪽이었다. 검을 들지도, 마법 같은 이능력을 쓰지도 않았는데 남자가 뻣뻣하게 굳더니 그대로 바닥에 엎어졌다. 뜻밖의 사태에 남자의 동료들이 모두 당황해서 주춤거렸다.

"또 덤빌 사람?"

태연한 목소리에 그들은 빠르게 시선을 교환했다. 그리곤 이렇다 할 신호도 없이 곧바로 공격해 들어왔다. 이런 일에 무척 익숙한, 훈련된 전사라는 걸 여실히 드러낸 순간이었다. 하지만 결과는 신통치 않았다. 아이는 대상에 닿기도 전에 낙엽처럼 우수수 떨어지는 이들을 멍하니 바라보았다. 눈을 뜬 채 꿈을 꾸는 거 같았다.

"괜찮아?"

그래서 자신을 구해준 이가 그렇게 물어오는 말에도 차분히 대답할 수가 없었다. 한참 만에야 그가 자신을 도와줬다는 걸, 덕분에 무사히 살아남았다는 걸 깨달은 아이가 천천히 고개를 끄덕였다.

"구, 구해주셔서 고맙습니다."

"아이구, 예의도 바르네. 기특해라."

정체를 알 수 없는 이는 아이를 귀여워하는 걸 숨기지 못했다. 그래서일까. 낯선 사람은 무조건 경계하는 편이었지만, 이상할 정도로 그에겐 경계심이 일지 않았다. 그냥 가슴 속이 간질간질했다. 단지 자신을 구해준 사람이라서는 아니었다. 마치 오래전부터 알았던 것 같은 친숙한 기분이었다.

'왜지? 모르는 사람인데.'

아이가 이해할 수 없는 기분에 혼란스러워하는 동안 상대는 아이가 다친 곳이 없는지 꼼꼼히 살폈다. 그리곤 옷매무새를 다듬어 주고 벗겨진 후드를 씌워준 다음에야 몸을 일으켰다. 이윽고 아이 앞으로 하얀 손이 내밀어졌다.

"가자. 보호자가 있는 곳까지 데려다줄게."

순간 깊게 눌러쓴 후드 안으로 가려져 있던 그의 모습이 보였다. 화사한 물색의 머리카락, 바다처럼 새파란 눈동자가 보석처럼 아름다웠다. 부드러운 미소를 머금은 얼굴엔 그리운 감정이 가득했다. 그게 누구를 향한 감정인지도 모르면서, 아이는 홀린 듯이 그가 내민 손을 붙잡았다.

납치됐을 땐 한참 동안 끌려왔던 것 같은데, 막상 인파가 가득한 거리로 다시 돌아오기까진 그리 오래 걸리지 않았다. 아이에게 일어날 뻔한 불행을 모르는 거리는 여전히 축제 행렬에 흥분해 있었다. 그 사이에서 아이는 곧 익숙한 목소리를 들었다.

"도련님!"

호위기사인 에밀이었다. 그가 혼비백산한 얼굴로 달려오고 있었다. 아는 얼굴을 발견한 아이가 겨우 안도할 때였다.

"그럼 잘 가, 이사나. 다음에 또 보자."

"……어떻게 내 이름을?"

돌아보는 순간 아이는 숨을 삼켰다. 바로 조금 전까지 옆에 있던 사람이 어느새 사라져 있었다.

"아아, 도련님! 무사하셔서 정말 다행입니다! 갑자기 사라지셔서 얼마나 놀랐는지 모릅니다!"

그사이에 다가온 호위기사가 아이를 끌어안고 다급히 살폈다. 익숙한 손길을 가만히 받아들이다가 아이는 다시금 주위를 두리번거렸다.

"도련님? 왜 그러십니까?"

"에밀, 방금 내 옆에 있던 사람 못 봤어?"

"예? 누구를 말씀하시는 겁니까?"

"날 구해준 사람이었는데……. 내 중간 이름을 알고 있었어."

태어날 때 황제로부터 하사받은 이름이었다. 역대 가장 훌륭했던 황제의 이름이라고 들었다. 리솔트 가문과 더 큰 결속을 다지기 위한 황제가 아이를 황가의 일원으로 맞이하고 싶다는 뜻을 내비친 것이기도 했다. 과분한 것도 과분한 거지만, 덕분에 정적들을 더욱 자극하는 결과를 낳기도 해서 아이는 그 이름을 내심 부담스러워했다.

평소 혼날 때 외엔 단독으로 불릴 일도 거의 없는 이름이었는데, 그 사람은 당연한 듯이 아이를 이사나라고 불렀다. 그리고 그게 왠지 기뻤다. 자신을 잘 아는 듯한 그 사람이 너무 궁금했다. 하지만 에밀은 다른 사실에 더 집중했다.

"구해 주다니요? 지금 누군가가 도련님을 구해 줬다고 하신 겁니까? 대체 무슨 일이 있으셨던 겁니까!"

"아……."

짧은 순간 아이의 머리가 빠르게 돌아갔다. 솔직하게 전부 다 말하고 은인의 정체를 같이 탐구하느냐, 그냥 모르는 척하느냐. 결론은 금방 내려졌다. 축제에 나갔다가 납치됐다는 사실이 알려지면 앞으로 다시는 이런 식으로 거리를 나오지 못할 게 분명했다.

"아무것도 아냐. 이만 가자."

"도련님! 제발 말씀해 주십시오! 도련님!"

아이는 애원하는 소리는 모르는 척하며 걸었다. 자신을 구해준 사람에 대한 건 개인적으로 알아볼 작정이었다. 흔치 않은 푸른 머리칼이었으니 누구든 아는 사람이 있을 것이다. 하지만 못 찾게 된다고 해도 그리 실망하진 않을 것 같았다.

'다음에 또 보자고 했어.'

그러니까 다시 만날 수 있을 거다. 그게 언제든. 그런 확신이 들었다. 금방 다시 만날 수 있기를. 그때는 제대로 용기 내어 대화를 나누고 싶었다. 정체가 뭔지, 이름이 뭔지도 묻고 싶었다. 그 생각만으로도 가슴이 크게 벅차올랐다.

참 이상했다. 납치된 데다가 죽을 뻔했는데 무섭거나 불안하기는커녕 기분이 좋기만 했다. 머릿속에는 온통 그 사람의 웃는 얼굴만 가득했다. 분명 처음 보는 얼굴이었는데 왜 이렇게 그립고 반가운 기분이 드는 건지 알 수가 없었다. 오랫동안 보고 싶었던 사람을 드디어 만난 것 같았다.

〈외전 完〉

캐릭터 프로필

이름: 이오웬
생일: 10월 3일
키: 189cm
성별: 여(女)
속성: 천의(天意)
외형: 푸른색이 감도는 은안.
무지개색 머리칼. 머리를 늘 높게 묶고 다닌다.
피부는 흰 편. 건장하고 탄탄한 체형.

천의 속성을 관장하는 천신.
최초의 이프리트이자 최고신 중 하나.
신족(사자)의 창조신이자 신계를
수호하는 무장이기도 하다.
빛의 검과 방패를 다룬다.
쾌활하고 호탕한 성격으로 따르는 이들이 많은 편.
마신과 반대 속성이라는 점에서
그의 대척점으로 여기는 이들이 많으나
정작 본인은 아무 생각이 없다.
술과 술자리를 매우 좋아한다.

illust-냐르

캐릭터 복불복 QnA

※ 인터뷰 질문은 다음 이공카(http://cafe.daum.net/shakito)회원님들이 올려주신 질문 중에서 랜덤으로 선정했습니다. **스포일이 포함**되어 있으니 주의 부탁드립니다. 중복 질문은 편집해서 진행되었습니다.

〈하루 님의 질문〉

Q. 술을 좋아하는 이유와 가장 좋아하는 술은 무엇인가요?

A. 술을 좋아하는 이유? 그런 게 있나? 당연히 좋은 거니까 좋은 거잖아? (어리둥절한 표정) 가장 좋아하는 술은 트로웰이 빚은 특제주야. 귀해서 자주 마시진 못하지만, 그래서 더 좋아하지.

Q. 술친구는 섀넌 말고 누가 있나요?

A. 아주 많지~ 루세프도 있고. 비아누스라는 애가 있는데 얜 아예 술을 관할하는 애야. 그리고 델키아라는 유흥의 신이랑 알레아라는 도박의 신이랑……(끝없이 세어가는 중) 근데 대부분 중하급

신들이야. 상급신들은 몸 빼고 도망가면 잡기가 어렵단 말이지.

Q. 천사를 만들 때 왜 날개를 달았나요?

A. 그게 더 예쁘니까? 뭔가 폼 나잖아.

Q. 자신에게 아르카는 어떤 존재였나요?

A. (눈 깜빡하고 씩 웃음) …와, 가벼운 질문으로 방심하게 하고 갑자기 훅 들어오네? 아르카는 뭐……남의 새끼지만 참 잘났다고 생각했던 녀석이었지. 괘씸한 구석도 많았지만 싫어할 수는 없었어. 아스모델이 왜 마지막까지 지키려 했는지 이해할 수밖에 없었고. (머리 긁적거리다 한숨) ……에이, 실은 아르카보다는 아스모델이 더 궁금한 거지? 믿지 않을지도 모르지만 많이 사랑하고 아끼던 아이였어. 그래서 더 그 애가 틀어지는 걸 바라지 않았던 거야. 그 방법이 가혹했다는 건 나도 인정하지만, 그땐 모두 여유가 없었어. 아니, 아니다, 지금에 와서 그게 무슨 답이 되겠어. 전부 변명일 뿐이지.

Q. 엘의 첫인상은 어땠나요?

A. 다 의외라는 느낌? 일단 아들이라고 들었는데 여성체인 것도 의외였고, 순하다고 들었는데 생각보다 성격 있던 것도 의외였고. 하긴 엘퀴네스가 순해 봤자인가? 그래도 착하고 다정한 아이긴 하더라. 마음에 들었어.

Q. 루세프와는 어떻게 친해졌나요?

A. 역시 술이지. 천신 앞이랍시고 긴장하고 있길래 회식 자리 마련해서 몇 날 며칠 술만 먹였거든. 더 먹기 싫다는 걸 강제로 제압하고 부었더니 저항하고 욕하고 난리도 아니었어. 아무튼 그러고 나니까 바로 날 편하게 대하더라고.

Q. 자신을 한 단어로 표현하면?

A. 천신! ……응? 이거 아니야?

Q. 엘퀴네스 때의 카노스는 어땠나요?

A. 아, 이건 술 없이는 풀 수 없는 썰인데. 어쩔 수 없으니 가볍게만 말해줄게. 그때의 카노스는 말이지~ 잘 안 웃었어. 난 최근까지도 카노스가 웃을 때마다 흠칫흠칫 놀랐다니까. 자, 여기까지. 와, 술도 없는데 진짜 많이 얘기해줬다, 내가.

〈청루 님의 질문〉

Q. 신족을 창조하고 후회한 적이 있었나요?

A. 창조한 것 자체를 후회하진 않아. 신들에게 천사의 존재가 필요한 건 어쩔 수 없는 현실이니까. 개선점은 계속 마련해가고 있어.

Q. 엘퀴네스때의 카노스의 모습을 한 줄로 요약하면?

A. (누가 듣는지 살피는 얼굴로 주위를 잠시 두리번거린 후에) 얼음 마녀……! (속닥)

Q. 마족에 대하여 어떻게 생각하시나요?

A. 말해 뭐 하겠어. 난 걔네를 보면 일단 한숨부터 나와. 술이나 마시고 싶다.

Q. 엘이 주신을 깨우는 데 성공하면, 주신에게 하고 싶은 첫 말은?

A. 아오, 왜 이제 오셨어요. 우리 진짜 너무 힘들었다구~!

〈덥립 님의 질문〉

Q. 제일 좋아하는 신(마음에 드는 신)은 누군가요?

A. 원래는 새넌이었는데, 요즘은 새로운 강자가 치고 올라오고 있지. 엘뤼엔 말이야. 무심하면서도 밀어붙이면 대충 받아주는 면이 있는 게, 볼수록 건드리는 재미가 있단 말이지.

Q. 마지막에 카류안(전 아스모델)이 자신을 거부하고 죽었을 때는 어떤 느낌이었나요?

A. 와, 이 질문 좀 세다. 인터뷰라고 해서 각오는 했지만 말이야. 으음, 뭐, 그냥 슬펐지. 뭐가 더 있겠어……. 미안, 말로는 표현하기가 좀 어렵네.

Q. 만약 엘뤼엔과 술 마시기 시합을 하면 누가 이기실 것 같으신가요?

A. 허, 세상에. 너무 당연한 걸 묻는 거 아냐? 그거야 당연히! 엘뤼엔이지. ……아니, 좀 들어봐. 엘퀴네스 출신을 우습게 여기면 안 돼. 우리가 아무리 신이라고 해도 타고나는 본질은 전생에 기반하거든? 물에 관련된 건 개넬 이길 수가 없어. 심지어 엘뤼엔은 역대 최강 엘퀴네스였잖아. 갠 같이 안 마셔봐도 알아. 내가 무조건 진다. (근엄)

Q. 섀넌처럼 아이가 혹시 있으신가요?

A. 나한테는 우리 신족들이 내 아이들이지.

Q. 정령왕 때 남성체이셨나요, 여성체였나요??

A. 후후, 드디어 이걸 궁금해하는 사람이 나왔군. 한번 맞춰봐. 난 뭐였을 것 같아? 정답은 60초 후에 공개…… 푸하하, 미안 미안, 한때 지구의 한 나라에서 유행한 거라길래 써먹어 봤어. 그럼 바로 발표해드리지. 내 정령왕 때 외형은! 바로바로 남성체였습니다! 하하하하! 놀랐어? 근데 왜 여신이 됐냐고? 아, 엘퀴네스를 동

경해서 따라 하려고 했던 건 아냐. 눈치 게임에 실패한 거 아냐! 정말이야!

Q. 만약 인세와 신 중 고르신다면 인세이신가요, 신이신가요?

A. 난 신이 되고 싶어. 신계의 삶이 좋기도 하고, 무엇보다 주신께 도움이 되는 존재가 되고 싶거든. 그러려면 신이어야 할 수 있는 일이 더 많으니까 말이야.

네 칸 만화

갑작스러운 교통사고.
빠
앙
그리고 읽고 있던 소설 속
로아네즈라는 캐릭터에 빙의…☆
헉!
거울
※무학관 시절※
!!
잠깐, 로아네즈면
이사나 엄마잖아!
번뜩
그럼 내가
이사나를
낳아야 해?
신이시여…….
나에게
왜 이런
시련이……
아니, 이게 뭐지? 이대로 가면 이 세상에
큰 재앙이 닥치는 건데 내가 미래를
바꿔야 하는 건가? 하지만
내용이 바뀌면 앞으로
진행될 이야기에 더 큰일이
나는 거 아니야? 그래도 돼?
하지만 그냥 두면…….
허어…
으아아! 이래도 망하고,
저래도 망할 것 같잖아!
어떡하지, 어떡해!
끄응…
뚝……
결론 : 탈주!!
일단
피하자!!

지나가던 유카르테에게 걸렸습니다.
힝...
어휴
로아, 대회 땡땡이 치는 게 말이 돼?
사실은….
오...
~자초지종 설명 중~
Cool~
아, 그랬구나.
아니, 이걸 진짜 믿어?
해맑
그럼 우리 둘이 야반도주 하자.
네?
아아아니, 잠깐만!! 정말로??
정말 이래도 돼?
그럼 이사나는?
이 제국은? 미래는?
나는???????
아이고 내용 꼬인다!!
아니 뭔가 이대로 가면……。
안될……。
것……
같……
으아아아
번쩍
헉!!
…라는 꿈을 꾸었습니다.
꼬옥
이사나…
소듐…
엥?
꿈이라 다행이야…
그냥 판소리(?) 다행이야….